[鹿小姐书系]

本　书　内　容　纯　属　虚　构

天津出版传媒集团
天津人民出版社

图书在版编目（CIP）数据

局中人. 2 / 刘誉著. --天津：天津人民出版社，2019.11

ISBN 978-7-201-15526-5

Ⅰ. ①局… Ⅱ. ①刘… Ⅲ. ①长篇小说－中国－当代 Ⅳ. ①I247.5

中国版本图书馆CIP数据核字（2019）第241636号

局中人. 2

JU ZHONG REN 2

刘誉 著

出　　版　天津人民出版社
出 版 人　刘　庆
地　　址　天津市和平区西康路35号康岳大厦
邮政编码　300051
邮购电话　（022）23332469
网　　址　http://tjrmcbs.com
电子信箱　reader@tjrmcbs.com

出　　品　大周互娱
总 策 划　周　政
出版监制　曾筱佳
项目总监　冯　娟
责任编辑　玮丽斯
特约编辑　猫懒懒
封面设计　袁　芳　刘春瑶
版式设计　李映龙

制版印刷　湖南天闻新华印务有限公司
经　　销　新华书店
开　　本　880毫米×1230毫米　1/32
印　　张　9
字　　数　340千字
版次印次　2020年7月第1版　2020年7月第1次印刷
定　　价　45.00元

目录

CONTENTS

目录

CONTENTS

第一章

CHAPTER 1

一波又三折，病情再加重

三天后的清晨，初升的阳光朗照着整个南京城，像一幅油画一样。

沈放终究没有想到别的办法，今日是最后一搏，也是他解放的时刻。

是的，不管成功与否，他都解放了。

姚碧君做了早餐，沈放吃完后，突然咧嘴一笑，心血来潮一般地说："在家吃早餐的感觉真好。"

姚碧君嘴里正嚼着东西，说话不大清晰："这有什么特别吗？"

"以前没觉得，可今天不一样。"

他笑得十分神秘，离座之后看到桌子上的牛奶，又重新走回去。

"听你的，我喝光它，省得你又说我浪费。"

说完话后他便仰头喝完了牛奶。

他这是哪根筋搭错了？

姚碧君凝眉瞧着他："你今天有点奇怪。"

沈放不以为意："是吗？你不是一直觉得我怪吗？"

姚碧君笑了，沈放带着一点敷衍和迎合跟着她一起笑。

这也许是他与姚碧君以夫妻关系相处的最后时刻。

当天的街头人流如织，车开到半道上，沈放忽然头疼了起来，他停下车用手按了按太阳穴，低头瞧了一眼手中的纸包，用力地握紧了几分。

这种紧要关头要说不紧张那是假的，他要进行一次非常冒险的行动，这是他能想到的最简单也最原始的办法，当然也更为危险。

纸包里是他通过黑市搞到的迷药，用它把人迷倒然后窃取情报，这是一个非常低级的法子，不过没有关系，如果不出意外，今天中午他便可以离开这个城市了。

到达国防部门口，在秘书的引领下，他走进了何主任的办公室。

何主任正低头看着文件，沈放打了个招呼，何主任笑脸相迎，却还是照旧问着："沈副处长，这次来是公事还是私事？"

"还是那块地的事儿……"沈放说。

何主任听完便不耐烦了起来。

"我不是说了吗，这事儿我没办法，你怎么还来？"

沈放脸色从容："何主任别担心，我今天来，就是让何主任秉公办事，而且还不会让何主任白做。"

"怎么说？"

"如果何主任是那块地的真正股东呢？我知道罗处长曾提过，他能给您的是半成分红……"

何主任用手示意他不要说下去，走到门口，开门，向外看了看。

趁这个空当，沈放迅速将纸包摊开，把药投进了何主任的茶杯里，然后一面迅速地晃了晃茶杯，一面将纸攥在了手心里。

这样欣喜的时候，他应该不会注意到茶水有问题。

沈放闭上眼睛，平息内心，那边何主任没看到外面有什么人，便回身把门阖上了。

沈放将文件递了过去，表情恢复如初。

"何主任，这次我草拟了一份材料，给您提高股份，您如果没有意见，我们可以按照上面的进行。"

何主任翻开文件看了看，面露喜色，与此同时将一只手探过去端起了茶杯，凑到嘴边喝了两大口。

放下杯子的时候，他还不忘跟沈放调侃："怎么，那老罗不当铁公鸡了？不知是你办事利索，还是老罗想明白了啊……"

药力倒是猛得很，何主任开始头晕目眩起来。

他是个明白人，当下就猜到了这其中有什么名堂，眉头微蹙，按住太阳穴看着沈放，话语已经挤不出来。

"你……"

眼皮已经沉得撑不起来，但他还是挣扎着去够电话。沈放悠然地将电话移开，目光与他相视，静静地等着他浑身瘫软，如一摊烂泥跌坐在地上晕了过去。

沈放松了一口气，抬手看表，9点40分。

他慌张地打开抽屉，找到了档案袋上写着的一串数字，还有一串钥匙。

接着他按照数字去拧保险柜的门，柜门响了一声，却还是不能打开，他又一把一把钥匙试着……

拿到情报后，他将桌上水杯里的水倒了一些出来，润湿了档案袋的封口，然后取出里面的文件并快速用相机拍摄下来。

一连串的动作完成之后，沈放收拾好一切，然后又看了一次表。

十点整。

他一路疾驰，赶到五里坡的时候，看见了车前缓缓清晰的任先生。

他的脑袋又痛起来，伸手去抓，然后猛地睁开眼睛。

面前的一切都清晰了，映入眼帘的是街道上的行人、车辆与楼群。

他刚刚似乎睡着了，如今仿佛大梦初醒。

将车停在国防部门口，沈放长出了一口气，然后下车走了进去。

一切都跟梦里相似，他进入办公室与何主任谈话，只是何主任看完协议之后，没有去关门，因为电话意外地响了起来。

何主任接着电话："哦……是……好的……这需要你再提交一份材料……"

沈放十分紧张，他的精神高度集中，被这一个电话吓得有些冒汗。

何主任挂了电话，又看了一眼协议，然后对沈放一笑："给我一成，嘿嘿，这个……恐怕不是太合适。"

又是意料之外的事情。

沈放想了想，做了一个决定："好吧，如果何主任您有的是两成的股权呢？"

"两成？"何主任有些吃惊。

沈放打开公文包，包里有一份股份转让文件，另外一个纸包里面是药粉。他将文件递给了何主任，同时将纸包捏在手中。

"我可以把这个项目里我自己的股份转给你。"

这些东西如今对他没有用处了，他想要的东西，值得用这个来换。

何主任继续发问："你的股份白白地给我？为什么？我很想知道你是怎么想的。"

"股份多了分的钱就多，可赚钱的方法不是只能依靠股份，这事儿要是成了，大家都有好处。"

沈放依旧在冒汗，他努力克制着情绪，效果却适得其反。

"你得说清楚点。"

他还偏偏碰上了一个打破砂锅问到底的主儿。

"一旦这块地所属的公路开始动工，承揽的工程公司就接到了大生意，据说那家公司的股票在上海股市挂牌了，到时我们可以放出一些消息，接了这么大工程，那家公司的股票一定飞涨，这是天上掉下来的钱。如果何主任有兴趣，兄弟我愿意从中牵线。”

这样解释，何主任才恍然大悟，有些赞赏地看着沈放。

“这都想到了，年轻人，有办法，看来我只能答应你了。”

沈放硬挤出一丝笑，故作轻松：“你要是拒绝我，这工程就没有了，大家什么都捞不到。”

沈放的妥协，对他来说是最好的结果。何主任想了想，总算是被说服了。

“好吧，既然你这么有诚意，审批的事儿我再想想办法。”

“那就多谢何主任了。”

终于了事，何主任拿出钢笔正准备签字，沈放的一只手捏着纸包，等何主任低头在文件上签字时，就要向杯子里下迷药。

就在这一刹那，又出现了新的状况。

外面有人敲门，紧接着人便走了进来。沈放急忙收手，呼吸明显加重了，隐隐还有些颤抖。

这样的事情再来几次，换谁的心脏也受不了。

何主任抬头：“秦参谋，怎么？你们军需处又要调整规划吗？”

秦参谋回话：“看您说的，我怎么可能老找您的麻烦？这是国防部下发的文件，军需处必须跟您汇报，要不以后的预算规划就难做了……”

说到一半，何主任阻止了秦参谋继续说下去。

他看了看沈放，是要沈放回避的意思，沈放忙伸手揽着协议：“如果何主任不方便，我改日再来。”

何主任瞄了一眼文件，冲他笑道：“不必，你先在这儿坐一会儿。”

到嘴的肥肉不把握好，说不定就丢了。

说完他与秦参谋一起走出了办公室，沈放瞧着那两个人走到办公室外面的套间，里面的房门被阖上了，可是并没有关严实，留了一道缝隙。

沈放从强烈的紧张中安定下来，努力平稳自己的呼吸，从门缝里可以看到何主任与秦参谋正在聊着什么。

他改变计划，收起迷药，然后从包里把微型相机掏出来放在兜里。

他打开抽屉，找到了那一串数字，试了钥匙，打开保险柜门，开始用微型相机拍摄文件……

何主任跟秦参谋告别，转身回来的时候，沈放依旧坐在原来的沙发上，笑问道：“何主任，您的事儿谈完了？”

他的笑容有些僵硬，只是如今何主任喜不自胜，哪有空在意这些。

“都是小事，咱们这个才是大事！来，咱们把文件签了。我说沈老弟啊，这文件签了你可别后悔。”

沈放的额头在冒汗，手里握着拍摄完毕的微型相机，掌心也开始冒汗。

“哪里，跟何主任做生意，就没有后悔这一说……”

何主任低头签字，沈放的笑容还撑着，可因为反复的刺激，忽然间他再次感到眩晕起来。

眼前影像模糊，何主任的头似乎变成了两个。

他强忍着眩晕接过何主任的文件，把文件放进公文包里，并努力克制自己的眩晕跟何主任握手。

何主任瞧见他的模样，有些惊奇：“沈老弟你的脸色很不好啊，不会是真后悔了吧？”

沈放不想再和何主任纠缠下去了，这种情况下，他已经刻不容缓。

“何主任说笑了，生意场上我向来说一不二。好了，我先告辞了。”

走出何主任的办公室，紧绷的弦松了下来，豆大的汗珠从沈放的额头滑落。

经过走廊时，他依然头晕目眩，视线模糊。眼前就是国防部前厅的大门，他努力地朝门口走去，只是步子越走越沉重，视线越来越模糊。

临近大门口，他终于再也撑不住，眼前一黑，栽倒在地，他手里的公文包也摔了出去，文件散落一地，那个微型相机露出了一个边缘……

沈放晕了过去，做了一个梦。

国防部门口，一伙军官发现动静纷纷围了过来，议论纷纷。

他不顾众人的围观，努力地向自己的公文包爬过去，眼中只有那个微型相机。

就在他伸手要够到那个微型相机的时候，一双脚出现在那个相机边，一只手先他一步把那个微型相机捡了起来。

他一抬眼，那人正是何主任。

何主任看着微型相机，脸色阴沉，似乎已经明白了一切。

“原来你是个间谍。”

他惊恐地看着何主任，努力地爬起来想逃走，田中突然出现了，拦住了他的去路，他再转身，发现罗立忠也突然出现拦住了他。

他踉踉跄跄地想绕开这些人，可拦着他的人越来越多。他拼命地想冲破众人的围捕，就在这个时候沈林出现了。

他看到沈林冷冷地穿过众人向他走过来，一步步逼近他，随即面无表情地举起枪，黑洞洞的枪口对着他的额头。

何主任、田中、罗立忠等人的面部扭曲，他们都在狞笑着。

他想说话，却开不了口。

随着一声枪响，那黑洞洞的枪口冒出火花……

被吓醒的时候是在陆军医院，沈放睁开眼睛，眼前一片模糊的影像，他努力地调整着视线，一切终于清晰起来。

何主任和那个约翰大夫站在旁边。梦境的感觉残存，他看到何主任时吓了一跳，面带惊恐。

约翰大夫感觉到沈放的异样，随后检查了沈放的脉搏，又看了看沈放的眼底。何主任倒是没察觉，关心地问着："你醒了，沈副处长？"

"这……这是在哪儿？"

如今沈放对一切情况都不清楚。他的身份有没有暴露？任先生没有见到他，有没有采取什么措施？以及现在究竟是个什么情况？

"在医院。你吓坏我了，怎么突然就晕倒了？"

何主任说着话，沈放瞧着他，迅速判断着他的态度，不像是发现了自己身份的样子。

约翰大夫伸出一个手指在沈放面前晃着，观察着沈放的反应。

"你能看清楚吗？"

他将这一切想了一遍，脑袋里像是要炸开一般，听见问话，他努力让自己平静下来。

"可以，我视力没问题，就是头痛。"

约翰大夫哼笑，与沈放对视："我就知道咱们会再见面，你果然又来了。"

他这个病不做手术根本好不了，见面是迟早的事情，还用预见？

这时候沈放突然想起什么，惊慌地打量着四周，急切道："我的公文包呢？"

何主任把沈放的公文包拿了过来，沈放面带惊愕地瞧着他，没敢去接，愣了一会儿。

"接着呀。"

何主任递得更近了，最后直接将包放在病床上，还一边说着："老弟要小心啊，这里面的东西可不只是老弟一个人的。我已经通知你们罗处长了，老弟身体不好，以后得多注意，咱们的生意还得靠你呢！"

何主任话里有话，似乎很多事情都已经明了。

约翰大夫许是察觉了屋里气氛的缓慢变化，忙出言拦着："何主任，他这个病需要静养，不能说太多话。”

何主任也没有继续待下去的意思，忙跟着附和：“好，好，那沈老弟休息吧，我先出去了。”

沈放心神不定，不知道究竟该作何反应，只能客气地说着：“不好意思，让何主任费心了。”

等两个人走出去之后，沈放慌忙地翻开公文包，可是左右倒腾着，就是不见微型相机，这叫他一阵心慌。

方才何主任说，这里面的东西可不是他一个人的，难道是话里有话，相机被他们拿走了？

他正疑惑，不知所措，病房的门再度被推开，一个清洁工模样的人走了进来。

“先生，打扰了，我来打扫房间。”

此时的沈放就像一把干柴，碰上一点火星子都能烧得起来，当即脾气便上来了。

“出去！”

他几乎是怒声咆哮着，那清洁工反倒走到他面前来。

“让你出去，没听见吗？”

沈放说着都要动手了，那人却忽然抬起头来，低声说：“我是来看你的。”

沈放仔细一瞧，居然是任先生。

他这会儿正心里打鼓，有些不知所措，任先生的出现就像是给他吃了颗定心丸一般。沈放迫切地想要说话，任先生却摆手示意阻止了他。

任先生走到门口，通过虚掩的门缝看了看屋外的动向，继而小心翼翼地将门阖上，并反锁。

“你身上有迷药，你想迷倒何主任偷拍文件？这就是你原本的行动计划？”

他是怎么知道的？沈放带着疑惑点头。

任先生着急而愤怒，却不敢发出太大声响：“谁批准你这样的？！你知道这样冒险行动的代价是什么吗？如果你暴露了，与你有过接触的同志都会被调查，甚至连你在日伪时期的行动都可能被查出来，你是疯了吗？”

“我想不出别的办法，现在只有我能接近那份文件。”

虽然他的办法笨了些，但也是最直接、有效的。

“那也不能这样贸然行动，你这是在送死！”

沈放微微一笑，低下头自嘲道：“你看到我现在的样子了，生和死对我没那么重要。”

他自己的病他自己知道，越来越多的状况出现，预示着他的死期即将到来。

话题忽然一转，任先生的愤怒一下子烟消云散，转而叹了口气，十分唏嘘：“这是我没想到的，你的病居然这么重。”

就因为这样他才选择了那么疯狂的做法吗？

“我算明白汪洪涛向组织汇报的时候，为什么会把你描述成那个样子了。”

任先生说着缓缓在他身边坐了下来。

沈放的表情却是了然：“他说我神经质、脑子不清楚、做事张狂，是吗？”

这些特点从汪洪涛口中说出来很多回了，沈放留给他的印象自己很清楚。

任先生点头：“是的。他还说你非常着急地想离开南京。而你的身体的确很不适合继续潜伏下去。”

“可这次送我出去的机会错过了，我又走不了了。”

早上的时候他还怀揣着憧憬，到了这会儿，没想到耽搁了整个计划的居然是他的病，看来他真的不适合继续做情报工作了。

任先生将手搭在他肩膀上，算是宽慰：“我会跟组织汇报你的情况，尽快安排你离开南京，但你绝对不可以再贸然行动！革命不是让我们送死，是让我们好好活着，继续战斗下去。”

还有下一次吗？如今的他，恐怕不能再有丝毫的动作了。

“我是鲁莽，你可以让组织处分我。不过只有采用这样意想不到的方式才能接触国防部的绝密文件，而且那份文件我已经拍照了。可是我的相机现在找不到了，也许……我已经暴露了。”

沈放有些自暴自弃，似乎所有事情都被他搞砸了，任先生接下来说的话却叫他忽然眼睛泛光。

“放心，相机已经被我们的同志转移走了，你的公文包也被处理过了。”

原来如此，怪不得他知道自己身上有迷药。

不过沈放到底有些不敢相信：“真的？你真找了人帮我？国防部还有咱们的同志？”

他这一句话问出口之后，忽然想起在玄武湖边，任先生说过，必要的时候会派人来做他的帮手。

任先生摇了摇头："不能说的我不会说，不过我知道你尽力了。这次你获取的国民党战略部署方面的情报非常关键，你的冒失和鲁莽也算值得。你现在什么都不要想，一切如常，要忍耐、克制，组织会尽快重新安排你离开。"

说完他还不忘补一句："你记住，以后任何时候有行动都必须向我请示汇报。"

交谈结束，任先生开门走了出去，门被虚掩着，片刻后又重新被人推开了。

沈放坐在一边还在沉思着，没有注意到门口的动静，等发觉有人立在身边时，一抬头就看见了姚碧君，他神色一愣。

"碧君。"

姚碧君有些不安地看着他，但也没有表现得太激动："你……没事吧？我在单位听说你突然晕倒了，吓了我一跳。"

气氛微妙，沈放摇摇头："我没事，他们不该麻烦你。"

这话略显生分，像是在说，我的事不用你管。

姚碧君许是觉察到了那个意思，脸上的表情有些僵，却并没有言明。

"什么该不该的，你也太不把自己的身体当回事了！医院的人说你昏迷了，这很危险。"

"约翰大夫就是喜欢小题大做，他不这么说，怎么能让病人听他的话？"沈放打趣道。

就在这时，约翰大夫推门而入。

姚碧君忙问："约翰大夫，我丈夫的病要不要紧？"

听到这样的称谓，约翰有些疑惑地瞧着沈放："她是你太太？"

许久不见，看来中间发生了不少事情。

沈放点头，见约翰看着姚碧君欲言又止，立马就明白了他的迟疑与顾虑。

"你说吧，我不想瞒着我太太。"

事到如今，他就是想瞒也瞒不住了。

约翰耸耸肩，无可奈何地说："好吧，还是你脑袋里弹片的问题。弹片不取出来，就会一直压迫你的脑部神经。以后尽量避免受刺激，太高兴或者太不高兴都不好，如果再出现今天这样的情况，你会更麻烦。"

姚碧君一直不知道沈放的病情，这会儿听见之后有些呆愣。

"那……约翰大夫，有什么好法子吗？"

这么多年过去了，她只知道沈放离开了她，却不知道这些年他究竟受了多少苦。

约翰不紧不慢地说道："我跟他说过可以做手术，不过有风险，人脑是最复杂的系统，弄错一根神经也许人就彻底……"

话说到一半就没了，后面的话不吉利，他摊开手意会着。

"你有多大的把握？"在等死面前，沈放忽然对约翰所说的手术有了些兴趣。

约翰想了想，说道："以前见到你的时候，我有百分之六七十的把握，不过以你现在的情况看，也就一半的概率了。但如果不做手术，神经压迫会越来越严重，所以……"

"我明白了，你不用说了。碧君，我想出院。"约翰的话还没说完，沈放忙出言打断。只有一半的概率，这样的赌博没什么意思。

姚碧君被他淡然的举动惊到了："出院？你现在得静养。"

这么重的伤他都不放在眼里，难不成真的不想活了？

沈放淡淡地说："身体的情况我早就知道了，在这儿和在家待着，没区别。"

姚碧君用求助的眼神看着约翰，约翰面露无奈："我就知道这家伙不会做手术。"然后他话锋一转，像是一早就做好了安排，"记住得控制好情绪，这是我给你开的药。"说着他把手里的药瓶扔给沈放，"是按你的需要配的剂量。"

沈放看了看药瓶道："行，钱过两天我派人给你送来。你没再去玩牌了吧？"

约翰耸耸肩。

沈放无奈摇头："钱我会多给你一点。"

执拗不过，姚碧君只好顺从。

出院时是江副官开车来接的，姚碧君与沈放坐在后座上。

车子行驶在街道上。姚碧君吩咐道："江副官，你先送沈处长回家，然后绕点路，把我送到电话局去。"

沈放却突然开口："不，去沈家大院，我想回去看看。"

姚碧君有些诧异，沈放对那个家一直都没有什么挂念。

"可医生让你好好休息……"

虽然她也盼着沈家人能和好，不过眼下沈放的身体更加重要。

沈放扭过头，故作调皮的模样，那是姚碧君从来都没有见过的样子。

"休息又能怎么样，大门不出二门不迈吗？你说过子欲养而亲不待，是天底下最可悲的事情。我这身体，再不抓紧时间，以后想尽孝也许就没机会了。我总得在我脑袋还好用的时候，把一切安顿好，包括你。”

沈放的脸凑得这样近，还说着这样的话，阳光从车窗打进来时温柔极了。

姚碧君耳根一红，不太好意思：“你又胡说！”

沈放笑出了声，难得开心地说道：“我说的是实话，只是跟着我这样一个家伙对你不太公平。”

他的语气徐缓，说的是真心话。毕了又将视线转向前面，对着江副官说：“先送我去沈家大院，然后送我太太去电话局。”

江副官应声，姚碧君看着沈放，声音很轻：“你很在乎我怎么想吗？”

“为什么不？你是我太太。”

从前那个疏离的陌生人，如今情话比灯火还暖人。

到了沈宅，作别姚碧君，沈放走进偏厅，沈柏年正在桌子前低头写字。

一边的胡半丁看见他，正要说话，他却甩手示意胡半丁不要出声，两人就那么静静地站在旁边等待。

等沈柏年把字写完，放下笔之后，沈放才开口：“您的字现在多了几分敦厚，和以前的凌厉相比柔和了许多。”

沈柏年闻声抬头，这才发现了站在身边的沈放。

沈柏年那张常日里严肃的脸上顷刻露出几分温和：“什么时候回来的？我竟一点都不知道。”

沈放的眼睛明亮，整个人看起来比之前更有活力，不过在沈柏年面前，他还是尽力收敛着，故作乖巧地说：“看您在专心写字，没敢打扰。”

沈柏年从桌前离开，两人朝着座椅走过去，沈柏年一边说着：“写字原本就是打发时间的事儿，不算正事儿，有什么不好打扰的？眼下，我也就只能在纸上写写字了。人生在世，如同白驹过隙，回不去了。有些事该放下的统统由不得你不放下，我算是看明白了。”

人活得久了就是不一样，尤其是到了临近死亡的时候。

“这样也好，我就耐不住性子。”沈放说着。

沈柏年闻言一笑：“你们兄弟俩，还是你的脾性像我，像我年轻的时候。”

“所以总是格格不入？”

他如今是这般境况，可以想见从前的沈柏年。

“有棱有角的人，总是会遭遇更多的磕绊，没那么顺畅。这一点，你们兄弟俩一样。”

沈柏年边说边点头。

沈放将身子往后面的靠背一靠，十分随意地摊开手，好像终于找到了在家的感觉。

“太圆滑了反而没意思。”

靠了片刻，沈放似乎觉得今天屋里少有的清净，他又重新站起身来四处看了看，好奇道：“苏姑娘不在家？”

“我懒得出门，她自个儿去逛街了。”沈柏年漫不经心地搭话，接着吩咐胡半丁，“去，叫厨房把那条鳜鱼蒸了，少搁盐，多放葱。”

这是沈放最爱吃的。

“难得父亲还记得我的口味。”

“你口味随你妈，清淡。”沈柏年一提到他故去的夫人，眉目间就有一股哀伤。

这时，门外忽然传来轿车的声音，打断了两个人的谈话。

两人朝屋外看去，走进来的人居然是沈林。

沈林瞧见沈放有些意外：“你回来了？”

沈柏年眼角的皱纹更深了，他招手示意沈林过来坐着。

“今晚你也别出去了，咱们一起吃顿饭。”

多么和谐的一家人。

吃过饭又坐了一会儿，沈放走的时候，沈林跟了出去。

沈放走到自己的轿车前，沈林站在门口，开了口：“这些天你经常回来，看来你对这个家的看法有变化。”

“你对我的看法不是也有变化吗？”

他用暗语说着监视的事情，田中说得没错，沈林已经知道了。

沈林没有接话，看着沈放，时间好像停顿了几秒钟。接着他依旧是那副语气：“不管做什么，我都是希望能维护好秩序，任何事都需要秩序来制约。我担心你是破坏秩序的人。”

真是个大英雄，仿佛整个国家的安危都靠他一个人维持一般。

沈放最瞧不起他这副嘴脸：“你是我大哥，干吗活得那么累？”

“你是我弟弟，非要特立独行吗？”

这么久了，或许他们之间的相处方式本就该是这样子。

沈放笑了：“我有那么奇怪吗？也许是你选的路不好。”

现在的沈放，对所有的事情都十分包容。

沈林吸了一口气：“看来我们总是谈不到一块儿。”

“有吗？没觉得。”

沈放依旧是一副玩世不恭的样子，却不想对面的人忽然迈步朝他靠近，替他整了整衣裳。

毕了，沈林还很关心地问他：“你今天去医院了？身体要不要紧？”

“还用问我？你什么事儿不都一清二楚？”

“我担心你。”

这四个字叫沈放顿了顿，儿时的事情一幕幕涌现。

其实他对他的这个大哥没有恨，只是因为沈柏年他才排斥这个家，可如今他也欣然接受了。

“担心什么？也许我死了，你会更轻松，没那么多压力，你活得也更畅快。”

眼睛酸酸的，这样的话说出来连他自己都觉得有些煽情。

沈林拍了沈放的肩膀一下，打破了抑郁的气氛：“你好不容易回来一趟，说什么丧气话！记住，这是你的家，以后你得多回来看看。父亲很想你。”

沈放无奈道：“父亲还是要靠你多照顾，好多事儿我做不到，也许你可以。”说着，他打开车门坐了进去，“天色不早了，咱们还是改日再聊吧，我先走了。”

接着在沈林的注视下，他发动车子，缓缓离开。

“父亲还是要靠你多照顾，好多事儿我做不到，也许你可以。”

就是这样一句话，沈林思来想去，总觉得即将有事情发生。

如今能监视沈放的只剩姚碧君一人，沈林只能向她询问。

电话局对面的咖啡厅里，侍应生将咖啡端了上来，姚碧君端起杯子抿了一口。沈林直接问道：“最近沈放有什么异常吗？”

姚碧君认真地看着沈林，这一回，她是实实在在地希望沈林知道沈放的情况。

“晕倒算是异常吗？”

“这我已经知道了。”

“我猜你也知道，有其他情况我会跟你说的。”

姚碧君搁下杯子，将手搭在杯子边上，视线微微垂着。

沈林没有接话，忽然好像想到了什么，转而问道：“你们关系怎么样？”

姚碧君猛地抬头看了他一眼：“这很重要吗？”

别有用心的试探，更加让她不耐烦，尤其是在她知道了沈放的伤之后。

沈林的目光一直没有挪开，从头到尾都盯着她。

“他和父亲的关系好像变融洽了，我想，这也许是你的功劳。”

姚碧君没有在意他说的话，只询问着：“我们的关系也要跟你汇报？”

沈林点头：“任何人的变化都有原因，或许某个不经意的举动就会暴露一个人的想法和下一步的计划。”

姚碧君思考了一下，才又说着：“他最近的确对我……”她眉毛微微皱着，语句略停顿，似乎有些不知道该怎么形容，半天憋出来一句，“比以前关心了一些吧。”

“上一次我父亲生病，他还给我留了一些钱。这些是你不想看到的吗？”她如今越发不理解沈林为何会一直怀疑沈放，开始明里暗里为沈放辩驳。

沈林看不见这些，他期盼着的事情突然发生，这里面一定有原因，所以他眼里依旧满是质疑：“一个多年不把家看成是家，结婚的时候都很冷淡的人，现在不但给你钱、给家人礼物，还经常回家陪父亲聊天，这像什么？”

“我不明白你指的是什么？”

沈林将身子往前凑了凑：“我在担心，也许沈放会突然做出什么让人想不到的举动。”

沈放一系列的行为是非常反常的，很像是在告别，他真的会走吗？如果他走了，那么就证明自己对他的怀疑是正确的。真是这样的话，自己这个做哥哥的应该怎么面对？沈林有些无所适从。

他一副郑重其事的模样叫姚碧君哭笑不得：“你是不是想得太多了。”

沈林起身：“我也希望是我想多了。从今天起，看紧他，一旦有什么异常，立刻告诉我。”

说完，他走出了咖啡店。

姚碧君没有回头去看他，而是若有所思地端起咖啡杯，喝了一口咖啡。

不久之后，国民党果然对中共根据地发起了进攻，因为沈放的情报，国民党的行动最终以失败而告终。

这次行动算是给国民党敲响了警钟，而情报的问题自然怪罪到了军统头上。

会议室里气氛凝重，陈副局长正在讲话：“这次我军对共产党苏北地区的根据地进行清剿，反遭暗算，我军损失严重。这只有一个可能，那就是对方事先得到了消息。这是绝对不能容忍的，我们军统的职责就是千方百计堵住情报漏洞！”

台下众多军官一言不发，沈放和罗立忠对视了一眼，都没有任何表情。

陈副局长扫视一周，由愤怒变为叹气：“我知道现在军统面临改组，人心浮动。但是你们别忘了，在座的所有部门抗战时都是立过功的，明白吗？”

待到陈副局长语气平缓下来，众人才敢搭话：“是，明白！”

散会之后，众人往外走，沈放和罗立忠走在后头，听到前面的人颇有微词。

“改组的事儿到现在还悬而未决，一切都是未知啊。”

“对啊，这让情报工作怎么开展？国防部的很多事儿我们都管不了。”

“以前，军队的那些人怎么着也要给咱们一点面子。现在呢？今时不同往日了。”

一众军官叹气附和。

如今他们的日子越来越不好过了。

罗立忠和沈放对视了一眼，也有些伤感。

第二章
CHAPTER 2

联络点败露，撤退复后悔

长久的晴天之后，紧接着是阴雨连绵。树木簇拥下的军统大楼显得有些阴郁。

沈放从外面回来，朝自己的办公室走去。罗立忠忽然开门从办公室走了出来，将他叫住。

“沈老弟。”

沈放止步回头，罗立忠一脸淡然：“跟我去一个地方。”

“去哪儿？”

“到了就知道了。”

他瞧着罗立忠脸色不大好，便知道不是什么好事情。果然，最后两个人停步的地方是军统大院偏楼的审讯室。

罗立忠推开门带着沈放走了进去，屋里坐着一批军官，旁边摆着录音设备。

沈放皱着眉不太明白，问道：“罗处长，这是什么意思？”

罗立忠显得有些为难：“例行公事，这些都是国防部军纪处的同仁。近期你去过何主任办公室，有些事，他们需要找你聊聊。”

情报泄露，跟何主任有过关联的人到底还是有嫌疑。

罗立忠对他说完，继而对军纪处的工作人员点了点头：“开始吧。”

出了事就将他推出来，罗立忠就是这样做事的吗？

不过到了这一步，抗拒只会显得心虚，沈放只得坐下。

录音设备启动，磁盘旋转了起来。

军纪处的军官开始问话：“沈副处长，上个月15日和18日，你曾两次走进何处长的办公室，请交代一下经过。”

沈放语气随意：“这有什么好交代的？我们是朋友，进行一些朋友之间的闲聊，有哪一条规定不允许了？”

这其中的原因有两层，哪一层他都不能说。但是他知道，何主任也不会傻到自己说出来。

“你们都说了些什么？”

“就是瞎聊，没啥实质性的内容。对了，我邀请他晚上一起吃饭，但被他拒绝了。我只是想大伙儿聚聚，那顿饭我还准备请罗处长。”

他说完看了看罗立忠。

罗立忠有些意外，停顿了片刻，最终点了点头：“是的。”

沈放看似在脱罪，实际在置气。境况不同，此刻他只能在屋里生闷气，待仔细地询问完毕之后，他气冲冲地从偏楼内走了出来。

罗立忠跟在他身后，他向前走了一段路，然后猛地回身质问：“什么意思？我是为了咱们的生意才去找的老何，现在竟然怀疑我？还调查我？”

罗立忠知道沈放会有这么一出，眉头一皱，却还是耐下心解释：“你急什么，你以为我拦着他们就不调查你了？老何那边也被查了。再说了，不就是问点问题吗？问清楚了更能证明你的清白。我已经通过内部人找了老何的调查资料，跟你说的基本吻合，你怕什么？”

这么说来反倒是他不识大体了，沈放一副桀骜不驯的样子：“那你也进去让他们审审？”

罗立忠想要赶紧了事，伸手搭着他的肩膀，与他挨着以示亲近，叫他稍平静下来：“好了，让老弟受委屈了。我改天请你去喜乐门喝酒。”

沈放一脸不屑，将他的手推开，扭着头与他平视，声音低沉却故作威严：“以后这样的事儿，少来。”

罗立忠却像是故意跟他作对一样，步子忽然慢了起来，瞧他的目光变得十分有深意：“恰恰相反，这样的事以后少不了，眼下什么局势你不是不清楚。经得住事儿，才能好好挣钱。”

“再这么折腾我可受不了。”

罗立忠知道这事碰触了沈放的底线，要是他急了咬起人来，只怕自己会是最疼的那个。于是他忙宽慰着沈放：“好了，好了，那你回去歇着，算是给你放一天假，成吗？”

沈放没有说话，叹了口气后走到自己的车旁，打开门上车，回头确认：“那我真回去了？”

“说了给你放假。”罗立忠笃定。

沈放依旧一脸不满地上了车，把车开走了。

离开后，沈放心情复杂。如今这境况越来越对他不利，他若是再不转移，恐怕迟早会暴露。

他开车行驶在大街上，却始终觉得无处可去。想着任先生的消息，最后鬼使神差地去了咖啡店一趟。

本只是碰碰运气，偏是巧了，正好有人传信，相约地点依旧是玄武湖。

沈放喜出望外，忙去赴约。

沈放到玄武湖的时候，任先生还没来，他坐在湖边的椅子上等着，百无聊赖，看着玄武湖的一池碧波发呆，忽然想到了汪洪涛。

记忆的阀子顷刻便被打开了，往事在脑袋里翻涌着，让他十分唏嘘。

他们这些人一辈子都活在枪口上，幸运的能有个好结局，功成身退，或者寿终正寝；不幸运的便是他如今这副样子，半死不活，受尽了折磨。

他思绪深陷，目光忧郁，并未注意到身边已经有人坐了下来。

“因为你的情报，国民党偷袭我党苏北根据地计划被我军全面瓦解。”

这个声音将他从回忆里扯了出来，他转过头，先是一愣，接着轻轻笑着：“也因为这个情报，国防部内部在调查，但目前还怀疑不到我头上来。”

他去何主任办公室的事有谈生意这个借口挡着，罗立忠怎么都会保着他。

任先生也笑：“那就好，再告诉你一个消息，让你撤离的行动基本安排妥当了。”

“什么时候？”沈放有些迫切地问着。

“你别着急，上次你去国防部窃取情报，虽然立了功，但组织上对你试图采取冒险行动还是提出了严厉批评。”

这算什么，有功有过，还要衡量吗？

沈放脱口而出：“我接受组织的批评。”接着他有些犹豫不决，但最终还是开了口，“不过现在国防部军纪处的人在调查我，如果我突然走了，我担心会……”

任先生却与他想法不同：“正因为这样，你必须走。在此之前，组织上就分析了你目前的状态，不能让你继续冒险了。当然如果你现在突然离开，也会引起不必要的麻烦和猜测，必须巧妙地让你从这儿消失。”

“消失？”

“对，有一个方法，能让所有人都觉得你从这个世界彻底消失了。”

沈放皱眉道：“你是说……假死？”

任先生点了点头，说：“只有这样最保险。我们找到了一具尸体，和你的身材非常接近。我们会在郊区伪造一起严重的车祸。严重到大火把车内的尸体烧得无法辨认。”

偷龙转凤，这种招数真的行得通吗？

“路上接应的人员和车辆都准备好了。事成之后你可以去苏北根据地，在他们眼里你已经离开了这个世界，也就断绝了他们对你身后的调查与猜测。你现在就是需要一个合理的时间。”任先生继续说道。

一个合理的时间？沈放低头思考了片刻，忽然有了办法。

他随即扬头，眼里有光：“下周二有个国防部办的酒会，招待美国军事代表团的人，我在酒会上可以多喝点酒。喝醉了的人开车回家的路上很可能走错路，也很容易出些什么事故。”

听上去是个天衣无缝的计划。

任先生听完也觉得妥当，于是点头应下：“好，那就定在下周二的晚上。几点？”

“十点。”

那个时候，他差不多可以离开了。

对沈放来说，这几日过得非常快。

酒会当天清早，他起了个大早，给姚碧君做了一顿早饭。

这些日子他反复思考着如今他们夫妻之间的关系，还是没有觉出来自己对这个女人究竟有没有产生感情。

姚碧君吃完饭就离开了，沈放从公文包内拿出了一个珠宝首饰盒，打开瞧了一眼，里面是一条钻石项链，洁净的钻石在闪闪发亮。

如果今日他能够顺利离开，也就没机会再对这个女人做些什么了，上一回他没来得及准备什么，如今这条项链也许是他留给她的最后的礼物。他把那条项链放在了桌子上。

沈放今天工作时异常烦躁。

他原本以为离开这里会如释重负，然而真的到了这一刻，他并不觉得轻松。

他将脚架在了桌子上，翻看着当天的报纸，但他始终看不进去报纸上的内容，最终他将报纸丢在了桌子上，靠在椅子上闭目养神。

他隐隐觉得生命里仿佛有什么东西即将要和他割裂，仿佛要远去，他的心被扰乱了。

他知道那是什么，但是他不愿意去触碰，宁可锁起来，自欺欺人。

迷迷糊糊间，罗立忠打来了一通电话，他说上面要求加紧对各地区共产党根据地及所属部队的侦察，军统从美国进口了一批电台监测设备，需要尽快运送到华北、东北以及江苏等地区。国防部忙不过来，有一批设备需要交通部安排加急运输，这事儿需要劳烦他去公路局走一趟。

去的时候沈放没有发现什么异常，回来的时候他倒是碰见了一位故人。

他从门口出来上了车，刚发动车子还没走多远，忽然在后视镜看到了一个在路边举着报纸擦皮鞋的人，那个人的侧脸很是熟悉。

他想了想，又将车停在了路边，离近了一瞧，那个人居然是杜金平。

沈放有些意外，难道他又在跟踪自己吗？

可瞧着这架势又不像，那中统的人是不是又有什么行动？

他略加思索后推门下了车，却并没有直接走过去，而是从旁边绕了过去，坐在杜金平旁边的擦鞋摊上，朝擦鞋童伸出一只脚："来，给我擦擦皮鞋。"

此刻的杜金平依旧用报纸挡着脸。沈放瞧了一阵子，然后用手敲了敲他坐的椅子。

"怎么着？装不认识我？"

方才就是瞧见了沈放，杜金平才故意用报纸遮住脸，没想到还是被看到了，杜金平尴尬地把报纸放下。

沈放将身子往后靠，打量了杜金平一眼，问道："你小子调到南京中统了吧？"

上一回虽说是他利用了杜金平，但他给杜金平的好处也不少。

"是，刚调过来的。"

从刚才到现在，杜金平脸上的表情一直都不自然。

沈放露牙一笑："恭喜啊，听话的人就是有好处，你该请我吃顿饭吧。"

"改天，改天。"

杜金平像是很怕他。

毕竟杜金平好不容易爬到这个位置，若是当初的事情被发现了，他的前途只怕是一片黑暗了。

沈放面露不满："改天干吗？这都碰上了，你还让我等？"

杜金平表情有些为难，沈放随即装作突然醒悟过来的样子，凑近低声道："你大老远跑这儿来擦鞋，有任务？"

听到沈放这种打探的语气，杜金平的身子明显一颤，隐隐发抖："您……您还是别问了。"

沈放抿了抿嘴，一脸不屑："知道你有纪律，忙你的吧！"

说完他掏出钱扔给擦鞋的，起身走了。

上了车，沈放并没有急着开车离开，而是通过后视镜观察着杜金平。

没过多久，从交通部公路局里出来了一个人，那人叫了一辆洋车走了，随即杜金平起身上了一辆黄包车跟在那人的洋车后面。

而那个人，正是钱必良。

看到这一切的沈放眉头蹙起，脸色严峻。他发动汽车，跟了上去。

钱必良在成贤街路口下了车，那是活动信箱所在的地方。他警觉地看了看四周，走到了秘密信箱处，砖墙上有一个松动的砖块。

钱必良把砖块取下来，在里面留了封密信，又把砖块放了回去。但在转身离开的时候，还未走上几步，他便已经意识到了有人在跟踪他。

拥有这种灵敏的嗅觉，他不愧是做情报的一把好手。

沈放将脑袋探出车头，瞧见钱必良正与扮成商贩的杜金平等人对视。

钱必良的脚步迟疑了，他略加思索后，迅速转身回到秘密信箱旁，将那砖块取下来，把密信取走。他察觉到了危机，快步朝成贤街的另一头走去。

身后特务紧逼，他加快了脚步，边走边将情报塞入口中咽下，同时脚步越来越快，快到近乎飞驰起来。

后头的人突然开枪，一声枪响之后他的腿部被打中，应声倒下。

躲在暗处的沈放看到了特务将钱必良抓获，随即他快速绕回车子的位置，悄无声息地开车走了。

出了这样的事情，其中指不定暗藏着什么东西。

从公路局离开，沈放直奔夜色咖啡馆，他坐在一边，焦急地看着另一个桌子上摆放着的烟盒。

偏偏天色都快要暗下来了，他还是没有等到组织的回应。

沈放看了一眼表，已经八点多了，他叹了口气，眉头拧在一起，拿起礼帽走出了夜色咖啡馆。

就在当晚，他还有事情要做。

许是正因为相约晚上十点，所以任先生没有想到这个时候会发生变故。

中央饭店的西餐厅里，沈放走进来的时候屋内已经觥筹交错，兴致正浓。

国防部何主任瞧见沈放像是瞧见了亲人一般，忙招呼着：“沈副处长，今天我们得喝两杯。”

他们这样的人本就是这样，只要有权有利，不管满足了哪一项，都足以让他们称兄道弟。

举杯碰撞，一饮而尽。沈放微微一笑：“何主任真给面子啊。”

“客气了，大家同为党国效力，以后打交道的机会多了去了。”

沈放仔细一想才觉得这话似乎言外有意，即刻便明白了他的意思，忙跟着附和：“当然了，有何主任关照的话，一分一毫都不会差。”

何主任拍了拍沈放，面色看上去不错：“沈老弟就是好说话，比那个老罗好打交道！”

那个老罗是个铁公鸡，偏偏他也不肯让步。

“过奖了。”沈放低头自谦，说话间远远地看到秦参谋也在，两人目光交汇，点了点头。

众人酒意正酣，沈放几杯下肚，便已薄醉，故意表现得很张扬。汤姆森本在旁边，这会儿走过来跟他打招呼，两人碰了碰杯。

“沈副处长，你们要的那几批货已经在海上了，过不了几天就能到港。”

“好啊，我想你的户头上也应该多了点东西。”

汤姆森点头，这样的生意他很满意，也有些没想到。

“没想到你们还真大方。”

沈放扑哧一笑，纠正他：“不是我们大方，是中国的市场大。”

汤姆森点头表示赞同，接着说：“看来以后这样的生意可以持续下去了。”

“当然，只要你愿意。”

他有些后怕了，万一事情再出问题，他还是得给自己留后路。

“愿意，肯定愿意啊！”

说着汤姆森还要再跟沈放碰杯，沈放却尴尬一笑。

“我今晚喝得有点多了。喝完这杯，我得先走一步了。”

沈放之前从未有过这种情况，汤姆森有些好奇：“你要走？这可不像你。”

沈放开始打哈哈，不过理由充分：“没办法，你也不想我喝多了把你的账户记错了吧？”

两人一笑化解僵局，沈放将杯中酒一饮而尽，继而低头看了一眼表，时间是晚上9点30分。

距离他和任先生约定的时间还有半个小时。

沈放忙又凑到罗立忠身边说道：“罗兄，家里有点事儿，今天得先走一步。”

“叫小江送你？”罗立忠问他。

是看他醉了吗？他就是要醉了开车，就是要制造出危险的情况。

沈放摆摆手，尽力保持清醒：“没事，车还能开。”

上了车，装出来的醉意在街头冷风中烟消云散。

行到五里坡的时候，沈放瞧见路边停着一辆破旧的货车，上面杂乱地放着货箱，任先生就在车边站着。

看了看手表，远处车灯照射了过来。

沈放将车开过去停下，然后下了车走到任先生面前。

任先生的语速很快，他向沈放交代着：“伪造车祸现场的一切都准备好了，今晚，你会变成一个贩酒的客商，从明天开始将不会存在沈放这个人，你会有新的证件和新的名字，回去后你也要用新的名字以迷惑敌人。”

一切都照常进行，沈放点了点头。

接着任先生拿出一身商贩的衣服递给沈放：“把这套商人的衣服换上吧。”

沈放接过衣服，略有迟疑，皱眉问道：“你收到我的消息了吗？钱必良同志已经暴露了。”

计划已经开始进行了，他没有因为钱必良的事情有所动作，但到底还是关心。

任先生点头：“我刚刚知道这件事情，咱们的系统不可能反应那么快，而且我今天的任务首先是要保证你安全地离开南京。”

刚刚知道？也就是说，并非靠着自己的消息传递出来的。

沈放忽然想到任先生提到的那个帮手，又想到秦参谋在酒会现场和他的目光交流。

他竟没有反应过来，当日在国防部偷情报时，是秦参谋进来把何主任叫走的。

而且当他在门口晕倒时，模糊的目光中，秦参谋似乎是第一个赶到他身边的。

“国防部军需处的秦参谋是不是我们的人？是不是他一直在和钱必良联系？”

这是他的推测，有九分把握。

任先生一顿：“为什么这样问?”

“钱必良是公路局的，秦参谋是国防部军需处的。这两个部门联系密切，如果秦参谋是自己人，那么跟钱必良接头的可能就是秦参谋。”

沈放说完他的推断，任先生保持沉默。

“我上次昏倒时，微型相机是不是秦参谋转移的？”

这样看来，似乎已经没有再瞒下去的必要了。

任先生思考片刻，说道：“是，秦参谋是自己人。”

沈放一惊，如今钱必良暴露了，那么秦参谋会很危险。

“你通知他了吗？”

“我会想办法的。”

任先生的耐心被他消磨干净，瞪着一双眼睛看着他。

沈放犹豫着准备脱下军装换上破旧的客商衣服，但是看着被自己拿在手里的国民党军帽，他停下了动作，坚定道：“不，我现在不能走！”

这决定让任先生诧异，毕竟这是沈放一直想要的撤离。

“为什么？”

沈放凝眉，咽了好几口唾沫。

“那个活动信箱所在的街道已经被中统的人封锁了，咱们的同志根本没机会靠近，唯一可能接近那个地方的就是我。”

这是中统的一贯作风，守株待兔。为了救一个人搭上另一个人，没必要。

说完，沈放挥了挥手里的国民党军官的帽子。

任先生疑虑：“可你怎么办？我们已经安排好了一切。”

这已经是他的第二次撤离机会了。

沈放勉强地笑了笑：“反正早一天走和晚一天走，并没有什么不同。”

“今天是你离开南京的最好机会，以后国民党对苏北根据地的封锁会越来越严，想走可就没这么容易了。而且要是你去通知秦参谋，一样很危险，一样会让自己暴露。”

任先生提醒他。

沈放看上去有些焦急，似乎刻不容缓。

“任何人的暴露都是危险的，你也一样。汪洪涛是死在我面前的，我不能再看着自己的同志冒险。再耽搁时间，我都没把握能赶在秦参谋去查看秘密信箱前拦下他。”

“可今晚你必须走，这么好的机会，以后不见得会有了。”

这是抛给他一个选择吗？

沈放表情严肃，似乎并没有半分纠结，语气满是质问：“那你让我看着自己的同志去送死吗？”

任先生被他噎得无话可说：“你！”

这会儿实在不容许他们继续争辩下去了，沈放忙安排着：“好了，我们分头行动。你设法通知周达元，钱必良暴露了，周达元也会很危险。”

任先生却依旧坚持：“不！我会派人分头行动，你还是按照原计划撤离。”

“这次我不能听你的。”

任先生还要说什么，沈放已经上了自己的车，将车发动离去，只剩下任先生一脸焦急却又无可奈何地立在原地。

驶回南京城门，到成贤街的街道边，沈放将车停下。

夜有些深了，月色不大明亮，昏昏暗暗的。

沈放透过挡风玻璃注意着车窗外的一切，隔着一个路口，沈放看到了成贤街里的那些乔装改扮进行监视的中统特务。

特务们都在，那说明秦参谋还没有出现，否则现场不应该是这样的状况。

一切都还来得及。

可是怎么才能提醒秦参谋呢？去找他是不可能了，也许他就在附近，沈放一时想不出好的办法，只能发动车子暂时离开。

他最终将车子停在了与成贤街成丁字交叉口的杏花街上，四周无人，他安静思考着，一面注意着街道，忽然看到了路边的公用电话亭。

在这千钧一发之际，稍微有一点办法也要试一试，他脑袋里快速转动着，下车走进那个电话亭，拨通了一个电话。

电话那头的人应了话，沈放开口：“是警察局吗？成贤街有共党分子冒充中统活动，他们在印发传单。”

“对……成贤街。”

沈放知道，一会儿来的不只是警察，军统对警察系统渗透很深，只要有共党活动的消息，警察来了，必定军统的外勤人员也会跟来。现在只希望警察能比秦参谋先赶到，只要闹出动静来，秦参谋自然不会傻到自投罗网。

他说完便挂了电话，将身影隐匿到黑暗中，注视着成贤街的方向。

万幸的是，随着时间一点点过去，直到路口的一个茶庄渐渐热闹了起来，沈放都没有看见秦参谋的身影。

回到公寓的时候，沈放已经疲惫不堪，心里的慌张比体力活儿更加磨人，让他有些招架不住。

已是深夜，所以整栋公寓都很安静，只有他上楼时脚踩在木质楼梯上发出的声响。沈放推开门，屋里果然黑着灯，姚碧君似乎已经睡了。

沈放轻手轻脚地进了屋子，然后缓缓往自己房间走去。只是刚走两步，灯突然亮了，沈放被吓了一跳。

姚碧君就站在客厅里，手按在电灯开关上，冷冷地看着沈放。

又是这一出。

沈放有些尴尬地笑着："你……怎么不睡觉？"

姚碧君答非所问："你居然回来了。"

在沈放回来之前，她想起早上沈放说的一些话，还觉得沈林的考虑是对的，沈放确实打算离开。

沈放装出一脸的不解，似乎今日什么事情也没有发生。

"我回来怎么了？很奇怪吗？"

姚碧君抿了抿嘴，接着走到桌子前拿起桌上的首饰，问道："这是送我的？"

"嗯。"他应了一声，眼神有些闪烁，这会儿瞧起来有些奇怪。

沈放想要悄悄推门进自己的房间，姚碧君忽然开口："我以为这预示着你要和我告别了。"

像是做了很久的准备才说出来的话，言外之意，她不需要这样的物件，她想要留住他。

沈放停下动作，回头轻松笑着："告别？什么告别？我能去哪儿？还能离家出走不成？"

"那可说不准。"姚碧君已经完全猜不透如今的沈放了。

沈放装出一副莫名其妙的样子："你想什么呢？这是我的家。"

"好，既然你回来了，希望你真的把这儿当家。当然，如果有一天你真的要走，也希望你提前告诉我，不辞而别是很过分的。"

郑重其事地宣布，夹枪带棒地讽刺。

"你是越说越不着边儿了！早点睡吧，明儿还要上班呢。"

沈放只想尽快结束话题，说完就进了房间，阖上了门，把姚碧君一人扔在客厅。

等灯火全都暗下来以后，夜幕笼罩下的公寓楼显得格外沉静。

姚碧君从房间偷偷溜出来，小心翼翼地推开沈放房间的门，只留一条缝朝里看了几眼。

她白天打了一通电话给沈林，说出了自己的怀疑，沈林还下令封锁了城门，排查出城车辆。如今却像是虚惊一场，她还需要汇报一声。

沈林接通电话，姚碧君用手指敲打着话筒，那是暗语：他回来了，没什么异常。

她挂电话时，沈放的房门突然被打开了，沈放站在门口。

"你在打电话？"

姚碧君一惊，整个人颤抖了一下，话筒挂歪了。

“你吓我一跳。”她说着把电话重新挂上。

沈放逼问：“你打电话给谁？”

“给一个同事的丈夫。”

说谎带着心虚，能瞧出端倪。

沈放苦笑：“这么晚？”

姚碧君点了点头：“她今晚临时加班，回不去了，让我帮她解释一下，我刚刚才想起来。”

不可思议，在电话局工作，她自己不能打电话？

“哦，那你怎么什么都没说就挂了？”

沈放接连的问题，让她心虚得厉害。

“没人接，可能是太晚了，人家睡了。”说完她回避着沈放的眼光，想要回自己的房间，“好了，我要去睡了。”

就在她要进自己房间的时候，沈放叫住了她。

“看来那个同事跟你关系不一般。不过人家的事儿，你是局外人，操心太多没必要。”

聪明人都不会将话挑明了说，似乎兜圈子更加有意思。

姚碧君没说话，沈放看着她继续说着：“既然这么上心，那就提醒他，外面不是很太平，懂事的人都知道该去哪儿，不会乱跑的。”

他是故意的，说完，先姚碧君一步转身进屋把房门关上了。

看着沈放进门，姚碧君松了一口气，也进了自己的房间把房门关上。

因为设置了通城的哨卡，第二天清早李向辉便来向沈林汇报了。

“沈处长，昨晚城关的各个哨卡一切正常，没什么发现。”

这个消息沈林昨天晚上便已经清楚，于是只回话道：“我知道了。”

李向辉却并没有离开的意思，继续说着：“不过，田中和吕步青昨天有所行动，钱必良服毒自杀，周达元被抓了。”

服毒自杀？真是个狠角色，这样说来，如今他们手上只剩下一枚棋子了。

“周达元现在怎么样？”沈林关切地问着。

“他人在局里被羁押，行动科已经开始审讯了。”说着，李向辉欲言又止，瞧了一眼沈林，像是得了允许，继续说道，“周达元是沈老爷子的学生，您看要不要关照一下？我怕行动科那帮人下手没轻重。”

沈林想了想才说：“算了，让行动科自己处理，沈家该回避的时候得回避，你先下去吧。”

这不是什么好事，他虽说做了这个决定，但沈柏年对这件事究竟有何看法，他无从知晓。

为了保险起见，更或者，沈柏年能从他嘴里得到更多的东西，沈林还是特地回去通知了一声。

进了家门，偏厅里沈柏年伏在桌边专注地写着字。苏静婉站在一旁，用纸在一幅刚写好的字上吸多余的墨汁。

苏静婉抬头看到了沈林，没有说话。

沈林开口：“父亲。”

沈柏年还在写，“嗯”了一声算是回应。沈林没有说话，站在一边，这会儿有些不太敢说出来。

察觉到沈林长久的沉默，沈柏年突然停住笔，端详着字，没有抬头看沈林，说道：“你想说什么就说，磨叽什么？”

沈林一咬牙，吸了一口长气，说：“昨晚中统行动科把周达元抓了。”

面前的沈柏年一愣，这会儿视线才从纸上移到沈林身上。

“怎么回事？”

沈林绷着脸说话：“周达元是您的老部下，原本不想告诉您，但我想还是给您一个心理准备才好，所以……”

他这是在兜圈子，沈柏年有些着急，厉声喝道：“怎么回事儿？说清楚！”

“这次中统清查政府内部共党嫌疑人，查到了周达元。”

这回倒干净利落。

沈柏年语气平静地问：“确认吗？”

“人证物证俱在。”

沈柏年听后放下笔，站在原地良久，深叹了一口气：“那你安排一下，我想见见他。”

看守所的门被推开，沈林带着沈柏年走了进来，门外的阳光让两人的身形成了两个剪影。

这是一条长长的走廊，两边全是囚室，光线阴暗。

沈柏年看着两边的囚室，眉头皱了起来，走廊里浑浊的空气让年迈的沈柏年咳嗽了起来。

沈林不由得扶着他，问：“您是不是不舒服？要不……改日再来？”

沈柏年努力让自己的呼吸平静下来，甩开了沈林的手，向走廊深处走去。

囚室的栅栏门开了，沈柏年对沈林说："你在外面等我。"

说完，沈柏年走进囚室。沈林叹了口气，顺从地将栅栏门关上了。

牢房内比较洁净，有光线照进来，形成明暗分明的两侧。原本坐着的周达元见沈柏年走了进来，努力站了起来。

"老师。"

恭谦有礼，一日为师终身为父，这是读书人的讲究。

沈柏年端详了一会儿周达元，他脸上有伤，面容憔悴，明显已经受过刑了，接着沈柏年叹了口气："没想到，你我会在这儿见面。"

人活得久了容易有感慨，物是人非，世道变迁。

周达元却一笑，不浓不淡地说："我有准备。"

这样的身份，迟早都会有被发现的危险，这次见面倒像是迟早的一样。

沈柏年也不与他争执什么，此行明显是在劝慰："好吧，事已至此，希望你交代清楚，好早日出去。"

只是他没想到，周达元竟摇了摇头。

"我没什么可交代的。"

沈柏年皱眉道："你不怕他们再对你用刑？"

周达元笑道："老师当年投身革命的时候也一样危险，但老师也不怕。"

就像是这么多年，沈柏年一直被他崇拜着。如今他也是这样。

沈柏年摇头否认："这不一样。"

"没什么不一样。这个世界是需要改变的，我宁愿承受痛苦，也想让这个世界有变化。"

如今这样的世道，沈柏年何尝不想改变呢？只是改变需要代价，而且他不能肯定所有的改变都是好的。

该问的问了，曾经他们的师生关系很亲近，如今周达元也能感受到沈柏年面对自己时的无奈，相较而言并没有太多的愤怒。

他曾经是沈柏年的部下，也是沈柏年的得意门生，他觉得沈柏年也该有些和他一般的想法，于是反而劝着沈柏年。

"老师，'民国'政府是腐败的，它并不美好，相反它在让社会沉沦、黑暗，民众承受的折磨不比我受的轻。我们为什么不能给民众希望呢？改变一定会到来，腐朽堕落的秩序一定会被瓦解，这是我坚信的。"

革命人都得有信仰。

沈柏年瞧着他十分坚定的样子，沉默许久后才问道："你真的是共产党？”

周达元摇了摇头：“不，但我愿意为他们做事。现在的官员、政府和军队都在做什么？普通的民众活在什么样的环境里？我不是瞎子，您也不是。只有共产党让我看到了希望。”

沈柏年神情黯然：“你不怕死吗？”

“如果我死了可以让这个世界改变的话，哪怕只能改变一点点，我也愿意。打破旧世界的进程是任何人无法阻挡的，人们要求平等、公平、公正的社会的愿望也是任何力量都无法摧毁的。”

他微微一笑，光是想到那个未来，他都觉得十分美好。

沈柏年凝眉叹气，眼中含着光看他：“我不明白你所谓的信仰，但是我不想你为此赔上性命。你曾经是我最得力的下属，也是我最好的学生，你应该有更好的前途。”

“那您应该为我这个学生骄傲，因为我在追求光明的世界。”

这是认准了要一条道走到头了，沈柏年见他没有丝毫的动摇，没有再说下去。

第三章

CHAPTER 3

街边茶馆的二楼，沈林低头瞧着，一边举着茶杯悠闲地喝着茶。

不一会儿，一个学生模样的男孩儿上楼，走进了包间。

这个男孩儿是沈林资助的一个孤儿，名字叫乔治其。

沈林听见动静回过神来，冲着乔治其一笑，冷冰的脸上温柔极了："我给你点了烧卖和汤包，都是你喜欢吃的。"

乔治其点了点头，并没有动筷子，表情有些忧虑。

沈林看出他的情绪异常，问道："怎么了？"

"我没想到张远山他们会被抓起来。"语气里有隐隐的责怪。

就在今天，他们的小团队本来打算上街跟随队伍游行，是他听了沈林的话打了电话举报，随即人便被带走了。

沈林表情淡然，轻轻摸了摸他的头："也不算被抓，只是调查一下。"

"他们会有危险吗？"

"你担心？"

乔治其抿了抿嘴，有些为难地说："他们做的事儿是很过火，但毕竟是我同学，而且他们也不是坏人。"

听到这样的话，沈林笑了："你觉得他们的做法有问题，那就说明你做的没问题。"

可乔治其明显有些怀疑，脸上满是纠结："我这样好吗？我觉得我背叛了他们。"

背叛？这是在怀疑他吗？沈林目光突然凌厉起来。

乔治其片刻工夫便发觉了，解释道："不，我知道沈大哥一定不会有错，可张远山他……"

沈林看他脸色不好，觉得这样确实有些为难他，转而耐心地教导："这些人被挑动蛊惑，必须接受教训才能让他们回到正确的道路上来。你别想太多，听我的安排就好。吃吧，都凉了。”

乔治其应了声，拿起烧卖就啃，沈林起身打算离开。

“你慢点吃。我先走了，吃完你自己回学校，有什么事情随时给我打电话。”

与此同时，南京城里发生了不小的事情。

罗立忠正在办公室里把玩着鼻烟壶，沈放推门而入，脸色焦急，直接将一份资料递给罗立忠。

“罗兄，又发生了两起案子。”

罗立忠接过来，仔细翻看着。

沈放跟着解释：“一起是在德宝饭店门口，还有一起是在和平大戏院。技术科查了死者身上的伤口，杀手所用的弹头和在婚礼上袭击我的子弹完全吻合，那个刺客又出现了。”

还真是天翻地覆了。

才消停了几天，这又是从哪儿冒出来的?

沈放阴着脸，面色凝重，连声音也不由得低了下来：“刺客杀的人都是曾经在汪伪政府里担任过职位的军人，除我以外，无一幸免。”

细思恐极，如果不是侥幸，今日他怎么可能还站在这里?

罗立忠瞧着沈放，考虑得倒是周到，缓缓说着：“那他很可能还会向你动手，要不……我派些人手保护你?”

那样的神枪手想要杀一个人，岂是几个特务能够阻止的?

沈放摇了摇头，意味深长地一笑：“不用，我巴不得他再出现一次，他敢动手，我必然不会让他溜走，有人保护我，他可能反而不敢出来。”

罗立忠并没有由他的意思，他需不需要是一回事，而自己做不做是另一回事。

“还是小心一点好，别为这没来由的家伙把你搭进去。加强保护也是应该的，这事儿我来安排。”他说着将资料搁在桌上，说完了这事情又想起别的来，“对了，我正要告诉你，何主任把修路的规划批了，咱们买的那块地价格飞涨。幸亏有你的提醒，承接路政工程公司的股票的确涨得很快，但是，我们只买一点股票好像不太合适。”

他就像一条嗅觉灵敏的狗，总是能自动地嗅到铜臭。

“怎么，罗兄想当庄家?”沈放将脑袋微微一歪，怔怔地瞧着罗立忠。

罗立忠嘿嘿一笑：“还是沈老弟脑子灵光，一点就透啊!”

沈放也跟着他笑了起来。

既然罗立忠已经决定了，那眼下就不是在商量，而且这条路也没什么错，于是沈放笑着说："行，那我一切听罗兄的安排，罗兄的安排一定没错。"

"明天我会约路政公司的人来南京谈一下股票的生意，地点在中央饭店中餐厅。到时候你跟我一起去，毕竟这主意是你想出来的。"

他接话很快，准备得倒是周全，而且将这事情轻而易举就推到了沈放身上。

沈放有些无奈，可面上不敢表露分毫，只说："好啊，谈生意的事儿我更有兴致。"

隔天中午，中央饭店的包厢门口。罗立忠、沈放与路政工程公司的徐老板从包厢里走出来。罗立忠热络地跟徐老板握手，笑道："合作愉快啊！"

"当然当然，这次的生意多亏了罗处长照顾！"

这是一件双赢的事情，两边都高兴。

罗立忠先前麻烦了沈放，这会儿需要给他一点关注，忙说："你得谢咱的沈老弟，炒作你路政公司股票的主意可是他想出来的！"

徐老板回头看了一眼沈放，这样的人他不喜欢，但还是禀着不得罪人的想法说道："你们二位都是我的福星、靠山！"

就在这个时候，罗立忠对沈放使了一个眼色。

沈放会意，随即开口："徐老板，您这话说得好听，可我们的股票户头在上海都是被您管着，您才是靠山。"

话里有话，生意人最善于捕捉，徐老板顷刻间面色惶恐，急忙摆手："别别，沈副处长千万别这样说。您二位的户头只是我找人代管，钱一分不少都是您二位的，给我一万个胆子我也不敢动一个子儿！"

这样的世道，敢去得罪军统的人，实在是活腻了。

沈放收放自如，又露出一股释然的神色，不过话里依旧隐含颇多："那好，徐老板可得说到做到，账目别错了，你在上海和老家宁波的两大家子人都靠着你呢！"

这番话说得徐老板额头冒汗，有些不知所措："沈副处长，您这话说得，我……我……"

罗立忠忙在旁边缓和气氛："好了，好了，沈老弟怎么这么多心？徐老板是咱们自己人，对吧？"

他歪过头算是求证。

徐老板眼睛瞪得十分大，忙应和："那是，那是！"

罗立忠没有再说别的，只吩咐旁边的人："行了，今天就这样，我找人送徐老板先走。"

这话一出，徐老板长出一口气，擦了擦额头上的汗，又咽了口唾沫。

旁边一个军统的军官走过来带着他离开，恭敬低头之后，两个身影渐行渐远。

罗立忠望着路上的背影，然后再看看沈放，很满意地说道："老弟，那几句话够狠的。"

临场发挥，把握准确。

沈放嘴角一翘，温柔雅致："罗兄的意思我还不明白？他老徐手里拿着咱们那么多钱，不给他一点压力怎么行？"

"没错，咱哥俩一个红脸一个白脸配合默契啊！"

配合默契？用狼狈为奸来形容也许更贴切。

两个人正相视笑着，街上开过来一辆汽车，饭店的服务员打开车门送他们上车，沈放一只脚刚踏上去，突然听得一声枪响。

身边的服务员一声闷哼，接着嘴角便流出了血水，闷声倒地。

刚才那一刻，他因为要关上门，所以身子挪动了一步，正好做了沈放的替死鬼。

沈放和罗立忠忙从另一边开门下了车，隔着车身，顺着方才子弹打过来的方向朝着对面的屋子看过去，只见一个身影在对面公寓楼顶一闪而过。

"在对面楼顶。"人已经被发现了，便不可能悠然地守在原地等着开枪，沈放一边说着，一边毫无顾忌地追了过去。

他眼下只有一个想法，便是看看这个人究竟是何方神圣。

冲进了公寓楼，沈放沿着楼梯一直向上追踪。与此同时，杀手正好从楼梯顶端向下走。

他一抬头，正好瞧见那影子举着枪打算射击，慌忙一躲，子弹便打在了楼梯扶手上，木屑四溅。

不知道是第几层，那身影忽然从楼梯间转身逃向了走廊，停在了走廊的尽头，有些迟疑。

虽然不确定楼层数，但高度确实不算低，摔下去，粉身碎骨。

那人犹豫的时候，沈放跟了上来，举枪正要射击，那人却忽然下定了决心，翻过窗栏跳了下去。

沈放立在窗边朝外眺望，这才发现那身影并非跳下了地面，而是落身在了另一矮楼的楼顶之上。

沈放皱着眉头看那人在楼顶狂奔逃离，一咬牙也跳了下去。

经过一番追逐，沈放在高低错落的楼顶上和那杀手越来越近。有好几次可以举枪射击，他却又因为犹豫而错过了。

跑到这一排建筑的顶头，顺着街巷的杂物，他翻身跳进一个小巷。

从一条巷子拐进另一条巷子，那人没有继逃跑，而是躲在暗处举枪对着这边的巷口，只等沈放追过来便击毙沈放。

方才的行动过于剧烈，已经让他精疲力竭，这会儿他眼睛瞄准着，双手却有些颤抖，口鼻间喘息声深重。

巷口迟迟没有传来动静，一直等到他的心跳和呼吸都渐渐平缓了下来，他才猛地一抖，随即整个人僵住。

在他的身后，有一把枪顶在他的后脑上。

沈放从后面慢慢地摸了过来。

“别动，慢慢转过身来。”

这一片沈放再熟悉不过了，这样追下去，他迟早会被沈放追上。借着这个地形，他或许可以继续他的计划，要了沈放的命。

聪明人思考问题的方式大致相同。

那道身影听话地缓慢转过身来，沈放一把拽下了那杀手蒙着脸的黑布，却瞧见那张脸上带着一副熟悉的面具。

“你……”

沈放刚要再说什么，那人趁着他诧异的工夫突然出手挡开了沈放手臂，并非是想要逃离，而是打算再次举枪对准沈放。沈放连忙出手格挡，步枪太长一时间无法瞄准，接着两人徒手搏斗起来……

都是军方出身，身手不会太差，那人见三两下制服不了沈放，便打算从怀里摸出匕首。沈放瞧见他手上缺了两根手指，趁机一把将他的手锁住。

那人自然不服输，还在挣扎，这时，不远处传来嘈杂人声，算时间，应该是军统的人追过来了。

形势明确，沈放冷冷地说：“想活命就别打了。跟我走，我带你出去。”

声音越来越近，那人一愣神的工夫，沈放不由分说地拖着他离开了原地。

两个人在巷子里左转右转，终于摆脱了追上来的人。这地方地形复杂，走来走去还在巷子里，最后在一个角落沈放停步，将身子靠在墙上，两人均上气不接下气。

就在这时，杀手突然打飞了沈放手里的枪，从怀里拿出匕首想要挑断沈放的咽喉，却不想沈放表情冷静从容，像是一早便猜到了他会有这么一出，快速从后腰拿出一把微型手枪顶住他的脑袋。

沈放冷笑着歪着脑袋，盯着那人的眼睛。僵持之后，沈放伸手摘下了那个杀手的面具。

那张面具之下，一张近乎毁容的脸跃然于眼前，正是当日在金陵兵工厂里遇到的陆文章。

陆文章瞧了沈放一眼，下意识将头微微低着，目光正好扫了一下自己的靴筒。

沈放即刻便察觉，将手里的枪往前推了推，试图取得信任："你最好老实点，我知道你靴子里还藏着刀，不过你想想，如果我要杀你，干吗带你跑这么远？"

陆文章虽然好奇，但依旧面带不屑，语气冷冰："为什么救我？"

"为什么杀我？"沈放一副玩世不恭的语气。

"你做过汉奸。"

意料之中的答案，之前杀的所有人都是，所以沈放并不惊诧。

陆文章桀骜不驯，继续说了一句："如果不是我病了，你早已经死了。"

好大的口气，只是沈放这才知道，原来他消失的那段时间是这般缘由。看着他笃定而又张狂的模样，沈放笑着反驳他："不一定，反正我现在还活着。"

两次动手都失利，陆文章其实有些慌了。但沈放看着他，觉得他此刻全然没有被捕的慌张和恐惧，反而是一脸的淡定从容，视死如归。

"想干掉我就趁现在，否则我还会杀了你。"

"干不干掉你我来定，现在先听清楚我干吗救你。"

陆文章一愣，看着沈放没有说话。

"你杀汉奸，所以你是好人。我救你，是因为好人不该死，起码不该这样死。"

"就算你救了我，你依然是个汉奸。"陆文章倒是倔强，似乎根本不领情。

沈放不顾他插话，继续说下去："之前我一直在想，我跟你哪儿那么大仇，可就在方才，我想明白了。"

自打那次重新见到他，他装作不认识自己的时候，沈放便已经派人对他进行了调查，可是遗憾的是，并没有查到什么有用的线索。

当他再一次见到面具下的那张脸的时候，他忽然记起了这个人和他唯一的交集。

“陆平川，当年我审问过你。”

当年陆文章在苏北打仗遭友军陷害，他所在的部队几乎全死光了，他身负重伤，被日本人俘虏。

就在那个时候，作为汪伪政府的情报处处长，沈放参加了对他的审问。

“所以你恨我，恨所有给日本人卖命的人。”

并非国仇，他做的这一切，更多是为了自己的私人恩怨。

陆文章对沈放嗤之以鼻，这样猜出来，也省得他说下去。只是他还不忘骂着：“当然，你们这些汉奸跟日本人一样该死！”

这样的误会，可不是一般的深。

沈放叹了一声，枪依旧不敢松开，语重心长地解释着，试图挽回这一切：“有些事不是你想的那样。如果我告诉你，当年我曾想办法救过你们这些被抓的伤兵俘虏，你信吗？”

无凭无证，沈放说什么就是什么。

陆文章显然不信：“就凭你一句话？”

沈放闻话心情沉重，他冒险做了那么多的事情，到头来竟没办法说清楚了。

“那好，我问你，在审讯时，你的手差点被钉了钉子，是谁进来换了一个审讯的方法，保下了你的一只手？你被押送的时候，车翻了，车是怎么翻的？你认为真的有那么巧的事？还有，你逃跑跳河的时候，又是谁在追捕你，以你当时的身体状况，能逃得掉吗？日本宪兵的枪法就那么差？”

这些话说得头头是道，不仔细想他还真没有发觉。

陆文章开始思考，没有说话。

沈放继续开口：“这是你第二次杀我。如果我和你杀的那些人一样，我会把你留到现在？你别忘了我的身份，除掉你并不难，起码在兵工厂我就可以对付你。就算我杀错了，也不至于让自己再冒险。而这次，我还是没有把你交给军统，你觉得我是疯了吗？”

沈放情绪激动，恨不得在脑门上刻上几个大字——“我不是汉奸”。

只是他没想到陆文章是个油盐不进的主儿，思考之后依旧倔强地说：“不管你怎么说，只要我活着，我就不会停下来。我要杀掉那些当过汉奸对不起自己兄弟的人，等到杀完这些混蛋之后，我就去自首。”

沈放无奈，好话说尽了，却丝毫没有改变对方的态度。他想着或许是因为眼下这个环境，让对方防备心太重了。

“你倒是够执着的。那这样，我给你三天，你自己想清楚是不是可以相信我。三天后的晚上八点我在这里等你，如果到时候你还是不信，那么这里就是我们决斗的地方。”

说完话，他随即收起了枪，像是已经十分笃定陆文章不会再向他下黑手，转身径直往回走。

才出了那个巷子口，有两个军统特务便冲了过来。沈放迎面走了过去，表现得极其焦急，大声吼道：“你们俩怎么那么慢，看见人了吗？”

“没看到。”那俩人将脑袋微微一低，根本不敢看沈放的眼睛。

沈放故作烦躁：“这儿没有，去那边看看。”

特务们喏喏地朝另一个方向跑去。他再回头时，背后是空空的长巷，陆文章已经离开，随即他冷冷地笑了。

相约的三日对沈放来说不过是转瞬即逝，而对陆文章来说，却是难熬至极。

他不敢轻易相信沈放的话，可细细想着，又似乎真的像沈放说的那样。沈放根本没有必要饶他一命，因为这对沈放不会有任何的利益。

就这样半信半疑做着斗争，陆文章一直没有拿定主意。

三日之期当晚，月儿高悬，乌云浓厚。他早早地就到了相约的巷子里，徘徊着等待沈放的出现。

灯光照在陆文章的脸上，沈放看得清清楚楚，这一次陆文章像前几次一样，并没有戴面具，而是以那张真实的脸来面对自己。

“你很守时，三天的时间已经过去了，怎么样，还想要我的命吗？”沈放直奔主题。

“我没带枪来。”陆文章也像在学他，既保持了自己的态度，答案也一目了然。

沈放笑了：“既然这样，那你以后最好听我的。”

这是他想得到的结果。

“那要看你说的是什么。”陆文章凝眉，不杀他也不代表自己就会臣服于他。

“你想报仇就得换个法子，现在国民党上下因为接连的暗杀严加戒备，再这样蛮干，你早晚会暴露自己。”

这就是他的良言？

陆文章挑了一下眉毛，有些诧异道：“就这些？”

沈放摇头，对他的态度很无奈，但还是继续说着：“对那些贪生怕死、祸国殃民的汉奸，一枪崩了是不行的，得想想是谁让这些人这样逍遥自在，把纵容他们的势力除掉，才能真正地报仇。”

陆文章略带迟疑。

“让我看看你到底会怎么做。”沈放的脸上随即露出一丝微笑。

因为沈放放弃了离开的机会，田中的计划再一次被打乱了。

事情归根究底最后算在了一通电话上，可那通电话最后查明是从附近的一处公用电话亭打出的，所以没有什么大的用处。

就在田中毫无头绪的时候，那晚在街口喝茶的杜金平却称亲眼看见沈放的车出现在了现场。

田中喜出望外，闻讯之后，又去见了一回沈林。

沈林正在整理资料，瞧见田中，便停下手里的动作看着他，说：“你又来了，这次你要汇报什么？”

上次他说的话作数，不过田中往这儿跑的次数也越来越多了。

“针对钱必良和周达元的行动报告，沈处长应该看过了。”

依旧是老毛病，他先铺垫着。

沈林配合着点头：“当然。”转而又说，“可惜你们没有找到跟钱必良接头的人。”

田中接着便讲了他此行要说的重点：“在监视钱必良使用的秘密信箱的行动中，沈放似乎在附近出现过，紧接着警察就来了，搅乱了监视行动。这……您怎么看？”

前因后果说得颇有关联且笃定。沈林知道他擅长捕风捉影，也懒得跟他玩猜谜游戏。

“我怎么看不重要，我要的是证据。”

这话说完，田中脸上又露出了那个令人讨厌的笑容：“沈处长应该明白，我有了足够的证据，对你来说意味着什么。”

田中也颇为识趣，见他态度如此，便不再继续，像故意威胁一样说完这句，然后愤而转身出门。

屋里，原本一脸淡定的沈林眉头紧皱。

为了这个足够的证据，田中很快便又有了新的动作。

清晨，沈放在军统一处的走廊上碰到了江副官。

江副官笑着向他问了早，然后忽然记起了什么，向他传达着：“对了，有个人一大早就过来了，说是找您，叫马子睿，在中统局工作。”

是一个陌生的名字，沈放摸不着头脑，又怕是什么要紧的事情，想了想只好道：“带他来我办公室。”

只是没想到推门而入的人竟然是田中。

今日的田中跟以往不同，他本就是一张与国人差不多的面容，换上一身中山装后更显得本土了。

田中迈步进来，脱下了头上的礼帽，向沈放点头示意。

沈放愣了片刻，随即示意江副官出去将门带上。

“我没想到是你。”

他竟如此狡猾，怕自己不见他吗？

还是和几年前一样的态度，田中表情诡异：“沈先生，我说过，我随时会来和您叙叙旧。”

沈放却丝毫不客气:“没交情，有必要见面吗？”

“当然有。我一直有一些疑惑，但最近我突然有些想明白了，所以特意来请教你。”

从汪伪政府开始，加藤便对沈放有所怀疑，田中跟在加藤身边，那个时候就开始注意沈放了。

“我对你的问题没兴趣。”沈放扭过头不看田中，把玩着桌上的茶具，给自己倒了一杯茶，然后端起茶杯仔细品着。

这态度还算好的，总没有再赏他一杯茶。田中苦笑，一副十分怀念当年的模样：“以前，沈先生和我还称兄道弟，如今就不喜欢跟我说话了……”

“那时我在执行任务，你那么喜欢谈论失败可以自己回想，我没有时间奉陪。”

田中话说到一半，沈放耐心被耗尽了，“砰”的一声将茶杯往桌上搁，出言打断田中的话，语气生硬。

可这样到底无济于事，再瞧田中，依旧是泰然处之，一双眼睛打量着沈放，忽然变得严肃：“但今天的事儿你必须听。”

他说着往前迈了一步，开了口：“三年前，我们曾经一起处理过一个关于共产党的案子，经你调查后，当事人死亡，线索断了。为什么你沈先生参与的事情，结果都很不好呢？”

沈放不屑搭话，被质问之后似笑非笑。

接着他转头看向田中：“那只能说明你们无能。”

“我们无能？”

田中眼神意味深长，随即表情轻松下来。

“以前我跟加藤都疏忽了。但现在我不会再放过任何一丝一毫的证据，日伪资产分配委员会的周达元，交通部公路局调配处处长钱必良，浦口码头的郭连生都是和汪洪涛联系的共产党，而汪洪涛与你也有联系。”

“我见过汪洪涛也是问题？”

沈放每说一句话都要在心里思量一阵子，田中狡猾极了，说不准自己就被他套出什么话来了。

“知道你会辩解，但更早的事儿呢？三年前有个叫张依帆，代号为‘蒲公英’的共产党被捕，在你的手里被审讯致死。半年前，重庆又出现了一个叫张一凡的共产党，代号也是‘蒲公英’。代号都一样，难道是死人复活了？我很想听听你是怎么想的？”

他特地去找了各地被捕共产党的资料，又托吕步青去查了沈放在汪伪政府潜伏时期的所有审讯档案。

沈放冷冷地看着田中：“这跟我有关系吗？你怎么知道他们是同一个人？”

三年前的那个人已经死了，死无对证，什么都是由他说了。

田中见他笃定，想必就是借着这一点。

“这两个人的体貌特征非常相像，只可惜现有的资料照片太不清楚了。虽然我可以证明一些情况，但这样随意地对待沈先生很不好。”

沈放没说话，冷静地看着洋洋得意的田中。

当年代号“蒲公英”的那位同志的确是他放走的，难道对方走了之后又去敌后行动了？

沈放还在思考着，田中却突然话锋一转：“不过还好，所有的原始档案都在，我已经去电重庆，要求他们尽快把‘蒲公英’的完整档案调过来，加上汪伪政府的审讯档案，对比一下，一切就会水落石出。资料明天就会送到我的手里，如果他们就是同一个人，那就需要沈先生好好解释一下了。”说着，他忽然扬手改正，“哦，不过不是对我，而是对中统。”

此刻的沈放表情不改，但垂着的手不由地握紧了。

这两个人究竟是不是一个人，沈放也不清楚，但若是真的，那他眼下的情况很危险。

田中说完这一切似乎很满足，看着表情依旧冷冽，但隐隐有些皱眉的沈放，笑容不改地说：“答案明天就会揭晓。我觉得沈先生需要回忆的事情应该有很多，没关系，你慢慢想，还有时间，你可以想想该怎么做。但你知道你是跑不掉的，最好向我坦白，我随时等着你。”

说完，田中转身离去，沈放站在原地陷入沉思。

田中葫芦里卖的是什么药？他又该怎么办？万一这是田中故意设下的圈套试探他，那他稍有疏忽就会被抓住破绽。

以防万一，他还是去向任先生求助了。

玄武湖边上微风吹来，水面泛起涟漪，坐在湖边上本该是十分惬意的，可沈放满脸愁绪，脸色不佳。

“田中认定在重庆被抓的‘蒲公英’就是当年我放走的人。”

两次的撤退都以失败告终，如今沈放想走已经变得越来越困难了。

他方才已经大致解释过整件事情的来龙去脉，任先生听完思考了片刻，却又摇了摇头：“可这不可能啊！按你所说，我们的同志应该受了很重的伤，甚至会落下残疾，组织不可能再派他去重庆执行任务的。”

他并非参与者，这一切也都只是猜测罢了。

“能确定吗？”

沈放比方才激动了一些，他带着期待的目光看着任先生，却见任先生沉吟道：“这要跟老家求证。”

“要多久？”

“给我三天时间。”

三天时间？到时候恐怕他已经横尸街头了。

沈放蹙眉：“不行，我等不了那么久，田中明天就能拿到重庆的档案。”

任先生想了想，似乎没有别的办法了，干脆说：“要不你今晚就跟我一起走，先离开这里再说。”

这个时候走就说明了他心里有鬼，而且不管田中是不是在用话诓他，现在都必定设下了哨卡，他想走没有这么容易。

沈放摇了摇头：“那样我就算是暴露了，他们必然在守株待兔，就等着抓我。可如果他真的拿到对我不利的证据，他一样会通缉我。”

沈放进退两难，同样是死路一条。

任先生跟着蹙眉，脸上表情复杂，想了好一阵才说：“那我现在就去想办法，不管你想做什么，等我回来你再行动。”

沈放无可奈何地点了点头，似乎已经不抱希望。任先生仍旧坚持着：“到时候我会给你办公室打电话，如果证实了他在设计圈套，我就说‘你要的书缺货了’。”

他说完话，沈放低头沉默了一会儿，然后仰头严肃地说：“如果明天老家传不来消息，你必须赶快离开。”

任先生疑惑地看着沈放。

沈放微微一笑：“你应该明白我的意思，你离开这里才是最安全的。”

“不。我不会放弃你。”任先生说完这句话便离开了。

沈放没有转头看他，而是盯着玄武湖的湖面，长长地吐了一口气，有些释然，接着又陷入沉思。

与此同时，田中再一次找到了沈林，试图交涉。

办公室里，沈林正看着资料，田中敲门后径直推门而入。

沈林一抬头，只见田中微微一笑，已经站在办公桌的对面，直言道：“我刚才去见了你弟弟。”

沈林放下资料正身，没有表现得十分有兴趣，但还是下意识仰头看着田中，声音慵懒地问道：“你发现什么了？”

田中讳莫如深：“现在还不能说，不过沈放自己会说明一切的。”

他那副神色，似乎已经有了几分把握。

“什么意思？”沈林不解。

田中将身子撑在办公桌上微微前倾，与沈林目光交汇，淡淡地说：“沈处长只要耐心等待就好了。我来找你只是想提醒你，如果我证实了你心里所想的，你该拿什么跟我交换。”

之前他单凭着怀疑，沈林自然不会许诺他什么，可他还真的不信，证据确凿之后，沈林还能泰然处之，任由沈放被发落。

沈林的目光有些木然，见他盯着自己，便直愣愣与他对视，语气徐徐缓缓，情绪没有一丝波澜：“我说过，你只能做好你自己的事情，其他的你别无选择。”

田中一笑，接着悠然起身。

“沈处长，一直以来，你可能忘记了一点。”

沈林没有说话，好奇心指引他看向田中。

田中目光变得锐利起来：“我现在是调查员，我有很多途径可以将我所掌握的信息变成回到日本的筹码，你可能忘记这一点了。我之所以选择你，是因为我们有过合作，不是吗？”

他上一次说过，他不想沈林成为他的绊脚石。他要的不是沈放落网，他只是想回自己的国家。

沈林的动作没有变，从头到尾都是如此，他面无表情地说：“如果我是你，我不会这么想，你能活下来已经是万幸了。任何一个中国人都不会和你谈条件，更不需要和你谈承诺。这一点你应该比我清楚。至于其他的，你好自为之。”

他的话像是劝诫，带着一丁点的憎恶。

田中没有说话，只是看着沈林。沈林甚至开始驱赶他：“如果没有其他的事情，现在请你出去。”

现在的沈林有些事情还想不明白。如果田中真的找到了证据，那么他应该怎么做呢？是大义灭亲，还是解救沈放？

如果解救沈放，那么他能不能摆脱背后盯着他的那些眼睛呢？

这些他都不知道。

屋子里的两人陷入僵局，田中迟钝了几秒钟，最终转身离开。

从玄武湖回来后，沈放一身疲惫。

公寓里拉着窗帘，光线阴暗。他没有开灯，孤独地坐在沙发上发呆，无助与恐惧就像是一群凶猛的野兽将他团团包围，让他无处遁形。

如今留给他的这个局是一个死局，他清楚地知道，他已经很难摆脱田中给他设下的圈套。同时他也在想，这件事沈林又知道多少呢？他那个一向公正的哥哥现在又会怎么做呢？

只怕是不会有丝毫的留情吧。

时间在不知不觉间快速流转，白天渐渐转为黑夜，路灯亮起来了，沈放仍旧一动不动。

姚碧君回来了，她推开门，打开灯，然后挂上衣服，一回身，被静坐在屋子中央的沈放吓了一跳。

抚胸平缓了一下情绪，她仔细看了看沈放，举得他有些奇怪："怎么不开灯？你……你这是怎么了？"

沈放看上去很憔悴，嘴唇已经干裂起皮，轻轻张开的时候有种撕裂的疼，使得他的话语不太清晰："没什么，我在等你。"

姚碧君很意外："等我？"

沈放点了点头："我想和你吃顿晚餐。"

算起来，这应该是第三次告别。如果可以，他希望还会有下次。

简单梳洗换衣之后，两个人上街找了一家西餐厅。音乐轻盈地在餐厅里回荡，沈放和姚碧君两人吃着饭，相对无言。

奇怪的事情多了，姚碧君如今已经不惊奇。且看沈放这副神色，想必这一顿饭的缘由，是他心情不畅。

他不高兴时想到的人是自己，姚碧君隐隐欢愉。

“你有心事。”她关怀地问着。

对面的沈放笑了笑，她继续说着：“你应该在家里等我半天了，你很奇怪。”

沈放方才沉默了许久，一直像是在思考什么，这会儿像是已经想明白了，抬头说起话来：“你本不想跟我在一起生活，这些日子让你受委屈了。如果这样的生活结束了，希望你能拥有你想要的。对女人来说，爱和其他东西一样，需要自己去追求，追求了，爱便是理想，否则爱只是一个梦想。”

莫名其妙的一番话，让姚碧君刚有的欢愉顷刻烟消云散。她手上切牛排的刀停了下来，但她没有去看沈放。

停顿片刻之后，动作继续，她说：“好端端地说这话干什么？”

“我怕现在不说，以后就没机会了。”

“可我不想听这些。”姚碧君的眼睛忽然一亮，随即将手上的刀扔在了盘子上，“你太自私了，上次你送了我项链，我以为你要走，这一次你又说这样的话。在你身边我觉得很累，你好像可以随时随地放弃跟我有关的一切。”

她生气了？她难道不是带着目的接近他的吗？

沈放笑了：“人就是很奇怪，当初我那么不想跟你结婚，没有想到最后我们还有这样一段缘分。”

“你是后悔还是遗憾？”

沈放叹息：“我是觉得自己没能好好珍惜你。如果……如果到了明天一切正常，我保证不再这样对待你，你会看到一个全新的我。”

他这话不是对姚碧君说的，更像是喃喃自语。跟离开不一样，他这一次很有可能生死未卜，在这样的情况下，他忽然觉得自己有些放不下姚碧君。

姚碧君自然不懂他是什么意思，皱着眉一脸不快地看着他：“你真是越说越奇怪了！”

一夜辗转难眠，沈放精神不佳。

他的心里绷着一根弦，他靠坐在椅子上，一边用手指轻叩着桌面，一边眉头微蹙，盯着桌子上的电话。

意识有些恍惚的时候，电话突然响了起来，沈放一惊，忙回过神来坐直了。

一声，两声……沈放并没有接。

他似乎在等待着什么，又似乎在思考着什么。

这个电话会是谁打来的？是任先生吗？还是田中？这通电话一旦接起，下一刻或许是天堂，或许是地狱。

等到电话响到第五声的时候，沈放心一横，终于接了起来。

“喂。”

“沈副处长，跟您说过的相关文件我已经拿到了，我想你一定很有兴趣想看看上面写的是什么。”

是田中，不过他的话让沈放意外。

“你想跟我见面？”

“当然，这样的见面多有意思。而且，你今天一定不会躲着我。”

沈放眉头皱了起来，但随即嘴角上扬，语气缓和，若有笑意：“好啊，我也很好奇你到底得到了什么。下午三点，夫子庙瑞升茶馆。”

他尽量拖延着时间，心里虽然大概猜到了结果，但还是想要任先生一个确切的答案。

那头的田中笑声不止：“好啊，今天的茶，味道一定很独特。”

沈放不等他说完便愤然挂了电话。

电话那头，田中听见挂断的提示音后，笑脸随即转为冷峻。

思索片刻，他又拨通了吕步青的电话。

听见有人出声，他直接说着：“我是田中，吕科长想要看到的场面，下午三点就会出现。”

“你想我怎么做？”

“安排四组人，一组在夫子庙，一组在沈放家，一组在军统，一组严查各个交通路口。这一次是我与沈放的正面交锋，相信会给你一个圆满的答案。”田中语气笃定。

“那你就别再让我失望。”吕步青显然没有十分信任他。

“放心，请让行动科的人听我的枪声行动。枪声一响，你立刻带人到现场抓人。”

等着安排完这边，演戏的已经尽数登台，就差一个看戏的了。

田中移步到沈林的办公室时，沈林看着田中的脸，在他还未开口的时候，便已经隐隐预感到了什么。

果然，凑近过来的田中得意道：“我说过要给沈处长最可靠的证据，今天下午，我可以给你这个证据了。”

沈林眉头微微皱了一下，瞧着他没有说话，接着他又说：“下午三点，我和另一个沈先生约好在夫子庙瑞升茶馆见面，到时候一切自有分晓。”

他葫芦里卖的究竟是什么药，沈林猜不到。不过这一回他并没有提条件。

沈林诧异：“你不需要跟我交换什么了吗？”

田中明显是一副你不跟我合作是你损失了的样子。

“是的，我改主意了，确切地说，是你沈处长对我的态度让我很失望。”

他再三地凑近，可沈林态度如同茅坑里的石头，又臭又硬。

这么说来他就只是为了争一口气，或者只是为了看沈林的笑话。这一趟只是传话而已，他说完便准备离开。

可走到门口，他若有所思，突然回转身来，冷静地对沈林说道：“沈处长，我们都是精于算计的人。一直以来，你都算得非常精准，这一点让我很佩服。就像我们第一次合作，你算准了我会合作，而你不需要履行任何承诺依然站在正义的一方，我却哑口无言。但是你忘记了，中国有个成语叫马失前蹄，你也应该明白智者千虑，必有一失的道理，任何人的算计都有疏漏，都有变化，一加一并不是每一次都等于二的。”

他在沈林这儿受了太多的屈辱，沈林就像是吃定了他一样，而这一次，他打算不照着沈林的步子来，即使是个鱼死网破的局面。

说完他转身离开。沈林脸上的神色僵住了。

经过许多人的配合，一封来自中共后方的书信送到了夜色咖啡店。

后厨密室里，任先生焦急等待着，来回踱着步子，反复看着时间。

侍应生拿着信进来说：“老家来信了。”

任先生接过信件，在信纸的背面用药水涂了一遍，隐藏的字显现了出来……

这时候任先生看了一眼手表，指针指向了两点四十五分。

也就是在这一刻，沈放等待的时间到了极限，他盯了一眼没有响动的电话，继而叹了口气径直出了门。

瑞升茶馆的外面摆放着几个茶座，茶馆紧靠着秦淮河，是个露天喝茶的地方，虽然没什么雅致的感觉，却多了几分热闹。

一些人坐在桌边喝茶，伙计们都在忙活着。

田中坐在露天茶座的角落位置，神态悠闲。

天气正好，阳光刺眼极了，一路上照得人连眼睛都睁不开，像是提前在向沈放发出预警，或许过了今日，他再难体会这阳光的灿烂与温暖。

到茶馆附近街道停下车，沈放从车里下来，他停下了步子，眉头紧锁地看了看瑞升茶馆随风扬起的招牌。

片刻之后，他又渐渐舒展开了眉，随后走进瑞升茶庄所在的那条街道，进了茶庄。

找到田中时，田中也看到了沈放，他笑意很浅，恭谦礼貌："沈先生，你来了？"

"为什么不来？这杯茶、这场戏我可不想错过。"沈放边说边坐了下来。

田中笑意变深："沈先生也知道今天有戏看？"

他一边说着，一边为沈放倒了一杯茶，接着又给自己倒上一杯，抿了一口。

沈放注视着他，目光凛凛："这不是你想要的吗？"

田中晃着脑袋，故作伤感地说道："这些年我身处异国，心中不免悲苦，但是一想到有一位像沈副处长这样的朋友在身边，可慰心哀。以前如此，如今亦是如此。"

这算什么？捅刀子之前还要揉上一揉不成？真是笑话。

沈放冷笑："你想多了，如果说以前我们表面上是朋友，那么现如今，我们连表面上的朋友都谈不上。"

"你们中国人……"

田中见沈放对他的态度与沈林太相似，心有感慨，说出这么半句话之后，沈放明显感觉到周围一桌的客人望了过来。

"你们中国人……就喜欢咬文嚼字，为字面意思争论不休，这样很没意思。真正的想法，不需要在意用什么样的词句来修饰，就像有了真实的证据，再多的争辩也是徒劳。而且我今天不是来跟你斗嘴的，只想听你一个准确的答复。"说着，田中从口袋中拿出档案来递给沈放。

"这是在重庆被捕的代号为'蒲公英'的共产党资料，跟我们以前逮捕过的共产党是同一个人，沈先生，你想怎么解释？"

沈放盯着桌上的资料却没有触碰。

田中见他没有动静，歪着头问："怎么？不敢看？那么害怕真相吗？"

他现在就像处在一个高高在上的位置一样，等待着对眼前这个人的审判，而且是在他们的国家。

沈放的表情似乎僵硬起来，田中越来越得意："我倒是希望你能辩解，我很喜欢看着绝望的人徒劳辩解的样子，这让我很满足。"

得到的依旧是沉默以对。

"承认了吧，你就是潜伏下来的共产党，或许，你就是当年加藤君一直在找的'风铃'。"

沈放继续盯着那张牛皮纸信封，眼里有些不可捉摸的无奈。接着他叹了口气，将手伸到衣兜里。

田中忽然紧张了起来，以为他打算逃走，也用手握住了藏在衣服里的手枪。

距离这么近，就算沈放逃不了，一动起手来总会伤到他，甚至要了他的命。于是他连忙提醒："沈先生，你应该知道，我不可能一个人来。"

沈放见他得意的神色消失，脸色泛白，于是满意一笑，点了点头："是啊，杀了你好像解决不了问题。"

说着沈放缓缓地从衣兜里掏出打火机自顾自地玩了起来。

田中看到这场景随即放松了下来，不过沈放接下来的动作让田中目光呆滞了。

他打着了手中的军用打火机，居然把那装着档案的牛皮纸袋引燃了。

田中惊怒，质问道："你这是什么意思？"

"这是假的，假的东西还有什么必要留着？"沈放挑眉，表情轻松随意。

"你凭什么说这是假的？"

沈放咽了一口唾沫。

"你以为这个圈套很难看穿吗？如果你真的拿到了证据能证明我是共产党，我们又何必在此地见面？你会第一时间带人冲进我的办公室，甚至叶局长也会来。我这么大的一条鱼，不兴师动众地前来抓捕完全没道理。"他停顿了一下，低身将那燃着的档案袋扔在了地上，"你选择这样的见面方式，只能证明你手里并没有真正的证据，你是在试探我。"

他神情笃定，不过心里在打战。还有一种可能便是田中另有打算，所以他说完话便瞧着田中，等待着田中的回答。

对面的田中一愣，随即笑了："沈先生果然还像以前一样洞悉分毫，任何事情都瞒不过你，说得很对，这是假的！但通过你的单刀赴会我也判断出来了……"

停顿了片刻，田中脸色沉静下来，一字一顿地说："你就是共产党。"

沈放释然，微笑着斟了一杯茶。

田中再次得意起来："这一天的时间里，我也一直在等军统的动作。如果你不是共产党，那么你必然会上告军统，事情必然会闹大，你也不会单独来赴约，而是跟一帮军统的人一起把我抓起来。反之，只能证明你有很大的共党嫌疑。我说得对吧，沈先生？"

这些东西，说到底还是他一个人的猜测，起不上什么用处。

"话说到这份上了，就不用再继续喝茶了。"沈放撂下茶杯，起身准备离开，田中却将他喊住："沈先生！"

沈放闻话并没有回头，自顾自走出了瑞升茶馆。田中追了出来，挡在他面前。

“沈先生，请您站住。”

“你还有什么要说的？”

“沈先生，我希望你能清楚，现在，没有任何人能救得了你，包括你的哥哥沈林。实话说，我真的很佩服你，明知这是鸿门宴，你还是来了，而且来得那么从容。你真的不想再跟我说点什么吗？接下来的时间，或许是你仅有的自由了。”

鸿门宴？他自然知道这附近指不定埋伏了一些人，不过他心里已经有了主意，所以并不在乎。

“我说过，我们之间没有什么好聊的。”说完，沈放再度转身，准备离去。

田中诡谲一笑：“你想逃跑？这条街上都是埋伏，现在只要我发出信号，马上就会有人把这里包围。你不想聊没关系，把你抓起来，以我的审讯技巧，一定可以从你嘴里挖出我所有想知道的东西。到时候，我们聊的内容可不比现在少。”

沈放再度顿住了步子，微笑而淡定地回应：“谁告诉你我要跑了？想审问我，只怕你没机会了。”

田中见他这个时候居然还笑得出来，有些不太懂，凝眉问着：“你为什么总是这么自信？”

沈放面露不屑道：“你是我遇到的最聪明的日本人，只可惜你太聪明了。中国人常说，聪明反被聪明误，也许你当中国人太久了，都忘了自己是日本人了吧？更忘了这是在南京。”

就像田中说的，今日的这次见面明显是场鸿门宴，沈放怎么可能没有一点应对的策略。在中国人心里几乎都扎着一个刺，这样的世道，他这样的身份，本就是在求死。

经他提点，田中即刻便明白了他的意思，面上露出慌乱，却还是尽量掩盖着：“我是在为你们的政府工作。”

沈放眉眼含笑：“哦，是吗？”接着他突然击掌并大声说，“田中先生还真是高明！”

这一招引人注目十分有效，四周的人听到他的掌声都停下来，纷纷侧脸将目光扫射过来。

田中喉结涌动，咽了几口唾沫。

沈放转身，对四周的人说：“父老乡亲们，知道我身边的这个人是谁吗？他叫田中，是个日本人。在南京大屠杀的时候，他是日军先遣部队情报侦察组的人！”

这样的罪行实在难以被饶恕！

旁边的中国人开始议论：“日本人？日本人还敢在南京待着？怎么还是日本特务？”

人群越来越拥挤，传播速度极快，就连夫子庙的人也开始聚拢过来。

田中忙着否认，用几近标准的中国话说着：“别听他胡说，我叫马子虞，是从南洋来的，我也是中国人。”

他转着身子，诚恳地解释着，这是中统给他安排的假身份。

沈放却依旧是一副胸有成竹的样子：“说假话有用吗？”

随即他从怀里掏出一个日本派遣军司令部情报处的证件，在众多南京市民面前晃着。

“大家都过来看看，他到底是什么人！”

有好奇的人跑过来接过沈放手里的证件，低眼一瞧，发现上面赫然贴着一张田中的相片。他将底下一行字念了出来：“大日本帝国派遣军司令部、情报科，田中浩二。”

语罢那人脸色一变，抬手指着田中，一边将证件递给其他人，一边愤然道：“他真的是日本人。这证件上还有他的照片呢！”

这句话说完之后，引起了一阵骚动。

“真是日本人……”

“还是特务……”

“他怎么没被抓起来，还大摇大摆地在南京喝茶？”

“抓起来就完了？他应该受千刀万剐！”

众说纷纭，此起彼伏。

沈放立在边上添油加醋：“没错，他就应该被千刀万剐！在南京大屠杀的时候，他是日本先遣部队情报侦察组的人。日军占领南京以后，他是日军情报处的军官。他是个战犯！日本人杀我同胞，辱我姐妹，他这个情报头子罪不可赦！”

效果显著，众人的情绪不过片刻便被煽动了起来。

有市民悲愤地说：“我全家都是被日本人杀害的……”

也有人指着自己残疾的四肢指控：“我这条腿就是被日本人废了的……”

……

现场俨然成了田中的讨伐大会。

慌乱中，田中见伪装不成，求饶更不是办法，竟出言作威胁状：“我现在是替你们政府做事儿的！你们不能把我怎么样，否则你们的政府不会放过你们的！”

沈放义正词严地说：“你错了，什么样的政府也不能安排你这样的日本人来做事！如果真的是政府让你来的，也得问问这些普通的中国人答应不答应！”

官逼民反，这是人民的底线。沈放还真的不信，在这样的压力之下，军部会护着田中这样一个日本人让自己尽失民心。

这把火越烧越旺，马上就要一发不可收拾。一边的一个独眼屠夫哭喊着，情绪激动地怒吼着：“对！我就不答应！我的眼睛就是被日本人捅瞎的，我的老婆和女儿都被小鬼子糟蹋后拿刺刀挑了！你这个小日本，我要杀了你报仇！”

正说着，只见那独眼屠夫举起砍骨刀就要冲过来。

田中被吓坏了，拔出枪对着空中鸣了一声，剧烈的响动之后，周围霎时间寂静了下来。众人都被吓住，往后退了几步。

田中喘着粗气，身子想要挪动，不过还未等有大的动作，忽然不知从何处飞过来一颗子弹，正好击中了他握着枪的手，手枪应声脱手落在地上。

与此同时，另一颗子弹击中了他的肩膀，他身子晃了晃，倒了下去。

沈放的目光透过夫子庙临街的一栋建筑，一扇窗户里有一个黑影闪过。

是陆文章。

他果然遵从约定，只击落了枪支，剩下的，交给民众来解决似乎更加合适。

虽是鸣枪，不过意图明显，所以方才被吓退的众人没有顾虑地又挤上前来，将田中团团围住，每个人的脸上都是愤怒至极的表情。

“打死他！为中国人报仇！”

一时间呼喊声如汹涌波涛，民众把街道挤得很满，每个人脸上都露出刻骨的仇恨，不管是男女老幼，每个人都争先恐后地向前，恨不得要撕咬下田中的一块肉。而他一早安排下的特务全然控制不了局面。

田中面色惨白，头上和身上挨了无数重击，渐渐变得血肉模糊……

蜂拥的人群里，沈放逆行而去。

这一场赌博，他完美胜出。

拐了两条巷子，沈放到了一间简陋的阁楼。

他推门进去，陆文章正抱着枪倚在一张斑驳的桌子边，两人只相视一眼，便默契地笑了出来。

沈放阖上门之后又把窗帘拉了拉，然后挪着步子走到了陆文章面前，问道："这样报仇比你以前的做法要解恨得多了吧？"

他脸上得意，完全没有死里逃生后心有余悸的模样。庆幸与痛快大过了恐惧。

旁边陆文章冷脸笑着："以后还有这事儿记得叫我。"

合作默契又愉快，而且终于不再是独行，两个人的心中都有一股难说的欢愉。

可笑过之后沈放迟疑了一会儿，疑惑地问道："以你的枪法，把那日本人的枪打飞了就行，你怎么又打了他一枪？"

这是与他们之前商讨之时有出入的一点，而且那一枪有些莫名其妙。如果他想要田中的命，那一枪就不会只打到他的肩膀上。

随意地坐在陆文章身边，沈放面露期待地瞧着他，却见身边的人面色凝重，蹙着眉头。

"你错了，我只开了一枪，当我看到田中身上中枪，我也很奇怪，还以为你又安排了一个人。"

沈放摇摇头，陷入沉思。

"另一枪是谁打的？"陆文章想了一会儿，似乎没有发现什么端倪。

沈放没说话，也没有什么思绪。

"担心什么，起码那一枪不是冲你打的。"说得也对，至少有一半的概率对方是友非敌。

沈放忽然冷静下来："想不明白的事儿，我都担心。"

中统大楼走廊。

沈林从办公室出来，朝叶局长办公室走去，走过田中待过的办公室门口时，看到闫志坤在指挥特务从里面往外搬东西。

闫志坤见到沈林喊道："沈副处长。"

沈林点头没说话，径直走开。不过转头一瞥的工夫，他瞥见特务搬出田中用过的黑板，上面其他的文字已经擦去了，只剩下"沈放"的"沈"字依然在黑板的一角，上面一个大大的箭头对着空白处，仿佛有很多未解的谜团等着填补。

只是还未查探清楚，人先没了。

下午沈林赶到夫子庙附近的时候，正好赶上了沈放安排的一场大戏，田中的死，他亲眼所见。如今他也说不出他心里到底是遗憾还是松了口气。

到了叶局长办公室门口，他深吸一口气，推门而入。

“局长，您找我。”

叶局长将手上的文件阖上，将手放在桌面上，端坐着仰头对他道：“田中与沈放见面后就死在了夫子庙大街，你怎么看？”

“田中是在试探沈放。他们曾经共事，他这样死盯着沈放不放只能说明一个问题，沈放有重大嫌疑。”

现在这样的情况，照着逻辑说确实如此，而且问出这样的问题，面前这个人定是为了听到他的这番话。

叶局长点了点头，沈林又跟着补充道：“这也是我怀疑的。所以我也一直在调查沈放，调查情况都有记录，也都跟您汇报过，只可惜没有证据。”

叶局长叹息：“我知道，你尽忠职守，大义灭亲，这很好。可田中这事儿出了，对沈放就不能像以前那样了。他的嫌疑很大，可他毕竟是你们沈家人，我不想你、我还有沈老先生都下不来台。”

沈林没说话。

叶局长看了他一眼，抿了抿嘴，继续说着：“这事儿你躲是躲不开的，如果别人查出来问题，恐怕对你和你们沈家会更不好。”

叶局长话里的意思已经十分明确，今日叫他来，就是要将这事情交给他。

沈林想了想，而后有些迟疑地说：“办法我有，但是我有个条件。”

他总要给自己留一条后路的。

“先说办法。”叶局长回答道。

沈林皱眉，停顿了片刻，却也觉得似乎并没有其他的路可以走，便无可奈何道：“您还记得那个我们一直控制的中山路明光照相馆吗？那是共党的秘密情报站，我想利用那个据点。”

“用共产党来验证共产党？”

“是的，这是最有效的办法。”

叶局长听了这话，思考了片刻，眉头微微皱起，接着深深地看了沈林一眼：“沈林，我再提醒你一句，万一结果不理想，你得想想该怎么对你父亲交代。”

如果他亲手将沈放揪出来，那个曾经让沈柏年断绝关系，而后又成为功臣的沈放，将再一次跌入谷底，到时候沈柏年会有什么反应，他也不知道。

“局长放心，我不会包庇任何人。我从未阻拦过田中的调查，就是希望田中的调查能独立、客观，否则也不会到今天这一步。如果沈放真的有问题，我不会徇私，过去不会，现在也不会，将来更不会。”

听到沈林的这一番言辞后，叶局长满意地点了点头："我的确没有看错人。"

"那我可以说我的条件了吗？"

"你说。"

沈林喉结一动，深吸了一口气："如果沈放真的有问题，我希望不是行动科的人介入，我想亲自审问。"

叶局长点了点头："这点我可以答应。"继而有些忧虑，"不过，沈放不仅是你们沈家的人，现在他依然是国家的英雄。这事处理不好的话，军统和中统两边都会很难堪。如果没有充分的理由，你我都难逃追责。"

沈林觉得轻松了一些。

"局长放心，我会掌握好分寸。"

他说完点头离去，叶局长听到门阖上的声音后，拨通了吕步青的电话。

"吕科长，沈林已经接手了对沈放的调查。如果沈放有问题，你立即接管，不能让沈林插手审问。"

中统又光明正大地继续了对沈放的监视。

随着田中的死，沈放的嫌疑变得越来越大，现在几乎成了众矢之的。

南京街头，沈放察觉身后的尾巴，继而走到一边电影院前，买了一张电影票走了进去。

身后的黑衣人一直跟到了电影放映厅里，躲在一边窗帘后面的沈放探出一个头来，露出笑容朝大门外看去，有黑衣人留守在那里。

他上楼走到尽头，那里有一个后门。出了门他直奔夜色咖啡馆而去。

推门而入，咖啡馆的密室之中，任先生在等他。

"甩掉尾巴了？"

沈放漠然点头："中统又开始行动了，我哥一直对我有所怀疑，田中的事闹这么大，有人跟着我也不足为奇。"

"你的处境很难，但是现在我要你汇报，跟田中见面时都发生了什么？"任先生说道。

那个时候他收到了来自"老家"的消息，只是没来得及向沈放传递。

沈放点头，不过一盏茶的工夫便将来龙去脉说得清清楚楚。

末了口干舌燥，他端着一杯咖啡喝了一口："在夫子庙的情况就是这样，田中没有死在我手里，他是死在南京的民众手里。"

任先生听完有些感慨，却带着一丝笑意："不知道这算你运气好，还是你命大。跟你相处，你的每一个举动都让人心惊胆战，不过你让南京市民去解决田中倒是大快人心。”

何止是命大，这么多次提心吊胆，加上他身上带着伤，还被人暗杀了两回，搁别人可能早就一命呜呼了。

沈放眼神坚定地回话：“对付那种恶毒的人只有这样的办法，不能让那个日本人再活着。”

说完他又想到那个开黑枪的人，忙补充道：“我当时只安排了一个狙击手，让他打掉田中手里的枪，可田中肩膀上又中了一枪，不知道暗中藏着的人是谁。”

寒暄完毕，回到正题，任先生关怀地说道：“我会想办法调查的，目前看这人应该没有敌意，不过现在事情到了这个地步，你还是尽快离开才好。”

如今危机四伏，沈放要再做点什么事情是不可能了，那么离开便是现在最要紧的一件事。不过到了现在这种境地，要走恐怕没那么容易了。

沈放一笑：“走得了吗？”

任先生无奈：“也是啊，你总是被人盯着，连我们见面也得更小心才行。”

“是得换个更安全的地方。”

离开中统大楼后，沈林去了一趟军统一处，找到了罗立忠。

办公室里，沈林将照相馆的资料递给了罗立忠，说："这是中山路明光照相馆的资料，那儿是共党潜伏在南京的一个据点，我们盯了很久。不过这些人似乎是在休眠状态，没查出什么有价值的线索。"

这样的举动到底有些奇怪，罗立忠看着资料有些意外："沈处长，你这么做我可有点不明白了。"

沈林漠然，语气僵硬："这个案子应该由你们军统一处来查，中统是搞内查的，对敌情报还是你们军统更有办法。"

罗立忠坐在原地没动，讪笑道："中统以前从来没给我们透露过什么有价值的消息，你这是给我送礼？"

"算是吧。"

"那就更奇怪了，这么大的礼干吗送给我？"

无事献殷勤，非奸即盗。

沈林解释着："破获潜伏的共党地下情报据点是个功劳，执行任务的人都该记功授奖。我弟弟是你的副手，这种好事交给你是理所应当的。而且罗处长也该知道这个功劳该给谁、该归谁，大家都有面子。"

罗立忠是聪明人，个中利弊自然拎得清。他没有去看沈林，而是低头翻了翻照相馆的资料，话里有话地说："你这是真的给我面子，还是有别的想法？"

这样破天荒的事情确实值得怀疑。

沈林不快："我说出来的、没说出来的，你该都清楚。"

罗立忠装糊涂，抬手示意："别，你不明说，我怎么会清楚？"

他怎么能不清楚呢。如今的局势，中统的人会做什么事情，他闭着眼睛都能猜得到。

沈林看他的眼光未变，只是脸上带了点诡异的笑："清不清楚看你心情，罗处长不想知道的，即使知道了也是不知道。不管你心里怎么想，只要我们能合作就好，这样对中统和军统都有好处。"

"是啊，这最终结果无论怎么样，对你都是百利而无一害。这事儿，你弟弟要是办成了，那是查获共党地下组织的大功一件，你们沈家也有光。如果你弟弟没办成，或者被证实了有通共的嫌疑，你也能把自己推脱得一干二净，不会让人说是你亲手对付同胞兄弟。进可攻，退可守啊。"缜密的分析，个中厉害说得头头是道。

沈林笑意更深了，看着罗立忠摇头："那么复杂的关系我倒是没想过，看来罗处长看得比我远。"

"是沈处长的心思缜密，兄弟佩服，佩服。这个事就按照沈处长的意思办。"

说着罗立忠拍了拍手中的档案。

很快，那份档案便已经出现在了沈放的办公桌上。

沈放看完了资料，抬头看着对面的罗立忠，问道："这是中统的档案？"

"没错，中统的内部人士转过来的，明光照相馆是共产党的一个情报据点。"罗立忠跟着点头。

沈放面带疑惑："中统什么时候这么大方，跟咱们交换情报了？"

如今是特殊时期，一点点的异样对他来说都有可能是会丢命的陷阱，他不得不小心翼翼。

罗立忠表现得很自然，似乎觉得这事完全在情理之中："内部消息自有内部消息的来源，他们啃不下去的骨头不靠我们还能靠谁？"

沈放虽然心有疑虑，但并没有多问，也没有表现出来。他轻松果断地答应下来："好啊，那咱们就让一处行动队和侦讯科制定个方案。"

罗立忠摆了摆手否定了他的话："跟踪、盯梢那老一套不行，中统也是这么干的，要是管用还能等到今天？"

"那罗兄想怎么做？"

"得更接近他们才行。"罗立忠眉眼间忽然若有深意，眼神盯着沈放似乎要将他看穿一样。

沈放当即便明白了他的意思，反问道："你是想假冒共党打入他们内部？"

罗立忠点头："没错，这样才能挖出来更多的线索。"

“这可不容易，稍有不慎，就会打草惊蛇。”

这句话算是忠告，但沈放知道，这根本不能改变罗立忠的主意。

罗立忠果然跟他想象中的一般，神情笃定：“那是自然，不过要是能把共党的情报网络挖出来，可是大功一件啊！所以办案的人选必须非常谨慎，不是随便派一个阿猫阿狗去就行的。”

说着他盯着沈放看。沈放一笑：“看来，罗兄是想让我去？”

原来是在这儿等他，这个时候让他去处理关于共产党的事情，多半没有什么好心思。

“我把咱们一处的人理了一遍，想了半天，没有人比老弟你更合适的了。潜伏敌后、伪装侦察没人比得了你。”

罗立忠说得真诚，他是出了名的笑面虎，一张面皮瞧着没有一丁点的恶意，如果不是出了田中的事，沈放断然不会有任何的怀疑。

“共产党的做派可完全不一样。”

“日伪那么险恶的地方你都趟过来了，一个小小的共党情报点应该难不倒老弟吧。”

罗立忠似乎早有准备，而且这样瞧起来，他似乎很难回绝，罗立忠今日有一种势在必行的决心。

沈放看着罗立忠那张阴险的脸思索着，没有搭话，罗立忠也看向他，问道：“怎么，你有顾虑？”

且不说这件事情的真假，一个真正的国民党人要打进共产党内部，那也是要做好随时牺牲的准备的。只是如今他似乎无路可退。

沈放脸上的僵硬霎时间便消失得干干净净，他强挤出一丝笑来，表现得颇为轻松：“怎么会？难得罗兄看得起我，你说我行，我自当尽力。”

罗立忠当即大笑，用手拍了拍他的肩膀，夸赞道：“痛快，痛快！不愧是党国精英、敌后英雄！多大的事儿，到了你这儿都是轻描淡写、云淡风轻。”

这话说得着实有些过了，听着叫人有些不大舒服，沈放尴尬地笑着，道：“罗兄这几句，兄弟汗颜。”

罗立忠却并没有停下来的意思，而是继续往下说着：“哪儿的话，老弟有信心就好。这次共党的接头暗号我们已经掌握了，问的是‘好风凭借力’，答的是‘更上一层楼’。跟他们接触上以后，你就说有重要情报要通过他们传出去，最好把他们的上线引出来。”

他表情认真，似乎这件事情就是这么随口一说就能够轻而易举地办成一样。

沈放无奈地说道："我没问题，就是怕那些共产党没那么傻。"

"放心，我不会让你孤身赴险的。我准备了窃听器，美国进口的，中统都没这玩意儿。咱们一处的人就在隔壁，万一有什么情况，大家第一时间就会现身，力保你安然无恙。"

似乎是万无一失的计划，但怎么听都像是针对自己下的套，不光是他那个好哥哥，如今竟连罗立忠都跟沈林统一战线了。

"好啊，多亏罗兄想得周到。"沈放脸上依旧笑着。

罗立忠跟着附和："那当然，咱们是兄弟，对吗？"

相视之间目光若有深意，沈放不自觉地咧了一下嘴角："没错，当然是兄弟。"

他知道，现在的他如同汪洋大海中的一叶孤舟，一不小心就会被巨浪掀个底朝天。

那个照相馆里的到底是不是自己人？后面自己应该怎么办？

他不知道。

这样的情况，他很需要联系任先生。

当晚的喜乐门，舞池里众人合着爵士乐在纵情的跳着摇摆舞。

不远处两个黑衣特务静静直立着，目光所及，是酒意已浓，搂着舞女曼丽跳着舞的沈放。

酒喝了不少，舞也跳了许久，等一曲完毕，他还忙着去抢托盘里的香槟，一饮而尽之后，音乐再度响起，他还是没有离开的意思，又搂着曼丽跳了起来。

反复几回，他跳舞的时候脚步开始踉跄，跟周围的人纠缠在一起，终于"砰"的一声摔倒在地。

他躺在地上却像疯了一般哈哈大笑，引得周围的人一阵侧目。

"你这家伙，今天也喝太多了。"曼丽在众目之下尴尬地笑着，将沈放勉强拽了起来。

沈放醉醺醺的，一头倒在她怀里，凑近她的脖颈，问道："那怎么了？你还能把我给吃了？"

"我还怕你吃不了我呢！"

沈放笑了，凑过去要亲吻曼丽。曼丽却推了一下沈放。

"你悠着点，现在时间还早呢。走，我带你去歇会儿。"

沈放突然一把将曼丽搂得更紧了，耳鬓厮磨，声音细软："歇会儿可以，不过今天要去包间。"

说着沈放摸了下曼丽的脸蛋。

曼丽身形妖娆，笑起来风情万种："行啊，今天让你好好放松放松。"

说完她径直架着沈放离开了舞池。

角落里的那两个黑衣人看到这一幕，对视一眼，也起身跟了过去。

走廊里，两个人歪歪斜斜地走着，沈放不时地跟曼丽打情骂俏，掐一下腰，摸一下屁股。路过的客人都看出来沈放喝醉了，尽数躲着他走。

一直到走廊深处的一个包间门前，曼丽开门走了进去。

进了包间一关上门，沈放的醉态一下便消失了，他放开曼丽冷静道："我约的人来了吗？"

"在隔间里等着呢。"

曼丽语气淡然，这里几乎每天都有些神秘的客人，何况沈放已经是老熟人。

"隔间有后门吗？"沈放继续问着。

"有，里面的窗户对着防火楼梯。以前是为那些官老爷提防老婆找上门来，好溜得快准备的，外人都不知道。"

真是个见面的好地方。

沈放点头："那你帮我看着点，有什么事儿喊我。"

说完，他找到包厢里木板墙壁上的暗门，推门走了进去。

屋子里布置得很有桃色情调，一扇小窗微微开着，屋里任先生在等着沈放，显然也觉得这个地方有些令人意外。

"没想到你会选这么个地方。"

沈放看了看屋里的布置，是奇怪了点，但也没有更好的地方了。

"事情紧急，也顾不了那么多了。"他凝眉说道，"有个问题，中山路明光照相馆是我们的据点吗？"

没想到对面的任先生脸色顷刻变得凝重："你了解到了什么？"

这似乎已经有了答案。

"如果是自己人，那他们已经被人盯上了，而且罗立忠正在利用他们试探我。"沈放解释道。

任先生的眉头皱得更厉害了，似乎没想到这一切变得越来越糟糕了。

"明光照相馆的暴露，组织先前就知道了，也试过让他们撤离，但那几个同志一直被监视得很严密，设计了几个方案都没成功，为了不让组织承受更大损失，三位同志决定留下来观察对方的用意，只是……"

任先生欲言又止。

沈放直言道破："你担心他们？"

时间过去了这么久，谁又能够保证那几个人的忠诚。

“对你的试探很明显是个圈套，没人能确定这套里的人还是不是自己人。”

一次又一次，他总是陷入这样的僵局，可九死一生的幸运，谁又知道还能坚持多久。

沈放苦笑：“我哥可真厉害，能设计出这么个法子对付我，居然还叫上了罗立忠。”

他还是一点也没有变，大义灭亲这种事情，他到底还是能做得出来。

“你躲不开吗？”

沈放摇摇头：“恐怕我现在连南京城都出不去，天天有人跟着我，包括现在。”

无计可施，两人都陷入沉默。

过了一会儿，沈放先开了口：“看来，我只能接触他们跟他们表明身份了。”

“你什么意思？”任先生其实已经预感到了，但还是问了出来。

沈放咽了口唾沫，忽然扬起眼眸来：“告诉照相馆的同志我的真实身份。如果他们出卖我，那就证明他们叛变了。”

这似乎是这个僵局唯一的突破口，但不是对他来说。

任先生讶异道：“你疯了吗？”

如果他被出卖，就证明那三个人可以放弃，不过，他若是被证实了身份，恐怕也难有生路可走。

沈放眼眶红红的，用一种无可奈何的语气问道：“那我能怎么办？把他们抓起来送进审讯室吗？如果他们没有叛变，还是自己的同志，就再也出不去了，他们会死在我手里！”

沈放几乎咆哮着。

“可如果他们有问题，你怎么脱身？”

“我现在就能脱身吗？我必须接触他们，这是军统给我的任务！现在不仅是我哥在对付我，旁边还有罗立忠，吕步青也在虎视眈眈，不管照相馆的人有没有叛变，我稍微走错一步，所有人都会一起完蛋。”

这样的局面，任谁也得放下唯一的那希望。

与此同时，在外面的走廊里，两个黑衣人依旧在尽头处守着，双眼死死盯着那扇紧闭的大门。

其中一个人有些不耐烦：“怎么这么久还没出来，干吗呢？”

另一个倒是悠然自得，笑得若有深意：“带个妞进去还能干吗？”

醉成那个样子，而且还是这儿的女人，结果不言自喻。

这话有说服力，发问的那个人表示赞同，点了点头，却只是沉默了一阵子，还是觉得不妥当，过了一会儿又问："这个包间你检查过吗？"

"废话，我跟你一起来的，我怎么检查？"

"那里面要是除了那个姑娘还有别人呢？"

这话问到了点子上，另一个人随即来了精神，细思极恐。

"不会吧？"

"万一呢？他要是见了什么人咱们不知道，出了事儿可交代不过去。"

"那我们再等三分钟，如果还没动静，想办法进去看看。"

三分钟，里面的人不知情，争执依旧在继续。

"我在想办法安排你的撤离，照相馆的事儿我不同意你这样冒险。我会请示老家派专门的同志来处理。"

但凡有一星半点别的可能，任先生也不想沈放再去冒险，沈放已经疲惫不堪了，他做了那么多，是时候该歇一歇了，万不可在这个时候再出什么状况。

可沈放摇了摇头，跟那晚一般倔强地出言拒绝了他："这事儿没完之前我走不了！国民党的人就是等着看我是不是要走，如果被他们牵着鼻子走，就等于落进了更大的圈套，会连累更多人。况且现在除我之外，任何接近明光照相馆的人都很危险，我不想让其他同志冒险。"

熟悉的说辞，熟悉的无可奈何。

任先生有些急了，声音忽然严厉起来："不行！真有问题我完全帮不了你！你怎么办？让我眼看着你牺牲吗？"

"是的，有危险马上放弃我！再找机会处理叛徒。"沈放神情笃定。

"我不同意！"

"轮不上我们同不同意了！军统、中统的人都准备好了，这一关就是留着给我的，我必须得过。"沈放笃定的语气里有了一丝慌张。

"可……"

任先生一句话到了喉咙，沈放回头看了一眼门口，许是察觉了不妥当的地方，打断他的话说道："不用劝了，咱们进来的时间太长了，外面的尾巴该忍不住了。"

这个时候，外面的人看了看时间，开始敲包厢的门。

"开门，开门。"

门里面的曼丽被吓了一跳，随即有些慌了，开始轻轻敲打密室的暗门，嘴里压低声音喊着："沈先生，快点，外面有人来了！"

敲门声越来越急，外面黑衣人的喊声也越来越大。

突如其来的应验，让这个话题没有再继续下去的时间，沈放语气坚定：“就这样。”

任先生虽然不同意，却也无奈：“那你记住，先前跟他们的接头暗号已经作废了，新的暗号是‘天气越来越冷了，照相的人不多啊’，对方回答‘生意不好做，全靠老客户’。如果接头成功，你要多小心，尽量保全自己。”

只两句话的工夫，外面的人已经有些熬不住，相视一眼之后，开始合力撞起门来，一下两下还没撞开，再猛地一下，随着一声响动，两个人没留神跟着门扇一倾，身子一个踉跄摔倒在地上。

只听里面的曼丽一声尖叫，两个人一抬头，突然对上一把枪口。

屋子里面，沈放抱着曼丽坐在沙发上，脸上全是唇印，再瞧曼丽，半露着丰满的胸脯，画面旖旎，还有轻微的喘息声。

“你们想干吗？”

这样的局面，他们还不忘用眼神在屋中打量一番，随即说着：“有人举报这有不法分子，我们来例行检查。”

“检查啥？你们知道我是谁吗？”沈放咬牙切齿，恨不得即刻便开枪。

其中一个人先是点头，觉得不对又开始摇头。

“我是军统一处的沈放，我喝个酒还要你们来检？我给钱了！”

另一个连忙打圆场：“哦，那误会了，误会了。”

沈放佯怒，用手一抡，手中的手枪带着旁边桌上的酒杯被挥了出去，正中一个人的脑袋上，酒水洒了他一身。

“误会还看？这是我的女人。”

他语气嚣张跋扈，两个人自然明白他的身份，如今只是怀疑罢了，确实没有得罪他的必要，于是连滚带爬地向后退。

“您别生气，别生气。”

刚走到门口，手还没将门阖上，另一只酒杯又飞了出来，砸在门框上，让他快速地拽上了门。

屋里头曼丽还赖在沈放怀里，长发妖娆，酥肩半露，模样娇媚，笑嘻嘻地说：“刚才你的样子可真是个男人！”

沈放严厉的脸上随即温柔一笑，轻轻抚着曼丽的脸：“还不把衣服穿上，别冻着。”

“我不，我就想让你看。”

柔情似水，事情到了一半，怎么收得住。

沈放却并不在意，只掏出一沓钞票塞进曼丽的内衣里。

“今天的事儿，你什么都不知道，对吧？”

曼丽笑了：“当然，在这包厢里我除了跟沈先生打了好几个‘啵’儿，其他的我什么都不知道。”

那一夜，沈林一个人静静靠在床上。他的眉头一直没有舒展过，眼睛也没有闭上过。

屋子里灯光微弱，看不清楚他的脸，外面天色缓缓亮了起来，他的疲惫与憔悴在那细密的胡茬上暴露无遗。

这个时候电话响了，他慵懒地接通，那边通知他道：“军统那边开始对照相馆行动了。”

“知道了。”

沈林挂了电话，长长地叹了一口气，一时间有些怅然与不知所措。

这个局里，沈放究竟会怎么做？而自己又该怎么办？

沈林没有答案，他不知道这件事会发展成什么样，也不知道什么样的结局是他希望看到的。

另一边，行动开始。

沈放在照相馆的门口顿了顿，看了看四周，然后走了进去。

就在明光照相馆附近的公寓里，有一间屋子被拉上了窗帘，桌上摆放着监听的仪器设备。罗立忠戴上了耳机，在沈放进入照相馆的同时，指挥手下军统的监听人员开始进行监听。

照相馆内陈设简单，没有什么异样。

陌生的环境总要尽快熟悉，他可不想轻而易举就丧命在这里。目光正挪移着，照相馆的老板看见他，马上走了过来问道：“先生，您是要照相吗？”

沈放点点头：“是。”

“那是要照证件照，还是相亲照、生活照？有什么要求？”

那张脸一直笑着，礼貌而又温暖。

沈放有些为难：“相亲照？我结婚了，就是随便拍两张照片纪念一下。”说着他还转移话题，“外面门口海报上面的姑娘可够漂亮的。”

老板一笑：“那是演员柳如烟柳小姐，南京城知道她的人可多了。”

沈放点了点头没有继续接话，再度环顾四周，发现墙上有张水墨画。

他走了过去，仔细端详片刻，接着点头称赞：“这画不错啊，就是少了点字。”

老板跟了过来，一边擦拭着后面的布景一边说：“朋友送的，不是什么知名玩意儿。”

“别啊，配上我说的这行字就好多了。”

“是吗？您说该写啥好？”

沈放接话自然，眼睛瞧着老板，等着他的反应。

“要我说就该写‘好风凭借力’，后面那句话您会接吧？”

他说了罗立忠给的那个暗号，因为罗立忠对他进行了监听。

不过也好，如果这里的人真的叛变了，那么定然会接受这个暗号，如果没有接受，也就证明了他们的同志依旧坚守着。

对面的老板怔怔地看着沈放，缓缓回答道：“更上一层楼。”

沈放却并没有说别的，只神情放松地打哈哈，好像只是无意间提到一样：“可以啊，你这老板还会对对子。”

老板脸上僵硬的表情也随即缓和了下来：“让您见笑了，这对着玩的。对了，您说拍照纪念，那您想要什么布景？”

“随便，山山水水，花鸟鱼虫，什么都可以，只要知道我在南京拍的就好。”

“好好，我这儿有样板，您要不要看一下？”说着，老板拿出一个图册，递给沈放。

沈放翻看了几页，随便选了一个布景，然后小声说：“我手里有要紧东西，需要立刻送出去。”

这是一个暂停的联络点，这样的消息叫人诧异。

老板脸色变了一下，稍有尴尬：“我不明白先生在说什么，我这是照相馆，送不了东西。”

“是吗？”

“当然。”

沈放笑着：“往老家带东西呢？难不成你跟老家不来往了？听你口音不像本地人。”

老板这回倒是没有什么奇怪，跟着十分顺畅地接话道：“老家在河南新乡，您要想送东西去河南没准我还能帮上忙，不过老家的亲戚也不多了。”

说着他不打算继续下去，又故意把话头岔开：“您选的这个布景好，来，我先给您拍照。”

接着他指引着沈放坐在了布景里。

拍照结束后，老板又问：“您要配什么图什么字儿吗？我可以给您配上。”

“是吗，都能写什么？”

“一般写‘万事如意’‘升官发财’之类的。”

沈放装作犹豫：“行啊，我想想。”

他再度环顾四周，脸上涌出了好奇，忽然岔开话问道：“天气越来越冷了，照相的人不多啊。”

老板原本已经回身收拾东西，听了这话之后，动作却慢下来了。他缓缓回身看着沈放，表情淡定，缓缓地说道：“生意不好做，全靠老客户了。”

这才算是对上了暗号。

老板说完走到柜台边，拿过纸笔，一边写着，一边说：“这样，今天您来，我也开张了，给您写点吉利话怎么样，印在照片上不收钱？”

说完沈放低头一瞧，纸上跃然一行字：我们暴露了，你不应该来，这里很危险。

如今的境况，被监听是常事。

“行啊，就写‘鹏程万里，飞黄腾达’。”

沈放也学着他，一边说着，一边接过笔在纸上继续写着：你们是很危险，中统和军统的人都在监视你们。

老板呆住了。

“别忘了把年月日写上，写阴历的啊，别写阳历。”不能沉默，沉默便有蹊跷的嫌疑。于是他一边说着一边在纸上写道：我会安排，静候消息。

写完沈放把那张纸扯下来，一边点烟一边说：“给老家送东西可以吗？”

老板笑语：“别人不行，您可以例外，就是我得想想，看哪个伙计最近能回老家一趟。”

接着他用打火机把那写过字的纸烧了，嘴上说：“好啊，过几天我取照片的时候咱们再聊。”

目前看来情况似乎没有那么糟糕，不过确切的消息还要再等等。

如果照相馆的人已经叛变，这三天里必定会有人对他动手。如果他能在这三天内安然无恙，那么他就该想办法营救这里的同志。

回到军统，罗立忠在办公室等他。

他走进来，坐在罗立忠对面。罗立忠依旧面带笑意，只是看上去比平常多了一份让人厌恶的感觉。

“辛苦了。”

敷衍一般的问候，沈放并没有在意，只汇报着：“对方挺谨慎的，没有明着接茬，我也没太着急，怕打草惊蛇，不过说好了过几天再去一趟，到时候再看他们作何反应。”

这一切都在罗立忠的监控之中，他一副把握全局的模样。

“没事，慢慢来，有老弟出马，我放心得很。”

罗立忠动作很快，监听的录音资料在他离开那间公寓的时候，便已经同步送往了沈林那儿。

中统局里，沈林听完录音，摘下耳机扔到桌上，随即眉头紧锁。

这样的对话让他心里越来越不安起来，这种不安是因为什么他也说不清楚。

下午又有监视的资料送来。

李向辉敲门走进来，看上去有些憔悴，他一边将文件夹递给沈林，一边说着：“沈处长，这是军统罗立忠送过来的明光路照相馆的监视资料。”

沈林接过文件夹扫了一眼，里面是几张照相馆的照片和文字说明。

“他们送过来的东西，你核对了吗？”

“核对了。”

“好，那对沈放的监视记录呢？”

沈林问得十分自然，李向辉却是一愣。

“监视记录？”

沈林将眼睛闭了片刻，接着仰头看着李向辉，十分认真地说：“你的意思是这案子交给军统我们就不管了吗？你在想什么？”

李向辉有些诧异，不过算起来这也是他的疏忽，于是连忙道歉：“对不起，沈处长，我这就去行动科。”

沈林隐隐叹了一口气，再抬起头的时候仔细打量，才发现了李向辉的不对劲。

“你怎么了？这几天眼圈黑黑的，精神也不好。”

最近麻烦事一大堆，他倒是没有问过李向辉的婚事，这会儿突然记了起来，便提了一嘴：“对了，你跟我说过你要结婚，难不成是准备婚礼的事累着了？”

这话算是问到了点上，李向辉的脸色更难看了，紧接着，他叹了口气道：“这婚结不结得成还不一定呢。”

当初虽然因为茹萍的事情，他不建议李向辉结婚，但他知道那到底是没用的。如今李向辉会说出这样的话，也在他的意料之外。

沈林道：“干吗这么说？你可不是拿婚姻当儿戏的人。”

李向辉有些激动，看着沈林的眼光也有些变化，明显不是他的问题。

“不是我当儿戏，前段时间，我未婚妻一家被咱们中统局的人软禁了。”

这样的结果，令人始料未及。

沈林更加不明白了：“软禁？为什么？”

李向辉低着头有些无奈：“她父亲是金管局的一个处长，被人举报有通共嫌疑，一家人都在接受调查。我想尽了一切办法也没能见到她一面，都被关了快一个月了。”

“哦？这事儿怎么我一点消息也没听见。”

这样大的动静，还是自己身边人的事情，他却全然不知。

李向辉这会儿面色才又平静了下来，声音变得越来越小：“是经济调查处的人干的，他们得到了叶局长的命令，可以不通过我们办事。”

“连你的面子也不给？”

李向辉点点头，像是忍耐了许久，皱着的眉头紧紧巴巴扯不开：“不是我非说不敬的话，现在做事儿太荒唐了，就算她爸爸真的通共，也不能株连九族吧，干吗把一个姑娘抓起来？我的未婚妻我了解，她就是一个不问世事的美术老师，怎么可能通共？”

这话也就是和沈林说说，搁别人他哪敢提半个字。

沈林撇了撇嘴，只安慰着他：“你别太担心，要是没嫌疑迟早会放出来。”

“可眼下我都没有办法见她一面，也不知道她现在怎么样了。连自己的女人都保护不了，我真是……”

本是看他身处窘境才没太在意，可他说起话越发没谱了，于是沈林出言打断了他的话：“这种话出了这个门就不要再说了。”

李向辉这才没继续说下去。

他情绪有些激动，但也是为了李向辉好，说完话平静下来，目光投向桌子上自己和沈放小时候的照片，继而语气缓和不少，突然有兴致跟李向辉讨论起来。

“我问你一个问题，如果她并不是无辜的，你会怎么做？”

这个问题困扰沈林许久了。

李向辉不知是没有考虑过，还是面对沈林有些不敢说，目光躲闪，有些迟疑：“我……”

“这里只有我们俩，直接说。”沈林斩钉截铁。

李向辉也算是吃了定心丸，出了一口长气，抬眼认真地看着沈林，说：

“以前我一直以为信仰可以超越一切，可以让一个人强大到没有任何阻碍，可以放手去追求而毫不妥协，但现在我不这么想了……”

他停了下来，忽然面带微笑，沈林用眼神示意他继续说下去，他接着开口道：“如果在信仰和家人当中必须选择一个，我会选择后者，经历得越多，就越会发现亲情、爱情、友情比什么都大，我做不到那么冷血……”

这话倒像是拿针戳他一样，沈林似乎并不想听到这样的答案，因为那和他的信仰背道而驰，所以他烦躁地打断：“好了，够了！”

李向辉被他吓了一跳，怔在原地，他直接岔开话题：“去吧，把正确的资料拿来。”

接过他手里的资料，李向辉准备离开，又被他从身后叫住。

“向辉。”李向辉回头，他接着说道，“把你未婚妻家里的情况写下来，我会想办法，在适当的时候安排你跟你的未婚妻见上一面。”

“谢谢处长。”李向辉多少有些意外，不过也没再多说别的，直接走出门去。

沈林的目光再度投向桌子上，那张他和弟弟沈放的照片。

瞧了一会儿，他将照片扳倒扣在桌子上，长叹了一口气。

傍晚时，沈放带着姚碧君一起回了一趟沈宅。

夜凉如水，平静得跟他如今的心绪一样。

他那个亲哥哥一心要置他于死地，他们这样一家团聚的机会，或许聚一次就少一次了。

当晚，一家人坐在一起吃饭。胡半丁站在一边伺候着，气氛显得轻松热闹。

饭吃到一半，沈放突然想到什么，对姚碧君说道："碧君，我们不是给父亲带了一瓶好酒吗？"

姚碧君恍然大悟，即刻放下筷子起身："是呢，我都给忘了，是杏花村，我这就去拿。"

对面的沈柏年面露欣喜，咧嘴笑着："难得你有心，有没有酒无所谓，能在一张桌子前吃饭就行了，这才是一家人的样子。"

他们这个家，经过了太多的波折，曾经零零散散，而今能有这样的局面，换作以前，沈柏年想也不敢想。

不到片刻，姚碧君拿着酒回来了，径直走到沈柏年身边："父亲，我这就把酒给您开了。"

胡半丁见她开得似乎有些艰难，忙接了过来："少奶奶，我来吧。"

在一边看着的沈林忙嘱咐胡半丁："让父亲少喝点。"

早些年间，沈柏年喝醉的模样这时候恐怕两个人都还历历在目。

沈柏年却摆手回绝："没事，现在不喝，再老点就更喝不动了。"

苏静琬忙打断他："您干吗动不动就说老？"

沈柏年面目慈祥，像是已经欣然接受了这一点。

"老了就是老了，比起那些没熬过战争的人，老点算什么？起码我还活着。”

“只是活着可不行，人应该活得更好，更有尊严。”沈放补充道。

“当然，也必须要活得有秩序，守法则。”沈林话里更是若有深意，免不了嘴上的夹枪带棒。

沈放一笑，酒杯在手里把玩着，回头瞧着沈林道：“看来大哥对有些事儿很不满啊。”

他们两个人心里跟明镜一样，这件事情却不能拿到台面上来说。

沈林扫了他一眼，语气冷冰冰的：“不是不满，是担心有些人做事儿会出格。”

他的语气故意加重，像是提醒。

兄弟俩还要争论下去，胡半丁开了酒，一面给沈柏年斟上，插嘴打断道：“大少爷说得对，人做事不能出格，不过政府做事也不该出格啊。”

这话说得像是在帮着沈放，也像是在发牢骚一样。

斟满之后沈柏年端起酒杯，抬头看了胡半丁一眼，饶有兴趣：“老胡这话说得好，你是不是听到什么了？”

胡半丁面带愁容，微微点头道：“是，前些天听说在夫子庙死了个日本人，那家伙以前是日本军队里的特务头子，还在南京待过。听大家说他是战犯，可没想到咱们的政府居然请日本战犯来当差，这叫什么事儿！”

他说的是田中,更像是顺带着将沈林说了一通。

沈柏年很少关注外面发生的事情，听到这样的消息显得有些诧异：“还有这样的事？”

“怎么没有，那个小日本身份暴露了，被夫子庙的老百姓打死了，就是我没赶上，要不我也去打两拳。在中国的日本人个个都该死！”

他表现得很激动，咬牙切齿。边上苏静婉夹了口饭刚送到嘴边上，听了这话突然身子震了一下，手里的筷子落在了桌子上。

她面露慌张，急忙扫视了一圈众人，发现只有姚碧君注意到了她，而后尴尬地笑了笑，便把筷子又拿了起来。

这件事情是中统办的，再说下去只会扯到自己身上。沈林沉着脸看着胡半丁，示意他不要再说下去了：“老胡，你话太多了。”

胡半丁自然懂他的意思，方才那张激动的脸顷刻便缩了回去，低着头闷声道：“是，大少爷。”

好好的气氛被破坏了，几个人面面相觑，都不知道应该怎么开口。

沈柏年若有所思，回头看了一眼苏静婉，忽然开口：“日本人也不是都该死，他们中也有普通人。”

人常说人之初，性本善，好与坏相对，有坏便会有好。

“父亲说得对，是战争把人改变了，我就见过很多普通的日本人到了中国就成了杀人的魔鬼。”沈放说道。

沈柏年点头：“这是要跟日本政府清算的，包括他们那个天皇。”

“可惜，咱们的政府好像心思不在清算上。”

争执的战火一旦点燃，似乎什么话题都能斗上几句。

沈放说着一边回头看向沈林，沈林也扭头瞧他，四目相对时，沈林语气冷冽严肃：“政府自有政府的想法，我们不用妄加评论。”

这一回沈柏年却将他打断：“不！战争虽然结束了，但战争带来的后遗症不是一天两天能消除的，没有很好的手段只会再次引发战争。”

沈柏年似乎对如今的现状看得很透。

沈林对沈柏年这话有些意外，不过他眼神坚定，依旧有自己的坚持：“再有战争，中国人也不会惧怕了。”

听他们争辩着，沈柏年忽然咧嘴一笑：“不是怕，战争给普通老百姓带来了什么，你们想过没有？美国人在日本扔了原子弹，两个城市都被摧毁了，最后受苦的还是普通人。”

人老了就会变得比年轻时候柔软很多，尤其是在上一次，他同周达元的谈话之后。

“这是他们应该受的惩罚，不需要同情。”

“这点我同意，对魔鬼的惩罚怎么做都是应该的。”

沈林和沈放难得统一意见，不管怎么说，一致对外的时候，还是可以同仇敌忾的。

“但对中国来说，更重要的是避免战争。”沈柏年听完之后有些唏嘘。

一方反对一方坚持，还有一方夹在中间保持中立，这样的组合出不了什么好的结果。

桌面上的气氛变得越来越凝重，姚碧君插不上话，但是颇有眼色：“爸，咱们在家吃饭，就不谈国事了吧。”

苏静琬忙跟着说：“是啊是啊，别老说什么打仗，咱家现在不是挺好的吗？”

有人喊停，几个人也觉得这样聊下去不是个好法子，随即继续安安静静地吃着这顿晚饭。

饭毕，沈放起身穿衣，准备离开。

“爸，我和碧君先回去了。”

沈柏年点了点头：“以后常回来。”

父子俩相视一笑，姚碧君为沈放整理了一下衣服，两人相携朝着屋外走去。

走了两步后，沈林忽然从身后跟了上来叫住他。

“沈放。”

“怎么？”沈放意外回头。

沈林咽了口唾沫，低头后又重新扬起头来：“我有些事儿想跟你谈谈，你跟我来一下。”

沈林随即上了楼，沈放略显迟疑，但还是跟在了他的身后。

偏厅之内，沈林立在门口把着门，等着沈放走了进去，他才反身将门阖上。

经过了照相馆的事情之后，兄弟两个人同处一室的感觉叫沈放更加不自在。他表现得玩世不恭，垫脚往桌面上一坐，接着诡谲一笑：“这么慎重，你要跟我说什么？”

沈林回身走到他身边，面色郑重：“我需要你说实话。”

语气冷冰，眼神坚决。

“实话？好像以前我说的都是假的一样，你这么说我可接不上。”

沈放丝毫不当一回事，手里捞起一件东西随意观摩着，他哥哥的这幅表情他又不是一次两次见了。

沈林继续逼问，身子凑得比以往要近了很多，语气也变得急切起来：“夫子庙的事儿闹得那么大，田中是跟你见面后才死的，你们之间到底发生了什么？”

“我是见过他，不过谈了几句他的身份就暴露了，那些愤怒的老百姓我一个人拦得住吗？”沈放一脸的无奈。

沈林继续问道：“你们谈了什么？”

“没什么，田中那家伙说要跟我叙叙旧。”

“就这些？”

沈放顿了顿，忽然收起脸上的笑容，变得严肃起来：“还要我说下去？”

“你有什么不能说的吗？”

沈放再度玩世不恭地笑了：“你非让我说田中拿个假文件试探我是吗？我还没因为这件事情跟你们算账呢！”

他憋着不问，这会儿反倒沈林提起了。

沈林依旧严肃：“也许是你隐瞒的事情太多了。”

以前在老虎桥监狱里的时候他也是这样的态度，现在还是如此。

沈放凝视了他好一阵子，缓缓说道：“如果我说，任何时候我的回答都是一样的，你还要怀疑下去？”

沈林这样处处抓着他不放，居然还期盼着让他坦白？

沈林也模样认真：“我需要知道真相，这是在家里，此刻你不是军统的人，我也不是中统的，我们是兄弟，我要的是兄弟之间的对话。”

说得倒好，兄弟，可他做的事情有哪一件是一个兄长该做的？

沈放没有兴致继续说下去，从桌面上跳下来，语气轻松：“既然是兄弟，那我告诉你，秘密有时候是可以保护人的。如果真有秘密，那就让它成为永远的秘密。”

这话说得明白，你想要挑破这个秘密的目的已经很明确了，既然如此，你还跟我谈什么兄弟？

“你！”沈林被噎得说不出话。

沈放一边往门口走，一边说着：“其实一直煎熬的是你，不是我。我劝你也放松一点，这都是我们的选择，你选择这么问，我就选择这么回答。”

周旋的游戏，枯燥又无聊。

出了大门，沈林送沈放和姚碧君离开。车子绝尘而去，沈放透过后视镜瞧着沈林静静伫立在沈宅门口，显得孤单而凄冷，眼中露出一丝忧伤。

等到视线里的长街空空荡荡，瞧不见任何踪影的时候，沈林轻轻叹了一口气，继而心事重重地走回了客厅。

屋子里沈柏年正襟危坐，方才的谈话他听得一字不差。

“你弟弟他们走了？”

沈林抬起视线，接着点了点头：“是的。”

沈柏年咽了口唾沫，继续说道：“今晚你们兄弟俩都有心事，我知道，你们都不跟我说，我也不想问，但我必须说一句，他是你弟弟，你可以去对付任何人，但不要花那么多心思去对付自己的亲兄弟。”

沈林没有说别的，只点了点头，沈柏年继续说着：“兄弟倪墙的事儿发生得还少吗？但在沈家不能这样。”

沈柏年虽然老了很多，今日却好似重新有一股年轻时候的劲儿，叫沈林不得不认真回答：“好。”

沈放和姚碧君离开沈宅，夜色里的街道上没有什么行人，车子一路飞驰。

姚碧君方才瞧见了苏静婉的异样，这会儿细细思量，好奇问道：“苏静婉以前是做什么的？”

那是沈林的安排，沈放那个时候一向不在意沈家的动向，更不在意沈柏年身边的究竟是个什么样的女人。

“不知道。怎么突然问起这个了？”沈放漫不经心地搭着话，这个话题听上去有些莫名其妙。

姚碧君忙挤出一个笑来，说道：“我就是好奇，刚刚吃饭的时候，我觉得她有点奇怪。”

她中间顿了顿，若有所思：“就是在说日本人的时候，她好像有一些不一样。”

她说得倒认真，不过一回头，发现身边的沈放似乎并没有在听她说话。

沈放眉头紧锁，他在思量着方才沈林与他的谈话。

从沈林的口吻与问题来看，似乎照相馆中的三个人并没有叛变，否则不会是如今的这个局面。

“喂，你有没有听我说话？”

姚碧君一句话说了好几遍，在她碰了他一下之后，他才回过神来。

“你说什么？”

姚碧君瞧着他的样子，忽然间意兴阑珊：“算了，没什么重要的。”

视线重新朝向前方，却见沈放将车子开到了另外一条街道。

“这不是回家的路啊，你要去哪儿？”

沈放神秘一笑：“今天还早，咱们去舞厅消遣会儿。”

喜乐门里依旧人潮拥挤，舞池里，姚碧君在沈放的带领下，舞步也熟练轻快了很多，两个人的脸上都绽开了花。

“你今天很高兴？”姚碧君问道。

沈放答非所问：“你跳得比以前好多了。”

这样的气氛让姚碧君莫名兴奋，听到沈放的夸奖，她更不想提别的了。

“是啊，以前从不觉得跳舞有意思，不过现在感觉还不错。”

莺歌燕舞，一曲完毕，两人坐到一边，沈放很绅士地去给姚碧君拿他存的好酒。

刚离开，吧台边一直注视着两人的曼丽拧着腰肢走了过来，很亲热地坐在姚碧君身边。

姚碧君有些诧异：“你是？”

“你就是沈先生的老婆？”

只一句话，姚碧君便明白了，脸色随即沉了下来：“我丈夫经常来这儿，就是找你？”

曼丽的笑声如同银铃一样：“你真是个聪明的女人。”

女人过招，暗箭难防。

姚碧君脸上明显不快，她不想被眼前的人扫了兴，只说："我丈夫就要回来了，我不喜欢跟陌生人聊天，特别是你。"

她目光停留在曼丽身上，天使面孔、魔鬼身材，没有几个男人能抵挡这种诱惑。

曼丽也瞧着她，觉得眼前的人会错了意。

"我知道你在想什么，别担心，沈先生是经常来，也经常让我陪他，可除了跳舞他什么都没做过。"

"我没必要听你解释。"

"我用得着解释吗？我不过是想告诉你，我嫉妒你，你找了一个好男人。"

这是实话，经过长久的相处，她对沈放有了一种特殊的感情和特殊的看法。

他和这里所有人都不大一样。

刚说完这句话，沈放拿着酒回来了，有人过来拉她，她随即起身妖娆地离开。

看着曼丽被拉进舞池，沈放一边开酒，一边笑着问道："跟她说什么呢？"

"没什么，她说你的舞跳得很好。"

不知道为何，听了那一番话，她心情大好。

沈放倒是不自谦，笑得更深了："这倒是，这事儿我很有自信。"

姚碧君看着舞池里的曼丽，一颦一笑连她这个女人也忍不住多看一眼。于是她指着曼丽饶有兴致地问沈放："你是不是喜欢那样的女人？样子好看，身材又好，凹凸有致。"说到一半，她又想到别的，"对了，还有那个演员柳小姐也是这样的。"

话里醋意十足，沈放眯着眼睛打量了她一阵子，看得她十分不自在，过了一会儿他低眉倒酒，将杯子挪过去的时候，笃定地说道："你错了，我最在乎的是我身边的人。"

姚碧君接过酒杯："是吗？"

沈放凑近与她碰杯："当然，而且永远不要怀疑这一点。"

喝上一口，沈放也突然来了兴致，反问道："那我是个好丈夫吗？"

这个问题姚碧君没有想过，愣了愣，刚要说话，沈放却拦住了她："算了，别回答我，我只是问问，问问而已。"

这样的问题，确实很奇怪。

音乐声再度响起，沈放还想拽着姚碧君继续，忽然瞧见江副官和另外一名军官走了进来，张望一番之后，最终走到他身边。

“沈副处长，打扰了，有人想见您，麻烦您去一趟。”

沈放神经紧绷，目光扫向江副官和那名军官的腰际，他看到那名军官腰间的衣服有些凸出，应该是别了枪。

“谁想见我？”

江副官笑着：“到了您就知道了。”

沈放表情尽量柔和：“去帮你嫂子叫辆黄包车。”

江副官点了点头。

送走姚碧君后，沈放上了车。

摇晃的车厢内，他和江副官坐在后座，司机是那名军官。

此刻的他不免有些慌张。

虽然他从沈林那边得到了一些消息，却也不敢笃定。这会儿到底是谁想见他？难道照相馆里的人真的叛变了？

这些都是未知的。

他想着这些，手心里开始冒汗。他没有去看江副官，但依然用余光注意着对方，同时悄悄地摸了摸自己的腰际，那里是一把枪。

江副官恭敬有礼，微微笑着：“沈副处长，我也是奉他人之命来找您的，打扰您的雅兴了。”

他们之间从来都是这样的相处方式。

沈放手停在枪把上，笑得有些尴尬：“客气了，想见我的人，还挺神秘。”

“也算您的熟人。”

他明知道，却不肯说出来，故弄玄虚，让沈放更加想不通。沈放眉头微微皱在了一起，但脸上依旧有笑。

他正要拔枪，偏偏在这时候车子猛地一晃动，继而停下了。

江副官看向他道：“到了。”

沈放只得默默将枪推了回去。

江副官打开车门，沈放一下地便看见了友谊饭店的招牌，有些诧异，不过走进去之后，一切与他想象的似乎有些不同。

站在饭店走廊里的居然是国防部的何主任。

自上次任务之后，再没有见过面的人。

何主任见沈放来了甚是热情，三两步便迎了上来：“沈老弟，今天这么晚了突然请你来，抱歉，抱歉啊。”

他伸手握住沈放使劲晃着，表达着他的热情与愧疚。

沈放面上有些释然，热烈笑着，佯装久别重逢的喜悦。

“何主任，您这可太突然了，我还在陪老婆呢！这么约人弄得兄弟我手忙脚乱啊！”

他方才差一点，就差那么一点，就拔枪脱逃了。眼下想来细思恐极，额头上冒了些冷汗。

何主任拍了拍他肩膀，一边搭着他往里面走，一边说：“老弟有所不知，今天这个局大家凑齐了不容易，而且也是刚刚谈好，我的几个朋友想见见你。”

“你的朋友？”沈放诧异，不相干的人聚在一起又有什么话说。

何主任笑得若有深意：“都是国防部的人，有宪兵司令部的，也有主管后勤的，个个身居要职。他们都想跟你谈谈生意，赚点养家糊口的钱，不过大张旗鼓地把你叫出来有些不方便，还望沈老弟见谅。”

原来是这样，他这才明白过来，何主任这是将他当成财神爷了。

沈放笑得畅快：“好说，好说。”随即又凝眉，有些迟疑，“不过何主任为啥不直接找罗处长？生意上的事儿，找他比找我强。”

“我倒是想找他，就是怕他不好说话，担心谈得多了少了大家都尴尬。老弟你人缘好，不贪小利，所以我想让你在中间帮忙调节一下。”何主任语气试探，面色温和。

上一回他同罗立忠没有谈妥，沈放当时情非得已才让他得了好处，他倒好，还黏上沈放了。

沈放干笑道：“这事儿我说了不算，真得跟罗处长商量。”

何主任面色突然有些不快，干咳了两声：“沈老弟，你该知道土地审批的事儿可不是我一个人能做主的，包厢里的人，都关系到要害，军纪处的周处长、装备处的孟处长、军训处的程主任，军队里的派系不少，国防部自然也是由各个派系组成的，你那么聪明的人不会不懂这些门道吧？在军队里做生意最怕的就是照顾了这头，得罪了那头。”

这算怎么回事，威胁他吗？

沈放忙摆手：“别，何主任，小弟愚钝，您还是把话说明白了好。”

何主任面色严肃，道：“知道为什么我们这帮人过得舒服吗？那就是我们可以均衡每一派的势力，做事儿谁也不得罪，你好我好大家都好。”

“您的意思是……我最好听您的话？”

何主任这才有些笑意：“我也不想强人所难，只是提醒一下老弟，别只顾着听罗立忠的。好多事儿他也得看别人的脸色。”

沈放显得有些无奈，夹在中间似乎是个两头受气的角色。

“那您直接跟罗处长谈不就行了？您几位可都不比罗处长的层级低。”

何主任搭在他肩膀的手又拍了拍，像是已经走到了门口，步子陡然停了下来：“你就是年轻，官场上讲官大没用。我们是讲低调，不动声色地数钱才安全。”

当初他跟罗立忠还不是没有谈妥，这件事情本就不在地位高低，沈放比罗立忠好说话，带来的利益更多，就算让沈放出一张嘴说说罗立忠也是好的。

顿了一下，何主任看了沈放一会儿，继续说着：“总之，这些话我也就是跟你说说，你也顺便提醒一下老罗，你们哥俩可别脑袋一蒙，把好事儿做拧巴了。”

沈放只得赔笑：“那是自然，大家一块儿赚钱，以后的路子才会越走越宽。罗处长不会不明白这个道理。”

何主任这才笑了起来，一副孺子可教的模样：“没错，老弟果然一点就透！”

说着他推开包厢的门，里面的一批人满满当当地围坐在饭桌前。

何主任为双方介绍，沈放与他们拱手打招呼。

虚惊一场。

接下来的两日更是十分安静，不是那种暴风雨来临之前的预兆，而是一潭死水一般的平稳，所有的事情似乎都戛然而止了。

也就在这两日，沈放想了很多。

漫无目的地走在街头，沈放思绪深重，突然有个人慌里慌张地撞在了他身上。

沈放抬头，发现是一个小乞丐，再低头时又看见有剩饭掉到了鞋子上。

那个小乞丐骨瘦如柴，衣裳残破。沈放佯怒，本想动手打骂，最后还是停手了。

他掏出手绢擦了擦鞋，环顾四周，发现不远处有黑衣人跟踪他，继而又看到了几个擦鞋摊。

正中间的摊子上有一个擦鞋的人，帽檐压得很低，是任先生。

沈放缓步走了过去，任先生抬头道：“先生，擦鞋吗？”

沈放坐下抬脚，任先生的动作娴熟。

“已经两天了，中统和军统都没有反应，看来照相馆的同志没问题。如果他们有问题，我跟你就见不到了。”

余光注视周围，说起话来嘴没有大张，低头只能看见任先生的帽檐。

身前的人也没有抬头，只有声音飘过来："既然这样，组织要求你们一起撤离，方案跟以前一样，制造车祸，掩护的尸体我已经安排好了，到时候你带他们去郊外，就说有朋友要拍照，去现场看一看。我们的人会设置路障，隔开跟踪你们的特务。"

这是最好的安排。

沈放点了点头，片刻之后付了钱，起身离开。

任先生把钱揣在怀里，瞟到了钱里夹着的字条。

回到密室，放下擦鞋的箱子，他连忙掏出字条对着灯下看。

字条上面的字迹潦草，写得似乎很慌乱：

我想过很多种撤离方法，但是都行不通。我和他们任何一方出了南京城，敌人一定会跟得很紧，很容易暴露其他同志。我决定了，由我来掩护照相馆的同志撤离，用你的方案把他们送出南京。出城以后我会想办法先下车，拖住国民党的人。别怪我没跟你商量，就按照我说的做吧。或许这是我能为组织做的最后一件事了，只可惜没能脱下伪装，自由地呼吸一次，不过我相信我的愿望你们会替我实现的。

任先生看完信，双手不自觉颤抖起来。

沈放似乎已经下定了决心，那个初见时一心想要撤离的人，如今心思已经大不相同。

接下来的行动很快进行着。

那一天，天阴沉沉的，昏暗的光线之下，南京城显得古朴萧瑟。

明光照相馆门口的海报上，柳如烟依旧笑靥如花。沈放立在门口看了一阵子，嘴角隐隐上扬，接着大步地走进了照相馆。

附近的公寓里，罗立忠占据了一间，沈林和吕步青在不远处，一同听着。

进了大门，沈放依旧一脸随意。老板见到他走进来，眼神忽然变得凌厉，但是语气依然缓和："先生，您上次照的片子洗好了。您看看。"

说着他在柜台边上摸索了一阵子，拿出沈放上次拍的照片走了过来。

沈放接过来一瞧，笑着点头："不错，挺好。"随即又想起什么，"对了，我有个朋友想请你们拍一组结婚照，不知道你们怎么收费？"

"这个……得看具体的情况而定。"

在老板说话的同时，沈放伸出手指在旁边的水杯里沾了点茶水，然后在桌面上写着：待会儿有车来接我们，趁此撤离。

“那你得去我朋友那儿看看，他在郊外住。”

写完收手，两个人视线相对，那老板笑语：“是吗？您可真好心，还给我们介绍生意。”

“那是，忘了跟你说了，咱们是老乡。”

“那更难得了。”

沈放眼瞧着那老板目光不大对劲，一边说着，一边与屋中的两个伙计对视了一眼。沈放还没来得及反应，那两人突然出手按住了沈放。

沈放被他们这突如其来的举动惊到了。

老板随即厉色道：“你别跟我演戏了！你不是共产党，你是军统的人，我在舞厅里看到过你。”

一边的伙计把沈放的衣服扯开，将窃听器抽了出来，扔在了茶杯里。

另一个伙计从沈放后腰把他的手枪掏了出来。

公寓里，罗立忠耳朵里传来一阵电流声，接着信号被切断，一点声音也没有了，这动静将他吓得站了起来。

屋子里的人面面相觑，他几乎是咆哮着：“都愣着干什么！还不赶紧去救人！”

照相馆外面很快便被军统的人团团包围了。

屋里面沈放刚要说话，那老板脸色一变，打断他道：“你听我说，现在留给我们的时间不多了。”

他歇了一口气，后面的话更长：“这个据点早就暴露了，我们尝试过撤走，但没用，我们根本离不开南京城，对方把我们几个盯得死死的，却一直不下手。我一直不明白他们到底要干什么，但在你走进照相馆的那一刻，我终于明白了，留下我们是为了等着你来。国民党的人想用我们来试探出你的身份，这就是留下我们的价值。”

这些沈放都知道，只是在这千钧一发之际，别的话容不得多说。沈放只能拣最要紧的说：“可我现在在想办法救你们出去！”

那老板却摇头道：“屋外全是特务，怎么走？你当国民党的人是傻子吗？除非你把我们抓起来，如果我们扛不住，你就完了。”

本来事情由着沈放的安排，他们全都能够安然撤出去，可偏偏又来了这么一出，形势瞬息万变，沈放这会儿也有些慌乱。

“组织已经安排好了，你怎么这么冲动！现在什么都来不及了！”他脸上满是焦急，又带着一点遗憾。

面前的人苦笑道：“我走不了的。就算我走了，我一家老小也都在敌人手里，不知道他们会受什么样的苦，这样走我不能安心，他们也一样。”

语罢转头一瞧，旁边两个伙计也默默地点头。接着那老板拿出了一卷胶卷，递给沈放。

“这是南京的城防工事和城市结构，还有南京国民党军队驻地的照片，我们都拍下来了，希望有一天能用得上，现在我把这些都交给你。”

好在国民党虽然发现了他们，却并没有对他们采取任何的措施。

交代完这些，面前的三个人好似比他还要坚定，突然低声说道：“同志，珍重。”

沈放不知所措，只见那两个伙计忽然演戏一般大喊着。

“你干什么！”

“他要夺枪！”

慌乱之间，其中一个人朝另一个直接开了一枪。那人应声倒地之后，他又毫不犹豫调转枪口冲自己的胸前也开了一枪。

两个伙计在两声枪响之后尽数倒地，血流了一地，沈放呆住了。

他还没有反应过来，脑袋后面就被人猛击了一棍子，这一下重击，引得他旧伤复发，脑子里嗡嗡作响，眼前一片模糊，隐隐约约觉得身后有血水流了出来。

他努力地控制着自己，艰难地转过头，身后之人拎着一根棍子冷冷地看着他，正是那个老板。

此刻门外随着罗立忠的行动，沈林带着的人也跟了上来。一众军统和中统的特务都聚集在了照相馆外面。

罗立忠看了一眼沈林：“来得够快的。”

他的眼神复杂，看不出是个什么意思。

“情况怎么样？”沈林问道。

“刚响了两枪，里面什么样还不知道。”

“你们想怎么做？”

罗立忠瞧着他，笑得暗含深意：“里面的可是你的亲弟弟，如果我贸然行动岂不是不给你面子。”

沈林眉头微蹙，神色有些焦灼，他想冲进去，又有些犹豫。

屋子里，老板把手中的棍子扔在地上，缓缓走到伙计身边，躬身将沈放的枪拿了起来。

沈放头疼欲裂，喘息声越来越重。

“抱歉，下手重了点，外面中统和军统的人都在，戏如果不做足，会让他们看出来。”临死之人，说话的语气淡然，带着一丝笑意。

沈放有所察觉，但似乎有些不敢相信，说起话来尤为艰难：“你……你到底要干什么？”

那老板缓缓回话：“我们发现了你军统特务的身份，本来已经控制住了你，不想你突然夺枪，还打死我两个伙计，我只能打伤你，并再次劫持你。事后他们问你的时候，你这样说就行了，跟现场复原的情况会一模一样。”

这样的事情，好似之前那一遭，沈放的心不免揪了起来。

“你们根本就没想走？”

老板点点头，他手里的枪对着沈放，缓缓地说：“这个计划是我们昨天想好的，我们现在走毫无用处，还暴露了你。”

沈放有些艰难地睁着眼睛，瞧见人影晃动，接着有人将他搀扶着：“起来吧，咱们该出去了。”

突然出现了一股可以依赖的力量，沈放忙用手紧紧纠缠着，像是发狂了一样，不顾头部伤痛发作，拽着老板狠狠问道：“为什么？！为什么那么不想活下去！”

从前的方达生便是如此，如今再来一次，对他来说近乎崩溃。

老板脸上有些笑意，从容地说：“如果我们几个人中只能保住一个，你才是最有价值的。用我们的命来洗清你的嫌疑，这是我们唯一能做的事。”

时间仿佛静止了一样，四周沉寂得叫人有些耳鸣。沈放的头更疼了，他看着老板坚定的目光，一时不知道该说什么好。

老板扶着沈放，缓缓朝着门口走去，安慰道：“好了，最后一场，你必须跟我一起把戏演完。”

那副视死如归的神情，让沈放心里十分不是滋味。

此刻的照相馆外面，军警车辆呼啸而至，众多特务举枪对着照相馆大门，静观其变。

一直等在外面毕竟不是办法，罗立忠等着看沈林的态度，沈林却有些犹豫不决。

吕步青耐不住性子，正要打算强闯进去，大门忽然间从里面打开了。

门口众人一惊，纷纷举枪瞄准。

只见照相馆老板押着满脸鲜血的沈放缓步走了出来，沈林和罗立忠瞧着沈放的样子，不约而同地露出了意外的神情。

那照相馆老板躲在沈放身后，用枪顶着沈放的头，威胁道：“全都给我退后，要不我现在就打死他！”

就现在来说，沈放依旧是国民党的功臣。而且看着当前的情形，似乎没有任何商量的余地，沈林和罗立忠对视一眼，一声令下，包围圈变得大了一些。

在众人后退的同时，沈林往前走了几步，定身立在人前，先是打量了一番沈放，接着眼神坚定地看着那老板。

“你已经被包围了，反抗是没用的。”

他态度强硬，不过这句话并没有什么用。

有筹码在手，那老板拿着枪的手抖了抖，厉声道：“你们的人在我手上，现在按照我说的做，给我准备一辆车，我带着这位一道出城，等我出了城，就放了他。”

这是劫持常有的过场，可他不同，他没想过要活。倒也巧了，刚好他碰到的对手确实有些棘手。

面前的沈林不假思索，回答道：“这不可能。”

“不可能？你想让他死吗？”

老板说着用枪抵了抵沈放的头。

沈林观察着沈放，他脸上很多血，映衬得面色越发苍白，头部的伤痛似乎让他连站立都很困难。

沈放如今已经窘迫不堪，没有外力的帮助，他不可能逃开。无路可走的时候，那老板也能够轻松地拉个垫背的。一个将死之人，应该是无所畏惧的，这让沈林有些拿不准。

沈林这才有了些紧张：“别冲动，我们可以慢慢谈。”

“没什么可谈的，必须按我说的做！”见沈林松了口，那边的态度也变得强硬起来。

沈林正一筹莫展，罗立忠和吕步青凑了过来。

罗立忠声音很小，说道：“沈处长，这局面我可没想到，该怎么办还是你们中统拿主意吧。”

事情是他带头做的，这会儿他倒是聪明，将责任推了个干净。

沈林回头白了他一眼，吕步青也没闲着，在另一边提醒沈林：“沈处长，人可不能放！”

沈林面色犹豫。事发突然，他还没时间冷静思考。那老板却已经迫不及待，耐心耗尽。

“你们到底答应不答应？！”

“这件事我们需要上报，就算可以准备车辆也需要时间。”沈林没有拒绝，也没有立即答应，声音冰冷，目光一直在沈放脸上不曾挪开。

这明显是有所动摇的意思。吕步青瞧着，十分害怕沈林因为沈放而有私心，坏了自己立功的大好机会，忙对沈林小声说着：“共产党不能放掉，你要是做不了决定，我打电话请示叶局长。”

沈林还没有说话，他已经转身走了。

这群人平静地对峙了好一阵子，吕步青重新回来，模样自在，命令一般：“叶局长说了，不惜任何代价，这个共党分子不能放掉。”

意料之中的事情，沈林不由得皱了皱眉头。这些人根本不会顾忌沈放。

“什么意思？对面还有我们军统的人呢！怎么，军统的人就不是人吗？别忘了他还是沈处长的亲弟弟！”

沈放是有功之人，虽然现在沈放的命在共产党手里，但若是丢了沈放这一条命，单是对沈柏年都需要有个交代，到时候这个锅还不知谁来背。

而且要是因为这件事情让沈林记恨上了他，往后他的日子还不知道究竟要怎么办，所以眼下罗立忠只能先反驳着。

可吕步青像是背后有了靠山一样，腰板挺得直直的，义正词严道：“不管，我必须执行叶局长的命令！”

真是一条听话的狗。

该说的也说了，如今他们对沈放的身份有所怀疑，就算沈放真的丧了命对罗立忠也不会有什么损失。罗立忠笑了笑，倒也轻易放手，只要自己不担着责任就行。

“好啊，那今天出了任何问题，你们中统负全责。”说完罗立忠转身退到一边，完全一副看热闹的样子。

沈林一直沉默着，面对叶局长的命令，他皱着眉头没有什么动作，几乎呆立成一座石像。吕步青先发制人，站在他身前，与他四目相对。

“沈处长，现在的局面，你不适合指挥了，还是我来吧。”

说着，吕步青又转身面对门口的人，语气坚决：“你逃不了的，你的任何要求我们都不会答应，你必须投降！”

“你们不想要他的命了吗？”

没想到就一会儿的工夫，得到的竟是这种结果。

“他死了，你也会死。”吕步青说着，语气笃定，表示已经做了决定。

那老板面露绝望，叹息了一声：“行，我明白了。你们够狠的，自己人的命也不管了。那大家就同归于尽吧！”

话音刚落，他捏了一下沈放的肩膀，算是给沈放暗号，接着沈放猛地向后一撞，那老板好像是猝不及防地一松手，在扣动扳机的一瞬间，沈放的脑袋微微斜开，只在额头蹭出一道血痕。

沈放受伤倒地，既然起不到威胁的用处，此刻这个人质算是无用了。那老板没有再对沈放开枪，而是举枪向对面的特务射击。

可对面无数枪口正瞄准着他，他又怎么可能匹敌得过？就在一阵刺耳的响动之后，他的身体被贯穿出无数的弹孔，继而倒在了血泊里。

沈放睁着眼睛，将这一幕尽收眼底，忽然他脑袋里浮现出了那晚方达生的脸。

“同志，再见了，继续战斗下去。”

那是方达生说的最后一句话。

沈放闭上双眼，随即又缓缓睁开，眼睛红红的。

一群特务冲过来，围着倒在血泊中的老板。与此同时，沈林也冲到沈放身边，关切地问：“你怎么样了？”

这会儿猫哭耗子到底有些晚了。

沈放失神地摇了摇头，推开沈林，踉跄地爬了起来。目光倾斜，他看到了躺在地上的照相馆老板面容安详，完全没有面临死亡时的恐惧。

只是刚刚站起来，沈放的视线又开始模糊了，头疼欲裂，接着便浑身一软。

罗立忠忙搭手扶着，并招呼着旁边的人："快！来人，送沈副处长去医院！"

这一天，他视死如归，老天却又跟他开了个玩笑，让他死里逃生。

不过这样的生，到底有些折磨。

到医院清理了脸上的血迹，裹上纱布之后，沈放便独自回了公寓。

原本喧嚣的街道仿佛没了声音，沈放一直拖着身子走到门口，推开门的一瞬间，他显得疲惫不堪。

屋子里倒没有什么异样，姚碧君浑然不觉今日发生了什么，正拿着一本书坐在灯下看着。

桌子上摆放着一些饭菜，用饭碗盖着。

"回来了？怎么这么晚？"姚碧君一边说着一边将饭菜上的碗揭了开来。

这是沈放这一日听到的最有温度的一句话。

等沈放靠近就座，姚碧君才发现他额头的纱布，惊愕道："你的头怎么了？"

沈放咽了口唾沫，尽量表现得轻松："今天执行任务的时候受了点伤。"

"怎么不小心一些？"

沈放摇摇头没说话。

"你……"

姚碧君想要问下去，但是犹豫再三还是忍住了，想了想又说："这汤都凉了，我去热热。"

她刚端起汤盆，沈放忽然将她拽住，握得那样紧，就像是抓住救命稻草一般。

"在我身边待会儿，我太累了。"

声音慵懒又低沉，说着沈放脑袋便已经靠了过来，像个孩子一般。

姚碧君有些意外，但并没有做出什么反应，就那么呆愣愣地站着，一股说不出的情绪涌上心头。

接着她抬手轻轻摩挲着沈放的头发。

"今天又死人了，三个，他们死的时候离我那么近，也许他们本可以活下去……”

隔了一阵子，沈放突然开口，说着说着，竟带了哭腔，最后他终于忍不住将头埋在了姚碧君身上。

沈放不知道自己什么时候睡了过去，醒来是在一阵电话铃声之后。

此时姚碧君已经不在了，沈放身子不舒服，挣扎着从床上起身接起电话。

“是沈放吗？”

“是我，你是哪位？”沈放有些不耐烦。

“你不用管我是哪位，今天下午五点到喜乐门夜总会去。”

“你是神经病吗？让我去那儿干吗？”莫名其妙，说着沈放便要挂电话。

那头的人及时补救：“你以为照相馆的事儿就算完了吗？”

照相馆的事？

沈放被这几个字惊醒，他猛地坐了起来，反问道：“什么意思？”

“你去了就知道了。”

干脆了断，这回电话从那边挂断了。

沈放到喜乐门的时候，有人已经安排妥当。门口的侍者瞧见沈放后，上前来打招呼：“沈先生来了，您的客人在308号房间等您。”

虽然进门便能知晓对方是谁，但沈放还是不由得打听道：“是什么人？”

为了他这条命已经死了三个人了，如今若是还有别的危险，他得提前防备着才好。

可那侍者摇摇头：“我也不清楚，请您跟我来。”

说完他转身，沈放也没再问，趋步跟在侍者身后朝里走。

两人穿过走廊，只见走廊尽头的房间金色门标上赫然有一个“308”的字样。

侍者随即停下脚步，恭谦有礼道：“沈先生您请。”

“我自己进去？”沈放有些惊奇，他的心提到了嗓子眼儿。

“您的客人只想见您一个人。”

说完，侍者就转身离开了。

沈放喉头移动，看了看那房门，然后走了过去。整条走廊里很安静，只有他一人的脚步声。

但随着一步步地接近308号房间，沈放愈发越觉得气氛不对，似乎走廊两边的包厢里都有人影闪烁，而且308号房间里也有轻微的脚步声。

沈放皱眉，一只手摸向后腰别着的手枪，另一只手慢慢搭在门把上向下按压。

只是还未等他用力，门忽然从里面被拉开了，接着“砰砰”的几声动静，四周彩带和彩纸到处飘扬。

紧接着是众人的欢呼：“欢迎军统英雄！”

沈放一愣，枪在手中，险些就掏了出来。他环视一圈，只见包厢里坐着一众军统一处的军官，长桌正对面上首的椅子上，罗立忠正笑嘻嘻地看着他。

这时，在江副官的带领下，他身后的几个包厢里跟着冲出来了几个人，手里拿着香槟，将沈放推进包厢中。

沈放有点不知所措，不过还是挤出了一个笑脸来：“怎么是你们？”

江副官拉着沈放坐在了罗立忠身边。罗立忠笑脸依旧，拍了拍他的肩膀：“沈老弟没想到吧？你可算在鬼门关上走了一遭，我跟一处的兄弟们商量了，得给你办次酒，压压惊！”

沈放脸上的笑有些僵：“真是让我没想到，弄得我以为又有什么案子呢？”

“对你这样处乱不惊的家伙，当然得用不同的法子！”

说着罗立忠忽然起身举杯，冲着大家说：“来！为了咱们一处的沈副处长再次立功，大家一起干一杯！”

虚惊一场，到这会儿沈放才敢喘一口长气。

众多军官起立，举起酒杯齐声道：“为沈副处长干杯。”

沈放随即也拿起酒杯，脸上粲然一笑：“多谢兄弟们，你们想着我沈放，我也忘不了你们，我先干为敬。”

众人一饮而尽，搁下酒杯，罗立忠接着说：“这才是咱们军统的作风。特别是咱们的沈副处长，前几天还有传闻说，中统那边怀疑你是共产党，田中调查的就是你。特别是你那大哥沈林，原以为他只是针对军统，没想到居然连老弟你也被他怀疑，现在看看他们多可笑。”

明明罗立忠就是沈林的帮凶，这会儿倒是把自己摘了个干净。

一边的吴队长附和：“中统那边都是吃猪脑长大的。”

众人哄笑。

这样踩低别人捧高自己的游戏，他们一直玩得乐此不疲。

沈放苦笑道：“他就那样，换作是我，也会一样。”

罗立忠笑意更深："看看，沈老弟就是党国不可多得的人才。不过话说回来，我是真的担心咱们军统里混进了共产党的人，幸好你不是。"

"共产党想在军统里混，恐怕没那么容易。"沈放干笑道。

罗立忠却忽然有些严肃起来："共产党的人鬼得很，没准最不可能的人恰恰嫌疑是最大的。"

这话是否含沙射影，沈放不知道，他脸上只有淡定："没关系，找到共产党交给我，我保证他们跟照相馆那几个家伙下场一样。"

罗立忠还未继续说话，吴队长突然在一旁起哄："来，咱们大家为了沈副处长英勇神武地全身而退，喝个痛快！"

众人欢呼。

片刻之后，曼丽领着一众舞女进了门，包厢里顿时是一片打情骂俏、杯酒相碰的热闹。

在这欢闹之时，有一个侍者安静地推着一车酒跟着走了进来。

那个侍者靠近沈放，一边给沈放倒酒一边说着："长官，这酒是新来的苏格兰威士忌，经理说他请客。"

这话听上去有些莫名其妙，不过那声音十分熟悉。沈放一抬起头来，发现入眼的面孔居然是任先生。

任先生倒完酒冲沈放点了点头，转身要走的时候，沈放将他叫住："等等。"

当着罗立忠的面，沈放大步凑上去，接着从口袋里掏出一沓钞票，塞进任先生手里，笑道："难得你们经理大方，这个给你。"

那里面藏着照相馆老板给他的胶卷。

可就在这时，罗立忠忽然凑了上来，抬手揽住沈放的肩头，先是打量了一下面前的侍者，接着对沈放笑道："沈老弟，小费给那么多，够大方的啊！"

沈放被他突如其来的举动吓了一跳，身子微微抖了抖，不过面上依旧是平和淡然的模样："再大方也比不过罗兄啊，今天办这场庆功酒你可是破费太多了。"

死后余生的人，对身外之物看淡了点，这事儿倒也不稀奇。

"都是自家兄弟，好说。"

罗立忠沉默了片刻，脸上若有深意的表情随即散去，说着他挥手示意任先生离开。

任先生低头谢过，转身推着车走了。

两个人相视一笑，罗立忠接着回身大声道："告诉你们，只要是一处的人，不管谁立了功，我都这么给他办庆功酒！只要为一处好，你们就都是我兄弟。”

众军官欢呼。

众人沉醉在酒气十足的味道里，只有吴队长小心翼翼地凑到罗立忠身边。

“处长，您对沈放也太好了吧？”

这样大的阵仗，他以前从没有见罗立忠做过，同为手下，不免有些争风吃醋的意思。

罗立忠望了一眼沈放，接着又重新回过头来，眼神里有些不耐烦，但还是解释道：“你觉得我只是对他好？今天喝酒乐呵的可不只他一个。不对底下的人好点，谁替咱们卖命？”

眼光长远，对得上他现在的位置。

吴队长点头，罗立忠笑意更深，带着一丝狡黠：“而且这个沈放对咱们还有用呢。”

平静了两日，照相馆的事情总算是彻底揭了过去，那几日也巧，南京城的天气格外的好。

阳光洒在军统大楼上，罗立忠的办公室里，两个人影交谈甚欢。

听见动静，罗立忠抬头一看，是沈放走了进来。

气氛微妙，沈放顿了顿，接着微微一笑打破尴尬。他迈步进去，将文件夹放在罗立忠桌上，并交代着：“罗兄，这是明光照相馆的行动报告，我写好了。”

“这么快就把报告写完了？”

罗立忠接了过来没有看，搁在了一边。

沈放点头：“早晚得写，我不喜欢等。”

罗立忠瞧了一眼他头顶上还戴着的纱布，表现得很是关怀：“何必这么辛苦，老弟应该多休息几天。”

旁边的吴队长正要附和几句，沈放却先他一步摇了摇头：“不用了，不就是办了个案子吗，不算什么。”

罗立忠点头。

沈放又说道：“对了，罗兄，还有个事……我想跟你请示一下。”

他表现得有些犹豫，说完又看了看吴队长，罗立忠即刻便明白了他的心思。

“没事，都是自己人。”

说来也是，毕竟在他们两人看来，自己才像局外人。

沈放也不再防备，直言道：“前一阵子，我被国防部的一些人请去了一个饭局。”

莫名其妙被何主任请去的那一遭，要谈的事情不是小事，他自己一个人做不了主。

罗立忠有些好奇：“哦？”

沈放撇了撇嘴：“之前因为照相馆的案子，我也没顾上说。是何主任做的东，来的都是国防部的一些长官，不过说的都是咱们生意上的事儿。”

这是进财的消息，罗立忠脸上顷刻间就露出诡谲的笑容来。

“何主任那老小子终于跟你搭上线了，他动作还挺快。”

沈放面无表情地道：“我跟他说了，生意上的事儿我听罗兄的，只是我真没想到军队里的派系之争这么严重。”

罗立忠眉眼舒朗开来：“这是历史遗留问题。”随即他不屑地一笑，“不过，何主任那帮人各自仗着有后台，总是不把别人放在眼里，争权他们在行，就是不一定知道怎么得利。”

他们再怎么傲气，就凭这一点，还是得跟自己合作。

沈放眉头微微一蹙：“我看着他们那帮家伙也有点奇怪，吃个饭还搞得挺神秘。”

罗立忠的表情若有深意：“国防部神秘的事儿多着呢！以后你就知道了。”

这些事情到底不是他要说的重点。

沈放回归正题道：“那生意的事罗兄怎么想？”

“想跟我谈生意我干吗不同意？他们未免把我罗立忠看得忒小家子气了！不过我倒是有个条件。”

“怎么说？”

他眼中有些好奇，罗立忠瞧了他一眼，接着将声音压低，神秘地说：“让他们把批的那块地面积扩大一倍，这样才叫大家都得益。”

狮子大开口。

沈放无话可说，只点头：“好啊，我找适当的机会将罗兄的意思转达给他们。”

说完他与吴队长相视一眼，再挪回视线的时候，身子已经拧过去了一半：“那罗兄，我先走了。”

罗立忠点了点头，沈放带上门走了出去。

屋里面吴队长凑到罗立忠身边问着：“罗处长，这次是不是可以完全信任沈放了？”

“应该可以放心了。不过前几天刚被人拿枪指着脑袋，差点没命了，这马上就来上班，还想着谈生意，这个沈放不简单啊。”

罗立忠摸了摸脸，像是在思考着什么，微微一笑。

与此同时，中统这边对沈放也有了新的动作。

沈林办公室里，沈林正低头看着资料，李向辉进来，递上一份文件。

“处长，叶局长发话了，让我们撤掉对沈放的监视。”

叶局长曾经下令不顾沈放的安危，眼下这一切足以证明沈放的清白，他倒也懒得再费这个神。

意料之中的事情，沈林没有多惊奇，只点了点头，瞧上去似乎有些疲倦。

“按局长的意思办吧。”

他垂着脑袋在文件上签字，接着递还给李向辉。

李向辉刚想走，略加思索后又停下了，回头看了看沈林，眉宇之间有些欲言又止。

沈林抬头注意到他的神色，问道：“怎么了？”

他这才饶有兴趣地说着：“有个问题我不知道当问不当问。”

沈林眼光盯着他，想起了他未婚妻的事情，一下子便洞悉了李向辉。

“你是想问如果沈放真的是共产党，我打算怎么做？”

果然，李向辉点了点头。

“你觉得我会徇私？”

巧妙的回答。

李向辉笑着摇了摇头：“不会。不过我该恭喜您。”

“恭喜什么？”

他倒没觉得有什么喜事。

“沈放是您弟弟，他排除了通共嫌疑，您可以松口气了。”

沈林闻言却只是苦笑：“那又怎么样，现在我和我这兄弟是越来越远了。”

这种事情最能凉一个人的心。

从前他一直都觉得自己没有错，可现在回想起沈放那天的样子，他忽然觉得很害怕。虽然他对那人没有对着沈放再开第二枪有所怀疑，但他也不敢想，如果沈放真的因此丧了命，他该怎么办……

思量再三，所有人都放弃了，那么他作为沈放的亲兄长，又何苦再多加为难。

西餐厅里，他又约了姚碧君。

依旧是老地方，姚碧君没有找寻，径直走到屏风后的角落，沈林就坐在那儿。

侍应生走了过来点餐，沈林自然而顺畅地说："一份牛排，一杯咖啡，咖啡不加糖和牛奶。"

听了这话，姚碧君看了一眼沈林，他面前明明已经点了餐。

"你还是这么喜欢替人做主。"

沈林被这话搞得有些纳闷："怎么？我点错了吗？"

姚碧君叹息："有些时候，女人更希望男人懂自己，而不是为她把所有的事情都办了。"

这样的教学对沈林无用。

"现在你不想做的事情马上可以不用做了，这次我应该能懂你的心思吧。"

沈林一边说着，一边端起面前的杯子抵在嘴边。

姚碧君有些意外，她听懂了他的意思，面上不由得露出欣喜之情："真的？"

沈林点头："从今天起，你不用再监视沈放了。"

这是他一直以来的坚持，更是他让自己嫁给沈放的目的，如今轻而易举地放弃，姚碧君自然好奇。

"你找到你要的答案了？"

沈林点头，忽然关切地看着姚碧君："我希望你能幸福，既然沈放不是共产党，那么我希望你们能好好过日子，你能拥有属于你的那份幸福。我知道，最近他经常带着你去舞厅跳舞，看来你们的关系还算融洽，我希望你们能过上正常的生活。"

他的神色跟往日不同，是一个兄长的柔情。

姚碧君沉默了片刻，接着摇了摇头，算是质问："你这么对付自己的亲弟弟，这算正常吗？"

他一开始的目的就不单纯，这样的关系，怎么都是病态。

沈林似乎被这话噎到了，沉默着不再说话。

姚碧君看了一眼沈林，面无表情，但是轻松了不少："谢谢你让我不再监视沈放，但我也想告诉你，我不想再为中统工作了。"

她说着长吸了一口气，像是鼓足了很大的勇气才说出口："从现在开始，我只是沈放的妻子，没有别的身份。"

说完，她干净利落地起身离开，只留下一个洒脱的背影。

沈林想叫住她，张了嘴，最终没有说话。

隔天军统一处的走廊里，沈放上了楼梯，刚跨步进来，杨副官看见他后忙挡在他面前。

沈放停下步子抬头："怎么？"

杨副官脸上表情微妙："沈处长，我正要找您呢。"

沈放瞧着他，没有说话，杨副官声音变小了一些，凑得更近了才开口："是这样的，中统那边认为明光照相馆的事是属于咱们这边的行动，让咱们负责善后，安抚报社记者，同时负责处理那三名共产党的尸体。"

这么久了，这件事情居然还没有尘埃落定。沈放一听到那个地方，浑身不由得颤了颤。

"这个你不用跟我说，该去跟罗处长汇报。"

与他无关的事情，说了他也做不了主。

说着沈放跨开了步子准备继续向前，杨副官却并没有让开的意思，脸上有些尴尬："这……"

"怎么了？"

杨副官咽了咽口水，有些为难："我怕罗处长又让我去找中统那边。两边推来推去，到头来，麻烦还是我的。那三个共产党的尸体还在军统停尸房，老在那儿放着，罗处长知道了又得训我。"

这才是找沈放的原因。

沈放看着他，忽然会意道："你是想让我给你当说客，支点钱，把事儿给了了？"

这点儿小心思，容易猜得很。

果然，杨副官不好意思地点了点头。

"话我帮你说，不过你得请我喝酒。"

沈放若有所思，生出些逗弄他的意思。喝不喝酒是另一回事，办事的规矩就是这样子。

见沈放应了话，杨副官赶忙应声："这是肯定的。"

说完一溜烟便没人影了。

沈放晃了晃脑袋，觉得好笑，接着朝罗立忠办公室门口走去。

敲了敲门，里面没有声音，他直接伸手推开。

罗立忠不在，只有一个秘书指引了他去向，沈放点头致谢，直奔会议室而去。

照常这地界并没有生人，所以一来二去的沈放有些随意。可这一回推门而入，视线定住的时候，沈放步子骤然停在了门口。

会议室里坐着满满当当的生面孔，罗立忠坐在正中间，众人齐刷刷地看向他，这叫他有些意外与尴尬。

“沈副处长，我有个会，你去我办公室等我吧。”罗立忠瞧见是沈放，不等他说话，忙吩咐道。

沈放点了点头，尴尬笑着，然后退身出去，将门重新阖上。

一波刚平，这阵仗像是又要再起一波。

百无聊赖，茶喝了有四五杯，沈放依旧没有思量出来罗立忠究竟想要做什么。他端着茶杯思绪飞扬，只觉得突然有些疲惫，一件又一件的事情接踵而来，那种永无止境的感觉叫人胆边生寒。

再斟上一杯的时候，刚放下茶壶，罗立忠便推门走了进来。

“说吧，找我什么事？”说着他阖上门就往办公桌的位置走过去，“砰”的一声将文件往桌面上一扔。

沈放瞧着罗立忠面色不大好，带着一点疑惑和戏谑问道：“刚刚啥会议？怎么一个人我都不认识，又是机密行动？”

罗立忠一屁股瘫在椅子上，抬眼看了一眼沈放，随口应了一句：“是个特级保密计划，对付共产党的。”

“特级保密计划？我怎么什么都不知道？”沈放凑近，一脸疑惑。

罗立忠语气平静：“不该问的就别问了，这年头多一事不如少一事。”

虽说如今他的身份被肯定，但这件事情确实还轮不到他来管。因为有过怀疑，罗立忠也不得不小心防备着他。

沈放哑口无言，罗立忠低头喝了口茶，似乎觉出来了自己话里的不妥，忙将话题岔开，问道：“你找我什么事？”

杨副官拜托的小事，叫他发现了意外的秘密。

“是照相馆那三个共产党善后的事儿，杨副官不敢跟您讲，但是跟我说了。”

罗立忠像是早就知道了一样，思考了片刻，问道：“善后的事儿，你怎么看？”

“要我说，咱们就别老跟中统硬着来，委屈点就委屈点，反正善后的钱又不是你我掏腰包。”

而且硬着来他们确实也跟中统比不了，最后吃亏的还是自己，不如忍一时风平浪静。

罗立忠自然不傻，听完这句话后他便应了下来："行，你看着安排吧。"

话音刚落，有人敲门而入，沈放回头一瞧，居然是机要秘书。

"罗处长，这是'灵芝计划'的相关文件。"

来人递上东西后冲着沈放一笑，沈放礼貌回应，忍不住打量了一眼那文件上的字迹。罗立忠接了过去，直接将文件锁进了保险箱内。他目光闪烁了一下，随后又恢复了常态。

"罗兄，这'灵芝计划'的名字真好听。"他做出往日那副玩世不恭的模样来。

这是沈放第二次追问，罗立忠看着他的眼睛若有深意："你好像对这个计划很感兴趣。"

沈放呵呵一笑，忙解释："倒也不是，原以为罗兄只想挣钱，没想到还真有心思对付共产党。"

罗立忠喝了一口茶，似乎是信了他的理由，点了点头道："对付共产党用一般方法不行，那些人都是特殊材料做的，所以得用特别的法子。而且对付共产党的事儿做得越好，我们的权力就会越大，钱自然也挣得越多，这个道理你应该懂。"

果然，是个掉钱眼里的主儿。

沈放凝眉："你这越说我越好奇了。"

罗立忠这才露出严肃的神情："不是我不跟你说，这个计划太重要了，要是出了差错，你我不只是帽花儿保得住保不住的问题。"

这么大的阵仗，定然不是小事情，上一回突袭事情暴露，如今这些消息变得更加严密难得。

沈放不好继续追问，面上即刻变成了漠不关心的模样："那我不问了，有那工夫我还不如去喜乐门喝两杯。要不……今晚？"

沈放在努力地恢复往日的气氛，罗立忠却摆摆手："今晚不成，我还有事儿。"

沈放笑了，转身往外走，一边还说着："那行，改天。"

出了门后，沈放直奔咖啡馆，因为坐实了身份，他身后的那些尾巴再一次消失，他的行动也变得轻松了不少。

下车徒步而行，他正准备穿过马路走进咖啡馆。一名卖烟的小贩靠近过来问："先生，要不要烟？"

沈放掏出钱来递过去："来一包。"

意料之外，那人却递过来两包烟，什么也没有说就转身走了。

再低头的时候，沈放发现两包烟中间夹着字条。

——今晚八点，城外五里坡见。

晚上八点，沈放驱车如期而至，月光皎洁迷人，他下了车打量一番周遭，静谧得可怕。

目之所及，一棵大树底下有一个黑色的人影，迎着黄色的光晕能瞧得见模样，是任先生。

沈放凑近，任先生说道："你送出来的胶卷很有用，让我们了解了很多国民党在南京的军事设施的情况。"

本以为是组织对那个神秘的计划有所察觉，没想到任先生提的是这件事。

沈放颓然，语气沉沉："这是照相馆的同志用生命换来的，也换来了我今天能跟你见面。他们才是英雄。"

他总觉得自己这条命如今不是他的，那些人好像都在什么地方瞧着他，他们将所有生的希望都寄托在他身上，让他压力很大。

任先生拍了拍沈放的肩膀，算是安慰："是的，他们是英雄，而且他们的血不会白流的。"

这句话之后，两个人低头都静默了一会儿。

“现在中统和军统都没理由再怀疑我了，也解除了对我的监视。”沈放先开口打破了沉寂。

任先生跟着应和：“这很好，你可以轻松一点，离开南京也就没那么难了。”

离开？他原本应该已经是一具尸首，如今苟且存活，哪还能离开？

“也许我不应该走。”沉思片刻，沈放说了这一句话。

任先生有些意外：“为什么？你不是很想走吗？而且组织也很担心你的身体。”

在照相馆外面，他的伤再一次复发，他剩下的时间还有多少，谁也不知道。

“我确实不适合再潜伏下去，但三位同志的死让我明白了留下来的意义。国民党有很多针对我们的秘密行动，罗立忠正在执行一个代号为‘灵芝计划’的特级保密行动，可我连这个计划是做什么的都不知道。如果我走了，其他同志想弄到这份计划就更不可能了。也许，我应该留下，继续做敌人心脏里的钉子。”

他的这种想法，多次打消了他离开的打算。

能力越大，责任就越大。有他在是最好的结果，没了他，事情若是失败，他恐怕会将责任扣在自己身上。

任先生面色凝重，一再被拒绝后，他已经感觉得到沈放心里视死如归的决心。

“你想好了吗？再潜伏下去你面临的困难会越来越多。”

沈放苦笑：“那又如何？我的下场最多就是跟照相馆那几个同志一样。”

离开也不见得能多活几日，留下来也好，替他们多活几日，也算值了。

只是沈放一直没能从罗立忠处得到什么信息。罗立忠站在办公室里透过窗户瞧着，面色凝重。

门开着，沈放敲了敲门后走进来，罗立忠闻声回头，挤出几丝微笑：“沈老弟来了。”

沈放将门掩上，走到罗立忠身边，罗立忠的目光再度移向了窗外。

“罗兄有心事？”

面对这样的变化，他没有心事才是假的。

“军统这块牌子在政界、军界谁不忌惮三分，今天就这样没了。”

他话语里满是唏嘘，最后带着点儿嘲讽的笑。

“没想到罗兄这么伤感，牌子换了但人没换，一切不都一样吗？”沈放安慰着。

罗立忠冷笑："一样？"

这是他的地盘，这个中利弊他一清二楚。沈放却疑惑："此话怎讲？"

"你觉得是往上走，还是往下跌？咱们还和以前一样吗？"

只是从前的自己人没变罢了。没变的自己人，如今全都被人踩在了脚底下，一路滑坡。

沈放看着罗立忠，不知道该说什么。

"罗兄今天太多愁善感了，这话也就是咱们关着门说，要是别人听见了恐怕不好。"

罗立忠闻话也看他，打量得尤为仔细，忽然笑了起来，接着又拍拍他的肩膀："一起做了生意就是不一样，自己人就是自己人，不管以后往哪儿走，你我得往上走。"

人一旦失意起来，会特别害怕一个人，这时候帮手尤为重要。

往后的事情也只能走一步看一步。

一切都像在冥冥中前进着，静悄悄的，有位故人再一次向沈放靠近。

现在的军统就像是个被架空的壳子一样，事情越发少了，沈放从罗立忠办公室里离开，百无聊赖，便告了假。

到住房门口，停车下地的时候，一个熟悉的身影与他擦肩而过。

沈放追了过去，拍了拍那人的肩膀。

那人回头，是陆文章。

方才已经大约认出，沈放并没有太意外，十分随意地问着："你怎么到这儿来了？来找我？"

陆文章面色不自然，说话也是掩饰："只是路过。"

"金陵兵工厂离这儿可不近，你路过？"

沈放一笑，戳穿了他的谎言。

陆文章没有接话，两人对视。沈放知他并无恶意，便没有继续这个问题，转而说着："你怎么知道我住这儿？"

"找你并不难。"

陆文章依旧惜字如金，像是害怕暴露一样，将沈放逗乐了。

"既然都到家门口了，就上去坐坐吧。"沈放表现得很热情。

陆文章却有些不安："我看还是……改天吧。"

说完他正要离开，沈放却坚定地拽着他的胳膊，四目相对，语气笃定："我在南京没什么朋友，我想你也一样。"

同病相怜，应该是个不错的相聚理由。

听了这话，陆文章不说话了。沈放扯着他往门口走，开了门将他拽上了楼。

阳光正好，温暖和煦地从窗外照进屋子里。

窗边的桌子上泡了一壶普洱。沈放为陆文章斟了一杯。

“这是一个商人送的，藏了十五年的生普洱，我一直没舍得喝，今天你来，特意拿出来招待你。”

陆文章看着沈放公寓里的一切，还是有些拘束，显然满屋子的舒适让他有些不能适应。

他的脸上带着一点自卑且失落的神色，有些窘迫。

沈放一眼看穿，笑着安抚：“放松点儿，在我这儿你没必要这么拘谨。”

陆文章用沙哑的声音回答：“你这儿太舒服了，这样的地方都让我不自在。”

从他的模样和着装便看得出来他平日里生活很朴素，这样的境况，对如今的他来说，着实奢侈。

沈放点头：“我明白。”

陆文章闻话却突然激动：“你是公子哥，你不明白！我的房间只有一张桌子，一把椅子，一床毛毯，除此之外，什么都没有。”

长久的沉寂之后，终于有了一丝生气和自然，沈放满意地笑了。

陆文章挑了一下眉，认真地看着他：“你不相信？”

茶香浓郁，沈放也很少尝，感觉有些新鲜，喝上一口搁下茶杯，看着陆文章的脸，沈放语重心长地说：“你说的感受不是身体，而是心理。”

“怎么说？”陆文章看着沈放，像在等待沈放的解释。

“我在日本人那边的时候公寓比这里还豪华，可是我一样每分每秒都不自在。”

这话一语双关，另一层意思是——如今他依旧不自在。

陆文章了然，像是被说服了一样点了点头，终于有些放松下来，将那杯茶端到手上，先品茶汤，再品茶香，最后喝了下去，整个过程很是熟练。

经验老到，是个茶客。

“看得出你很喜欢喝茶，我这儿好茶很多。以后有空，可以多来这里坐一坐。”

话音刚落，门从外面被打开了，两个人目光投过去，进来的人是姚碧君。

看到陆文章，姚碧君有些意外："有客人？"

真是出奇的事情，她还从未见过沈放带人回家。

陆文章站了起来，刚才的放松烟消云散，又变得有些拘谨。

"我介绍一下，这位是陆文章，"他说完反转过来，"这是我的妻子。"

姚碧君十分有礼貌："您好。"

难得遇见沈放的朋友，姚碧君有些说不出的新鲜，可下一秒陆文章转过脸，她定睛一瞧，笑容随即烟消云散，那可怖的半张脸将她吓了一跳。

不同的是，瞧见姚碧君的那一瞬间，陆文章被她深深地吸引了，她的一颦一笑都那么撩拨人。但见姚碧君十分明显的反应后，陆文章随即而来的是尴尬，甚至还有些许失落。

美人在他眼中，却好似跟他招手说再见。

沈放见气氛微妙，忙调解道："别害怕，他不是怪物，他还救过我的命。"

姚碧君有些错愕，为自己的失礼感到有些不安，忙及时补救："真是非常抱歉。"

她恨不得找个地洞钻进去，正巧看见桌上的茶壶，于是将自己解救出来："茶有些凉了，我去换一泡来。"

不一会儿，姚碧君端着茶重新走了出来。方才的事情像是已经翻了篇，没人再提。

姚碧君帮他们斟茶，陆文章喝了一口，忽然皱眉看着沈放。

"这茶换过了，这才是十五年的生普洱，你刚才泡的那壶年份不够。"

美人面前献丑，博眼球的绝活。

沈放有些意外，他喝了一口，没有尝出什么不同来，刚要说话，旁边的电话响了起来。

是罗立忠打来的，说是有任务要去清凉山南麓，那儿发现了一个共产党窝点。

沈放放下电话，直接走到门口，从衣架上拿了衣服，说："我得出去一下。"

这种状况，陆文章显得有些尴尬。

"那……那我也告辞了。"

他不想走，但似乎有些不妥。

沈放站在门口冲他摆手，示意他坐下："把茶喝完了再走吧，我很快就回来了。"

正合他意。

姚碧君也说："是啊，陆先生，再坐一会儿吧。"

陆文章没有坚持的意思，复又坐了下来。

沈放开门离去，姚碧君为陆文章添茶，顺便找话题打破尴尬："你怎么知道茶叶换了？"

陆文章一笑："我父亲就是种茶的，也是茶叶商贩，我从小耳濡目染，对茶叶略知一二。"

看起来这是唯一的话题。姚碧君忽然来了主意，说着："你等等，我给你再泡一些其他的茶尝尝。"

大红袍，正山小种，喝了几杯后姚碧君叹服："你的确是个行家。"

陆文章羞涩一笑，也夸她："夫人对茶道也算是颇为精通。"

"我哥哥喜欢茶道，我跟着看，也学会了。只是沈放完全不懂，只知道什么贵喝什么，刚才那个所谓的十五年的生普洱完全是蒙人的。"

她说着便笑了起来，陆文章也被她逗乐了，而后看着她的笑脸发起了愣。

四目相对，姚碧君笑意僵在脸上，他忙将目光收了回来，又开始拘束起来，起身要走。

"沈夫人，我走了。"

姚碧君有些意外："怎么不多坐会儿？"

"不了，谢谢你的茶，让我想起家的感觉。"

说着陆文章走到了门口，却又停下步子，像是想起了什么，回身说着："你过得不好，你不该这样。"

姚碧君有些震惊，但回答他的语气依然清淡："你说什么？"

陆文章回头看看两个卧室，算是示意，再将目光挪回去，算是解释："你跟沈放没有真的住在一起。"

这样的事情被外人知道多少算是不光彩的，姚碧君一脸愕然，随即有点脸红地低下了头，稍稍不安。

爱慕让人头脑发昏，这会儿陆文章才注意到自己失礼了，连忙道歉："对不起，是我说太多了。"

语罢他焦急出门，"砰"的一声将门阖上了。

沈放到达说好的地点时，罗立忠已经亲自带队将一所住宅围下了。

"怎么样？"沈放问。

罗立忠看了他一眼，面色上有些不耐烦："一处行动队的人喊了几遍让他们投降，但里面没动静。”

等到此刻，罗立忠也算是耐不住了，说完话他又对身边的吴队长点头示意，意思是让人进去瞧瞧。

吴队长下了令，两个特务轻手轻脚地摸索着进了门，没多久两声枪响吸引了所有的人的注意。

全体防备，等着燃起战火，随后屋里又没有了动静，重新恢复了沉寂。

沈放在一旁看热闹，罗立忠皱着眉头说道："还挺难缠。吴队长，让你的兄弟们动手吧，这么耗着没完了。"

他的耐心几乎被耗干了。

吴队长一挥手，整队的军统特务便从宅子四面八方的缺口涌了进去。

沈放跟着几个特务走的大门，还没走几步便看到了之前进来的两个特务的尸体。

身前的人想也没想便要上前掀开。沈放脑袋里崩了一根弦，即刻喊着："不要动！"

那人手已经碰到地上尸身的胳膊，却戛然而止，愣在了原地，随即一脸莫名地回身看着沈放。

沈放越过他，伸手探到尸体下面，果然摸到了一个拔了安全栓的手雷。

沈放立马将手雷扔出窗，就在一瞬间，手雷爆炸掀起了巨大的声响。

这时，有个特务在窗口喊："人在那边！"

众人闻声冲出了住宅。

在纵横交错的灌木林中，那人被密集的弹雨打中，随后被捕。

审讯室里再见时，好好的一个人，身上已经被血迹布满，那张脸已经瞧不清楚模样，但他依然嘴硬。

沈放进来后站在一旁瞧着，罗立忠走上前去，皱着眉头："我说了多少次了，不要这样用刑，特别是他的头，打坏了可不好。"

说完，他从旁边抽出了一个小榔头拿在手上，那张脸上重新出现笑颜，不过瞧上去更加令人毛骨悚然。

"按住他。"

铿锵的命令，特务把那人的手死死地按在刑椅的扶手上，沈放不想看接下来的一幕，于是缓缓转过头去。罗立忠一言不发，沉默片刻后骤然抬手，挥起榔头猛地砸了下去。

随着一声惨叫，被击中的指头几乎被敲得粉碎，连续几回之后，一个手掌上的手指尽数被敲断，那变形的手掌一时间血肉模糊。

椅子上的人惨叫着疼晕了过去，然后又被一盆水泼醒，罗立忠脸上还是带着阴森的微笑。

“疼吗？你的右手没有一个骨头是完整的了，我想这应该能让你想起来一些什么。你可以不用现在说，我给你时间，而且我会找医生给你治疗，但是明天我会把你另一只手的手指敲断，然后再给你治疗。你要是还不说，接着就是你的双脚、双臂、双腿，只要你头没坏、嘴能说话就行。我不急，我可以慢慢地等。”

他说起话来语气轻松，一副“你要等，我陪着你等”的架势，叫人胆怯。

沈放歪过头瞧了一眼，皱了皱眉，接着又听罗立忠说着：“以后这个人都是我来审问，你们把他看好，别让他死了。”

出了审讯室，罗立忠和沈放并肩往外走。

方才就瞧见沈放表情不大对劲，这会儿罗立忠问了出来：“老弟是觉得我下手太狠了？”

沈放先是没反应过来，片刻之后一笑：“罗兄有罗兄的办法，这是我该学习的地方。”

他尽量保证一句话都没有多说，但表情这种东西，有时候不大受控制。

罗立忠有些无奈，叹了口气：“我也不想这么狠，但是对付共产党有时候不这样是不行的。如果你都学会了，我就省心了。”

沈放神情自然，可心里在盘算着。

照这样下去，审讯室里的那个同志抗不了多久，可自己又显然不可能将他救出来，那就这样眼看着自己的同志被这样折磨下去吗？

罗立忠看出沈放的异样，正打算再问，突然从审讯室里传出了特务的大喊：“把他的嘴撬开！”

紧接着审讯室里变得嘈杂起来。

沈放回头对上罗立忠的视线，罗立忠话到嘴边又咽了下去，两个人忙转身朝审讯室冲过去。

一进门便看见那名共产党满嘴鲜血，身子已经不再挣扎。

跟意料中的一样，那人咬舌自尽了。

罗立忠叹了口气，摇摇头。沈放强忍着内心的酸楚，表面上依然冷静。

方才的顾虑顷刻烟消云散。

晚上回到公寓的沈放脸色苍白，非常疲倦。

他摘下帽子，放在了衣架上，然后用手捏了捏眉心，试图缓解不适。

姚碧君正在屋里看书，见他这般模样，忙将书放下，起身走过来，帮他脱掉大衣。

“怎么回来得这么晚？”如今的问候更亲近了。

沈放摇了摇头没说话，兀自走到酒柜前倒了一杯酒，而后一饮而尽。

“遇到麻烦了？”姚碧君追问。

沈放又倒了一杯，这回面孔仿佛有了一点活力，许是不想她担心，终于蹦出了几个字：“没什么。”

姚碧君迟疑片刻，也不打算纠缠下去，只缓缓说道：“别太累了，别忘了你头上的伤。”

或许是因为对方的体谅，沈放忽然固执地想要说明。

他看着姚碧君，蹙着眉，沉默了一阵子，最后还是开了口：“今天有行动，抓捕共产党，我们活捉了一个，最后他死在刑讯室里了。”

这样的事情并不新鲜，姚碧君没有多惊奇，似乎明白了沈放情绪的由来，跟着叹了口气。

“战争结束了，为什么还这样？”

“普通人是不会明白的。”

“我也不想明白，但我知道战争是可恨的，战争造成了太多痛苦。比如你那个朋友陆文章，如果没有战争，他也许是另一个人，有另一种生活。”

姚碧君的语气像是畅想，也像是为陆文章唏嘘。沈放有些意外地看向她，被她察觉：“怎么了？”

沈放挑着眉毛：“你很欣赏他？”

姚碧君一笑：“不是欣赏，是同情。”

后面的日子过得很快，平静的湖水流淌着，很快便到了初冬。

金陵中学门口，乔治其走出来，站在街头，张望一番四周后，小心翼翼地走进茶楼。

二楼包厢里，沈林在等他。

桌子上摆了两杯茶和一些点心，他走上来打了招呼，得了沈林应允之后拿起点心吃着，看上去心事重重。

沈林看着报纸，抬头发现乔治其皱着的眉头。

“有心事？”

乔治其声音很小，像是知道说的话会惹沈林不高兴，有些不大敢说。

“我最近参加了一些激进分子的聚会，我觉得那些搞民主的人说的很多东西也是有道理的。”

果不其然，沈林直接将报纸搁在了一边，随即严厉了起来："你说什么呢？"

从未有过的激烈反应，乔治其被吓得身子一抖，有些呆愣地看着沈林，没敢再说话。

沈林很快察觉到语气的不对劲，温柔一笑，缓缓说道："这些邪说本来就有蛊惑人心的力量，你还年轻，千万不要陷进去。社会动荡，对个人和国家都不会有好处。你要知道我是在帮你，也是在帮你的同学，明白吗？"

乔治其乖巧地点了点头。

沈放抿了抿嘴："把你发现的情况告诉我。"

"哦。有些搞民主的人在学校动员学生参加他们的集会。"

"继续说。"

"今晚在光明戏院有一个秘密会议，他们似乎要筹划在国民大会期间搞什么反政府的行动……"说到这里，乔治其又停住了。

"你怎么了？"

乔治其脸上有些为难，也有些怕，后面的话说得慢吞吞的："他们让我参加，但我在犹豫，也有些怕，因为这次这帮人干的事儿可能太出格了。"

对面沈林眼神一直坚定，听了这话却并没有苛责，意料之外地说："你应该去。"

乔治其有些不明白地看着他，他接着上句话讲："而且要把所有参加的人都记住。"

那副表情从容而富有正义感，仿佛交代着一种使命。

乔治其小声问着："是不是这些人都会被抓起来？"

沈林点头："他们都是扰乱社会秩序的人，应该受到惩罚。"

"可是……"

话说到一半，沈林根本不给他机会再反驳，打断他的话道："没有可是。记住，国家没有秩序，一切都无从谈起，懂吗？"

一句话解决了所有的问题，乔治其没有再争辩，点了点头。

沈林满意地笑了，眼神中有着一丝温柔，似乎看着的是自己年幼的弟弟一般，他掏出了几块银元给乔治其，关切地说着："这些钱你拿着，别苦了自己。有情况随时找我。"

等到乔治其应了声，沈林拿起礼帽，掀开帘子走出了包间。

路边停的车子在等他，坐定之后，沈林对李向辉吩咐着："让负责跟乔治其接触的人员盯紧点，看他今晚到底要参加什么活动，参与的都是些什么人。"

“需不需要通知行动科？”

沈林摇了摇头：“暂时不用，先弄清楚幕后的人。”

黄昏时，在夕阳的映照之下，南京城显得有些隐晦。

接到罗立忠的召唤，沈放驱车到了中央饭店，一进门就见到罗立忠正和几名商人模样的人聊天。

屋里音乐正响，十分悠闲。罗立忠瞧见沈放后，与正说话的中年男子颔首示意，接着朝沈放走过来。

“老弟怎么现在才来？”罗立忠热络地搭肩。

沈放模样轻松，微微一笑，看不出有什么心事。

“我去医院复查了一下。”他就提了一嘴，忙转移话题，一脸好奇地问着，“今天这又是什么局？”

“商务部的人办的，想让工商界的人出面支持这次选举。”

“谈选举？那我们来干吗？”

八竿子打不着的关系，难不成为了吃一顿饭？

得到答案，沈放更加好奇。

罗立中咂了咂嘴，用手轻轻敲了敲他额头，身子有意凑近了一些：“去一趟医院你就糊涂了？今晚来的都是南京城内有头有脸的商业精英，这些人和政界军界都有密切的关系，咱们早晚用得上他们。”

他声音很低，目光还打量着四周，像是在说什么秘密，不过这解释显然没有得到沈放的理解。

沈放眉头皱得更紧了，有些难以置信：“现在局面越来越紧张，都说生意不好做，这些生意人还有心思掺和政府的事儿？”

罗立忠一笑，那意思或许觉得沈放到底还是年轻。

“又想错了吧，局面越乱越得跟着军队混，军需处、枪械局和战备物资署哪个不是最来钱的地方？连现在的财政部和经管会都得围着国防部转，这些商人聪明得很。这叫各取所需，相互得利。”

姜还是老的辣，闻着油腥气的老鼠太能知道自己要的东西在哪里了。

沈放随即释然，展了展眉头：“也对啊，这样一来，我们赚钱的机会就更多了。”

说着，两人都笑了。

一边有侍应生走过，罗立忠从托盘上拿下两杯酒，递了一杯给沈放，两人对碰。就在这时，有人过来向罗立忠耳语了几句。

罗立忠皱了皱眉头，目光在人群里寻找了一番。

沈放有些疑惑，但只不动声色地看着他。

搜寻对象是吴队长，罗立忠招手示意他过来，接着与他耳语。

“回局里带人去，目标是光明戏院……”

沈放微笑地喝着酒，装作似乎没有注意到这一切，但心里不免疑惑。

那是柳如烟演出的戏院，难道是柳如烟出事儿了？

罗立忠与吴队长说完正要走，沈放顺手拿过一杯酒凑上去，将吴队长拉住：“来，老吴，喝一杯。”

吴队长面露难色，向罗立忠求助。罗立忠拍了拍沈放劝着：“今儿就算了，吴队长还有事儿。”

沈放不依：“什么事比喝酒重要？”

罗立忠声音很低，凑近跟他解释：“有些民运分子今晚可能有非法聚会，老吴得处理一下。”

“这种民运的小事儿还用得着咱们？让咱们南京站的人带上几个警察不就办了吗？”

沈放有些意外，什么时候这种事情也得罗立忠亲自操心了。

罗立忠闻话却只摇头：“国民大会就要召开了，这可是蒋总裁极为看重的事儿，不能出岔子。现在各个情报机关都下了命令，不上心可不行。”

多说耽误事情，罗立忠语罢有些唏嘘，反应过来忙吩咐着：“赶紧去吧。”

吴队长点头离开，沈放还有些不大安心，追问罗立忠，看似关切：“那么重要的事儿，吴队长那几个行动队的人行吗？”

他倒不是担心事能不能成，他更多的是担心柳如烟会出事。

罗立忠脸上有些不耐烦：“几个民运分子能折腾出什么来？这事儿办起来不费劲，又能让上面开心，运气好还能找到共党的地下组织，何乐不为？”

到底还是扯到了共产党的头上。

沈放摇头：“市面上这些活动很多，也不一定都跟共党有关。”

罗立忠笑了：“那得看情报是从哪儿来的，这可是中统盯着的案子，没点分量中统花那么大力气干吗？”

中统？事情果然没有那么简单。

见沈放面露意外，罗立忠也不避嫌，直言道：“那边有咱们的眼线，中统的人自以为很有办法，实际上只要我想，他们干什么我都可以知道。”

在沈放面前说出来，这话似乎更让他得意。

沈放眼露赞叹，说道：“大哥这是螳螂捕蝉啊！不过吴队长这一去，可别跟中统的起冲突。”

罗立忠叹了口气：“中统还没有行动，他们想放长线钓大鱼，我可不想等。这次得在他们行动之前，把人抓了，抓到手里的功劳才是真的。”

两个人正说着，有几位老板走了过来。

老套的寒暄之后，其中一个人说道：“罗处长，我这边有几个商业上的伙伴，一直很仰慕罗处长，期望罗处长能见一见。”

罗立忠点头：“好说好说。”接着看向沈放，“沈老弟，一起吧。”

沈放跟着走了两步，思量再三忽然停了下来。

“不行，我还是有点不舒服，先去车里拿点药。”

还没等罗立忠说话，他径直转身离开。

如果真的有人在剧院集会，那么他必须马上联系柳如烟，让柳如烟立马通知他们离开。

走到大厅前台，问服务员要了电话，焦急地等待之后，电话那端依旧是无人接听的信号声。

试了好几回，他将电话挂了，想了想，对服务生说道：“跟罗长官说一声，就说我喝多了，有点头晕先回去了。”

来不及了，他得马上赶过去。

保密局的车匆匆从寂静的街道驶过，天光阴暗而压迫，街灯孤寂。

戏院后台过道内，光线微弱，有射灯的光从布帘后面照了过来，朦胧不清。

柳如烟刚刚排练完毕回来，突然被人一把拽住，搂进了怀里。她被吓了一跳，正要惊呼，那人却忙抬手将手指立在唇边要她噤声。

定睛一看，居然是沈放。

柳如烟挣扎着，低声道："你撒手！"

"别说话。"沈放的手非但没有松开，反而拽得更紧了。

隔得这么近，能明显地闻到酒气。柳如烟有些不耐烦。

"你喝多了，发什么酒疯？你放不放开？再不放开，我喊非礼了啊！"

"我是喝多了，可发疯的是你那导演男朋友吧。"

柳如烟闻话脸色忽然有些不自然，但还在装傻："你什么意思？我不懂。"

"曾牧之在哪儿？你在排练，他一个导演怎么不在？"

"有副导演就够了，他在后台跟编剧调整剧本。"

柳如烟依旧坚持。

沈放冷笑："改剧本？我看是跟什么人在非法集会吧？"

他找了个遍，没发现什么异常，只撞见了那伙人在后台库房里的谈话。

听到这一句话后，柳忽然脸色大变："你要来抓人吗？"

白痴一样的问题，抓人谁会偷偷摸摸的，还得经过她的同意不成？

沈放不屑道："我犯不上，不过待会儿保密局的人就会搜查这里。你要是信我就让他们赶快走。这儿有后门吗？"

柳如烟呆住了，没有吭声，像是有顾虑，不知道在想什么。

“怎么？不信？如果我想抓你们，用得着自己这么折腾吗？”

柳如烟呆了一会儿，说：“那……现在怎么办？”

沈放厉声道：“快去！再晚点，就真来不及了！”

这种事情可开不得玩笑，柳如烟咽了咽口水，还是决定相信他，急匆匆地朝后台奔去。

沈放继续藏在角落里，射灯将他的身形打成了一个剪影。

果然，没过多久，便有几个身影从后台仓库里冲了出来，匆匆撤离。

只是中间出了一道插曲。

立在黑暗处盯着众人离开，沈放不经意回身，发现有个人落在了后面，并且此刻正盯着自己，似乎有些怀疑。

沈放忙往里躲了躲，旁边有人催促着那个人：“快点走，发什么呆！”

好在是虚惊一场，片刻之后脚步声远离，过道恢复平静。

沈放不由得松了一口气。

此地不宜久留，不能让人发现他此刻在这里，若是传到了罗立忠耳朵里，他就是有十张嘴也解释不清楚了。

他忙转身朝剧场外走去，可才走到剧场玄关门处，外面的动静又叫他停下了步子，他闪身藏在一扇窗户底下。

大门之外，保密局的车此刻已经开了过来，吴队长动作迅速，到局里走一趟，竟也没耽搁多久时间。

几个特务跟着他从车上下来，都冲进了剧场。

沈放眉头微蹙，此刻他十分被动，只能重新退回剧场里。

这时，柳如烟匆匆跑了过来，与他相遇。

“其他人都从后门走了……”

沈放没等她说完，一把拖住她，朝后台走去。

柳如烟有些不适，不过也没有反抗，此时此刻，他们是一根绳上的蚂蚱。

她问道：“怎么了？曾牧之和周飞已经开始排练了。”

在她看来，警报已经解除了。

沈放语气僵硬：“保密局的人已经到了。”

柳如烟一下子有些慌乱了：“那怎么办？要不你也从后门走？”

沈放镇定而又紧迫地说：“不行，不能让那些笨蛋看到我。”

正说着，身后特务行动的声音已经靠近，刻不容缓。

柳如烟咬了咬嘴唇，面色焦急，想了想，她忽然抓起沈放的手，把他往前扯：“你跟我走。”

绕过舞台，两个人从走廊角落拐了过去。

到的地方是戏院的女化妆间。

进入房间后，柳如烟朝外面探了探头，确认暂时没有人追过来，她小心地将门阖上。

吴队长一行人走了后台的库房，瞧见了还没有来得及撤去的茶杯和桌椅，估摸着人还没有撤出去，便继续搜寻，很快便到了化妆间外。

外面传来了几声争执，听着像是曾牧之的声音，接着门便被吴队长打开了。

一伙人像土匪一样闯进屋里来站定，却只见化妆台前，柳如烟正拿着眉笔给一个女演员画眉毛。

一群人冲进来吓了柳如烟一跳，她整个人震了一下，描眉失了准头，画歪了。

坐着的女演员手微微攥了起来，低头不语。

柳如烟佯怒，尽力地压制着紧张："这可是女士化妆间！你们这么闯进来，不觉得太过分了吗？"

吴队长看了一眼她，假模假式地礼貌："有人举报这里非法集会，所以两位小姐，打扰了。"

"哪有什么人在开会？没见就我们两个吗？我可认识你们保密局的沈处长，别以为我是好欺负的！"

要是搁平常，柳如烟绝对不会打着沈放的名头来行方便，可今日情况特殊，她也是迫不得已。

当官的对这些东西都有所芥蒂，不过表现得太明显会有些抹他自己的面子。所以面前的人依旧端着架子，冷冷一笑："是沈放，沈处长吗？"

柳如烟仰头，有靠山的那种硬气："怎么着？要不要我现在就给他打电话？"

吴队长忙打哈哈："柳小姐火气还挺大，我们只是例行检查，既然没什么事儿，你继续忙你的。沈副处长那边我会转告的，见谅。"

说完，便带着人挥手撤退了。待门阖上后，柳如烟憋着的一口气才松了出来，五指失力，眉笔掉在了地上。

一低头，她这才发现方才太紧张，竟把手里的眉笔捏断了。

"你的戏可真不错。"

一边坐着的女演员笑出声来，发出的却是男人的声音，那声音属于沈放。

柳如烟的神情比方才自然了一些，她从地上将那眉笔捡了起来，拍在桌面上，心有余悸，也觉得不可思议：“演了这么多年，居然还演了这么一出？”

“挺好，临危不乱，连我的名字都敢提。”他一边说还一边笑着。

柳如烟白了他一眼，随即收敛了脸上的笑容：“你还真能笑得出来，你也不怕被他们认出来？”

沈放却依旧调侃：“这说明我的戏也不错，哪天我也跟你当回演员玩玩！”

“好啊，不过，我这边可没有来通风报信的角色。”

她开心地说完，忽然想到什么，将话题转移：“你干吗这么冒险来通知我们？”

方才她虽然照着沈放的话做了，但心里还是有几分疑虑的。因为沈放虽然没有必要骗她，但也没有必要帮她。

沈放却依旧嬉皮笑脸：“那你先回答我一个问题，你刚才是担心你的导演还是更担心我？”

没个正经，这个时候竟还关心这个。

柳如烟迟疑了片刻，并没有直接回他的问题，只缓缓说道：“不管怎么说，今晚还是要谢谢你。”

谢？替曾牧之谢他吗？

沈放正色道：“不用了，我又不想听你说谢谢。”

他意兴阑珊，觉得没趣儿，于是摘下假发套打算起身往外走，头却突然剧烈地疼痛起来。

他按住化妆台，缓缓地坐在了一张椅子上，一只手碰倒了化妆台上的水杯，水杯跌落在地，摔得粉碎。

柳如烟本在他起身时刚坐下，随即一惊，抬头一瞧忙又站起来扶他。

“怎么样？你没事吧？”

沈放哆哆嗦嗦地拿药，眼前模糊，听到了啸音。他强忍着把药吃下去，接过柳如烟倒的水一饮而尽。

闭上眼睛，粗重的喘息渐渐平复下来。

气氛安静了片刻，重新卸下紧张，沈放看着柳如烟，忽然有些话想跟她说。

“好几次我都在想如果我就这么死了，你会怎么样？”

“别说这样的话了。”

柳如烟接过他手里的杯子放到化妆台上，随即她有些恼怒地说：“以后我不想听你说这种话，别忘了你是有老婆的人！”

沈放苦笑：“对，也许我今天就不该来。”

他面色依旧苍白，穿回了自己的衣服，可因为头疼，衣服扣子好一阵子都没有扣上。最后柳如烟实在看不过去了，走上前帮他，就在这时，曾牧之推门走了进来，看到两人亲密的动作有些意外。

还未等曾牧之开口，沈放强忍着头晕对柳如烟说：“你以后可不可以不要跟这样不靠谱的男人在一起了？这次算你们运气好，我能帮你，以后恐怕没有这么好的命了。”

曾牧之本来就醋意上头，听到这话更是涨红了脸，反驳道：“你帮我？谁稀罕！”

真是狗咬吕洞宾。

凭着罗立忠的手段，他如果被抓了去免不了掉一层皮。这会儿还这么不知好歹，完全是因为没被教训过。

沈放冷笑着走到他跟前，身子微微倾斜着，声音很轻：“你见过皮开肉绽的人是什么样的吗？说什么大话！”说完沈放又回头看了一眼柳如烟，“你好自为之，如果你以为这样的男人可以托付终身，那你就太天真了。”

虽然他们之间没有可能了，但他还是希望柳如烟能够过得幸福，起码那个人不是眼前这个。

说完，他转身离开。

吴队长扑了个空，回到中央饭店向罗立忠汇报，聚众闹事的人和他们前后脚离开，分明就是有人提前通风报信。

罗立忠很快便注意到没了沈放的身影，在前台问了话之后，他带着人直奔沈放的公寓。

姚碧君下班后直接回了家，走到门口，低头掏钥匙的空儿，与一行匆忙的身影碰上。

她回头一瞧，罗立忠冲她打着招呼：“弟妹这是刚回家？”

姚碧君多少有些诧异，看着罗立忠愣了片刻，回过神来镇静地说：“原来是罗大哥，这么晚了，怎么还有空过来？”

眼前这架势，似乎是出了不小的事情。

“沈老弟呢？”罗立忠问道。

姚碧君记得沈放说过他的行踪，很自然地回答：“他不是跟你去喝酒了吗？”

“他说他喝多了就自己回来了。我不放心，过来看看。别因为我这顿酒把沈老弟的身体搞坏了。”

这一句话隐藏的信息很多，但他特地为此大张旗鼓地来一回，一定是有别的原因。

姚碧君已经猜到，屋里此刻八成是没有人的。

她显得有些为难，保险起见，她似乎应该拖住罗立忠。

“只是太晚了，这……”

“没事，我和沈老弟兄弟相称，还顾忌这个？”罗立忠一脸坦然。

他带了这么多人，这架势似乎不容姚碧君再反驳。

姚碧君只好无奈地点了点头：“那好。”

虽然嘴上应着，她的动作却有些犹豫。罗立忠见她动作迟缓，问道：“怎么？你是不想请我们进去，还是你担心他没回来？”

“看您说的，都到家门口了，哪儿有不让进的道理。”

思量再三也没想出个法子来，罗立忠把话都说到这份上了，如果沈放在屋里，反倒是自己给他添了麻烦。她干脆一咬牙将门锁打开，吴队长抢先一步推开了门。

几个人鱼贯进了屋子。

罗立忠穿过客厅直奔沈放的卧房而去，姚碧君想拦住他说些什么，但又不知道说什么好，便只皱了皱眉头。

房门打开，看到床是空的，床上的被子整齐地放着，罗立忠看着跟着过来的姚碧君，冷冷地问：“人呢？沈老弟到底在哪儿。”

姚碧君咽了口唾沫。尽量压制心里的紧张：“我不喜欢酒味，他一般喝多了酒，就会去客房睡。”

罗立忠眼神定定，像是要将姚碧君看透一般，语气怀疑：“是吗？你肯定他在客房？”

姚碧君心上没准，但也装作轻松，为自己接下来可能的辩解铺路：“您这是在说笑呢，是您带他去喝酒，现在人找不到了，您问我？我也是刚回家，我怎么知道？”

罗立忠没再说话，带着人退了出去，接着又闯进另一间房里。

结果门一打开，几个人往里一瞧，视线停留在屋里的床榻上，一个人影定定地躺在上面，听到门开了也没动，似乎睡得很沉。

姚碧君跟着进来，看见沈放后她暗暗松了口气，语气终于变得笃定：“罗处长，我叫醒他。”

此刻的沈放背对众人睁着眼睛，警觉地感受着身后的一切，眉头拧在一起，一支枪被盖在被子下面，露出枪口。

从罗立忠的方向看去，沈放依然睡得很沉。

罗立忠拦住了姚碧君，打了个手势阻止她，看了一眼床上的人，摆手对手下人示意，接着众人退出房间。

“实在不好意思，沈放这样太失礼了。”

危机解除，这会儿她才考虑到这些。尽量地考虑周全。

罗立忠脸上有疑惑与不快，但看着她的时候还是勉强地笑着：“没关系，看他没事我也就放心了。本来局里有些情况想问问他，既然他睡着了就改天吧。”

几番交谈之后，外面的房门被阖上的动静传来，屋里沈放松了口气，掀开被子起身。

方才躺在床榻上的他还没来得及脱掉衣服和皮鞋，手里还握着手枪，甚至侧面躺着，另外半张脸还没有卸好妆。

如果罗立忠将他叫醒，后面究竟会发生什么他想都不敢想。

把枪放在桌上，他捞起一边挂着的毛巾，继续擦起脸来。

片刻之后，门再一次被打开了。

沈放宛若惊弓之鸟，快速扭头将枪口对着进来的人，一瞬间心弦绷得紧紧的，等定睛一瞧，发现来人是送完罗立忠回来的姚碧君，才松了一口气。

姚碧君被他吓了一跳，抚胸平复着心情：“你紧张什么？”

“没什么，家里来那么多人，打扰你了。”

“你是没想到罗立忠会来找你吧？”

沈放看了她一眼，摇头：“我想到了，只是没想到他会来得这么快，我连衣服都来不及换。”

姚碧君看着他脸上的痕迹，本想问什么却忍住了，转身要走的时候又返回来，还是忍不住问道：“你是不是去找那个女演员了？”

醋意这时候压抑不住地往外喷发着。

沈放有些意外：“你怎么知道？”

“你脸上的化妆品只有演员会用。你这样是擦不掉的，我给你拿卸妆水。”

夜里，四周寂静无声，两个人身形相对，隔得那么近，连彼此的心跳都能听得见。

四目相对，沈放定定地站着，视线里只有姚碧君的一张脸，他忽然觉得心里放松了下来，开始细细打量了起来。

姚碧君顿了顿，似乎有所察觉，手上的活儿放慢了，问他：“你看什么呢？”

"我没看什么。"

他笑得像个孩子。

"没看什么就把眼睛闭上，卸妆水和油彩弄到眼睛里不舒服。"

沈放顺从地闭上眼睛。

"刚才……我想起我妈了。我小时候跟别人打架受伤了，我妈就是这样给我洗脸的。"

这种被人关心照顾的感觉，一向让他依恋。

姚碧君有些不大高兴，但也没生气，只冷冷地说："我有那么老吗？"

"看你说的，像我妈不好吗？"

"不知道。"

话题戛然而止，两个人陷入了沉默。

隔了半晌儿，姚碧君才重新开口："你不怕我告发你？"

沈放睁开眼睛，微微一笑，脸上写满了自信："你不会的。"

"是吗？"姚碧君被他的这副表情逗乐了。

"如果你要告发我，刚才罗立忠在的时候就可以，不用等到现在问我怕不怕。当然，我也不希望你告诉我哥。"

果然，曾经她监视他的事情，他都知道。

听了这话，姚碧君迟疑了一下，虽然并没有打算告诉沈林，但她还是选择装傻："告诉你哥干吗？"

沈放瞧着她表情细微的变化，觉得自己有些鬼使神差，但也似乎并没有错。

"没什么，我只是提醒你一下。我现在是你丈夫，家里的事儿外人没必要知道。"

"丈夫？你真把我当你老婆吗？"姚碧君反问。

"当然。"

得到的答案是她想要的，她却有点想苦笑，将擦拭的毛巾塞在沈放的手中，怨愤地回了一句："可我没有感觉到！"

说完她赌气关门而去，沈放有些意外，看着毛巾，又叹了一口气。

隔天，咖啡馆的密室里。

沈放推门而入。任先生面上有些不悦，语气冷冰地说："把门关上。"

沈放听话地阖上门，忽然咧嘴无奈地笑了。

他身边怎么都是些爱赌气的主儿？

"去剧场的事儿你简直是瞎胡闹，完全不考虑后果！你潜伏下来是有更重要的事情去做，昨晚你不应该也没有理由采取任何行动！万一你因此暴露了，会很危险，我们前面做的一切也都功亏一篑了！”

等他靠近，任先生像是已经忍了很久了，小声地咆哮着。

沈放面色淡然，他昨晚决定去剧场的时候就知道会挨任先生一顿说，但他依旧理直气壮：“我要是不提醒他们，他们都会被保密局逮捕。你不知道罗立忠审讯犯人时是什么样的，他们中的有些人可能不会活着出来。”

见他还在强词夺理，任先生更不满了：“但别忘了你的身份！”

对于任先生这样的态度，沈放也很不满，他眼神灼热，反倒教训起了对方：“我知道。普通的民众看不到我们，但他们可以看到那些呐喊着要求民主的人，这也是一种力量，保护他们也很重要！”

任先生辩驳着：“民主运动当然需要保护，可是我们要遵守组织的纪律，无条件服从是情报人员必须遵守的。”

这话叫他无从辩解。沈放沉默了一会儿，干脆利落地回答：“我接受上级给予的任何处分。”

任先生看着他，依旧没有消气，但也不想继续吵下去。他坐下，然后摆手：“具体怎么处理等我的消息，但是绝对不可以再有下次。”

与此同时，金陵中学对面的茶馆中，参与了集会之后，乔治其向沈林汇报着情况。

“昨晚我们正在聚会，突然有人来通知会有特务来抓人，我们就提前跑了，要不然，我们就被抓住了。你不是说有行动会提前通知我吗？怎么突然派特务来？”

他说着话蔫蔫地看着沈林，似有责怪，觉得面前这个人在害他。

沈林喝着茶，闻话有些惊讶：“有人通知你们？”

那些特务不用想也知道是从哪里来的，比起他们，他更好奇的是这个通风报信的人。

乔治其吃了一口糕点，有些不满，没有接着他的话继续说。沈林抿了抿嘴，皱着眉解释道：“那些人不是我派去的，没有确定的证据我也不会贸然行动。”

乔治其没有说话，依旧显得有些闷闷不乐。沈林继续追问：“通知你们的人长什么样儿？”

“我只看到一个背影，光线太暗，看不清楚那人的脸。”

在剧院过道里，盯着沈放的那个人，就是他。

这边未果，沈林只好又问起另一边：“那接下来你们的活动呢？确定了吗？”

乔治其点点头：“他们要在中央商场悬挂横幅。”

“什么时间？”

“两天后。”

两天后？

沈林面色凝重，乔治其继续说着：“他们说了，一定会让国民党当局脸上无光。”

沈林冷冷地说：“盯着这伙人，如果他们真的要这么干，那我就必须采取行动了。”

按照原定的计划，行动确定后，乔治其电话通知了沈林。

沈林安排吕布青亲自动手，要求务必抢在保密局那边动手之前，将人一网打尽。

不料最后依旧是扑了一场空。

“今天早晨，中央商场的民运分子并没有出现，倒是发现了保密局的人，吕步青行动科的人还和保密局的人发生了争执。”

晌午时，办公室里，李向辉向沈林汇报着情况，沈林眉头微蹙。

汇报完情况，李向辉更是大胆地预测着：“保密局接二连三地知道我们的行动，难道……”

腰身微微弓着，说到一半，他欲言又止。

沈林接着给他补全：“你是想说咱们的人里，有人暗中给保密局泄露了消息？”

他也并非没有察觉。

李向辉又补了一句：“我也只是猜测。”

这种话不好说，传出去搞得人心惶惶，反而不是什么好事，他行事倒也小心。

不过从最近的事情看来，这样的怀疑也不是没有道理。

沈林扬眉看着他，思量了片刻，吩咐道：“这事儿你得查一下，不过动作别太大。”

李向辉点头：“我明白。”

沈林继续说着：“让吕步青带着人回来吧。”

两方的人撞上闹出这么大动静，再留在中央商场也没意义了，那些人也不是傻子。

李向辉得令出去，沈林倒在靠椅上捏了捏鼻梁，不一会儿又起身在屋内踱着方步。

那些民运的人此刻到底在哪儿？

正思量着，办公室的电话响了。

沈林接通了电话，电话那边传来乔治其的声音：“地点改在了鼓楼，我们在鼓楼集合。”

声音微小，语速极快，说完话后没等他应声，那头“砰”的一声挂断了电话。

沈林脸上的表情阴冷下来，接着快步冲出办公室。

车子飞快地开着，穿过浓密的栽有法国梧桐的街道。李向辉在前面开着车，沈林坐在后面不停地抬手看表。

“通知吕步青了吗？”

李向辉从后视镜里看着沈林：“通知了，他正带人赶往鼓楼。我也通知了警察局。”

“他们估计多久到？”

“三分钟以内。”

不过两句话的工夫，沈林再次低头看表，时间还差两分多钟，就到了大会召开的时间了，此刻秒针正在缓慢地走动着。

沈林显得十分焦急：“再开快点！”

李向辉在后视镜里点了点头，加大了油门。

拐了个弯儿后，鼓楼大街就在眼前。

紧接着车内广播中传来音乐。

李向辉一个急刹车停了下来。两个人匆忙冲了下去，鼓楼大街行人密集，熙熙攘攘，他们忽然有些不知所措。

街道的广播在播放着国民大会召开时的讲话。

众多年轻人在鼓楼上喊着口号：“民主自由，公平选举！反对独裁，反对内战！”

传单从鼓楼上散落，漫天飞舞。人群开始聚集，骚动声渐起。

一时间，民众的气氛被这突如其来的举动点燃了。

沈林目光聚焦，发现乔治其似乎也被这气氛感染，兴奋异常。

这时几辆中统特务的轿车和警车也疾驰而来，纷纷急刹车，吕步青带着特务们跳下车。

沈林看着乔治其摇了摇头，表情有些木然，他转头对李向辉说着：“让吕步青行动吧，抓人。”

李向辉冲着吕步青点头。吕步青一挥手，带着众多特务和警察朝鼓楼冲去。

一时间，警笛、警哨四起。

有人发现后大喊着："抓捕的特务来了，大家快跑！"

听到喊声，众人奔下鼓楼，夹在人群里四散逃开，却并未逃脱抓捕，甚至在扭打中，有人还受了伤。

场面接近尾声，一辆黑色的轿车这时才赶到。车停下后，下来的人是沈放和吴队长。

看到这个场面，吴队长有些气恼。

他回身一拳打在车上："又晚了一步！"

沈放没有理会他，只定定地看着曾牧之等人挣扎着被关进囚车，进而转头与沈林对视一眼，兄弟二人谁都没有说话。

回到保密局之后，免不得被一顿训斥。

一沓报纸"啪"的一声被扔在了桌子上，沈放低头一瞧，报纸封面上正是民运分子挂横幅的照片，跟那日街上的情形一模一样。

罗立忠站在办公桌后面，脸色甚是不悦，指着报纸说着："我们准备了这么久居然还是让那些民运分子得逞了，你这位大哥不简单啊，功劳还是中统的。"

这话有几分言外之意，因为兄弟关系，那种情绪不免扯到了沈放。

沈放笑了笑："罗兄怎么就认定这是功劳呢？"

罗立忠看着他，眼神里有些不可思议："难不成是咱们有功？"随即他又皱眉，"几次三番都扑了空，行动队是干什么吃的？吴队长花酒喝得怕是太多了！"

沈放冷静至极，脱口而出："从某个角度讲，其实无功也无过。"

罗立忠来了兴趣："怎么说？"

"如果事前能把人抓住，当然是大功一件。可现在事情已经闹大了，南京的各大报纸头条上都是这则消息，就算中统抓到人了又怎么样？泼出去的脏水还能收回来吗？而且中统抓的只是一帮毛头小子、热血青年，那些人整天在街上闹事儿，难不成真能从里面挖出来几个共产党？我看不见得。"

他说得头头是道，但罗立忠依旧坚持："那得看是什么人审了，我不信进了保密局的刑讯室会有人什么都不说。"

沈放摇头："屈打成招和真正坦白是两码事，这些年被错抓进来没搞清楚就掉了脑袋的人已经不少了。而且现在社会舆论这么大，各界都在给政府施加压力，如果贸然对这帮人动刑，啰唆的事儿更多。"

"何以见得？"

沈放一笑："这次国民大会就是要摆出众望所归、民主祥和的样子，结果被打了脸，再对这些人动刑问罪，那不是更没面子？也许会激起更多的人出来闹事。中统这次是拿了刚出锅的山芋，扔又舍不得，抓着又烫手，够他们难受的。”

经过层层递进的分析以后，罗立忠这才算是被他说服，点点头：“老弟有见地，是块在官场混的料。”

说着两人都笑了起来。

出了这样的事情，那几天的报纸头条都写着“学生和进步青年被抓”的消息。

行政院门口还有人静坐抗议，拉着横幅，喊着释放学生，释放民主人士，抗议政府专制。

不过效果不大明显。

警察局监狱里，沈林着人将乔治其带了出来，两个人一前一后进了密室。

“坐吧。”

沈林扬眉示意他坐在对面，他刚坐下，沈林又为他倒了杯水。

乔治其感觉很渴，将那杯水一饮而尽，而后喘了一口气，沉默了许久才开口：“这次是临时改变了示威地点，他们担心内部出了问题，怕有人走漏风声。”

像是在解释，他感觉到沈林在怀疑他。

“他们怀疑你了？”

乔治其摇了摇头，突然想到什么，问道：“你不是说会保护我吗？为什么还要把我关起来？”

他语气没有之前质问时那么强硬，少了些底气，似乎已经不能笃定沈林会为他做什么。

沈林目光坚定，冷冽而又淡然：“你也说他们担心有人走漏风声，所以把你关起来就是保护你，抓了这么多人要是就你没事儿，你的麻烦更大。”

乔治其抿了抿嘴，现在这种情况，他显然有些害怕：“那我要被关多久？”

“不用担心。你得继续跟这些人混在一起，我要了解更多的情况。”

乔治其随即点了点头。

“回牢房后有情况就给狱警使眼色，他们会通知我。”沈林继续吩咐着。

乔治其应声后起身，走到密室门口，仿佛又想到了什么：“我的同学和其他人会怎么样？会一直被关下去吗？”

沈林转过头看他，打量了他一阵子才开口：“我只负责捞你出来，别人我管不了，而且这些人必须要得到教训。”

“可他们也不是坏人……”

“是不是坏人政府会有判断，不是你说了算的。”

从头到尾，他那副表情没有变过，比往日要冷漠很多，叫人害怕。

乔治其没有再说什么，转过身继续往牢房走。

第十章

CHAPTER 10

牵引线索人，环环相扣局

沈林回到沈宅的时候，沈柏年正在发脾气。

看了报纸后，沈柏年起身，重重地一拍桌子，震得茶杯“咔咔”响。

苏静婉站在旁边不敢说话，沈林走进来看到这情形，本想悄然上楼，却被沈柏年叫住。

“你回来了也不跟我打声招呼？”

沈林停下了上楼的动作，眯了一下眼睛，心想到底还是避免不了被追问，于是只好笑着回头：“您还没休息？”

“休息？出了这样的事儿，我还有心思睡觉吗？”

沈柏年一口气憋着，被他这话彻底点燃，说完这句，躬身从桌面上拿起报纸，指着报纸上面偌大的标题呵斥道：“你们中统这两天都干了些什么！”

沈林看着报纸没说话，沈柏年不依不饶：“什么人你们都抓是吗？连学生也不放过？”

“国家有法律，如果他们没问题，自然会放了他们。如果有问题，该怎么处理不是我能决定的。”

还真是一本正经、铁面无私的模样。

沈柏年厉声骂道：“你能决定什么？人家提了反对意见就抓人，你们中统算是什么机关？”

溜须拍马，如今哪里不是这样，没了他，自然会有别人动手。

沈林依旧面无表情：“这是我的职责。”

“职责？我当初就不该让你进中统！我看你这差事不干也罢！”

“不可能，我不会擅离职守。”

有其父必有其子，沈林比起他，有过之而无不及，那股蛮劲儿十头牛都拉不回来。

沈柏年被噎得心口作痛，抚胸喘息了两声，苏静婉忙上前扶着他，他的声音这才低沉了下来："那你去把那些学生都放了。"

"这不可能，中统办案有自己的程序。"

面前的人就像是冰块做的一般，坚持着自己的立场，毫不退缩。

沈柏年声音嘶哑："程序？你们的程序就是抓人，打人，对学生用刑吗？"

沈林有些不耐烦："父亲，我劝您这些事儿还是不要管了，而且您也管不了。"

"可我就是要管，管不了别人我管得了你！那些学生你必须放了！"

"不可能。"

"你放不放？"

两个人还在争论着，沈柏年扬起拐杖指着沈林。

沈林这会儿脸上才算是有了些表情，眉头微蹙："爸，您这是在胡闹！"

"我胡闹？你居然说我胡闹？！我怎么生了你这么个儿子！"

语罢他将手再往高扬了扬，眼看就要朝着沈林肩膀打下去，苏静婉忙上前拦着，沈柏年一把将她推开，这一棍狠狠落下。

沈林丝毫未动，满满当当地受了一棍，沈柏年还是没有停手的意思，刚赶过来的胡半丁看见后忙上前将他一把抱住。

"老爷，老爷您这是干吗啊？"

沈柏年被他拉开，沈林低下去的眸子再一次抬起来，眼神依旧坚定："不管您怎么说我都要正常上班，否则那些被抓的人只会更惨。"

说完他转身径直上了楼。

沈放的猜测没有错，隔天上头便怪罪了下来。

叶局长召集中统的几个主管开会，会议室里，他的脸色非常难看，一边狠狠地拍着桌子，一边说道："你们竟然让民运分子搞成这样！影响非常不好。你们都给我说说，这次的安保工作是怎么做的？"

沈林没说话，边上的吕布青分不清楚形势，依旧觉得自己有功："这些人都被我们抓了，骨干一个都没漏网！"

众人目光朝他斜了一眼，叶局长单独看向他，更加暴躁："抓了人又怎么样？舆论，舆论！舆论现在都指向我们！中统局因此受到了国民大会的质询，行政院还要问责我们！这就是事前抓人和事后抓人的区别！"

话说得这么明白，即便是傻子也该明白了，吕布青忙将头低下去，会议室里再没人说话。

叶局长说完话喘了几口粗气，喘息声在静谧的会议室里尤其明显，平静下来后，他们依旧要想办法解决问题。

“现在，通知警察局把人放了。”这是最好的办法，事情已经发生了，只能将损失降到最小。

话音刚落，吕布青闻声后又将脑袋抬了起来：“放了？还没审讯完呢！”

“再审讯下去，事情闹得更大，现在最重要的是平息舆论。”

一根不可雕的朽木，总会让人头疼，叶局长怒目而视。

“可是……”

吕布青还想再说话，沈林忙将他拦下：“吕科长，不用再说了。局长是执行行政院的命令，放人并不是中统的本意，放人的责任不需要我们承担。”

吕步青老实地闭上了嘴，叶局长这才移开了目光，思量了一会儿又说道：“这些人都要进黑名单，以后要严加监视。”

这样的结果正合罗立忠的心思，消息很快便传进了他的耳朵里。

百乐门里，舞池里人群正在跳舞，音乐声响着，罗立忠和沈放、吴队长碰杯庆祝。

喝了一口酒之后，吴队长嘲笑道：“中统的人就是帮倒霉蛋，这次真是栽了。”

罗立忠却并没有因为这话高兴，反而将脸色冷了下来：“甭说这些没用的，想比人家强还得看情报方面是不是过硬，人家毕竟还抓到人了，咱们呢？”

他对吴队长的不满写在脸上，技不如人，总不能指望每次事情都会这样峰回路转，他不知道自省反而沾沾自喜，这副成不了大事的模样叫人看了厌恶。

相反，如今沈放更得他心意。

这突如其来的脾气叫气氛忽然僵住，众人面面相觑都不说话了。

沈放安慰一般拍了拍吴队长，转头又拍了拍一旁的曼丽，吩咐着：“找几个小姐妹，陪陪我们吴队长和这几个兄弟，大家跳舞去。”

曼丽起身，声音妖媚：“好，我这就给您找几个最标致的。”

待她离开，沈放瞧着罗立忠若有心事，问道：“是不是上面对咱们保密局也有不满？”

罗立忠摇了摇头：“得亏这烫手的山芋在中统那边，在咱们手里还真麻烦。”

“既然这次的麻烦是中统在扛，罗兄何必那么心烦。”

罗立忠继而长叹了一口气：“不管中统还是保密局对共产党的情报大不如前，而中共对我们的渗透却越来越严重。”

话音刚落，曼丽带着小姐妹们走了过来，拉着吴队长等人进了舞池。卡座上只剩下沈放与罗立忠。

沈放瞧了一眼众人离开的背影，动了打探的心思：“我当是什么事情让罗兄这么烦心，让兄弟们抓紧对共党地下活动的侦破就好。”

“对中共的作战会日益激烈，在战场上解决共产党才是那个人最想看到的，这可不是在城里抓到一两个小鱼小虾所能比拟的。”

沈放吸了一口气，顺着往下问：“那个‘灵芝计划’看来也是为了应对战局了？”

罗立忠看了他一眼，继而发出一阵冷笑：“‘灵芝计划’全面展开的威力可不是你能想象的，只可惜牵扯面太广，耗费钱财太多。”

沈放听了这话，心里猛地一惊。

罗立忠这人老辣狡猾但从不说大话，他对“灵芝计划”居然有这样的评价，说明这是一个对共产党非常危险的计划。

他必须尽快地查探到这个计划的内容。

隔天下班的时候，走到快到大厅的地方，沈放忽然停住了步子，朝一边楼梯上去，方向是机要秘书处。

推门而入，机要秘书小严看到沈放，脸上顷刻涌现出笑意：“沈副处长，这都下班了，还要来查文件？”

那张脸自始至终对自己都是一副模样，心思他也明白得很。

沈放点了点头道：“突然想到件事儿，我想查一下这几个月下发的一处行动文件。”

“那您稍等一下。”

窗外的夜色缓缓笼罩下来，语罢，人在昏暗的光线下走进了里屋，没一会便捧着一沓文件走了出来。

“都在这儿了，您是要借走？”眼神里有爱慕，不过很是收敛。

“不，我就在这儿翻翻。”

沈放说着将资料接了过来，搁在身边的桌面上随意翻看着，似乎并没有找到自己想要的，装作不在意地问着：“不是还有个‘灵芝计划’吗？这里面怎么没有？”

原来是醉翁之意不在酒。

“那可是特级机密文件，不到保密层级的人是不能看的。”小严回他道。

沈放歪过脑袋看着她，开玩笑地问：“真的假的？你可别忽悠我。”

“骗谁也不敢骗您啊！这份计划局里有特别指示，只有陈局长，郑厅长，还有一处的罗处长才能翻阅，连其他处的处长都不行。”

这样急于解释，生怕沈放误会，也是难为她了。

沈放偷偷抿了抿嘴，干脆一不做二不休，依旧跟她开玩笑，语气神秘：“如果我就是想看呢？”

对面的人明显一愣，但并没有为难，也跟他开起了玩笑：“那只有两个办法，第一是让陈局长和郑厅长特批，第二是您坐上罗处长的位置，您就能看了。”

这样的话说出来毫无忌惮，义正词严，还真是少有人敢这样。这保密局上上下下，谁不知道她伯父是如今大名鼎鼎的国防部办公厅陈主任。

沈放就算是有那个心也不敢表露得太过分，此刻忙装作严肃，提醒她：“别乱说，这话让罗处长听到可不好。”

罗立忠早就话里话外地提醒过他，如今这话若是传到了罗立忠的耳朵里去，往后他只怕会更加麻烦。

但对面的人一脸不屑：“你们怕他，我可不怕，他好多事儿还靠着我伯父呢！”

她说完这句，像是故意拉亲近一样，接着问道：“那时候还是我伯父给沈副处长授勋的吧？”

沈放点头：“是啊，你伯父对我可真不错。”

话说到一半，忽然他又来了心思：“要是你伯父要看呢？”

“那也不行，没有郑厅长和陈局长的批示，谁也不行。”

真是一个耿直而敬业的主儿，沈放强作笑意：“看不出来啊，你这小丫头片子还真是干机要秘书的料，保密条例记得是一点儿不差。”

小严自然当作沈放在夸她，一副自豪的模样：“那当然。”

“行，改天有空，我请你吃饭，咱们得好好聊聊纪律问题。”

“干吗聊纪律。”小严诧异。

“纪律好的人条例都背得熟，那一定是记性好，记性好的人舞步也应该记得熟对吧？”

小严笑了：“得了，你尽拿我寻开心。”

日子平静地又过了几个月，进入冬季。

清早，外面冷风瑟瑟。办公室里，叶局长显得有些疲倦，正瘫倒在沙发上。

沈林敲门从外面走进来，叶局长直身起来示意沈林坐下。

四目相对，对面的人精气神像是被抽空了一样，沈林微微皱眉："看来您这几天没休息好？"

叶局长点了点头："军调失败，战事势必扩大。我叫你来，是想听听你对局势的看法。"

形势瞬息万变，他们这样的人想要安身立命，鼻子要比寻常人更灵敏才行，闻到危险就要早做打算。

沈林低头思量了片刻，脸色渐渐变得沉重起来："如果战事扩大，势必要进入僵持阶段，双方会展开拉锯战，一时不可能分出胜负。"

叶局长叹了口气，眼神定定地看着沈林，忽然嗤笑一声，像是嘲讽。

"是吗？可党国上下都觉得共产党不堪一击呢。"

"那是他们小看了共产党。"

沈林一副笃定的模样，跟共党打交道这么多年了，对方有几分实力，他心里有数着呢。

叶局长的愁容在听见这句话之后总算有所缓解，朝着沈林点了点头，坐得更直了："我跟你想的一样，那你觉得咱们该做什么准备？"

"居安思危，一旦局势对我们不利，中统需要准备针对敌后的潜伏计划。"

脱口而出的这句话，像是思考良久之后所得。叶局长却着实一惊："你这居安思危是不是早了点？暂时还考虑不到失败吧？"

他虽然对共党的实力有揣测，但这么早就准备失败后的打算，着实有些晦气了。

"我只是从职责出发提出这个建议，军事上能不能成功，我们不是一线作战人员，无法左右，但是在情报工作上，各种可能我们都要考虑。"沈林面色严肃，跟以往一样，说话不带一丝感情，宛若一个只会衡量计算的机器。

叶局长咂了咂舌头，也不知道是不是真的被他的话说服了，只点了点头。

"这样，你写一个敌后潜伏的方案，有备无患。有需要的时候，我们再谈。"

他找了沈林来，要听沈林的想法，可沈林说了之后，他似乎并不想要采纳沈林的建议。

沈林仿佛一早就猜到了他的反应，并没有失望，起身点头，然后淡然离开。

下午的时候，乔治其主动联系了沈林。

早上他和同学杜小月在街上贴传单被警察盯上了，有一个叫冯立新的人帮着他们摆脱了追兵。

当时冯立新随身携带着一支枪，引起了他的注意。

依旧是金陵中学对面的茶馆包厢里，乔治其简单述说了整件事情的过程之后，沈林端坐皱眉有些错愕："那个人有枪？"

乔治其点了点头，沈林又继续问道："他跟你的同学是什么关系？"

乔治其歪着脑袋想了想。

"他说自己是跑生意的，是杜小月父亲的朋友，具体是做什么的我也不知道。不过听杜小月说他很神秘。"

躲避追踪的手法比较老练，而且还有枪，这个人绝不是一般的商人。

"那你还记得他住所的具体位置吗？"

"记得，是向山路官家巷146号。"

那是他们最后逃往的地方。

得了地址后行动立刻进行，三个小时以后，沈林的车停在了官家巷的巷子口。

沈林来得正巧，没过一会儿便有个身影从巷子里走了出来。在巷子口，那人喊了一辆黄包车离开了。

李向辉来得比他早，已经侦察过了，沈林此刻歪着头向他求证，他语气坚定："就是这人。"

两个人目送那道身影越走越远，毕了沈林才点头道："行动吧。"

李向辉得令下车，没过多久便又重新打开车门坐了进来。

这样的行动常有，对他来说是小菜一碟。

"屋子里没有发现乔治其说的那把手枪，屋子里陈设简陋，只有大量的书和一些酒，倒是存了一些泥螺。"他如实汇报着。

"泥螺？"沈林诧异，这种东西在南京城很少见。

李向辉皱着眉头，似乎有了疑虑，对沈林解释着："对，一般北方人都不太爱吃这东西，那东西的味道一般外地人是不能接受的，只有江浙以及山东偏南的一带人喜欢。"

两个人四目相对，沈林稍加思索之后将身子正回去目视前方，吩咐着：

“回去调查冯立新的档案。”

原本只是有所怀疑，没想到这一查真的查出了问题来。

沈林在办公室里等待片刻之后，李向辉推门而入。

“沈处长，这个冯立新的档案有问题！”他面带焦急，一边说着一边将档案递给了过来，并加以解释，“据冯立新给警察局留下的户籍资料显示，他是从保定迁入南京的。可我们查过保定的户籍档案，迁出的冯立新在日伪时期已经病死了。现在的这个冯立新是冒名顶替的。”

沈林抬手接过来资料，翻阅着，忽然抬头问道：“他屋里发现的那些商行和贸易公司查了吗？”

李向辉点头道：“查了，他用冯立新的名字往返南京和苏北地区做生意，而且很多都是棉花、粮油、食盐等紧俏物资，这人十有八九是中共的潜伏人员。”

合上资料，沈林摸着额头，似乎有些焦虑，最后依旧决定先不打草惊蛇。

“暂时不要惊动他，看看他跟什么人联络。”

不过这件事由不得沈林，他不抓人，有人帮他动手。

三天后的下午，中统大楼门口。沈林正要上车离去，李向辉追了过来，贴近他对着他耳语：“吕步青抓了冯立新。”

这样的事情已经不是一两回了，沈林脸色大变，转身往中统大楼内走去，步速极快，直奔吕步青的办公室。

推门而入，吕步青正悠闲地品着茶，面带笑容，瞧着心情极好，见了沈林，他阴阳怪气地说道：“哟，沈处长。”

沈林面无表情，双目似箭一般锋利，质问着：“行动科抓捕冯立新为什么不先知会一声？”

吕步青依旧笑着：“知会什么？”

“我已经安排人全天跟踪监视冯立新了，你为什么抓人？”沈林语气未变。

吕步青放下茶杯，起身与沈林对立，故意装傻：“那就奇怪了，我怎么知道你沈处长在盯着冯立新？我还当是我的兄弟发现的这个共产党呢？不好意思了。沈处长你也真是的，既然有目标了，干吗不通知我们行动科？”

这件事究竟是怎么回事，两个人心里都跟明镜一样。但是吕步青不承认，沈林也拿他没有办法，而且他还倒打一耙，听上去反倒是沈林有问题想要隐瞒什么一样。

“你……”奸诈狡猾，义正词严，倒是噎得沈林无话可说。

见到沈林吃瘪，吕步青更加得意了。他一边从座位上挪身走了出来绕到沈林身后，一边说着：“沈处长，你的那套方法不管用，盯了五天，什么都没找着，我这还没上老虎凳呢，他什么都招了。”

共党向来都是硬骨头，硬的向来不吃，这一回倒是奇事。

沈林听了这话后，冰冷的眼光忽然间有些动容。虽然诧异，但目前来说，似乎追问冯立新更要紧，于是他什么也没有再说，转身出门朝着审讯室去了。

吕步青正得意，没料想他做出这突然的举动，立在原地喊了两声，见沈林头也没回，便也无奈地跟在了后头。

吕步青到的时候，新一轮的审讯已经开始。

沈林正襟危坐，持笔在纸上写着什么，冯立新声音微弱，正在交代：“我本名叫丁志诚，在南京跟一个代号叫‘苍耳’的人接头，对方是你们军队系统的人，而且应该潜伏很久了。”

他悄悄往里走着，到刑具边上站定，接着又听沈林问道：“你的任务是什么？”

“对方给我单据，我拿着单据去库房领军用物资，再把钱汇入‘苍耳’指定的账户里，我再将军用物资送到苏北根据地。”

回答流畅，不过似乎没有什么有用的信息。

见他说到这儿便停了，沈林停笔抬头看他：“就这些？”

对面的人狼狈不堪，但是依旧表现得很不配合，没有继续说话。一边的吕步青也不等沈林发话，直接摆弄起面前那些刑具以示威胁。

冯立新闻声朝边上望了一眼，即刻面露惧色，松了口：“那些货物里应该还有夹带的情报，可我不知道具体是什么，我只负责把货送到根据地，那边有专门的人负责情报的交接。”

基本可以肯定的是，面前的人不过是一颗棋子，他能知道的事情少之又少，想要了解更多，必须把跟他联络的人都揪出来才行。

沈林满意地记录着，毕了继续往下审问：“‘苍耳’是谁？长什么样？在什么系统担任什么职务？”

意料之外的是，冯立新摇了摇头道：“不知道。”

吕步青冷冷地哼了一声，他面色焦急，忙解释道：“我真不知道！我跟他只见过几次面，对方伪装得很好，见面的时候不是在晚上，就是在车站，或是在广场这样人多的地方，我们从来没有说过话，只是交换东西。”

这样的解释足够可信，吕步青和沈林对视一眼，沈林没有继续追问，扫了两眼桌面上之前记录的口供，转而问道："你为什么说对方跟军队有关系？"

"因为通过他做的生意都是军用物品，不是军队的人不可能搞到这么多军需品。"

这句话说完，他目光停留，忽然瞧见一行字，继而抬头："你口供上说最近还有一次接头的行动？"

冯立新快速地点了点头，像是急于表示他并不是有意要隐瞒什么，语速很快："是，在火车站广场的第二个长椅上，接头时间就是三天后的下午三点。"

为表忠心，接下来的计划，他自然也得配合。

三天后的火车站广场，人潮往来，川流不息。冯立新提着一个黑色公文包走近，落座在约定好的接头地点，中统的特务埋伏在四周，在不同的角落监视着他的行踪。

广场附近建筑二楼的某个房间里，吕步青拿着望远镜在窗口观察着冯立新。站在这个位置，车站广场的一切一览无遗。

沈林带着李向辉推门进来的时候，他惊诧回头："沈处长来了。"

沈林并没有跟他闲聊的意思，走到窗边也向下看着，问道："行动科准备得怎么样了？"

吕步青还未开口，边上的闫志坤突然插嘴："都安排好了，他就算插了翅膀也飞不出去！"

这样的事情多一个人就少一份功劳，尤其是眼前的这一个，很有可能自己忙活了半天，功劳全被他一个人独吞了，所以吕步青并不是很想配合他。

对于突然献殷勤的闫志坤，他翻了个白眼瞪了过去，闫志坤立马将脑袋低了下去，不敢再说话。

再回过头，吕步青又阴阳怪气地说道："沈处长何必亲自来？你大可以坐在办公室等消息，抓人的事儿我们行动科很在行。"

这句话的意思很明白，既然你主动出来了，那就是奔着和我抢功劳来的。

沈林的视线并没有收回来，回答他的话："我知道，我只是需要你保证抓到的人是活的。"

"放心，我已经命令下去，行动的时候绝对不开枪。"吕布青胸有成竹。

"可对方会怎么做并不是你能控制的。"

沈林总是一副自己能够把握全局，没了他连行动都进行不下去的样子。一句又一句地撩拨着吕步青的怒火。

“你这是什么意思？”吕步青脸上的笑容顷刻消失不见，脸色沉了下来。

这种时候，沈林并不想跟他吵下去，免得误了大事，便只能顺着他的意思说：“你别多想，只要抓到的人是活的，吕科长的功劳会更大。”

吕步青这才算是得了莫大的宽慰，思量了一会儿，似乎觉得沈林说得有道理，又对身边的闫志坤说：“告诉下面，待会儿行动的时候，专门找两个兄弟控制抓捕对象的手，别让他吞了什么乱七八糟的东西。”

与此同时，外面的广场一如往常。

时间一到，只见一个身材消瘦的男子朝着冯立新走了过去。那人穿着长衫，戴着礼帽和围脖，脸上罩了一个黑色眼镜，手里提着一个公文包，十分小心谨慎。

冯立新有些紧张，眼神慌乱，没有去看他。那人走近后很随意地坐在冯立新的身边，没说一句话，将一个完全一样的公文包放在了冯立新的公文包旁，随后提走了冯立新的公文包，混进了人流中。

整个过程不带一丝交流，从开始到结束完成得极快。旁边几处埋伏的特务不远不近地跟了过去，从不同的方向靠近那个男子。

两个特务猝不及防地出现在那人面前，那人反应过来，背影顿了顿，刚要转身，突然侧后方又有几个特务冲了过来，迅速地将他扑倒在地，还有两个特务死死地压住了他的双手。

接着人群中一阵骚乱。

局面暂时掌控住，楼上四个人随行下来，挤进人群走到了最前面。

吕步青此刻一脸得意，一把扯掉那人的围脖和眼镜，正笑着，低头正视时却明显一愣，回头与众人面面相觑。

因为此刻被控制的那个人，竟是国防部军需处的秦参谋。

秦参谋表现得很惊慌失措，一边挣扎一边喊着：“你们抓我干什么？”

吕步青惊奇过后发出一阵冷笑，不管面前的人是谁，现在都是他的盘中菜了。

他看着秦参谋说道：“现在问这个问题未免也太可笑了吧。”

言罢他朝着闫志坤使了个眼色，闫志坤得令，低下身去在秦参谋身上翻着，秦参谋却依旧在垂死挣扎着，装作很意外的模样：“你们……你们这是干什么？”

最后翻出了一张证件，闫志坤递给吕步青，吕步青接了过来，看完有些诧异，证件上写着——国防部军需处参谋秦月明。

秦参谋被捕的事情很快就传到了沈放的耳朵里。

办公室里，罗立忠与沈放正在喝茶，吴队长慌忙地冲了进来，语气有些急促：“罗处长，出事儿了！”

他上气不接下气，脸色有些泛白，喘息声很重，沈放隐隐有种不好的预感，将茶杯从嘴边拿开，先问着：“你慌什么？”

吴队长咽了口唾沫，尽量保持平静：“国防部军需处的秦参谋被中统的人抓了，这是刚刚得到的消息。”

这话叫沈放一惊，秦参谋的身份他已经一清二楚，而且他的身份对方也一样明了。这个消息对他来说并不是什么好事。

但同时他又看到罗立忠的神态似乎也不是很自然，像是十分关切，忙打听道：“为什么抓人？”

吴队长的声音有意往低压了压：“听说是通共。”

最担心的事情还是发生了，沈放那一刻心跳忽然加速，但他努力地克制自己内心的恐慌。手抖了一下，将空杯子放在了茶海上。

罗立忠有点意外：“通共？确定吗？”

吴队长摸了摸脖子，显然一副只听了个信儿的样子：“具体情况还不太清楚。”

接着是一阵短暂的沉默。

罗立忠看着沈放，四目相对之后，沈放试探道：“中统也太过分了，连国防部的高级参谋也敢抓，完全不把咱们放在眼里。”

可面前的罗立忠并没有接话，目光从他身上挪开之后，拿起茶杯又喝了口茶。于是沈放继续补充：“要动军队的人，不管犯了什么事儿都该通过咱们保密局。”

这回罗立忠总算开了口，却并没有很愤怒，更多的是无可奈何：“话是这么说，可人已经被抓了。”

这显然是想要撒手不管的意思，沈放忽然灵机一动，往罗立忠耳边靠了靠，故意引他插手这件事：“依我看，咱得把人要过来。如果真是通共，那功劳也应该是咱们的。”

人在自己那个哥哥手里，硬手段没有，计策却是防不胜防，如今这个局面，将人从中统夺回来，事情应该会好办很多。

罗立忠想了想，却皱眉摇头：“要人？哪有那么容易？现在中统上下正在兴头上，到了嘴里的东西怎么可能吐出来？”

“那咱们就什么都不管了？”眼看罗立忠连利益都驱使不了，看来他是真的不想插手这件事情，沈放显得有些急切，不过这急切十分合理。

罗立忠语气平缓，拿了个新的杯子，一边添茶一边说着："不急，平日里国防部的人一个个跟大爷似的，现在也让他们体会一下中统局的难缠。如果这秦参谋真的是共党分子，到时候咱们再介入也不迟。"

语罢，他将倒好的茶端起来递给吴队长："老吴，你也坐下来，喝一杯。极品的六安瓜片，眼下有钱都不好弄来。"

秦参谋被带回了中统，但公文包里除了一些票据，并没有发现其他东西。

多次审问无果，吕步青因为冯立新的事情更加觉得只有动刑才能解决问题，但被沈林拦了下来。审讯室里，沈林亲自负责审问。

“你和冯立新之间是什么关系？”

这个问题已经被问了很多遍，对面的秦参谋一脸消极，十分不耐烦：“我说过很多次了！我跟冯立新就是生意上的关系，我在国防部军需处可以帮他在生意上找些军队的门路，当然他也为我赚钱，互惠互利。”

中统这边没有什么明确的证据，他这样一口咬定，顶多就是些不入眼的小错。

沈林接着又问：“谁能证明你们在做生意，这事儿还有其他人知道吗？”

都是些不能上台面的事儿，走私军需物资这种事情更得谨慎，哪能到处宣扬。

秦参谋眼神定定地瞧着沈林，嘲讽一笑：“你觉得呢？这种事情我会让更多人知道吗？”

话题看似结束，该交代的都交代了，沈林眼神并没有从秦参谋身上挪开，而是将笔往面前的桌案上重重一拍，身子微微往前倾斜。

“你就没别的可说的了？”

秦参谋继续装傻：“我不知道你指的是什么，生意上的事情吗？”

“任何事你都必须如实回答。”沈林语气坚定，面目愈发严肃起来。

秦参谋却并没有当一回事，反倒用一种蔑视的态度说着：“这些生意上的事儿牵扯的人很多，问太多对你们中统并不好。”

这样的提醒或许对罗立忠有用，但沈林丝毫不会因此而动摇，他就像什么都没有听见一般，依旧继续追问："我在很多单据上看到'会员入股'的字样，这个会员指的是什么？"

"没什么，随便写的，不可以吗？"

秦参谋虽然心里有些慌张，但表面上看来，此刻的他比这里任何人都要放松，还是那副有恃无恐的模样。

沈林语气冷冰冰的："你这种态度可不好，不说实话这事儿过得去吗？"

他倒是头一次见，到了这个地方还能这么嚣张的人。

对方沉默了几秒，忽然抬头，意味深长地说道："过不过得去不只是我该想的事儿吧？"

"什么意思？"

"问太多了你就不怕自己过不去？万一惹上麻烦……何必呢？"

他说的每句话都像是在挑衅，看上去完全不觉得面前的人能将他怎么样。

吕步青再也忍不住，抢在沈林开口之前，起身拍着桌子阴狠地喊着："现在是我们在审讯你，你最好脑子清醒点！你不会不知道在刑讯室里，我都有什么法子对付你吧？"

沈林不让他用刑，他正窝着气呢，面前这个人明显是往枪口上撞。吕步青的大名秦参谋早就有所耳闻，听他说完后完全没有被威慑住，反而笑了笑，然后秦参谋看了看那些刑具。

"对我用刑不太好吧？等于你们不给国防部面子。"

若是没有确切的证据，这样动刑到头来只会让两头树敌更严重，窝里反起来。

他正是抓住了这一点。

吕步青被气坏了，逼近他，嘶吼着："你真以为我不敢？"

可不管他再怎么厉害，面前的人依旧面不改色，甚至悠然道："你敢不敢我怎么知道？"

吕步青显得有些无措，脸色铁青，转头对着沈林："沈处长你还要这样问下去吗？"

如果沈林同意他用刑，他一定要面前的这人尝尝他的厉害。

可沈林偏偏只有安抚他的意思："别太激动，等我没办法了，你那些法子一定会用得到。"

"好，我倒要看看你能问出些什么！"吕步青一口气咽不下去，但又束手无策，甩脸准备离开，走前还不忘凑近秦参谋，模样狠狠地说道，“别忘了，你在我手里，这儿没人能罩着你，你等着！”

审讯室里一片安静，等他走出去后，沈林缓缓起身走到秦参谋身边。

他将手搭在秦参谋的肩膀上，算是道歉：“他这人容易激动，希望你理解。”

秦参谋耸耸肩，看不出来是真的轻松自在还是装出来的：“没关系，看得出来。”

“所以你最好配合我，否则，他会怎么做，你应该想得到。”沈林接着说道。

“当然，被你们抓了，我也不想难为自己。”

沈林接着将另一只手也搭了上去，目光与秦参谋相隔咫尺：“那就好，现在告诉我，你对冯立新了解多少？”

回到正题，秦参谋的眉头重新皱了起来，带着一些惊奇：“什么意思？”

沈林语气淡然又坚定，几个字轻飘飘地从他嘴里飞出来：“他是共产党。”

简简单单的五个字，气氛忽然变得凝重了起来。

秦参谋表现得很惊讶：“共产党？怎么可能？”

眼见说到了这一步，面前这人还是不打算配合，沈林勾嘴浅笑，放下手从他面前离开，一边回到座位上，一边说着：“你又何必再装模作样？冯立新本名丁志诚，而你的代号是‘苍耳’，他都已经交代了。”

“装什么？什么‘苍耳’？我实在不清楚。”

沈林站定，瞧着那张惊诧且无辜的脸，目光冷冷的，没有再说话。

秦参谋还在解释着：“而且那冯立新背后到底是什么人我也没兴趣知道，我只不过是在赚钱，那些货冯立新怎么处理是他的事儿。不过他要真是共产党，那我还真说不清了。”

“可你必须得说清楚。”

“你指的是？”

沈林坚定，没有丝毫怀疑的意思：“你就是‘苍耳’，你是怎么通过他送的情报？送了多久？都送过什么？”

碰到个油盐不进的主儿，秦参谋这会儿显得有些着急起来：“什么情报？这都是什么跟什么？你这根本就是在捕风捉影，纯属无稽之谈！”

两边僵持不下，沈林看着秦参谋，眉头缓缓皱了起来。

审讯无果，从审讯室走出来，沈林朝着楼梯口挪步。

吕步青方才并没有离开，就在门外偷听，见到沈林的身影忙跟了上去与他并肩走着。

“沈处长，你那套在共产党那里是行不通的。像这种共产党的鼹鼠，就得用刑，否则他们是不会招的。”

他依旧不死心，寻常时候也就罢了，可秦参谋明显惹着他了。

沈林摇了摇头：“不行，人是国防部的，不到万不得已不能用刑。如果出了什么差错，这不是你我能交代的。”

他所虑的，正是秦参谋依赖的。

“可……”

吕步青话在嘴边还没说完，沈林已经不想继续听下去，抬手示意他停下，并扭头对李向辉说着：“安排人手对包内的票据进行调查，一个细节也不要放过。”

“入股会员”这四个字，说明参与这些生意的不只是一个人，而是一伙儿，那这是个什么会呢？跟秦月明有牵扯的应该都是军方的人，难道国防部里还存在什么秘密组织吗？

这一切都透着怪异。

说完后还觉得不妥，沈林又补充道：“要抓紧时间，那边一定知道咱们抓了秦参谋，早晚会来要人。后面会发展成什么样，现在还不好说，所以务必尽快找到确凿证据。”

从罗立忠办公室离开之后，沈放心有不安，这么大的一件事情，他必须要及时和任先生取得联系，商量解决的方案才行。

夜色咖啡厅里，沈放找了一个桌子坐下，路过九号桌时，他一如既往地将装着一根烟的烟盒放在了桌子上，然后坐在不远处点了一杯咖啡。

留了消息，不过什么时候能得到回应却是个未知数。他有些心急，不知道秦参谋能坚持多久，更不知道他那个哥哥会用什么方式去审问秦参谋。

隔天，百乐门舞厅包厢里，罗立忠与沈放碰杯，曼丽在旁边陪着他们。

沈放明显有些心不在焉，罗立忠一眼便看出了端倪。

“老弟，你今天这是怎么了？”

沈放笑得有点尴尬，忙掩饰着：“没怎么，这几天有点累，刚喝两杯就有点上头了。”

正在这时，门被人从外面推开了。

进来的人是何主任。罗立忠忙笑着招呼：“何主任，您可来得真快。”

何主任挨着他们坐下，与他寒暄着：“罗处长盛情邀请，我能不快点到吗？”

等他坐定，罗立忠的目光扫向沈放，有些不自然，试探性地问道：“沈老弟，你不是说头疼吗？让曼丽小姐陪你散散心、跳跳舞，我跟何主任谈点事儿。”

沈放当即明白了他的意思，跟前的曼丽闻话也已经起身抬手：“沈先生，给个面子吧。”

沈放也顺着这台阶下了，微微一笑，领着曼丽走出了包厢。

两个人出了门，走到走廊尽头，楼下大厅里莺莺燕燕的歌声已经入耳。沈放忽然停住了步子，曼丽一脸好奇地回头瞧他：“沈先生，怎么了？”

沈放从兜里掏出几张钞票来，塞在曼丽手里：“你去楼下找个偏僻的位置坐着等我，如果有人问起来……”

“就说沈先生一直跟我在一起。”曼丽心领神会，跟着接话。

沈放一笑，正合他意。

曼丽接了钱转身下楼，沈林看了看前后，四下无人，继而回到了包厢门口。

屋里两个人的谈话声隐隐传了出来。

“秦参谋手里有我参与那些生意的证据。”

“老何，不只是你吧？”

“还有金陵会的人，如果这件事泄露出去，牵扯的人就太多了。”

沈放听到这里眉头微蹙，嘀咕了两句，继续听下去。

屋子里头，罗立忠端着酒杯，诡谲地笑道：“你就不担心秦参谋真的是中统说的共党卧底‘苍耳’？”

何主任冷冷一笑，有些莫名的自信：“人在中统手里，是不是‘苍耳’都一样。你该知道，金陵会的人担心的是什么。你老罗的那些生意没金陵会的人暗中帮忙，恐怕也没那么好做吧？大家现在都是一根绳子上的蚂蚱。你要不帮忙，金陵会的人可不是好惹的。”

“何兄的事儿我当然要帮，不过有个条件，我想办的事儿，金陵会的人是不是也得帮我？”

“你说。”

罗立忠语气神秘，故意压低了声音：“保密局有个针对共产党的‘灵芝计划’是我负责的，执行这个计划需要很多资金。”

他的意图已经十分明显了。何主任却还是端着：“那你给国防部打报告拨款，走程序。”

罗立忠表情有些无奈：“走程序？我又不是没走过。老何，到现在你还跟我打官腔？谁不知道你们金陵会才是真正的财神爷，国防部预算拨款的审批权一直被你们金陵会的几个人把持着，你们想干件事儿比国防部部长还容易。”

对他们来说，这些事情是随手就能做的。

何主任不说话了，面露忧色。

罗立忠试探地问道：“怎么？为难了？”

何主任皱了皱眉：“你的报告我看过，要的钱不少，而且这个‘灵芝计划’的具体内容我也不了解，你要这么一大笔钱，我一个人怎么支持你？而且这又不是生意，对你老罗有什么好处？”

“‘灵芝计划’不只是对付共产党的，它也是生意，如果能成功，自然也有你的好处。而且我没想让你一个人支持，你不是张口闭口你们金陵会吗？事情都到这个地步了，你们会里那帮人应该明白怎么做吧。”

何主任想了想，似乎下定了决心，说道：“我会跟他们商量的。不过，老罗，不是我吓唬你，秦参谋是军需部的，他手里有个秘密账本，里面是国防部后勤方面的高官参与走私军需物资的账目，说白了就是金陵会的账本。这东西如果泄露出去，恐怕你罗处长以后什么生意都不好做了。没准你的位置……”

“怎么？金陵会的人开始担心我了？”

“大家的目的是一样的。所以，他们的意思就是希望你能做得干净。”

罗立忠笑了：“好啊，怎么才算干净？”

沈放在门外听到这里，包厢里面却忽然安静了下来。正在这时，一个侍应生走了过来。沈放忙将身子背了过去，朝走廊尽头走去。

有着这样的一层关系，第二天，果然如沈放预料的，罗立忠将他找了去，说已经请示了陈局长，局长做了批示，让他们尽快把秦参谋要回来。

于是他带着江副官跑了一趟中统大楼，进了门直奔审讯室而去。

快到门口时，一众人和从审讯室里面出来的李向辉打了个照面。

见到沈放，李向辉显得有些意外：“沈副处长？”

沈放停步，将一份公文递给了李向辉：“李秘书，奉陈局长之命，把秦参谋押回保密局进行调查，请配合我们交接。”

李向辉接过公文看了看，脸色微变，继而将公文还给了沈放。

沈林担心的事情到底还是来了，他想将沈放拖着，等沈林来解决，于是说着：“您稍等，我去请示一下。”

沈放却并没有要等的意思，这一趟他势在必得。

“随便，但是人我得带走。”

说完他一把推开李向辉，走进了审讯室。

审讯室里，吕步青正在审讯秦参谋。秦参谋看上去好几天没睡了，精神极度萎靡。

吕步青冷冷一笑，淡漠地缓缓说道：“秦参谋，说出来吧，说了就让你睡个好觉。”

不能动刑，这样的办法也足够折磨他，沈林的脑子到底是有办法的。

话刚说完，吕步青闻声回头，见到来人是沈放，他有些意外：“沈放，你这是干吗？怎么随随便便就闯进中统审讯室？”

那阵势浩浩荡荡的，简直没将中统放在眼里。

沈放脸上带着笑容：“我有国防部和保密局的公文，你这儿我还真能来。”

说完他挪开目光，又看了一眼秦参谋，秦参谋脸色憔悴，眼窝深陷，四目相对片刻，秦参谋便将目光挪开了。

“吕科长，你还是把我放了吧，没有国防部的人，我是什么都不会说的。”秦参谋忽然央求道。

沈放瞧着秦参谋的狼狈模样，继而转头看着吕步青：“不错啊，国防部的人，你们照顾得挺好。”

“你说什么呢！这里是中统局，不是保密局。”吕步青的态度还是很强硬，毕竟现在在他自己的地盘。

沈放瞪了他一眼，将公文递到他面前：“这是陈局长的公文，吕科长，看看吧。”

吕步青狐疑地打开公文看了一眼，沈放看似商量，实则命令：“人我可以带走了吗？”

吕步青无奈，但又有些不悦：“你们说带走就带走？”

这是中统抓来的人，如今上头的全都没点头，凭一张纸，就直接将人带走了，未免有些太儿戏了。

沈放表情严肃，算是威胁：“是陈局长的公文不管用吗？要不我再请示一下郑介民厅长？”

吕步青气结：“你！”

这几日他有太多不顺心的地方，一时间气还真的没处撒。

沈放见他的反应滞后，似乎很是满意，重新一笑：“没办法，我也是有命在身，吕科长多包涵。”顿了一下，他扭头对江副官说，“把手铐打开，人带走。”

江副官上前打开了秦参谋的手铐。吕步青想上前阻拦，却被沈放一把拽住。

沈放尝试清除他这个障碍：“吕科长，咱们争起来没必要，现在最好让我把人带走。如果你们不满意，大可以让叶局长再把人要回来，对吧？”

似乎是句十分有礼的话，吕步青和几个手下都停下了动作，沈放满意地一笑，对一边的特务说着：“把秦参谋扶起来。”

接着几个人就那么走了出去。

几人的脚步声在走廊里回响，但所有人都没有说话，这次行动比计划中的要顺利得多，现在的他们只有一个期望，那就是能够尽快地离开。

一旦离开了中统大楼，后面的事情都会轻易很多。

可天不遂人愿，才走到大楼门口，外面沈林的车已经停稳，沈林从车里下来将他们拦住，厉色喝道：“站住！人你们不能带走。”

沈放轻轻叹了口气，但面色依旧十分自然，再次出示那份公文给沈林看：“沈处长，你什么意思？你这可是在妨碍我们执行公务。”

是李向辉通知他来的，他自然知道沈放打着谁的名头，所以没有看那份文件的必要，只目光瞧着沈放，两个人针锋相对。

“我得到叶局长的指示，秦月明有通共嫌疑，事情没查明之前，任何人都不能带走秦月明！”

“我也有命令，秦月明必须跟我走！”

“你试试！”

沈林说罢，对沈放身后的李向辉使了一个眼色。李向辉一挥手，屋内走出一批中统的特务将众人团团围了起来。

江副官带着保密局的两个人把秦参谋护在中间。

沈放不甘示弱，在他这个哥哥面前，唯一的办法就是比对方还要威严。所以他干脆直接将那份公文举了起来，大声说道：“我有陈局长的手谕，你们谁敢乱动！”

一语之后，众人面面相觑，沈放带着秦参谋继续向前走。忽然，沈林阴着脸掏出了手枪，指着沈放。

“你和你的手下如果再胡来，我会开枪的。”

沈放当然信他会开枪，他这样的人，就像是政府的一台机器。但事到如今没有退路，只能放手一搏。沈放也不甘示弱地迎上去，让枪口对着自己的头。

他语气轻蔑：“开枪？我这里反正有一颗子弹了，后遗症也是拜你所赐，你想不想开枪跟我没关系，我也不在乎。”

说着他又上前一步，中统没有人敢动，双方陷入僵持。

瞧着沈林面色有些呆愣，沈放绕过枪口朝自己的汽车走去，心里只希望他这个哥哥还能够顾念薄弱的兄弟情谊。

正要开车门的时候，沈林从后面再次举枪对着他，并且拉了手枪的枪栓。

“别动！”

沈放动作一愣，看着车玻璃里倒映着的身后哥哥的身影，忽然觉得有些可笑。

场面沉寂，所有人都停了下来，就好像时间静止了。

就在这个时候，一辆车开了过来。

下车的是罗立忠。

瞧见这一幕，罗立忠一边靠近，一边阴阳怪气：“哟，这唱的是哪一出？”

最后他停步在沈林身边，伸手将沈林的枪按了下去，和颜悦色地劝说着：“还望沈处长行个方便，让我们带走秦参谋，配合我们保密局的调查。”

沈林自然也不想局面闹得太僵，顺着台阶将枪口放了下去。只是依旧冷眼看着罗立忠：“没有叶局长的命令，秦月明不可以离开中统局。”

罗立忠表情未变，这样的局面似乎他一早就猜到了。

“都是听从上峰命令，没必要这样动刀动枪。我想陈局长和你们叶局长会商量出一个办法。”

沈林依旧没有说话，片刻之后忽然转头，放下的手枪再度举起对着沈放。

“把人交给我。”

他耐心已经见了底，昏了头的时候开枪的可能更大。

沈放寸步不让：“我要是不给呢？”

两个人四目相对，战火升温。这样下去事情只会越闹越大，罗立忠叹了口气，只好先做出妥协：“你看你们兄弟俩，何必呢！我就在这里给陈局长打个电话，请示一下，具体由上峰定夺。沈副处长，秦参谋先让沈林处长送回关押室，你看如何？”

沈放听罗立忠松了口，心里除了惊诧就是着急，有些不可思议地看着罗立忠：“罗处长！”

罗立忠微微眯着眼睛看了一眼沈放，像是在示意什么，话语却没有半分端倪，厉声道：“听我的！小江，把人还给他们。”

江副官和那两个随从只得从秦参谋身边离开。沈林这才放下了枪，朝着李向辉示意，几个特务上前将秦参谋押了回去。

罗立忠想要找一处电话联络陈局长，所以跟着几个人一起走进了中统局大楼，等众人离开之后，门外的对峙依旧没有停止。

“是不是我做的事儿你都反对？”对于方才沈林的举动，沈放心有介怀。

对面的冰山脸依旧是一副淡然的模样回他：“你没必要这样想，凡事都要讲规矩，我是在执行我的任务。”

沈放冷笑道：“你的任务就是任务，我的就不是，是吗？你什么时候才能不这么自以为是？”

以为他大公无私，处理了他这个弟弟就能获得赞扬吗？只怕往后的每一天他都会活在深深的愧疚里吧。

沈放的言语并未撩拨动沈林任何的情绪，沈林淡淡地道：“自以为是的也许是你。”

话音刚落，罗立忠再一次走了出来。

他们两人都没有继续说下去，而是齐齐歪头看向罗立忠，都无比期待他将要说的消息。

罗立忠站定，模样威严，毫无笑意：“陈局长的意思，人不带走可以，但中统方面必须答应三个条件。第一，给中统局三天时间，三天内如果还审不出来，这个案子必须交保密局接手。第二，这三天里，必须双方一起审问。第三，不许对秦参谋用刑逼供。”

听完话后，沈林和沈放默契地对视了一眼，都没有说话。

“都是为了公务，没啥好计较的。”罗立忠说完拍了拍沈放，接着便要扯着他离开，“沈副处长，走吧。”

任先生的回应就在当晚，沈放回家经过五里坡，树林里雾气氤氲，一个人影被映照出来，是任先生。

沈放停下车走了过去，说：“你得到我的消息了？”

任先生没有回应，而是直奔主题：“秦参谋怎么样？”

听到这话时，沈放眉头不由地皱了皱，隐隐叹了口气：“我代表保密局前去要人，关键时刻被沈林拦下了。看来救秦参谋出来并没有那么容易。”

任先生点了点头，情绪也不太好：“他是非常关键的人物，手上有重要情报，目前国民党正在筹划大规模的军事行动，对我们很有威胁，秦参谋手上应该有这次军事行动的整体方案。”

停顿片刻，他继续说着：“我们不但要救人，还要保证情报的顺利传递。”

沈放闷头想了想，若是被捕的当天，秦参谋是为了传递情报的话……

想到这儿，他忙说着：“秦参谋去接头的时候，手里有一个公文包，也许情报就在公文包里。”

“这就得看你了，目前只有你能接触秦月明。”

现在猜测什么的都无用，想要知道，直接去问当事人就明白了。但这绝非易事，沈放眉头紧紧皱在一起：“我试试看吧。”

回到公寓时，姚碧君已经睡了，沈放推门打开灯，将外套和帽子挂在了衣帽架上。桌上还有姚碧君留下的饭菜，她还贴心地将饭菜全部扣上了。

他蹑手蹑脚走到房门口看了一眼，再一次退身出来，关了灯，去酒柜旁倒了一杯红酒，然后走到窗前，习惯性地看着窗外南京都市的夜空，将酒杯举在嘴边细细品着。

此刻的他觉得异常疲惫，秦参谋被捕，灵芝计划毫无头绪，还有罗立忠跟何主任说的那个金陵会，这一切都让沈放觉得自己陷入了一个僵局。同时他也知道背后那个人并没有睡着，而是在盯着他……

每次他回来晚了这样的事情都会发生，他已经习惯了，但还是在心里默默想着，这样僵持的日子什么时候才能结束。

隔天，审问之前，李向辉再一次检查了秦参谋被捕时公文包里的单据，除了走私军需物资，没有任何发现。就连公文包也被检查了，没有夹层。

几个人在审讯室从早上十点一直待到了下午七点半，得到的答案依旧与之前的没有什么分别。

整个过程里，沈放一直看着秦参谋的表情，他觉得哪儿有些奇怪，偏偏又说不清。

临了沈林看了看时间，长长地出了一口气：“今天就到这儿，明天继续。”

这样徒劳无功而又疲倦的一天，让人十分难以忍受，众人起身准备离开。李向辉对一边的下属吩咐道：“把人送到监房去。”

几个人窸窸窣窣地将人解下来。与沈放擦身而过时，秦参谋突然拉住沈放。

“沈副处长，你给我想想法子，把我带回去！我一个国防部少校参谋凭什么让中统局的人来审讯！”

依旧是一副十分嚣张的模样，不过沈放有些意外。

就在这时，他发现秦参谋一直在眨眼睛，而秦参谋的脸正好被他挡住了，沈林没有看到。

只是他还未想通秦参谋是个什么意思，人就已经被保密局的人强行拉开。

回到保密局，刚走进大厅，沈放便被门卫拦了下来。

“沈副处长，罗处长在等您，说只要您回来，无论多晚，都让您去他办公室一趟。”

沈放有些意外，但还是应下，朝着罗立忠办公室而去。

推门而入的时候，屋子里罗立忠正在喝茶，他语气调侃：“罗兄这么晚了还在这儿，看来得给你发一个奖章才行。”

罗立忠露出了一丝笑，即刻又僵住了：“特殊时期，特殊对待。”

这么晚了还在这儿等他，无非就是想知道秦参谋究竟说了什么。沈放随便往边上一坐，看着罗立忠：“看来罗兄对秦参谋的事儿挺关心啊。”

罗立忠愣了愣：“都惊动陈局长了还能不关心吗？”

随后他果然问道：“说说，今天，秦参谋都说了些什么？”

沈放语气听不出高兴还是不快：“他是开口了，但实际上等于什么都没说。”

罗立忠心里暗暗松了口气，随急忙点头，像是夸赞一般：“行啊，是块硬骨头！不过这小子今天能扛下来，不代表以后也能扛过去。”

沈放知道他的心思，心里暗暗笑他的言不由衷，故意用话试探他：“先不管这姓秦的是不是共产党，单从秦参谋走私的数额来看，傻子都知道这不可能是他一个人干的，他有同伙。而且沈林一直在问一个什么会员入股的问题。”

罗立忠脸上露出意外的神情：“是吗？”

沈放跟着皱眉思考着：“我也奇怪，难不成咱们国防部里还有别的机构不成？”

“机构多了，大的小的，明的暗的。这事儿真让人头疼啊。”罗立忠随口说道。

沈放故作奇怪：“怎么，罗兄担心了？”

他现在的心思暴露无遗，这种笑而不语的事情，沈放觉得十分有趣。

罗立忠顺着他的话解释：“怎么会不担心？这个秦参谋身份越复杂，国防部就越麻烦，我们当然也会更麻烦。”

他这话其实已经转变了自己的态度，如今他的立场，更希望秦参谋什么都不说。

沈放也不打算再追问下去，只点了点头，顺带着宽慰他："中统那边不能用刑，坚持三四天问题不大。"

罗立忠却摇头，一脸的愁容，像是十分担心："不一定身体折磨才会让人屈服，用刑的手段有很多。总之这几天你要时刻盯着他们的审讯。"

"是。"

回家的这一路上沈放都在想，审讯时，秦参谋那突然的举动一定是想告诉他什么。

他思绪深陷，鬼使神差地上楼，也没有开灯，轻车熟路地走到酒柜前倒了一杯红酒，然后站在窗前品着。

百思不得其解，之后恍然回神，他才想起此刻身后，透过锁孔的那一双眼睛。

也就是在那一秒钟，他眼睛一亮，突然想到什么，眉头拧在一起，忙走到桌边找出一张纸，按照记忆中秦参谋眨眼的速度和频率画下来一堆符号……

此刻他仔细回忆秦参谋眨眼的频率，似乎暗合摩斯密码，而且是在反复说一个词，和锁有关。

他又看了一会儿，随后他在边上写下了两个字——锁扣。

对，就是锁扣！沈放大惊。

难道"锁扣"里就是秦参谋要转交的东西吗？

沈放扔下笔，拿起酒杯将杯中剩余的酒一饮而尽，随后把面前的纸团烧毁扔进了纸篓，再度穿上大衣，走出了屋子。

一个小时后，中统大楼门口，沈放带着江副官还有两个保密局的特务走了进来。

门卫将他们拦下，沈放将自己的证件递给门卫。

"我是保密局沈放，要求立刻提审秦参谋。"

那个门卫将李向辉叫了来，李向辉又打电话向此刻已经回到沈宅的沈林请示。最终沈林应了下来，并嘱咐李向辉必须全程在场。

审讯室里，沈放等人坐定，片刻之后，李向辉将人带了出来。

秦参谋面色不佳，但还是开了口："这么晚了怎么还要审？"

等到一转头看到是沈放，忽然眼前一亮："保密局的？你是要带我走吗？"

沈放摇了摇头："秦参谋，我只是有几个问题想问你。"

对面的人目光随即黯淡下来，懒得回答："什么问题？"

沈放瞧着他的眼睛，暗暗地向他示意，并问着：“你真的只是和冯立新做生意？”

秦参谋也看着他，脸上表情不屑：“我都说了一百遍了，是。”

语罢，秦参谋忽然快速地眨起了眼睛来。这一回沈放看得十分清楚，确实是锁扣。

“你们之间没有幕后指使？”

他不过是借着问话拖延时间罢了，说着回了一个肯定的眼神，表示自己已经懂了。

“最后一次回答你这个问题，没有。”

“请你配合，只有这样，我才能带你离开中统。”

“我当然会配合你。”

瞧着问的还是那些问题，李向辉越发没有精神了，打了个哈欠后甚至有些不耐烦：“沈处长，今天是不是就到这儿了？”

沈放回头看他一眼：“到这儿哪行？看着他，别让他睡觉，我就不信熬不过他！李秘书，你们这儿有休息室吗？”

听沈放这样问，李向辉给了一个有些疑惑的眼神。

这全然将中统当成了他的地盘。

沈放见他表情呆愣，随后又说：“怎么？熬一夜的事儿你们都扛不住？不会吧？不过我可得休息会儿，睡个把钟头起来还得接着审问呢。”

李向辉顿了顿，最终说道：“好，请跟我来。”

沈放依旧不满意，又对江副官说着：“你跟手下兄弟也歇会儿。让中统的人盯会儿。”

第十二章

CHAPTER 12

救人反害命，被亲兄怀疑

李向辉带着沈放进了休息室，走的时候还找人在外面看着。

屋里的沈放悠闲地躺着，像是有计划一般，在等待着大鱼上钩。

此刻的中统大楼走廊里，吕步青夜查回来，看到审讯室里还亮着灯，又见走廊里江副官等几个穿着保密局军装的人在抽烟，觉得有些奇怪。

“这大半夜的干吗呢？”

边上的特务一脸的不满，发着牢骚：“保密局的沈副处长来了，非要提审那秦参谋，咱们值班的弟兄都跟着受累呢。”

“是吗？沈放那家伙呢？”吕布青问。

“他说累了，找地儿睡去了，让我们在这儿点灯熬油。”

这样的事情听起来有些不可思议，保密局的人居然在中统撒起野来了。

吕步青惊诧道：“什么？他睡了？那问出什么了？”

面前的特务脸色更难看了：“什么也没问出来，就是让我们看着那秦参谋，不让他睡。科长您说这叫什么事儿啊！人是咱们抓的，审讯不让您来，现在保密局还横插一杠子。”

吕步青这样的性子，听了这话直接火冒三丈，不再问话，而是径直冲进了审讯室。

屋里头秦参谋和看着他的特务此刻都在打盹，吕布青随手端起一盆水把昏睡的秦参谋泼醒，扬手又给了那特务两巴掌。

接着又大喊道：“闫志坤！看着外面保密局的人，别让他们进来！”

闫志坤回了话走出门去，屋里李向辉瞧着这阵势，约莫猜到了吕步青究竟要做什么，担心地问道：“吕科长，你要动刑吗？是不是不太合适？”

吕步青不屑：“有什么不合适的？”

“秦参谋要真的是共产党，那倒无所谓，万一不是，你用了刑，不怕给咱们中统找麻烦吗？”

李向辉苦口婆心地劝着，吕步青却冷笑道：“你跟着沈林成书呆子了吧？我能打得他叫我爷爷，别人还看不出来我动过手。”

李向辉还是担心：“沈放还在休息室呢，他听见了怎么办？”

吕步青思量片刻，似乎有了主意，对一边的特务招呼：“去，把休息室的门给我锁上，你们也过去给我看着。”

吩咐完之后，他回头看着面前待宰的羔羊，心里暗喜，这人总算是落在他手里了。

“今天无论如何我也得让这姓秦的知道我是干吗的！去给我找两本厚字典来。”吕步青吩咐道。

隔着字典用棍子敲击，表面完好无缺，里面就算一塌糊涂都看不出来，真是完美的计策。

审讯室里的响动很快就引起了江副官的注意，紧接着双方的人便吵了起来。休息室里，沈放听到动静警觉地翻身起来，用手试了试门把手，果不其然被锁住了。

鱼儿上了钩，沈放突然露出笑容，转身从窗户翻了出去。

那日来要人的时候沈放便已经注意到了，休息室旁边就是厕所，而厕所的对面就是行动科的办公室。

他从窗沿上绕了过去，跳进了隔壁的厕所，接着又找准时机穿过走廊，直接进了办公室。

夜已经深了，办公室里有些漆黑，不过走廊的灯光从门上方的窗户透进来，勉强能够视物。

借着这灯光，沈放在办公室的柜子里找到了秦参谋的公文包，他把那锁扣撬开，果然在里面发现了微型胶卷……

审讯室那边，吕步青对秦参谋用刑的动静越来越大，他带着几个特务轮番用厚字典垫着，猛击秦参谋的胸口和后背。

秦参谋受伤严重，口吐血水，已经喊不出声来了。

被中统局的人拦在外面的保密局特务在江副官的带领下几次想冲进去都未果，江副官大喊着：“沈副处长！沈副处长！他们在用刑！”

“瞎嚷嚷什么，这是履行程序！”

中统的人一直在阻拦他们，走廊里吵闹起来，声音越来越大。

外面闹出这样大的动静，屋里面却没有一点儿响声，走廊里冷眼旁观的李向辉觉得奇怪，沈放难道真睡得这么死？

想到这里，他迈步向沈放所在的休息室走去。而此刻的沈放正悄悄地从行动科的房间里摸出来，走进旁边的厕所内，准备按照原路返回。

可就在他刚从厕所的窗户翻出来的时候，突然旧疾复发，头剧烈地疼痛起来，眼前一黑，摔倒在地上。

他能听见，外面李向辉走了过来，询问守在休息室门口的特务："里面怎么样？"

"没事啊，没动静。"

"这么长时间，一点儿动静没有？"

"是啊，我还担心那边吵闹的声大了把里面这位爷吵起来，看来是睡死了。"

他忍痛回到休息室，就在李向辉要打开门的时候，猛地摇晃了一下门锁。

李向辉和门口的特务吓了一跳，那人拿着钥匙回头问："李秘书，这门开还是不开？"

李向辉看看审讯室的方向，那边中统局的人和保密局的人在纠缠吵闹，审讯室里吕步青用刑的声音还在持续。

"快去，让吕科长停下来，等那边安顿好了再开门。"李向辉吩咐着。

特务点头刚要走，可休息室的门从里面猛地被踢开了。

沈放脸色苍白，满头是汗，勉强挺立身子，冷冷地问李向辉："你们把我锁起来是什么意思？"

他身后的窗户依然开着，没来得及关上，风扬起了白色的窗帘，不过这一细节并没人注意。

李向辉神色尴尬。这时，保密局的江副官冲了过来："沈副处长，他们在给秦参谋动刑！"

沈放瞪了李向辉一眼，推开众人，朝审讯室奔去。

等沈放闯进刑讯室的时候，吕步青等人已经停下手来。

秦参谋脸色惨白，晕倒在椅子上，地上厚厚的字典已经扭曲变形了。

沈放冷冷地盯着吕步青，他的目光仿佛一支十分尖锐的利箭，声音不大，但咬牙切齿："吕步青你要干吗？"

见吕步青没说话，沈放喘了一口气，擦了擦头上的汗，又问："问出什么了？"

吕步青模样倒得意，似乎还没有消气："你只要别管闲事，我一定能问出来。”

沈放咧嘴一笑，这样的人就是欠收拾，那他就替他那个哥哥管一管。

“好，我还就喜欢管管闲事儿！吕科长，你在西祠胡同养了个小妾是吧，唐人胡同你也有个老相好对吗？哦，好像唐人胡同的那个更年轻，还刚给你生了个大胖小子。”

吕步青似乎根本没有想到沈放会说这些，明显一愣：“你什么意思？”

沈放一字一顿地说：“如果你和你手下的人再动秦参谋一个手指头，嘿嘿……”

他冷笑了两声没说下去，吕步青脸色变得铁青起来，这招显然对他十分奏效。

“今晚就到这儿，我先走一步。我得把今天晚上看到的事儿跟陈局长汇报一下。”

早晨的五里坡薄雾霭霭。

天未大亮，车灯的光穿透薄雾，照亮了远处一名男子的轮廓，是任先生。

车停了下来，任先生上了车，开车的正是沈放。

“这是秦参谋拿到的资料。”

沈放目不斜视，将一份胶卷递给任先生。

任先生拿到手看了看，回道：“我会尽快把它传回老家去。”

这件事情倒好说，可秦参谋要如何脱身？他又要怎样才能不暴露？

“明天就可以接秦参谋回保密局了。”

本来人到了自己的手里应该更好办才是，可他想了想那日何主任和罗立忠的谈话，忽然更加忧心起来。

“人到了保密局还有机会吗？”

沈放面露忧色：“很难，很多人都在盯着秦参谋。国民党军队系统里有个秘密组织叫金陵会，势力很大，秦参谋应该掌握了金陵会的某些秘密交易。所以，我担心到了保密局他会更危险。”

“那更得想办法，越拖对我们越不利，再耗下去或许会牵连更多的同志，特别是你。”

这一点沈放又何尝不知道。

任先生说完这句，两人沉默了半天。或许觉得气氛有些僵，任先生主动打破沉默：“好了，秦参谋的事儿我来想办法，不过你要把从中统局接他出来的时间和路线告诉我。”

“你想半路劫车？”沈放问道。

任先生叹了口气：“现在只能想到这个方案了。”

“这可是在南京！在大街上劫持保密局的车辆，成功概率能有多少你想过吗？你带去的人估计都回不来，包括你自己！”

这样的办法太冒险了，而且国民党方面的人不可能没有考虑到这一点，到时候只怕是有一出瓮中捉鳖的好戏要上演。

任先生语气坚定：“那也得试试，不能对自己的同志见死不救。”

沈放若有所思，抬眼看了看任先生，该是早已经有了想法：“你真想冒险，倒不如试试我的办法。”

“你的办法？”

“对，但这法子有点复杂，需要组织帮忙，我一个人完成不了。”

……

车子缓缓开到中统局附近停了下来。

车窗外是中统局大楼，沈放向任先生解释着：“明天上午，我会带秦参谋从这里离开。”

他一边发动车子，一边说道：“从中统局把秦参谋带出来后，我会在前面路口左拐，再朝中山路转过去。接秦参谋的时间是清晨，路上人很少，对我们的行动会很便利。”

沿着他说的路线走着，最后他们的车子拐进了一条马路，马路尽头是个十字路口。

沈放把车停下，与任先生一起下了车，看着远处的十字路口，继续说道：“在前面路口，需要设置一个意外。这个意外可以让我的车停下来，是很自然地停下来。”

“你有办法做到？”

沈放点了点头，早有准备，朝一边店铺的楼顶看了过去，伸手一指，脑袋里陆文章架着狙击枪的模样似乎已经出现在他眼前。

任先生顺着他指的方向看过去，他回头看着任先生，说出主意来：“只要将轮胎打爆就可以了。”

“可轮胎被打爆和自然爆胎是不一样的，会被人看出来。”

沈放脸色忧虑，却依然倔强：“这些都不是问题。”

这还是陆文章亲口告诉他的，只要减少药量，把弹头改装一下，让子弹恰好穿破橡胶，不形成贯穿，再加个消声器，应该就没有问题了。

“然后呢，接下来怎么做？”

“接下来，就需要你的人出现了。用一辆装满白酒的车撞向那辆载着秦参谋的车，将白酒洒在车上，然后点燃装白酒的车，趁着救火时的混乱，用尸体将人调包。”

任先生依旧有些不解，沈放咧嘴一笑：“等那辆装了白酒的车爆炸之后，秦参谋就会永远消失了。”

离开路口继续往前，上了城外蜿蜒的公路，车子摇摇晃晃地颠簸起来。

行了一段时间，沈放指着前面的交叉路说：“如果明天上午9点能送秦参谋到这儿，咱们就可以送他去苏北了。”他说到这儿语气忽然沉重起来，“只是，这一切都要算得非常准确。”

任先生眉头紧拧，过了一会儿，下定决心道：“那我们就试试，希望有好运气。”

这样的计划听起来似乎比他劫车成功的概率要大很多。

第二日清晨，晨光中的沈宅，空气清新，雾气朦胧。

沈林从自己房间走了出来，朝楼下走去，最后在主卧门前停住了。主卧的门没有关严实，有一道缝，里面影影绰绰的。他觉得奇怪，所以迟疑了一下，然后推开门。

屋内是苏静婉，听到开门声她吓了一跳，与此同时手里的首饰盒掉在了地上，里面的夹层露了出来，一些私房钱也散落在地上。

看到是沈林，苏静婉有些尴尬，站在那里局促不安，一时间不知道是蹲下来收拾，还是不收拾。

沈林看了看地上的首饰盒和钱，没有说话，只是安静地把门关上了。

同沈柏年打了招呼，解释了上次被抓的学生已经被释放了，他走出沈宅准备上车。苏静婉又在后面追了上来。

沈林停住了，客气问道：“苏姑娘，什么事？”

苏静婉吞吞吐吐，面色尴尬：“我……我……刚才……你……”

她想要解释方才的事情，但不知道从何说起。

沈林难得一笑，算是宽慰：“放心吧，我就当什么都没有看见。”

一句话说完，那个带着夹层的钱包又出现在了他的脑海里，让他自然而然地联想到了秦参谋的公文包。

“难道公文包里还有文章？”

可今日秦参谋就要被带走了。想到这儿，沈林匆忙上了车，扬长而去。

另一边，沈放回到公寓时，天光已大亮，刚进屋就看到桌上摆放的早餐。

他挂上外套走进来，掀开盖在早餐上的盘子，下面是煎好的鸡蛋和面包，旁边放着牛奶。

沈放不由得一笑，端起牛奶喝了一口。姚碧君从厨房里出来，端着烟熏的切片烤肠，看到他有些欣喜："你回来了？"

这一切明显是为沈放特意准备的，他搁下杯子好奇地问着："你怎么知道我早上会回来？"

姚碧君听他这样问，脸上有一些得意，将烤肠放下后与沈放四目相对："你忙了一夜，不回来能去哪儿？我妈说过，男人在外面忙了一天，回家的时候总是会觉得肚子饿。"

这话将沈放逗笑了，他一边叉了一块烤肠吃，一边说着："这话我妈也说过，小时候我还帮我妈做早餐等着我爸。"

"其实你很惦记你的家人。"

沈放苦笑："那时我没得选。"

他忽然发现，每一次行动之前，他都十分想要见姚碧君一面，似乎这样他才能够安心。

吃完饭后，计划即将开始。

江副官到楼下接他，两个人直奔中统大楼而去。

进了门，李向辉正从屋里走出来，见着他忙打招呼："沈副处长，今天这么早？"

沈放一副公事公办的样子，没有嬉皮笑脸，也并不严肃认真，礼貌笑着："当然，今天保密局要接收疑犯秦参谋，三天的期限已经到了。早点办完了事，我不喜欢拖着。"

李向辉露出有些为难的表情，商量地问着："是不是再等等我们沈处长？"

等沈林，难不成他还要拦着？

沈放皱眉道："等什么？这是定好的事儿，你刁难谁呢？"

李向辉赔笑，但语气坚定："看您说的，我怎么敢刁难您？沈处长很快就到了，我只是个秘书，真不好意思，您最好再等一下。"

沈放有些不耐烦，没等他说完便插嘴，像是警告一般："可我不想等了，听见了吗？"

"听见了，可我只能让你再等等。"李向辉依旧坚持。

沈放正要发火，就在这个时候，一辆汽车开了过来，里面的人正是沈林。

等沈林靠近，沈放半开玩笑半认真地看着他："大哥，这次不是又要为难我吧？"

沈林淡淡一笑："秉公办事，没什么为难不为难的。"

之前说好的事情，现在没有什么特殊情况发生，他也不好再出尔反尔。

见他配合，没有阻拦的意思，沈放点了点头，回头又看见李向辉板着脸站在边上，方才的愤怒忽然消失，说道："你这秘书够厉害的，你不在，什么事儿都不给办啊！"

好几次都是这样，那一本正经的模样和沈林如出一辙，可真是沈林调教出来的好帮手。

"是吗？那你也应该有个这样的秘书。"沈林回道。

沈放笑了，看着旁边的江副官，调侃着："听见了吗？你多学着点！"

说完这句后接着用眼神示意，江副官意会，掏出公文递给沈林。

方才路上发现了端倪，沈林暗暗下了心思，将公文接过来看了两眼，然后满意一笑，正合他意。

"秦参谋可以跟你们走了，不过他的公文包必须留下。"

"为什么？"

沈林将文件递给李向辉，摆出一副有恃无恐的模样与沈放对视："文件上可没说物证要一块儿被带走。"

这是跟他玩文字游戏呢。

沈放不悦，沉默了片刻，淡淡说道："好，既然你这么说，等我请示了上级，再来讨要。"

虽然东西已经到手了，但是他也不能够太明显。

沈林不置可否，给李向辉使了一个眼色。李向辉侧身领路，带着沈放和江副官走进大楼。

等人被带离之后，李向辉将秦参谋的公文包拿回了沈林办公室。

"沈处长，这是您要提取的证物。"

他放下包离去，沈林戴上手套迫不及待地将公文包仔细拆开，用剪刀剪开线头，将皮包的夹层全部打开，依旧一无所获。

猜想错误，他沮丧地丢下了手里的东西。

沈林闷头沉思了好一阵子，正打算放弃的时候，却偶然发现公文包的锁扣有被人撬动过的痕迹。

沈林警觉地拿过来仔细看了看，打开锁扣发现了里面的暗格，但暗格里空空如也。

沈林大惊，站起来立刻拨通了行动科的电话。

"我是沈林，立刻把秦参谋给我追回来！"

挂了电话之后，他又想到沈放昨晚的突然造访，忙将李向辉招了进来问话。

“昨晚沈放来的时候都干什么了？他去没去过行动科？有没有动过这个公文包？”

突然的质问叫李向辉有些摸不着头脑，他挠挠脖颈回忆了片刻才说：“昨晚沈副处长一直在审问秦参谋，因为时间太晚了，他要求休息一下，所以就安排他去了休息室。”

“休息室？那除了休息室，别的地方他去过吗？”

“没有，我派了人在休息室门口看着，吕科长还把门锁上了，这期间他没出来过，更不可能进入行动科。”李向辉语气坚定，那是他亲眼所见。

沈林脸色凝重，想了半天后忽然起身：“走，去休息室。”

休息室里没什么异常，只有被沈放踢坏的门锁还没修好，门框豁开了一个口子。

李向辉一脸疑惑地站在边上，沈林在屋子里转了一圈，但是什么都没有发现。就在刚要离开的时候，他突然停住步子扭头看着那扇开着的窗户。

“沈放离开后，这屋子进来过人吗？”沈林问着门口守着的警卫。

警卫摇头：“没有。门锁坏了，还没来得及修呢。”

沈林走到那扇窗边，将头伸出窗外，意料之中地看到旁边的厕所窗户也是开着的。

他的脸色变得更差了，一言不发地转身走了出去，又进了隔壁的厕所，站在厕所里一回头，从这个角度可以直接看到斜对面行动科的办公室。

沈林再度将头伸出窗外，看着窗外的窗沿。

这一切似乎都讲得通了。

李向辉疑惑地看着沈林，不知道他兜这么大一圈子究竟要做什么，沈林脸色铁青地吩咐道：“去追秦参谋，即使人已经到了国防部保密局，也得要回来！”

李向辉迟疑：“可叶局长已经答应了……”

沈林有些急了：“谁答应了都不行！必须把人追回来！叶局长那儿我去说！”

离开中统大楼后，大街上，押送秦参谋的车在街头行驶着。

江副官开着车，沈放带着秦参谋坐在后座上。总算是离开了中统大楼，沈放轻轻舒了一口气。

到现在为止，一切顺利，再过两个路口就到了。陆文章在楼顶等着，任先生安排的人也准备好了，很快秦参谋就能获得自由。

车子里气氛沉寂，沈放主动跟秦参谋聊了起来：“这次把你从中统弄出来，保密局上下可没少出力，从现在开始你可得听话，出了任何情况都得听我安排，明白吗？”

秦参谋迟疑了片刻，目光与沈放相对。

沈放给了他一个肯定的眼神，这话里的意思，他顷刻便明白了过来，随即眉头缓缓舒展开，会意地点了点头。

接着他故作神情黯然：“这次我惹的麻烦不小，恐怕他们不会轻易放过我。”

“担心中统？放心，我有陈局长的命令，在保密局你会舒服点。”

秦参谋摇头：“没那么简单，你应该听说过金陵会。”

听秦参谋这么一说，沈放有些意外，正要继续聊下去，突然旁边冲过来一辆军用汽车，径直地拦在他们的车面前将他们别住。江副官没辙，只能一个急刹车，车停了下来。

与此同时，马路对面也开过来一辆军用囚车停在边上。几个身穿国防部制服的军官从军车上跳下来，朝他们这边包围过来。

沈放有些担忧地下了车，为首的一个军官走过来向沈放敬礼：“你是沈副处长吧，鄙人国防部宪兵司令部参谋周翔，我接到命令，押解秦月明回宪兵司令部。”

说着周翔向车里看了看。

沈放没看懂这究竟又是在演哪一出，表现得非常意外：“去宪兵司令部？不可能，我们有陈局长的命令，人要押回保密局。”

对面的周翔却一本正经地打开一张公文，沈放瞧得仔细，那上面居然有国防部办公厅主任陈怀恺少将的签名。

“这可是上级最新传达的命令，而且已经通知你们保密局了。”

传完话，周翔对身后几名军人示意，几个人便要上车拿人。

沈放急了，大喊住手，那些人闻声停了下来，他接着说：“你的命令我没接到。”

“那是你的事儿，我要执行我的命令。”

面前的人跟沈林着实一个德行，准确地来说，比沈林还要糟糕。

沈放坚持着：“人必须先去保密局，你可以去保密局要人。”

只要现在他们不捣乱，往后不管怎么折腾都行。

周翔有些不解：“有这个必要吗？”

“如果我就是要这样呢？”

“沈副处长何必让自己难堪？”

两个人之间火药味十足，只是相对沈林来说，面前这个人似乎更难对付，因为难以猜测到他的心思。

看着旁边那几个荷枪实弹的宪兵军官，沈放觉得自己似乎毫无办法，只能说："就算把人给你们，我也得先跟局里落实情况，得让陈局长亲口告诉我。"

周翔没说话。

"不至于几分钟都等不了吧？都是公事，没必要为难我吧。"

周翔冷冷一笑，算是默认。沈放敲了敲车窗玻璃，对江副官说："看着秦参谋，我去打个电话。"

他走到对面街道的公用电话亭打电话，情况有变，所以他此刻有些紧张，眉头拧在一起，一边拨着电话，一边透过公用电话亭的玻璃，注意着眼前的一切。

秦参谋如果真的被带到宪兵司令部，那就没人能把他救出来了。

电话还未接通的时候，沈放冲路边的一个摊贩打了个手势，那摊贩很快地收起摊子挑着担子走了，一边走一边跟旁边埋伏的同志示意停止行动。

就在他回头的时候，周翔和几名宪兵军官已经将江副官强行拉开，把秦参谋从车上带了下来，正走向对面停着的那辆军用囚车。

看到这一幕，沈放更着急了，听筒里传出嘟嘟的声音，他有些焦灼地喃喃自语："快点，快点啊！"

他目光一直跟着那几个身影，只见他们穿过马路中央的时候，突然一辆货车飞驰而至。

秦参谋正要躲避，身后的周翔却像是早有计划一般，将他往前猛地推了一把。

"砰"的一声，秦参谋被车撞上半空，那轰然的声响让沈放呆住了，电话听筒从他手中脱落，在半空中摇晃着。

他从电话亭里出来，整个人混混沌沌地穿过马路，走到车祸现场。

秦参谋被撞得血肉模糊，如一滩泥一样躺在地上，他的嘴里呛出几口鲜血，似乎要说什么，但一直没有说出来。

沈放低头打算扶起秦参谋，伸出了手却又不敢碰他，面前的人挣扎了一会儿便再也不动了，眼睛睁得大大的，瞳孔扩散开来……

街上的人都围了过来，那几个宪兵军官在维持秩序。

周翔气急败坏地从货车驾驶室里把司机揪下来，说要把司机抓回去，随后不知道从哪儿冒出来的保密局以及宪兵队的车辆把现场团团围住，一些人在勘查现场取证……

沈放觉得眼前的这一切既模糊又虚假，只有秦参谋合不上的双眼和扭曲的脸是那么的真实……

在混乱中，没人注意到秦参谋沾满血渍的手在地上画了一个血印记号。

回到保卫处，沈放一脚踢开了罗立忠办公室的门。

罗立忠被他这突然的举动吓了一跳，瞧着沈放问道："老弟今天这么大火气，谁惹着你了？"

沈放冲到罗立忠面前，恨恨地问："今天的事儿是不是你安排的？"

想要秦参谋死的人，只会是他们这些人。

罗立忠脸色忽然严肃起来，看了他一眼，接着走上前将门阖上，回身时还是保持着那种阴险老辣的微笑："你是说秦参谋？我也是刚知道，那不是个意外吗？"

"怎么可能！宪兵司令部为什么会突然要人？那么巧就有辆车经过还刹车失灵了？这明显就是要让秦参谋死！"这明显就是故意装傻，沈放打断道。

罗立忠并不在意，只耸耸肩："是吗？你想太多了吧。"

"想太多？太明显了，这一切都是设计好的！"

沈放一副打破砂锅问到底的架势，罗立忠也拿他没办法，也不跟他端着，而是宽慰着他："好啦！很多事儿，就算你想明白了也不会有人承认的。"

"为什么？人已经要回来了！"沈放依旧很激动，秦参谋的死让他变得十分激动。

"回来了又怎么样？你觉得保密局应该怎么处理他？他倒卖军用物资这事儿牵扯上面太多的人了。"罗立忠脸上露出一丝不屑。

"那怎么了？该抓就抓，该查就查。"

"你不会那么天真吧？秦参谋知道的太多了，他在咱们手里难道不是麻烦？不管是中统还是国防部都会揪着他不放，你想过怎么收场吗？那些跟他走私沾边的人，我们真的全都能抓起来？如果他真是共产党呢？跟他有过联系的人怎么问，怎么审？"

他本以为沈放对这些十分了然，没想到沈放居然来质问他，他只好跟沈放分析着。

沈放听完总算有些冷静了，接着是长久的沉默不语。

屋子里寂静得让人心里发慌，罗立忠看着沈放突然的失语，继续说着："那种情况，咱们一处是我能摆平这些还是全推给你？"

“可人死了，那案子怎么办？”

罗立忠冷冷地说：“怎么办？接着查，抓共产党的方式有很多，不过如果对我们的生意有影响就要尽量回避。”

沈放想也没想，下意识反驳：“那是条人命！”

罗立忠皱了一下眉毛，有些疑惑地看着沈放：“这不像你说的话，你是打过仗见过死人的，对吗？”

沈放这会儿才察觉到，秦参谋的死差点让他失去理智说了胡话，忙打着圆场：“可秦参谋毕竟是国防部的参谋，怎么能……”

罗立忠听了他的原因，疑惑烟消云散，转而冷笑道：“那又怎么样？没准他就是共党安插在国防部的鼹鼠，如果真是这样，我们的麻烦就更多了。好在人已经死了，他是什么身份都不重要了。”

听他这样的语气，似乎一早就预料到了会是这样的结果。沈放忽然想到那日他在门外偷听，后面那些他没有听见的部分或许就是这次行动。

他们都盯上了那个地方，只不过一个是要救他，一个是要他死。

最后很可惜，沈放失败了。

沈放脸上有些责备的意思：“为什么你事先不告诉我？”

罗立忠静静地瞧了他一阵子，继而说道：“你现在的反应告诉我，不对你说是正确的。我就是担心你心软才没告诉你。”

这种解释让沈放无法反驳。

“现在这样不好吗？秦月明是不是共产党，是不是在军内搞走私都死无对证了。很多事儿必须做得干净！保住上面的人，才能保住我们。如果你处在我的位置上，没准你会跟我一样。”

沈放没有接话，情绪很沮丧。罗立忠轻轻拍了拍他的肩膀，揽着他坐下，又给他倒了一杯茶，说道：“我把你当兄弟才说这么多，今儿晚上喜乐门夜总会我请客，不过我得提醒你，我是一处的处长，你是我的副手，以后跟我说话要有分寸。”

沈放眼神怅然，接着点了点头。

中统那边，沈林刚走到办公室门口，正要推门进去，李向辉从外面慌慌张张进来，模样焦灼。

“怎么了？”他问道。

“刚刚得到的消息，秦参谋出了车祸。”李向辉说完面色凝重，立在他面前喘着气。

沈林明显一惊，怎么都没想到会是这么一个结局：“车祸？人呢？”

“他被撞死了。”

沈林心里急速涌上来一股愤怒，他压抑着，手将门把捏得紧紧的，淡淡地说道："把具体情况写份报告给我，马上就要。"

等他进了门将门关上，办公室里空无一人，他快步走到自己的书桌前，愤怒地将桌子上的茶杯扔了出去，接着看着桌子上的那个公文包，将公文包也扔了出去。他扶着桌子压抑着心中的怒火，眼中全是愤恨。

晚上百乐门里，几个保密局的军官和一众舞女喝得正欢，而另一边对比鲜明，沈放守在一角独自喝着闷酒，没有说话。

曼丽凑过去："今儿这是怎么了？心里不痛快？"

沈放微微一笑，摇摇头。

"别光自己喝闷酒啊，来，我陪你。"她一边说着，一边给沈放倒酒。沈放也不抗拒，将杯中酒一饮而尽，继而闭上眼睛。

等他睁开眼时，曼丽还要倒酒，沈放却一把抢过酒瓶，一杯又一杯地给自己倒着，全都一饮而尽。

酒过三巡，沈放微醉，心烦地起身要走。

江副官瞧见后，忙上前拉着他："唉，您别走啊，罗处长还没到呢！"

沈放脑袋有些晕晕的，看着眼前人的脸微微不清晰，摇头说道："我得早点回去，老婆还在家等着我呢。"

每次他一难过起来，最想回去的地方终究还是那个不知道算不算家的地方。

江副官还想再说些什么，沈放一把将他推开朝外走去。

他从屋内走了出来，江副官随后也从舞厅内走了出来。他正要喊沈放，却看到沈林的车停在舞厅门口。

沈林下车，正好把沈放拦住。

沈放看着沈林，心里不知道是个什么感觉，退后两步保持距离，问着："你？你怎么到这儿来了？"

"我在找你。"

沈放抬着醉眼看着沈林，扑哧一笑："找我？我没心思见你。"

"那我就抓你回去。"

虽说秦参谋死了，但沈林现在基本已经可以肯定，他这个亲弟弟的身份绝对不是那么纯粹。

"抓我？我可是你弟。"

"你是谁都一样！今天秦参谋的事儿你脱不了干系。"沈林抢话道。

自始至终他都没有变过这副冰冷得让人厌恶的口气，说着就要拽沈放上车。

立在门口的江副官看见后，连忙上前拦着：“沈处长，您这是干吗？有什么事儿还是明天去保密局谈吧！”

沈林不理会，一挥手把江副官甩到一边，江副官还要上前，这回却是沈放将他拦着：“别，你别管。这是我们兄弟俩的事儿，你掺和了，别再让沈大处长把你给抓起来！”

他的话里夹枪带棒，故意嘲讽一般。

江副官停手，沈放一抬手也将沈林甩开了。

“你拉着我干吗？不就是去中统局吗？我倒要看看你能把我怎么样。”

说着，沈放摇摇晃晃地上了沈林的车，然后沈林上车将车开走了。

江副官见此情形，赶忙走进舞厅，在吧台借了电话摇通，对着那边说道：“帮我接国防部保密局。”

第十三章

CHAPTER 13

道出金陵会，兄弟再交手

车子一路飞驰，兄弟两个人回到了中统大楼。

沈林办公室里，两人坐在办公桌的两边，屋顶的灯光很暗，显得有些压抑。

沈放打坐下开始，就垂着脑袋沉默着，沈林终于忍不住打破安静："你还是什么都不说是吗？"

沈放仍有半分醉意，抬头看了对面的人一眼："说？那我想先听听你想问什么？"

沈林面色冰冷，带着一些不耐烦："你把秦参谋的死说清楚，别给我讲故事，我听得出来。"

"我说是巧合你相信吗？"

这样的事情用巧合来解释，连他自己都不会信。

果然，沈林摇了摇头："秦参谋的死绝不可能是巧合，起码你是知情者，还有，谁跟你是一伙的？"

这话问得有意思，沈放笑了："我是国防部保密局的副处长，你觉得我应该跟谁是一伙的？"

"走私贪污是不是你也有份？"

国防部的那些事情，沈林心里跟明镜一样，听沈放这么说，他也随口一问。

沈放撇撇嘴："你就问这个？"

"秦参谋不但走私贪腐，而且还有极大的通共嫌疑，他一死，这两条线索都断了，我怀疑贪污受贿的事情与你有关，更怀疑你通共！"

都说了是怀疑，那就是没有明确的证据，沈放又露出了那副玩世不恭的表情："你怀疑我通共不是一天两天了，我说了我不是，可你信过吗？"

“让我信，就把你知道的都说出来。要不是你是我兄弟，我早就……”沈林话说到一半，将后半句又咽了回去，忽然改口，“好了，你说吧，我不想弄得太糟糕。”

他不想他们兄弟之间的关系变得更加恶劣，偏偏这话还是将沈放惹怒了。沈放忽然站了起来，十分不客气地用手指着他：“兄弟？你还知道我是你一胞所生的兄弟？你还记得那次暗杀加藤的大爆炸吗？那时候你顾及我的生命了吗？”

沈林每次都想好好说话，却偏偏每次都适得其反，听见沈放又翻起了旧账，他模样难看，有些着急：“我解释过，那是一次意外。”

意外？沈放笑得僵硬，更像是嘲讽：“那好，那我就跟你说一说不是意外的事情。你一天到晚利用职权调查我，在我的家里安装监听器，派人跟踪我，这都是兄弟所为吗？你配做我哥吗？”

他忍了很久，此刻一面是为了脱身，一面也是借机将自己想说的事情吐露出来。沈林脸色暗了下去，有些愧疚，但还是坚持着：“这是我的职责所在。”

沈放顺水推舟，语调缓缓降了下来：“好啊，你说公，那我跟你敞开了说公的，你有证据吗？没有证据，你凭什么把我押过来审问？”

沈林抬头瞧着他愤怒的样子，沉默了一阵子，接着将公文包拿过来扔在他面前。

“这是秦参谋的包，锁扣上有个暗格。当天晚上，你非要连夜审讯，之后这锁扣就被人动了手脚，你脱不了干系！”

沈放冷笑：“我要证据，不是听你说书！你凭什么说是我动的手脚？凭猜测？这个皮包动过的人太多了！把秦参谋抓起来的是中统的人，审讯期间，中统行动科经手过这个公文包的也不只是一两个吧？而我恰恰是没有碰过这个包的人，那天你们对秦参谋动刑，还故意把我锁在休息室。现在还怀疑我？你不觉得这么说太滑稽了吗？”

话刚说完，就在这时，外面有人敲门。

沈林应了声，进来的是李向辉，没想到的是，在他后面还跟着罗立忠。

江副官一通知他，他便即刻赶了过来。此刻他走进来皮笑肉不笑地对着沈林说：“沈处长，你要跟家人叙旧我不便过问，如果你要调查审讯我们保密局的人，那是不是应该先问问我？”

沈林刚要说话，沈放却强硬地问道：“我可以走了吗？”

沈林脸色铁青，但现在看来，他似乎并没有将沈放留下的资格。

从中统大楼出来，车在寂静的街道上缓缓行驶，已是深夜，街上几乎没有行人。

沈放与罗立忠并排坐在后座。

沈放靠着窗口，看着外面的一片漆黑，沉默了一路。半道上，他没有预兆地开口："如果我跟我哥说了什么不该说的，我会不会和秦参谋一样的下场？"

罗立忠一时没有反应过来，沈放没有得到回应，便将脑袋转过来看着他，他才回道："不会，你在日本人那儿待过，我对你有信心，你能扛得住日本人的审查，中统那边是小意思。"

他这话明显和他的行为相悖。

沈放笑了："可你还是担心，所以第一时间赶过来了。"沈放停顿了一下，继续说，"其实你该再等等，看看我会说什么，毕竟中统那边你是有眼线的。"

罗立忠被他这话惹笑了："你哥太精了，你又喝了酒，我不想你惹麻烦，更不想我自己摊上麻烦。以后中统不管谁找你，都要先通知我。"

似乎这样子才是保持互相信任最好的方式。沈放听了点头，却突然作势要吐。

"怎么了？"罗立忠将身闪了闪，将手轻轻放在他后背上抚着。

"恐怕是酒喝多了……"正说着，沈放再度作呕。

罗立忠皱起眉头指示司机："停车。"

不等车子挺稳，沈放慌忙打开车门急匆匆下车，找了一根电线杆子抱着吐了一地。

罗立忠忙跟了过来关怀着："老弟，你这么喝酒可不太好，小心身体。"

"我没事……"

话还在嘴边，沈放忙又将身子弯了下去。

罗立忠皱起眉头，沈放大口吐完，又说着："你先走吧，我自己叫车，再坐你的车非吐你车上。"

罗立忠也不再坚持："那好，你自己当心一点。"

说完他上了车扬长而去。

看着车走远了，沈放直起身子神色恢复正常，眼神黯然。

计划失败，按原定的会面，在五里坡的树林里。

两个人在斑驳的树影之下，面色深沉瞧不大清楚。

沈放酒气缠身，将头闷着，声音有些哽咽："秦月明同志牺牲了。"

对面的任先生良久没有说话，沈放喃喃自语：“也许永远也没有人知道他的真实身份，都会认为他是个视财如命的贪污犯。”

人是在他制定的计划中丢了性命的，他自然而然地将这个责任揽在了自己身上。

任先生似乎瞧出来了他的心思，安慰道：“不！总有一天，他为党、为国家做的事儿会被承认的！你给我的底片我已经派人送出去了，那是国民党即将进行的鲁南会战的作战计划，秦月明是我们的英雄。”

沈放依旧灰心：“可这些他永远不会知道了。”

任先生拍了拍他的肩膀：“放心吧，我们任何人的血都不会白流。”

鲁南会战爆发，国民党在战前信心满满，然而由于秦参谋传出的作战情报，共产党控制了战场局面，最后大获全胜。

罗立忠办公室里，沈放正和罗立忠喝着茶，罗立忠一边把玩着手里的玉器，一边对他说：“这个玉佩据说是唐代的，老弟有兴趣吗？我给你也搞两件。”

沈放抿了一口水，笑着摆了摆手：“算了，这些东西我看不准，也没罗兄你那么多雅兴。”

形势越来越紧张，罗立忠还能有这样的心思，像是已经有了万全之策。

罗立忠将那东西往旁边一搁，长长地叹了口气：“对这些古玩玉器我还能摸个一二，倒是现在的时局，我是越来越看不明白了。”

对外是节节败退，与此同时，内部人个个看对方不顺眼，恨不得除之而后快。

沈放故意玩笑道：“罗兄这是怎么了？那些事儿罗兄你心里不是跟明镜似的吗？”

罗立忠脸色复杂，呵呵一笑，并没有接茬。

沈放自然是个会看眼色的，也不再说下去，重新恢复一本正经，问着：“眼下连中统都开始针对国防部了，咱们保密局对军队贪腐的怎么处理？”

“该抓的抓，该保的保，能立功也能赚钱，这不是大事，关键是鲁南会战我们输了，那就是军队的情报系统出了问题，共产党混进来的鼹鼠藏得太深了，否则不可能会这样。”

罗立忠语气淡然极了，沉着冷静，以不变应万变。

沈放叹了口气：“仗已经打起来了，那就不是一天两天能停下来的。情报工作就是你中有我，我中有你，共产党渗透能力很强，混进来不足为奇。”

罗立忠若有所思，愁眉苦脸，重新端起茶杯来，看着沈放说：“就怕这只鼹鼠混到了保密局里。”

这句话加上这个眼神，叫人有些心慌。

沈放也不反驳，应和着：“是啊，军统改组为保密局，变动这么大，难免会有这种情况。”

“那你觉得会是谁呢？”罗立忠接着问道。

沈放脸色有些为难，支支吾吾。这样正面的回答毫无证据，反倒像是公报私仇，也有急于将帽子扣给别人的嫌疑。

憋了半天，他似乎想到了最好的答案，于是忙说着：“反正所有人都有可能，包括你和我这样位置的人。”

罗立忠一本正经的面目保持了片刻，随即又开始打哈哈：“算了，咱兄弟俩不必想这么多，眼下最重要的是赚钱，钱才是生存之本，你说呢？”

他将话题一转，沈放自然也不会继续说下去，只是听懂他话中隐含的意思后忽然出言试探，话里有话：“你一直说带我发财，我在外面忙前忙后，可罗兄的好多大生意却是对我密不透风啊。”

罗立忠似乎并没有察觉，依旧自顾说着：“生意早晚有你的份，不过我觉得你该注意注意你们家那位大哥了。”

“什么意思？”沈放疑惑道。

“鲁南会战失败，已经授意中统调查军队系统的问题，别人我不担心，你那位大哥才是最影响我们生意的人。”

越是这样，他身边越是缺少不了沈放。

沈放似笑非笑，依旧坚持，继续方才的含沙射影：“可有些生意，我不知情，也帮不上忙啊。”

这回总算是有了成效，罗立忠眉头蹙了蹙，明显感觉到了沈放有别的意思。

“你今天说的话我可是越听越糊涂了。有话就挑开了说，这样来回猜着没必要。”

平日里这样的情况实在是太多了，此刻只有他们两个人，他对这样的事情有些疲惫。

沈放迟疑了一下，开门见山道：“你和金陵会的事儿，可是一直瞒着我的。”

沈放突如其来的这句话，让罗立忠有些意外。罗立忠顿了顿，缓缓试探道：“你怎么知道我跟金陵会在接触？”

他从未向沈放提起，沈放却像是对他了如指掌，这叫他忽然有种莫名的慌张。

罗立忠的表情里带着一丝怀疑，沈放忙向他解释，语气依旧有些玩世不恭："秦参谋那案子牵一发动全身，一批国防部的高官都被惊动了，再说那个车祸可不是保密局军情一处自己就能完成的。我也是干情报出身，如果国防部里这样的消息我还打听不出来，那这么多年我不白混了？"

这样的解释十分合理，而且之前他一直瞒着沈放也是提心吊胆的，这会儿沈放知道了内情，并且以这样的方式与他说破，反倒叫他松了口气。

"就知道你早晚会摸出这些门道，军界的确有个金陵会。外面的人都不清楚里面的事，但金陵会这三个字，没人敢小觑。"

沈放顺水推舟："那既然说到了，罗兄何不给兄弟说说这金陵会到底是什么来头。"

罗立忠呵呵一笑，也不打算瞒他："以沈老弟的能力，我就是不说，你也能查个十之八九。不过今儿我就谈清楚了，免得你我之间凭空生出些罅隙。这是历史遗留问题，军队里的派系不少，这些派系之间争权夺利，一直内耗严重。"

他一边说着，一边喝了一口沈放给他倒的茶。

停顿片刻，罗立忠接着缓缓道来："美国人帮着咱们改组军队，哪派人想吃亏？不都想着占便宜？

"所以是平衡了各派的利益，才组成了如今的国防部。为了保护各自的利益，又不形成摩擦，各个派系在国防部的代表，私底下形成了秘密组织，起名叫金陵会。原本是想相互通气，有风险大家一起扛，有好处大家一起沾。"

沈放认真听着，随即意会地点了点头。罗立忠说完忽然表现得有些慎重："我们的生意大都和金陵会有关，跟他们在一起，生意才会越做越好。不过，外面没人会承认金陵会的存在，大家都心照不宣地掌握分寸罢了。"

既然兜了老底，那便要解释清楚，免得产生什么误会。

沈放也严肃起来："罗兄尽管放心，孰轻孰重，我知道。"

罗立忠似乎依旧有些不放心，更或者是在提醒他："话是这么说，别忘了，现在有双眼睛在盯着我们呢，我不知道他对金陵会了解多少，但既然你能知道，他迟早也能查出个所以然。"

他话中的那个人沈放自然知道是谁。

只是他还没开口，罗立忠接着又说道："我拿你当兄弟，所以才告诉你，沈林是你同胞兄弟，恐怕你对他还念着手足之情，只是沈林要真惹了金陵会，那还得掂量一下他的分量。"

现在沈林和这边相安无事，一旦沈林搅和进来了，这边或许只是生意上的损失，而沈林恐怕就和秦参谋一样，怎么死的都不知道。

罗立忠不在意沈林的死活，但是用他的一条命换自己的生意，实在不划算。

沈放知道罗立忠是在提醒自己从中调和，阻止矛盾继续升级，便回道：“明白，我也不希望我那一根筋的大哥影响咱们赚钱。”

他看着罗立忠，却见对方的表情忽然变得无比认真：“关键时刻就得看你的取舍了，你该明白我的意思。”

沈放笑着点头，心想罗立忠真是只老狐狸，考虑事情时就想好了万全之策，叫人叹服。

沈林带着李向辉走了一趟国防部军需储备库，但又吃了瘪。

主任杨启光傲慢中还夹带着不耐烦，回答道：“三个月以前，所有物资账目都已经清了，交给国防部存档，不让我们留。”

这自然是唬鬼的谎话，不过他们既然不想配合，在这儿跟他们耗着也无用。

接着往上，军需处参谋态度更加冰冷：“这不行，这是军务机密，概不对外。”

李向辉跟在沈林身边，四目相对之后据理力争：“凭什么不让查？我们有行政院的命令。”

军需处参谋却针锋相对，并没有让步的打算：“有谁的命令也不行，这儿是国防部又不是行政院。”

李向辉话在喉咙欲发作，沈林忙拦住了他，只将一摞照片丢在军需处干事面前：“我们有证据，绕一圈我还是会拿到我想要的东西。不过你要真让我那么麻烦，我现在就可以调查你，出了任何事儿我都不在乎是不是安到你头上。”

对付这种人，最重要的是打心理战，这里面的事情说是一说，但真的惹了沈林这样身份的人，往后一点点的瑕疵都能叫他送了命。

果然，面前的人听了有些恼火，但并没有发作，最终似乎下定决心似的点头：“行，你等会儿。”

他再次回来的时候，从档案室拿出了一沓账本：“都在这儿了。”

那副样子，似乎早有应对策略。

李向辉翻开看了看，有些惊讶：“怎么都是新的？这是你们新做的账？”

沈林听到，凑过来也看着，面前的人却傲慢不减：“怎么了？你们不是想看账吗？只有这个，以前的没有。如果不满意，你们大可以找办公厅主任。如果还是不行，就去找国防部部长，我手里就是这个，谁来查都一样。”

那副有恃无恐的样子叫人汗毛直立，既然他敢说出这样的话，就说明上下早就通过气了。国防部现在就是一个大黑洞，这个洞不知道有多深，有多大，牵扯有多广。

沈林冷冷地看了那参谋一眼：“你们真厉害。”

说完他转身带着李向辉走了。

回去的路上两个人都面色难看。沉默许久，沈林低头，却意外发现有一张照片从旁边座位的公文包里露出一角。

是那些单据的照片。

他把那张照片抽出来端详，似乎想到了什么，问道：“这些单据涉及的军需库，咱们去过几个了？”

“咱们去过两个，还有浦口码头的仓库没去。不过估计去了也一样，货运底单应该都被国防部的人收走了。”

沈林点头，想了想却还是决定：“现在去浦口码头。”

“还去？有用吗？”

李向辉脸色难看，沈林却异常坚定：“货运底单没有了，可管理出库的人还在。”

单据照片上，每一张单据都有签字，签字的是当日的仓库管理员，只要这些人还在，就不信问不出结果。

恐吓加威胁，很快地，仓库的管理员就说了实话：“这些货都是汇通商行提走的，汇通商行的老板姓曾，叫曾若凡，大概三十来岁。对了，据说这个人在国防部很有背景，没背景怎么会那么容易就把这些货拉出去。”

“你听说过金陵会吗？”沈林问道。

对面的人若有所思：“好像曾老板提过一个什么什么会，是不是你说的金陵会就不知道了。”

再接着，坐在审讯室里的人换成了曾若凡。

曾若凡在汇通银行门口就挣扎过，声称国防部的何主任是他姐夫，这会儿依旧怒气冲冲，嚣张跋扈：“你算哪根葱，还敢问我？信不信出了这门，我一个电话就能让你卷铺盖滚蛋。”

李向辉大怒，被沈林拦下。

“你不想说？”

曾若凡根本不搭话茬：“怎么着，你能拿我怎么样？我渴了要喝水，烟瘾犯了要抽烟。”

李向辉想要动手，沈林拦住他，端了杯水放到曾若凡面前。

曾若凡大大咧咧地准备喝水，不过水特别烫，曾若凡被烫了舌头，大声骂着：“你要烫死我啊！”

沈林猛一抬手，将那一杯开水倒在曾若凡脸上。

曾若凡被烫得直叫唤，接着沈林又是一杯冷水泼了过去。这下曾若凡傻了，跟落汤鸡一样看着沈林。

“还渴吗？”

曾若凡噤声，沈林又拿起桌上的一包烟，抽出来一根，靠近曾若凡。曾若凡想躲，沈林直接把烟塞在他嘴里。

“你不是想抽烟吗？没问题。”

他说着扭头对旁边的审讯人员使了个眼色：“给他点上。”

那个审讯人员起身，走到一边，将炉子里烧红的铁块夹了起来。

曾若凡看着铁块一点一点地靠近他，被吓着了，嘴里的烟没含住，掉了下来。

“你们要干吗？你们想干吗？来真的，这是要来真的吗？”

那块铁已经快碰到他脸上了，曾若凡吓得闭上眼睛，终于喊道：“我说！我说！我们就是从浦口码头的军品仓库里找脚行把东西运出来，然后把货改成民用的标签和包装再卖出去。”

“为什么能这么便宜地得到那些货？”

“那是因为我姐夫何天禧的关系。”

沈林继续逼问：“有个叫冯立新的是不是找你提过货？”

“他算是我的一个下家，是秦月明介绍的人，每次他都会拿着单子来我这里领东西，不只是他，还有六七个这样的下家。”

“这些货后来去哪儿了？”

见沈林依旧不罢休，曾若凡皱了皱眉：“不知道，我可不管对方拿这些货干吗，不过你真的要这么认真？这算什么事儿啊，你至于吗？再说了，你知道这些生意后面的背景吗？”

他这倒是自己往圈子里钻。

沈林顺着说：“你说的是国防部里的那个组织？”

曾若凡有些诧异：“这你也知道？你知道金陵会，还敢对我这样？你到底是什么来头？”

沈林在嘴里咀嚼着这三个字，忽然对李向辉说道：“拿纸笔来。”

李向辉往曾若凡面前放了纸和笔，沈林面色冷冰："把你知道的都写下来。"

正说着，有人走进审讯室，对沈林耳语了几句。

沈林皱着眉，起身离去。

找沈林的是叶局长。

曾若凡被抓的时候找人去通知了何主任，上面的电话很快便打到了叶局长办公室里。

叶局长简单问了两句，面色有些不快，只说着："审完了把笔录给我，这个人简单处理一下就放了吧。"

沈林惊讶万分："放了？为什么？"

叶局长皱眉："这姓曾的刚被抓进来，就有电话打到我办公室里了，你觉得后面牵扯的是什么样的人物？"

他们这些做官的一向这样，没必要为了立功得罪了上面，这里面的名堂大着呢，说不好哪天自己就栽进去了。

"我们在调查国防部，这姓曾的就是证据。"沈林解释着。

叶局长脸色难看："我知道，但要掌握尺度，有些情况点到为止就行了。"

"可曾若凡已经认罪了，而且他还供认了国防部有人结党营私，成立金陵会大肆贪腐。"

他越说越来劲，叶局长却没有听他继续说下去的兴致。

"这个案子就到这儿吧。姓曾的既然已经认罪了，让他该吐的吐出来，该罚的罚没了，就这样。"

沈林还想说些什么，叶局长抢先一步堵住了他的嘴："让你放人自有我的道理，有些事儿是你碰不得的！中统局马上就要改组，这两天连招牌都要换了，咱们不能自己给自己找事儿。"

沈林愤怒却又无可奈何。

这样兜兜转转一个大圈子，虽然没能连根拔起，但也让国防部的人吃了一记猛拳。

罗立忠一向对沈放有所怀疑，这一回，沈放干脆献计，以彼之道，还之彼身。

他要想完成他的任务，这两边的人矛盾越大对他越有利。没有猫不吃腥，难道这些老中统的人就那么干净？

事情很快就有了结果，沈放随即上交了一份文件，里面是沈林的下属和同事贪腐的材料。

“党通局的家伙也都在私底下忙着挣钱，炒黄金的、炒地皮的、放高利贷的、炒批文的，什么都有。”

这些都是意料之中的，说完话，他又偷偷递过来一沓：“这是叶局长的。”

罗立忠惊讶之余，笑道：“真有你的。不过，这些不好直接用啊，难不成咱们现在就去党通局抓人？那岂不成了正面冲突？越搞越大可不行。”

“该抓的还是得抓。”沈放说。

罗立忠忽然皱眉：“不行，这些材料里没有你哥的，他才是最麻烦的。”

沈放一笑：“这我懂，你放心，有一场好戏等着罗兄您烫壶好酒，慢慢欣赏。”

三天后，中央饭店。

这里的杨老板已经被沈林盯了许久，今日杨老板突然提出来要检举揭发，由头是将功赎罪，想要沈林放他一马。

这种大难临头各自飞的戏码不少见，沈林亲自走了一趟。他在路边停好车进了门，没发现身后有一双冷峻的眼睛盯着他。

进了包厢，沈林直截了当地说：“把东西给我，我赶时间。”

他来的目的十分明确，如果不是，他绝不会亲自来见这样的一个人。

杨老板正了正表情，也没跟他兜圈子，直接从桌子下面提起一个公文包，从里面掏出几张单据递到了沈林的面前。

“这些都是国防部的何处长、保密局的罗处长他们倒卖军用品的时候在我的商行里过账的单据。”

沈林拿起单据看了看，有些失望：“就这些？”

杨老板淡淡一笑：“怎么可能？”说着拍了拍桌上的公文包，“这里面全是，这几年我跟他们做的生意可不少。”

说着杨老板把那几张单子收起来放回公文包里，又把公文包推到沈林面前，面露狡黠：“这些东西都是您的了，那您看我的事儿，是不是可以通融一下？”

沈林依旧面无表情，拿了东西就要走：“只要这些属实，我自然会酌情处理你的问题。”

刚走到门口，方才跟在身后的两个人现了身，是沈放和江副官。

沈林看到沈放和江副官走过来，停住了步子，两兄弟渐行渐近。

沈放走近沈林与杨老板，睨了一眼杨老板，忽然笑道："没想到在这儿见到的居然是我大哥，大名鼎鼎的沈大处长。"

"你在这儿干吗？难不成是等我？"沈林看着他，有些疑惑。

"我是在等人，还真没想到等的人是你。沈处长跟一个倒卖军火的人一起吃饭，这可是立身不正啊！"

沈林眼里的好奇随着这一句话烟消云散，脸上浮现出不耐烦："你说什么呢，放尊重点！"

说完他径直要走，被沈放挡住。

"等等，我们一处接到举报，说有政府官员贪赃受贿，看来就是你。"

沈林与他相隔咫尺，严肃道："警告你，别在我这儿胡说八道，让开！"

"凭什么让开？我记得你经常说一句话，食君俸禄，忠君之事，还说过职责之所在，不能推卸。我是你兄弟，这话我听了无数遍了，今天我也学学你，大义灭亲。"

他一副玩世不恭的模样，盯着沈林笑，随即又对江副官使了一个眼色。

江副官上前，不由分说一把夺下沈林手中的公文包，打开一看，里面是几根金条。

沈林呆住了，不过马上醒悟过来，回头看了一眼杨老板。

杨老板一脸的羞愧，对沈放赔笑。

计谋得逞，沈放装模作样地冷笑道："你和倒卖军火的人吃饭，包里还带着金条，你想怎么解释？"

杨老板不忘配合，忙表现得急于撇清关系："长官，这可不关我的事儿！是沈处长向我索贿的！"

沈放冷冷地看着沈林："好了，大哥，你只能跟我们走一趟了。"

沈放知道，这种手段奈何不了沈林，他也没想做什么，只是为了给沈林提个醒，一面是罗立忠的缘由，还有一面是他自己。

再这么下去，总有一天沈林会把他自己栽进去。

审讯室里，沈放将查到的东西往沈林面前一扔："这些人你都认识，他们干的这些生意跟你要查的那些贪腐的事儿没什么两样，这你清楚吗？你以为你在的党通局是什么地方？每个人都廉洁奉公？"

他最见不得沈林的这一套，趁机挖苦。

沈林瞧着他，等他接下来的话，沈放凑近，冷冷一笑："全是这样的家伙，你觉得调查军队系统会有什么结果？只有你能查，我不能是吗？不就抓个把人吗？谁不会？"

他停下片刻，而后继续："当然，我们只会对付那些下层官员。虽然他们也有妻儿老小，都会有怨言，但我会说，这不是冲着他们，要怪只怪他们的沈处长，沈处长查我们国防部，那我也没有办法让他们好好活着。"

"你真卑鄙。"

"提醒你，别用你那些什么国家准则、社会秩序的教条看待一切，你之所以还是处长是因为你还有用，不然你会是第一个被牺牲的人！"

沈林整个脸都僵住了，这个时候，江副官推门而入，与沈放耳语几句。

"刚刚你们叶局长给国防部的郑厅长打了电话，让我们即刻放人。所以，你现在可以走了。"

意料之中的事情，沈放悠然瞧着他往外走着，忽然开口："既然这次我能把你请来，下次我还有办法请你过来坐坐，一切就看你了。"

等他离开。沈放推开一旁的密室门，罗立忠站在单向玻璃前，露出了满意的神情。

第十四章

CHAPTER 14

回到中统免不得被教训，叶局长为了沈林的面子封锁了消息，不过也不想他继续这样下去惹事端，干脆给他放了长假，要他回家去休息。

这件事情自然还是瞒不过沈柏年，沈宅的晚上，是父子两个的谈心时间。

“最近工作上不顺心？”

沈柏年示意沈林坐下，苏静婉带了人进来后便退出去将门阖上了，屋里很安静，沈林有些不敢看沈柏年：“还好，工作总有些麻烦，难免的。您不必为这些事情烦心，我会处理好的。”

沈柏年有些不满：“你别拐弯抹角、牵东扯西的，我已经知道了，你跟你弟弟一直在斗，而且越来越厉害，这是何必呢？”

沈林知道这件事情会传出来，不过没想到会这么快。他收起了脸上的惊讶，故作淡定：“外面的传言不必当真。”

“无风不起浪，何况还传到我这闲人的耳朵里了。”

沈柏年盯着沈林，沈林没敢说话。过了良久，沈林才忍不住开口：“他的变化实在太多了，不搞清楚，我心里过不去。”

沈柏年面无表情，又问道：“如果他真的有问题，你会怎么样？”

这要再早些，他不会问这种问题，只会和沈林都默认同一种结果。可既然问出来了，那也就证明他已经不再坚定。

“这是我的职责所在，真到了那天我才知道该怎么做。现在您大可不必担心，我已经被局里放了长假，现在什么也做不了。”

沈林语气里有无奈，不过也没有了那股子坚定，说完他起身离开。

说是那么一说，可沈林怎么会是那种半途而废的人？隔天他就上了一趟老虎桥监狱，对秦月明一案的肇事司机进行了提审。

威逼利诱之下，对方犹豫，说三天后给他答案，可到处都是眼线，沈林没有注意，三天后再来的时候人已经没了。

监狱管理员尴尬地说："那个犯人昨晚上吊自杀了。"

沈林震惊，到停尸房检查了尸体，心中的疑云愈发浓重起来。

那个司机是被人谋杀的，秦参谋的死也一定是谋杀，加上之前他调查时遇到了重重阻力，一定是有人在掩盖什么。

到底在掩盖什么呢？沈林更加好奇。

他转而又约了秦参谋生前的同事。

对方小心翼翼，却真的扯出了金陵会的事情来。

"这个金陵会由来已久，是军队里各个派系有头有脸的人组成的，一般人想入会可没那么容易。一直以来他们都利用职权与商界勾结赚取钱财，他们都是军界高官，不方便抛头露面，秦参谋就是给他们走账、做账的。"

沈林尽量镇静下来："你有证据吗？"

对面的人瞧了瞧门口，回头接着说："秦参谋是军需处的，他手里应该有个账本，秦参谋死后他的办公室和家都被人查抄了，就是有人在找这个账本。"

天大的发现。

从秦参谋死后那些人的动静来看，这个账本应该还没有被找到，可是这个账本会在哪里呢？

回去的路上，为了避免被发现，沈林用公用电话亭给李向辉打了电话，要他想办法找秦参谋死亡的现场报告和验尸报告，以及秦参谋所有的背景资料。

隔天晚上，李向辉就将东西悄悄送到了沈宅。

沈林现在做的事情看起来是对谁都没有好处的，李向辉虽然按他的话做了，但还是想要劝一劝："要不就这么算了吧，不能再查下去了。最近发生的事儿我越想越担心，这里面牵扯的人太多了。"

他帮沈林调查这事情就已经担着风险了，若是事情继续发展下去，究竟会变成什么样谁都不知道。

沈林面色不好，看了他一阵子，等他脸上的神色稍作平静才补了一句："如果就这么算了，那就彻底完蛋了。"

"可是……"

"别劝我了，这是我的选择。我也不想让你介入，你我情况不一样，我这么做，并不意味着你也要这样。"

他有他的大志，不需要别人懂，也不需要别人来告诉他该怎么做。

李向辉只好闭嘴：“好，那您多小心。”

沈林点了点头，目送他的背影离去，接着仔细看了看资料，只是什么都没有发现。

回到书房，他烦躁地将资料丢在了一边。

风从窗户穿了进来，将窗帘吹得掀了起来，资料被吹散落在地上，

过了一会儿，他无奈地起身将窗户关上，随后把地上的资料文件捡了起来，第一张就是秦参谋死亡的现场照片。

看着那张照片，沈林突然察觉到了什么。

那张黑白照片里秦参谋的手势奇怪，仔细一看，秦参谋似乎在地上画了几个歪歪斜斜的血道。

沈家兄弟的关系越闹越僵之后，沈放就很少回他那个所谓的家了，就连老胡亲自来请他回家过中秋，也被他以公务在身拒绝了。

下午他和姚碧君一起去看姚父，这个沈柏年的好友十分为沈柏年着想，没几句话就将话题引了回来：“马上就是中秋节了，你们该回去过个节，别老来看我。”

沈放只笑着：“再说吧，我不一定有时间。”

姚父清楚他心上还是有疙瘩，便支着姚碧君去买汤包，开始开导沈放。

他问沈放：“你知道我和你父亲为什么会成为这么多年的朋友吗？”

沈放摇头：“我只知道你们一起留过洋。”

姚父一笑，接着说道：“当年我们俩刚刚留学回来，都是二十出头的年轻人，我们敬仰孙文先生，随后就加入了国民党。那时你父亲是个温文尔雅的书生，脾气好得很。”

他总是不经意地夸奖沈柏年，沈放不禁冷笑了一声。姚父好像意料到沈放会有此反应，语气并没有什么不同：“你别不信，慢慢听我说。”

“那年在武汉，我们配合起义要去炸掉一处弹药库，原本那是我的任务，可我胆子小，行动前害怕了，是你父亲替我去的。事后，很多人骂我是胆小鬼，只有你父亲依然拿我当兄弟。就是那一次，你父亲被炸伤了，当时没觉得，后来才发现越来越严重。”

听到这儿沈放有些意外：“他受过伤？”

“弹片打在他腿里，取不出来，那疼痛不是一般人可以忍受的。当时你父亲还年轻，一直就是自己忍着。后来你父亲娶了你母亲，有了你哥和你，但他的病越来越严重了，所以他的脾气越来越暴躁，而且越来越无法控

制，严重的时候神智都会有些迷糊，所以才会那样对自己的家人。不过你父亲一直很爱你的母亲，结婚前他们就非常相爱，上了战场，他也会把你母亲的照片放在胸口，他说，只要有你母亲的照片在，他就坚信自己一定能活着回去。”

姚父语重心长，这些话叫人无法不去相信。

沈放脸色有些不对：“可家里人从来没有跟我说过这些。”

在他心里，沈柏年一直都是一个恶魔，没有任何借口可以辩解。

“你父亲是个性格极强的人，不想自己脆弱的一面被人看到。他病痛严重的时候难以忍耐，那情景我是见过的，有时候他不得不依赖吗啡。”

沈放难以相信：“可他为什么不说呢？”

姚父叹息：“每个家庭都有自己的问题，但如果我们连家人都不能理解，那在这世上还能理解什么呢？”

这样说来还真是自己的不对了，听了这些，沈放内心难以平静。

中秋那天，沈放还是带着姚碧君回了一趟沈宅。

一家人完完整整地坐在同一张桌子上，吃完了饭，下人撤掉饭菜上了些茶点，沈柏年情绪非常好：“一家人过中秋的感觉真好啊，我们家好久没有这么齐整过了。”

姚碧君搭话：“只要您喜欢，以后的所有节日，咱们都回来过！”

老爷子高兴了，又转头问胡半丁：“那个广东的莲蓉月饼怎么没拿来？”

胡半丁应了声去取，沈柏年顺着话说：“你们俩打小就爱吃莲蓉月饼，有一年为了月饼还吵起来了，最后还是林儿懂事，让给弟弟了。”

他话里有话，说完还朝沈林意味深长地一瞥。

沈放瞧见后也跟着说：“人大了，想的事儿也多了，您放心，以后该让着大哥的时候我也会让的。”

沈林转眼也看着沈放：“用不着你让，到了什么时候你都是我弟，这点不会变，也变不了。”

几个人各怀心思，彼此清楚，但都不说破，意味深长。

吃完了茶点，沈放跟姚碧君在花园里转了一圈，离开之前，他一个人去了沈林房间。

敲了敲门，听见里面应了声，沈放推门走了进去。

沈林回头一瞧，明显有些吃惊：“是你？”

沈放咧嘴一笑，两步走进来，说：“我们真是越来越生疏了，小时候明明住过一个房间，现在看到我，你还很意外。”

沈林没接他的话，直接问道：“你在担心什么？”

沈放也不兜圈子，靠着墙，直接问：“父亲的病，你是不是早就知道？”

沈林点头。

“父亲跟你说却不跟我说，他到底有没有把我看成他儿子？”沈放微微皱着眉，语气有些不快。

沈林瞧着他的表情，冷冷一笑：“父亲从没亲口告诉我，我只是觉得奇怪，因为父亲跟我小时候印象中的那个人太不一样了，我不信一个人会有这样大的变化，狂躁起来像另一个人，而且我也不信母亲会甘愿忍受，所以我偷看了母亲的日记。”

只是他自己对家里的事情不上心罢了，又能怪得了谁？

听见语气里有些嘲讽，沈放也说起了反话：“那为什么我离家出走之前，你一直守口如瓶？你真是我的好哥哥。”

沈林叹气：“那是妈临终前的要求，她不让我说，希望我保守家里的秘密。因为父亲的自尊心太强，妈怕你太年轻不能理解。”

沈放自嘲地笑了笑。向来都是这样，他们都会说善意的谎言，就自己永远不懂事，是个不理解父亲的逆子。

“你想过没有，你们根本没有给过我机会？”

“那你有没有给过父亲机会？”

兄弟俩相对无言。

过了许久，沈放才又问道：“如果我真有把柄落在你手里，你会怎么样？”

“我不会徇私。”

意料之中的答案，沈放冷冷一笑：“好啊，时间会证明你是不是对的。我们都等着看那一天。”

离开沈家后他们去了百乐门，姚碧君和沈放坐在卡座上，两个人看起来无比轻松。

姚碧君奇怪地看着沈放：“这几个月来，你好像变了不少。”

沈放指了指自己的脑袋：“这里的弹片最近发作得少，我心情也好多了，而且剑拔弩张的日子我已经过够了，我希望平静，这不是你希望的吗？”

姚碧君看着沈放，没有说话。沈放忽然笑着说道：“我知道你喜欢过我哥，如果你觉得我不适合你，他更适合你，你完全可以说出来，我不会反对的。”

这话虽然来得并非突然，但时隔不久，总让人觉得反感。

姚碧君顷刻变了脸色：“你什么意思？有哪个丈夫会将自己的妻子往别人怀里推的？而且这个人还是自己的哥哥。”

真是荒唐至极的话。

沈放依旧玩世不恭地看着她：“你懂我们的婚姻真实的样子是什么，你是个自由的人。”

姚碧君愤怨：“那你是喜欢那个演员吧？如果你愿意跟她在一起，我也不会反对。但请你不要自以为是地为我安排生活。”

姚碧君说完便离开了。

隔天，沈林亲自上了一趟秦参谋的家。要说唯一一个能有些端倪的地方就是这儿了。

秦参谋的屋子很破旧，所处的位置也很偏。他手里提着一些糕点和巧克力，可秦参谋的妻子桂兰一脸的不耐烦。

进了屋子，有两个嗷嗷待哺的孩子。简单的里外套间两个房间，屋里空荡荡，只剩下几件破旧的家具，很明显原来的一些家什已经被变卖了。

这段时间自然是没少有人来骚扰她。

沈林开口：“秦先生是不是留下过什么重要的东西？”

桂兰被他这一句话彻底点燃了：“你们这些当官的当兵的来了多少次了！家都被你们拆了个遍！人都死了几个月了，干吗还来纠缠我？”

这状况与沈林想象的有些出入，他着实不好再问下去。

沈林将糕点放在桌子上，看着那两个孩子的脸蛋，心生怜悯，又将带来的巧克力放在了孩子手里，继而掏出名片放到了桌上。

“如果有什么需要可以跟我说，我能帮的都会尽力。”

不管秦参谋做了什么，她和这两个孩子是无辜的。

可他刚出门，糕点、巧克力和名片都从屋子里飞了出来。

屋子里隐约传来了声音：“东西都给我拿走！以后别再来找我就谢天谢地了！”

沈林看着满地的糕点，摇了摇头，刚准备上车，就在这个时候，他从后视镜里注意到了穿着便装的神秘跟踪者。

回到家的时候，沈柏年似乎得到了什么消息，也劝说了他两句，他面带笑容道歉后回屋。看到自己书桌上一堆资料，他烦躁不堪，积压许久的情绪爆发了，他愤怒地把资料全部推到地上。

就在这时候，他一转身，看到自己书架上放着一本德国人写的密码编写的书籍，脑中灵光闪现。

这幅画面似曾相识，他记得，秦参谋家里的书架上，那个不起眼的角落里，也有这本密码书籍。

沈林从地上的资料中再次找到秦参谋死亡现场的照片，拿着放大镜一点点地看，那几个歪歪斜斜的血道子，在他脑海中变成了密码。

沈林兴奋起来，忙翻开那本密码书，一边寻找，一边找来纸笔破译着。

最后大功告成，纸上跃然两个字：门下。

他片刻没有停留，当即重新出门直奔秦参谋家里。

屋子里桂兰正浆洗着衣服，他推门闯进去四处打量着，嘴里还不断喃喃：“门下，门下。”

“你到底要干什么？谁让你进来了！”

“我要找一样很重要的东西。”沈林答道。

桂兰急了，要将他推出去，两人争执间，沈林突然看到里屋门框下面的木质地板颜色似乎跟别处的地板颜色不一样。

他不顾桂兰的阻拦，推开桂兰走到里屋的门边蹲下来检查着，还敲了敲那块地板和周围的地板。

很明显这快地板的材质跟别处的地板不同，下面是空的。

桂兰惊异于沈林的不讲理，大喊着：“你再不走，我叫警察了。”

沈林据理力争，声音抬高了：“你不想找到害死你丈夫的真正凶手吗？”

桂兰似乎是被吓住了，闭口不言，沈林拿起屋里生炉火的火钳子，把那块地板撬开，发现下面有个凹槽，里面放着一个薄薄的账本，翻开一看上面全是账目往来记录。

“这个本子我带走了。”

桂兰似乎并不在乎，只是有点吃惊：“你真能找到害死我丈夫的人？”

“是的。”

桂兰眼里似乎有些希望，随即又暗淡下来：“算了，人都死了，有什么意义。”“不，什么时候都有意义。”说着沈林把那块地板再安装好，起身后又补了一句，“别跟别人说我找到了什么。”

这时，孩子哭闹起来，桂兰去安抚孩子。沈林眼神跟随，接着从兜里掏出几张钞票放在桌上。

他不知道的是，就在他刚离开没多久，几个黑衣人冲进了秦参谋的家。

回到沈宅，沈林打开台灯，将那账本放在桌子上，仔细地翻看着，并做着记录，整整看了一夜。

账本里是国防部及军队高层这几年来走私贩私的所有记录。涉及数额之庞大、人员之多都让沈林始料未及。看来，所谓的金陵会势力远比沈林想象得要大得多。

沈林终于将目光从账本上移开。

他打电话给李向辉询问叶局长的行踪，李向辉告知他叶局长在汤山温泉别墅开会，但下午会回来半个小时，可以和他见面。

挂了电话，他开车出门。

像昨晚一样，当他注意到后视镜的时候，有一辆车跟在自己后面。昨晚心急没注意，眼下才意识到自己被跟踪了。

行到半道上，他想了想，将车子停在了一家旅馆的外面，下了车。

这家旅馆后廊的窗户可以通向另一边，他借此逃脱。那头是一条巷子，他走出去，到一间商行里借用了电话。

“向辉，马上来颐和路党通局南京站的安全屋，你一个人开车来接我，带我去见叶局长。”

桂兰这边有孩子做威胁，沈林拿到了什么要问出来再容易不过了。罗立忠这边自然很快就得到了消息。

办公室里，他招了沈放过来。

“有些事情，我想来想去，还是得跟你说一下，你的那个亲大哥这次惹麻烦了。”

他说这话时面无表情，叹了口气，继续说道：“秦参谋留下了一个账本，有关国防部及一些军队高层生意的记录都在那上面，当然大部分都是金陵会那帮人的事儿，而这个账本现在就在沈林手里。”

沈放脸上先是疑惑，接着缓缓有些笑意：“你在跟踪他？为什么不早告诉我，看来罗兄对我也不太放心啊？”

罗立忠摇了摇头，有些无奈：“不是我不早说，是你松懈了，你以为赢了你大哥一次，就能让他彻底低头？你还不如我了解他。”

他自然没这样想过，但他也没想到罗立忠还会有动作。

沈放苦笑：“还是你厉害，咱们一处有这样的动作，我居然一点都不知道。”

罗立忠却忽然认真地说：“你错了，这次不是保密局在对付沈林，是金陵会，所以沈林现在很危险。我在党通局的内线正跟着沈林的秘书李向辉，我会告诉你一个地址，也许你能救沈林，这也是我唯一能帮到你们哥俩的地方了。”

“什么意思？”

“沈林想让别人死，别人能让他好过吗？”

“沈林在哪儿？”

“我可以告诉你，不过我有个条件，把他手里的东西交给我。当然沈林的命是不是真的保得住很难说，而且能不能及时找到他，也得看你们兄弟俩的造化。”

沈放自然知道他的意思，就算沈林死了他们也不一定能够拿到账本，不如用这样一个人情来换，顺便还能当作试探自己的机会，一石二鸟。

李向辉照着沈林的安排赶到颐和路安全屋外后，沈林小心翼翼探查了一下周围，却忽然改变主意要赶他离开。

“把车留下，你从后门走。”

他固执地要做的事情，不想牵连任何的人。

李向辉刚要走，却又停住了，似乎意识到了什么：“我不走，我送你去见叶局长。”

沈林苦笑：“你不知道我们面对的是谁，这里已经不安全了，你不走也许会没命的。”

李向辉语气坚定：“那我就更不能走了。你是我上司，保护你是我的职责。”

“你想好了？”

李向辉点了点头，沈林没有再说什么，推开门带着他走了出去。

两人都非常警觉，靠近汽车后刚要上车，到底还是出了变故，对面有一辆车突然驰来，停在了他们面前，挡住了去路。

车门开了，下来的竟然是沈放。

沈林举起枪对着沈放，李向辉也随即掏出枪对着沈放。沈放并不觉得意外，沉着脸迎着沈林走过去。

沈林厉色：“你怎么知道我在哪儿？”

他这个弟弟如今是个什么心思他越发地猜不到了。

不过他很快就怀疑地扭头看着李向辉，李向辉的表情和他一样疑惑。

沈放懂他的心思，看着他道：“别担心，你这个秘书没出卖你，只是盯着你的人有很多。”

“没想到，第一个来对付我的人竟然是你。”他语气复杂，带了诸多情绪。

沈放开口却出乎他的意料："你错了，我是来救你的。不管你要做什么，现在必须听我的……"

沈林还没有反应过来他话里的意思，一声枪响打断了沈放的话。

沈林胸口中弹倒在地上。

紧接着，街道两头出现了数名穿灰色风衣的神秘人，纷纷对着沈氏兄弟和李向辉开枪。

沈放打着掩护，李向辉将沈林艰难地扶到了车内。沈放一面开枪，一面跳进车内，车子发动以后疯狂地冲出了那些神秘人的包围。

车子开得飞快，转了几个街道，在路上疾驰，终于甩掉了神秘人的追击。

只是沈林一直在流血，喘息着。沈放用手帮他按着伤口，血染红了沈放的手指。

此刻的沈放面带焦虑："哥，你必须把手里的东西交给我，否则他们不会放过你。"

沈林却并没有多在意他的话，只注意到了他的称呼。不再是别样的语气，反而充满担忧。

"你还认我这个大哥？"

"当然。"

沈林摇了摇头，气息跟不上，喘着："你不怪我当年差点把你炸飞了？"

"所以你今天一定要好好的，日后我可以讨回来。"

事到如今，如果连他都不能依靠，沈林还能够依靠谁呢？平日里斗归斗，真到这种时候，毕竟还是血浓于水。

沈林笑着，李向辉开着车，一面说道："沈处长受伤太重了，必须马上去医院……"

只是话才说到一半，忽然就被沈林打断："不，不能去。"

沈林一直在发抖，他从上衣口袋里艰难地取出一张折起的字条递给沈放。

上面写着一个电话号码。

"找个公用电话亭，打这个电话，不要说名字，就说'谷雨'有危险，左胸第五到第六根肋骨之间中枪，对方会告诉你该去什么地方怎么处理。"

到西康路慈安中医诊所的时候，沈林已经很虚弱了。这地方是电话里的女声告诉沈放的，说来了后找段大夫。

不过那个声音沈放听着似乎是……姚碧君。

两个人扶着沈林走进诊所，那个姓段的医生似乎一早就得到了通知，迎面走了出来。

“把他扶过来，他现在需要止血。”段大夫一面说着，一面将白布帘子拉开，露出里面的床铺。

等沈林躺好之后，李向辉打量了一下周围，发现了不对劲。

“这个诊所就你一个人？这怎么成！他必须做手术，再耽误下去很危险，难道就靠你一个中医……”

他情绪有些激动，沈放忙示意他不要乱说话，看了看段大夫。

段大夫头也没抬，正在给沈林止血，神色淡然。

就在这时，诊所的门开了。像沈放猜测的一样，冲进来的人正是姚碧君。

“你们别急，你们要的人很快就到。”

沈放看到姚碧君，四目相对，还是蹙了蹙眉，却什么都没有说。姚碧君的目光有一些犹疑，但是随后便坦然了。

等门再度被打开，一群人陆续走了进来，他们带来了最基础的医疗设备，麻利而默契地将诊所变成了手术室。

沈林被抬上了简易的手术台，灯光照了下来。

布帘拉开，挡住了众人，李向辉这才冷静下来：“我去给叶局长打个电话。”等他离开之后，沈放才问道：“这都是我哥安排的？”

姚碧君点了点头：“这些人以前多少都受过你哥的帮助和恩惠，所以这一套急救的方案非常稳妥。”

“那我真的佩服他，能有这样的应急方案，我比他差太远了。”

他说不出是什么心情，言毕，李向辉打完电话走了过来：“我已经跟叶局长汇报了，党通局南京站会派人过来保护我们。”

手术还在进行，电话结束后没多久，两个自称是党通局南京站的人就推门闯了进来。

他们亮了证件，李向辉有些诧异：“这么快，叶局长怎么说……”

话说了一半，沈放却突然掏出抢来对那两人射击。

与此同时，那两人也将手伸进自己的衣服里想掏枪，却还是被沈放迅速击毙，混乱中其中一个开了一枪，子弹打偏了，穿过了简易手术室的布帘。

突如其来的枪声让所有人震惊。

李向辉被他这举动吓了一跳，愤怒道："你要干什么？"

他本就不知道沈放是敌是友，若是这个时候沈放露出本性，那他们无疑是引狼入室。

沈放瞥了他一眼，语气轻松："他们用的是军用制式手枪，穿的是军靴，你们党通局也配发陆军装备吗？"

李向辉上前查看，果然如此。

沈放收起枪，镇定地说："这个地方暴露了，咱们得走，很快他们会派更多人来。"

他正要拉开布帘却被里面的人抢了先，往里一瞧，张大夫倒在血泊中，刚才的流弹击中了他。

沈放着急起来，刚要开口却觉得头晕目眩，只好深吸口气强忍着："医生怎么样了？"

护理员沮丧地摇了摇头。

他又问道："我哥呢？手术怎么样？"

"死的是能做手术的人。"

他听见这句话，紧接着是其他人慌乱的声音，再之后就什么都听不到了，耳朵里只有一股啸音。他只觉得天旋地转，头痛欲裂，差点跌倒。

姚碧君扶住了他："你怎么了？"

"药，在我上衣口袋里。"

姚碧君把药找了出来，帮他服下。沈放眼前的模糊渐渐变得清楚了。众人却依旧慌乱，都说沈林撑不了多久了。

"还是送医院吧，没有别的办法了。"李向辉提议。

沈放被这一言一语惹得心烦意乱，强忍着头疼突然大喊："都给我安静点！"

众人被吓住，沈放问一边的麻醉师："我哥能移动吗？"

"如果保持输血，也许还能坚持。"

沈放又问姚碧君："你们的备用方案里有能运人的货车吗？"

姚碧君想了想，点点头："这个区的警察局有个刘探长应该可以帮忙，他那儿有押运犯人的囚车。"

"把那个警察叫来，人运到石舫街的芳菲夜总会，拿着我的证件去找领班，那儿有个地下赌场，应该可以躲一阵。"

他说完话，麻醉师即刻补充道："可还缺医生，子弹必须取出来，否则会感染的。"

"医生我来找，你们给我保证在见到医生之前，他还是活的。"沈放道。

他认识的医生，算起来只有一个。

陆军医院，沈放推门而入，屋里面的人抬起头，是约翰大夫。

“有一个病人现在非常危险，希望你能帮忙。”

“枪伤？”

沈放点头。

约翰又问：“干吗不送过来？”

“不能来这儿，只能你跟我走。”

他语气迫切又焦急，对方却拒绝得果断干脆：“我不去。”

“我可以给你钱，说吧，要多少，我现在就给。”

他们相识不是一两天了，面前的人需要什么，他一清二楚。

可偏偏今儿出了怪事，约翰大夫合上病历放到后面的柜子里，依旧不为所动：“不是钱的问题，我不傻，受了枪伤又不去医院的一定是非常情况，我可不想在你们国家惹麻烦。”

沈放不想跟他耗下去，掏出枪指着他：“我现在就是你甩不掉的麻烦。”

两个人到赌场的时候，沈林几乎已经坚持到了极限。

枪口未移开，沈放吩咐：“开始吧，约翰大夫。”

约翰走到沈林身边，检查了一下伤势，摇了摇头：“他的伤很重，子弹就在心脏附近，弄不好会伤及动脉，这人就完了。”

沈放被他惹得有些不耐烦，晃了晃枪柄：“你就说能不能干？”

这时候事出无奈，他自然要谈起钱来：“你知道我的要价，做这个手术至少得有五千美金，否则我是不会冒这个险的。”

五千美金，或许他可以还清所有的欠款然后回国。

沈放毫不犹豫，掏出一张银行支票，填写后给了约翰大夫。

“这是一万美金，做完了你拿走。如果人死了，我保证这是你最后一个手术。”说完他又回头冲着李向辉，“守着门口，谁也不能放进来。”

手术不知道进行了多久，约翰大夫终于挑开帘子走了出来，到一边的水盆边洗手。

沈放在吧台边看着他，他洗完手走到沈放旁边，一脸的淡然：“他的命是保住了，不过最好静养几个月。而且子弹伤到了他的肺，以后如果剧烈运动可能会喘。”

“谢谢。”沈放说着从怀里掏出支票递了过去。

约翰接过支票一笑：“不用谢，我也是为了钱。”

他拿了钱便离开了，紧接着一众帮忙做手术的人纷纷向姚碧君道别，屋内很快就安静了下来。

沈放走到布帘后面，沈林还在昏迷。姚碧君在一边为沈林擦汗。

他看了一会儿，忽然问李向辉：“沈林身上有没有什么特别的东西？”

李向辉摇摇头，沈放继续说道：“他拿到了秦参谋记录走私的账本，这东西如果不交出去他们不会放过他的。帮忙的人都走了，你也可以走。”

“他是我的上司，我不是临阵逃脱的人。”李向辉还在坚持。

沈放点头，没再说话，在屋里来回踱步，时而看一眼昏迷中的沈林。

过了一阵子他继续说道：“李秘书，我要去找到那个账本，这地方能待多久我也不清楚，如果被发现，你尽量拖住他们，其他的就看老天爷的安排了。”

转眼看见姚碧君，他走过去问道：“你怎么不走？”

“你哥还没醒，我不想走。我学过简单的护理，也许能用得上。”姚碧君说这话的时候，有些踌躇，不知道该怎么表达，但她知道自己内心的决定。

“你不怕死？”

“人总会死的。”

沈放看着平静的姚碧君有些意外。他准备离开，姚碧君忽然一笑：“你之前问过我一个问题，我现在可以回答你。如果躺着的是你，我的做法会一样。”

她本意是为了让沈放不要多心，沈放的话却出乎她的意料：“如果躺着的是我，我一定不会让你知道。”

沈放的目的地是沈宅。

沈林是从家里出来的，而且昨晚也在家待了一夜，出来后没多久就出事了，他不太可能把东西藏在外面。

车子刚开到老宅附近，沈放就看到周围有些神秘的黑衣人躲在暗处窥探着。

就在这时，一声枪响传来。

屋子里沈柏年的声音清晰可闻：“我看你们这帮王八蛋谁敢进来！我儿子要是犯了事儿自有国法约束！这是我沈柏年的家，没有监察院、警察总长的搜查令，我看你们谁敢！”

沈放着急地绕到老宅后墙，翻墙进了家。

后院里，他刚落地，轻微的动静就惊到了什么人，一个声音喊着：“是谁？”说着一斧子就砍过来。

沈放侥幸躲过，回头一看是老门房胡半丁。

他跟老胡进了前厅，沈柏年正气愤地立着，他依稀看到了门上的弹孔。

“爸，您这次来真的？”

现在的形势是他们没有硬闯进来，看来也不想将事情闹得太大。

沈柏年不屑地一笑：“我什么没见过？这帮乌合之众，能把我怎样？你是为你哥的事儿回来的吗？”

沈放点头，沈柏年又问：“你哥怎么样了？”

“他受了点伤，不过问题不大。”

沈柏年松了一口气，却还是要强调一番：“那就好，不管你跟家里有什么恩怨，他都是你大哥，他出了事儿只能靠你这个弟弟。”

“您放心，我一定让大哥安全回家。”

沈柏年点头："去忙吧。记住了，你大哥要是出了什么意外，你也就不用再回来了。"

沈放看了沈柏年一眼，四目交汇，都读懂了彼此的内心世界，他点了点头没有说话。

沈放在沈林的卧室里翻了个遍，结果什么都没有发现。

胡半丁听他说了要找什么东西，见他一脸失望地从屋子里退出来忙提醒着："二少爷，大少爷昨天没回房间睡，在书房里待了一夜。"

沈放点了点头，走到书房门口，发现门被上了锁。

"书房钥匙只有大少爷有，别人都不让进。"

沈放二话没说，一脚踹开了房门。

胡半丁知趣地离开了。

走进书房，沈放一眼便看到了满墙都是自己的资料，这让他有些傻眼。

他这才发现，从自己离家进入汪伪政府，一直到现在自己的生活，从来没有在沈林的视线里消失过。

视觉的震惊让沈放一时间有些恍惚，他从没想到自己这个兄长对自己居然有如此缜密的心思，过了好一阵子他才回过神来四下寻找着。

赌场里，沈放离开不久，沈林醒了过来。

他的身体还很虚弱，一睁眼看到的是姚碧君，说话的声音微弱而迟缓："沈放呢？"

"他回家了，去找能救你命的东西。"姚碧君也不瞒他。

沈林长出了一口气："看来他要向那些人低头，也许原本他们就是一伙的。"

事到如今，情形怎么发展他都能够接受。在鬼门关走过一趟的人，看待很多事情的角度都不一样了。

姚碧君却替沈林辩解："不，他是为了救你，他跟那些要杀你的人不一样。沈放对你的关心是装不出来的，而且你应该把你手里的东西交出去。"

沈林闻话有些意外，看着姚碧君问："为什么？"

"这已经不再是你一个人的生死了，你的下级、你的兄弟、你的家庭都可能有危险，你再这么坚持下去值得吗？"

螳臂当车，恐怕会落得个旁人无碍，身边人个个遭殃的结果。

她顿了顿，见沈林眼神疑惑，继续道："我记得在我哥的葬礼上你跟我说过，很多时候邪恶是强大的，但不应该为了一时的屈辱去葬送自己，战胜邪恶不仅要有勇气，更要有手段，无谓的死亡只会让敌人更得意。"

沈林沉默。

“张大夫为了给你做手术死了。”姚碧君继续补充道。

沈林有些黯然，沉默了一会儿，说：“给我家打电话，找沈放。”

姚碧君走到电话机旁，摘下听筒，奇怪的是里面没有声音，两个人正在诧异，夜总会突然停电了。

“来不及了，他们来了。”

姚碧君不仅没慌，反而异常冷静地走到沈林的身边，从他的衣服里拿出他的手枪，守在他身边。

沈林见到她的动作，知晓了她的意思，忙劝她：“走吧，你本就不该来。你还得处理很多我处理不了的事儿，我不想你为我送死。”

姚碧君丝毫不动。

“就算你能打中一两个人又怎么样？我不想沈放没了老婆，那样我永远也不会宽恕自己。”

都是言语的高手，姚碧君犹豫了。

这话之后，姚碧君痛苦地点点头。她把手枪放在沈林手里，走了两步，停下步子回头说道：“你不会死的，一定不会。”

而另一边，摸索半天后，沈放终于发现了书桌暗藏的抽屉。不过打开之后，里面却是以前沈林给他做的弹弓、木马……还有一张发黄的两人和母亲的合影，还有他当年离家出走时给沈林留下的一封信……

看着这些，沈放眼眶微红，不过他要找的东西还是没找到，眼看沈林危在旦夕，他狂躁起来，一把推翻了桌子。

就在这时，门开了。胡半丁走进来，低声地问：“二少爷你要找的是不是这个？”

说着，胡半丁把秦参谋留下的账本递了过来。

沈放一看又惊又喜，随即一想不对劲，冷然地问胡半丁：“这东西怎么在你手里？我哥的书房不是谁都不许进吗？”

胡半丁面色坦然：“大少爷有麻烦，二少爷先去救人再说。我老胡走不了，你有不放心的随时来找我。”

赌场门口的夜喧嚣激情，枪战还在持续，李向辉守着前门，拼死不让那些枪手冲进来。

屋顶上任先生带着人一字排开，阻击那些穿灰色风衣的枪手。另一边的屋顶上也有人，是陆文章。

他们一个是为了沈放而来，另一个，是在掩护姚碧君离开。

灰衣人越来越多，前后门接连失守，李向辉手臂中弹，手枪掉在了地上，那些人顺势冲了进来控制住李向辉。

陆文章受了伤，任先生的小分队也有伤亡，都只好收起枪躲了起来。

屋子里面，黑暗中灰衣人离沈林越来越近，沈林开枪干掉了两人，但等子弹打光之后，他被人从床上提起来按在了地上，

就在为首的人要对跪着的沈林开枪的时候，有人跑进来在他身边耳语了几句。

为首的灰衣人收起枪支，对身边同伙点点头，所有人都撤走了。

他们还搬走了所有的死伤者，夜总会里就跟什么都没有发生一样。

沈林知道，是沈放找到了那个账本，此刻，那个账本应该已经在国防部那些人手里了。

事后，沈林被送进了陆军医院，沈放有些不放心，亲自确认之后才离开。

回到家的时候天已经大亮，他推开门，屋里姚碧君猛地站了起来，头发凌乱，表情疲惫而张皇地看着沈放，想问什么却一时说不出话。

她那样子，似乎一夜没睡。

沈放知道她想问什么，只说：“我哥在医院，没事了。”

接着便看见姚碧君如释重负一般坐了下来。

“你回来就好，我一直担心你……你们。”姚碧君整个人松懈下来，眼泪开始无声落下，喃喃道，“昨天晚上太难熬了，每次外面有动静，我就以为是你回来了，可每次都让我落空，那种感觉真的很不好受。”

多次的往复几乎叫她崩溃，终于忍不住，她把头靠在沈放的怀里。

沈放抬手拥住她，听见她哭着说：“我害怕，担心所有的事儿，如果没有你，我该怎么办？”

沈放低声而温柔：“我这不是回来了吗？”

姚碧君哭得更加伤心，搂着沈放更紧了，因为慌张，所以喋喋不休：“我不想那么害怕，我不想看到那么多鲜血，我……”

沈放看着娇弱的姚碧君，低头亲吻姚碧君的额头，继而滑落而下，落在她的嘴唇上。

两人纠缠起来，沈放一把抱起姚碧君朝卧室走去。

第二日任先生派人送了一瓶牛奶到沈放家里，是要见面的暗示。

傍晚时候，车子停在五里坡，两个人影还似以前。

"沈林的命终于是保住了。"任先生长叹了一口气。

沈放点了点头："是，可国民党军队里金陵会那帮人依然逍遥法外。"说着他又想到了什么，"以前秦参谋是不是也跟组织上反馈过金陵会？"

"他汇报过，组织一直让他密切观察，争取能打入金陵会内部，没想到出了这样的状况。"

"我得到了这个。"沈放从怀里掏出一封信来递给任先生，"这是沈林查获的金陵会的密账。时间太紧，我复制不全，但是关键的信息我都记下来了。"

任先生瞧着信封有些惊喜："这好啊，我们能进一步掌握国民党军队系统的腐败情况，这对今后的情报工作和统战工作都会有帮助。国民党的军队都这样腐败，看来他们离失败不远了。"

"是的，所以我们应该让他们的失败快点到来。通过这次的事儿，罗立忠对我应该是彻底放心了，也许有利于我了解'灵芝计划'。"

"一定要小心谨慎，罗立忠这样的人不会放过你一丝一毫的疏漏。"任先生提醒道。

回去的时候经过夫子庙大街的莲湖糕团店门口，沈放看见招牌后，将车停了下来。

他记得姚碧君夸奖过这家的桂圆夹心小元宵，说味道好，甜而不腻，又香又糯，她十分爱吃。

想起姚碧君当时一脸的满足，他一笑，推开门下了车。

这时候，旁边走过一个孕妇，沈放小心地避让开，那孕妇坐在了一边的石凳上，将手中的包裹放在了腿上，似乎想休息一下。

他没在意，到窗口要了一份小元宵，接了过来后，便朝着车的方向走。

脸上的笑还未收下去，视线一扬，只见一个男子靠近那孕妇，快速地抢过孕妇手中的包裹，飞奔而去。

那孕妇被扯得一个趔趄，摔在地上，旁边一个年轻姑娘上前扶起了她，她还不忘喊着："抢劫啦，来人啦，有人抢劫啦！"

沈放看着小偷逃进了一条巷子，摇摇头，从另一个方向朝一条巷子奔了过去。

那小偷在巷子里飞奔，不时看看身后，脚下的速度却没有放慢。不想突然一个身影从一边岔巷闪了出来，与此同时，一拳打在了他的脑门上。

他脚下没收住，一屁股摔在了地上，再抬头，面前的人正是沈放。

不过他还真是个不认输的主儿，下一秒便掏出一柄刀子来拼命，不过比画了两下就被沈放再次放倒。

沈放将他按在地上，厉色道："把包还给人家！"

"是，是，我都听您的！"

沈放松了手，看到小偷胳膊上的枪伤，于是又一把按住了他的胳膊。

"这是枪伤，你以前当过兵？"

看清楚以后，他再度松开了手。

小偷疑惑地看着沈放，迟疑了片刻，点了点头："这都是打日本鬼子时落下的伤，要不是走投无路，我也不想在街上干这种事儿。"

沈放长出了一口气，从身上掏出一沓钞票塞给那小偷。

"以后别偷了，去和平街找春晖饭店的李老板，就说是一个姓沈的介绍你去的，也许他能给你一个活干。"

那人倒是客气，跪下叩了谢才离开，沈放没理会，转身就朝回走，可在巷子口的时候，突然一棍子从旁边甩过来砸在他头上，正中他旧伤所在的地方。

他耳朵里啸声不断，眼前整个世界恍恍惚惚，视线无法集中，回头却看见一个穿洋装的姑娘，就是刚才扶起孕妇的那个女孩。

沈放在诊所醒来之后，那个女孩就在身边。

沈放询问了缘由，对方说天太黑了，又见他拿着包袱，便以为他就是那个小偷。

他也不在意，自顾自地起身，伸手摸到了口袋里装着小元宵的纸袋子，拿出来一看，元宵都烂了。

一阵苦笑之后，准备离开。

那个叫顾晓曼的女子拦了过来："你别走，大夫还没来呢！先前他还说，你头上有伤，最好去大医院再看看。"

沈放有些不耐烦："我自己的身体自己知道，不用你们操心。"

出门一看，还在夫子庙街头，辨认了一下方向，沈放朝自己停车的地方走去。

身后顾晓曼跟了上来，一面小跑，一面喊："你身上的伤是我弄的，我得负责！再说了，你的点心也烂了，我总得给你赔一份点心吧。哎！你别走那么快，我都快跟不上你了！"

沈放径直打开车门上车，发动了车子。

"哎，你别走啊！"

人影刚出现在车窗边，车子便缓缓开动了。

"我叫顾晓曼，这次是我对不起你，我会还你人情的！"

那女子焦急地喊着，沈放开车绝尘而去。

很快便到了腊月底。

沈放再三思索，最后决定利用年假带着姚碧君出趟远门散散心。

在南京他琐事缠身，永远都没有一个安稳。

他们走过栖霞山门，远处传来了放鞭炮的声音。

他们在船上泛舟，听着评弹，有孩童在岸上玩耍。姚碧君总会给那些孩子发糖，孩子们高兴地聚在一起。每次沈放站在旁边，都会欣慰地笑。

一段时间下来，他心里说不出的安稳。这才是家的感觉，这才是他想要的生活。但是他又为之困扰，他们能这样永远地走下去吗?

沈放知道，答案是否定的。

孩子们抢到糖，一哄而散，沈放脸上的笑容也总会渐渐隐去。

回到南京时，正好是元宵节，夜晚的玄武湖波光粼粼，圆盘一般的月亮倒映在湖面上。

沈放将车停在不远处，下车坐到了任先生身旁。

旁边鞭炮声阵阵，湖对岸的南京城依然年味未减。

“听说过年的时候，你陪媳妇到处逛了逛？”

沈放苦笑：“怕战事吃紧，以后就没这样机会了。”

出去一趟，他的这种想法越来越深。

“别那么悲观，还有明年不是？”

沈放忽然抬头，不知道在看什么，语气带着一些遗憾：“希望在不久的将来，我们都能真正过上属于我们想要的生活。”

感慨结束，回归正题，沈放直接问道：“老家是不是出了状况？”

任先生有些意外，却还是点点头。

他大过年的找沈放，不可能没有什么重要的事情。

任先生叹息了一声：“现在解放区发生了很多起投毒和爆炸的事件，敌人对我们的破坏非常猖狂。”

看来罗立忠开始实施“灵芝计划”了。

沈放眉头微蹙。

“我们要尽快搞清楚对方在做什么，有什么目的。解放区很艰苦，承受不起这样的损失。敌人的破坏计划一天不解除，解放区就会多一天的危险。老家是等不起的。”

可这么长的时间，他连那个计划的边都没沾上，得找找突破口才行。

上一回沈林的事情让罗立忠对沈放彻底放了心，沈放刚回保密局就被罗立忠拉着去了一个宴会

中央饭店的西餐厅里，众人举杯，三三两两地在闲聊。

今晚来的都是南京商界的人，罗立忠看到中南银行南京分行行长顾志伟正在和人聊天，拍了拍沈放，示意他看过去。

“今晚咱们要见的人就是他。”

沈放看了过去，有些意外：“他？”

罗立忠点了点头，带着沈放走了过去。

“顾先生，我向你介绍一下，这是我们一处的沈放，沈副处长。”

毕了又转身向沈放介绍：“这位是中南银行南京分行行长顾志伟。”

两个人微笑碰杯。这时，沈放注意到一个熟悉的身影跑过来靠在顾志伟的身边喊了一声爸。

居然是顾晓曼。

顾晓曼看到沈放，更是意外：“是你？！”

顾志伟有些疑惑：“你们认识？”

沈放才问道：“这位是令千金？”

“正是小女。”点了点头，顾志伟对顾晓曼示意，“快叫沈叔叔。”

“什么沈叔叔，人家这么年轻，顶多就是沈大哥。”

她说完看向沈放，沈放忙笑道：“不敢，我还真怕再被你打一棍子。”

那天的不苟言笑挥之而去，顾晓曼笑了：“人家不是已经道歉过了吗？”

罗立忠见他们有这一层关系，忙推波助澜，开玩笑地说：“这听着有故事？”

……

沈放存着疑惑，回去的时候在车上才敢问出来：“罗兄，干吗让我认识那个姓顾的？”

“这个顾行长对咱们有用。”

“怎么说？”

罗立忠的声音明显小了一些，小心翼翼地说道：“保密局在中南银行南京分行有一个秘密户头。”

沈放不解：“国防部各部门的银行账户不都是在中央银行设立的吗？怎么找了中南银行这样一个私营银行？”

“中央银行账目管理太严，有些秘密的计划当然会有例外，这样对我们的生意也有好处。这个顾志伟靠得住，跟咱们合作过很多次，办的事儿也

牢靠。”

罗立忠说到这儿突然问道：“你怎么认识的顾晓曼？”

沈放微微一笑：“这事儿说起来可就长了。”

接下来的日子，顾晓曼经常来访。

门卫拦着她不让她进，她就在门外等着。可就算等到了沈放，沈放也会毫不犹豫地拒绝她。

最后她转而求到了罗立忠那里。

罗立忠果然替她走了一趟。

沈放办公室里，罗立忠推门而入，十分随意：“顾晓曼在找你？”

“是，来了好几次了。”

“怎么？漂亮的姑娘往你身上贴，你却躲着，不像你啊。”

沈放笑了笑：“要是以前我肯定来者不拒，可如今我已经是有家室的人了，有些事儿……”

他又笑着摇了摇头。

罗立忠反驳着：“结婚怎么了？你跟这个银行家的女儿走近点没坏处，也许以后用得着。我可没跟你开玩笑。”

“罗兄是希望我怎么办？”

“你看着办。”说完，罗立忠转身走了。

沈放本就想搞清楚罗立忠跟顾志伟之间都有哪些交易，疏远顾晓曼只不过是做样子给罗立忠看，见罗立忠这么一说，心里便有了几分把握。

于是他名义上照着罗立忠的指示，约了顾晓曼。

罗立忠和沈放坐在茶海前，罗立忠泡了一壶茶，热气氤氲。

“这几天报纸和广播上说得冠冕堂皇，形势对我们越来越不利了。”

沈放心里十分清楚，面上却还是为他们说话：“有这么严重吗？我们有四百万军队，控制了全国绝大部分领土，还有美国提供的最先进的武器装备，共产党那边有什么？这次他们不过是侥幸得手吧。”

罗立忠看着他，微微蹙眉：“你真这么想？”

“那还能怎么想？”

片刻之后，那张严肃的脸上展现了笑意：“这些事儿自有上面的人去想，咱们还是管管眼前的。”说着他又想起了别的事情，“对了，这几天你把南京的那些家伙再调查一下。”

“查他们干吗？对战事局面也没什么帮助。”

“仗打得越不好，上面就会越担心社会舆论。与其被上面压下来，不如咱们自己先做点准备。不过今天找你，当然不止是说这些……”

说完罗立忠起身走到门口，往外面看了看，然后关上门。

他小心翼翼，声音也压得很低：“战局僵持，你刚才的话是内部的一贯想法，就是这样的想法在党内根深蒂固才会造成今天的局面。永远不要小看共产党和共产党的军队。光说一件事，咱们就比不过共产党。他们打仗是全民动员，而我们只能加印钞票，是个人都知道法币很快会坚持不下去了。”

“你是想做经济方面的情报？”沈放好奇道。

罗立忠摇头问着：“你现在薪水多少？”

沈放笑了：“问这个干吗？这年头谁靠薪水过日子？”

“所以我们虽然不能控制战争的走向，但是可以让情报为自己挣更多的钱。钱多了，我们才更安全。”

沈放皱着眉有些不解，罗立忠继续解释：“现在的开支太大了，股市势必要大跌，到时候只要做空股市，就能捞一大笔。”

好一个妙招。

“好啊，做股票时别忘了叫上我。”

“小打小闹可不行，要做就要做大点。而且不但是为我们自己挣钱，也是为保密局挣钱。”

罗立忠说着忽然张望了一番周围，接着捂嘴低头道：“‘灵芝计划’你应该还记得吧？”

这让沈放有些惊喜：“当然，不过做股票跟‘灵芝计划’还有关系吗？”

“‘灵芝计划’需要钱，而且是大量的钱。所以我们需要挣钱，挣很多的钱，不只是为了‘灵芝计划’，也是为了我们自己。”

罗立忠一副对他完全放心的样子，沈放心里了然，依旧装作恍然大悟：“所以你才接近那个中南银行的顾志伟？大哥是想通过顾志伟的中南银行南京分行里的资金，进行股票交易？”

罗立忠点头，沈放提出疑虑：“可银行的钱不是那么好用的吧？”

“别人的钱他顾志伟当然动不了，不过里面有一笔钱就是保密局的。”

沈放迟疑：“你是说咱们在中南银行开的秘密账户，这……顾志伟他敢吗？”

罗立忠笑了：“你以为这秘密账户是为什么设立的？就是为了钱生钱准备的，我们太多计划需要钱了，顾志伟只不过是我们手里的一个工具，至于他敢不敢，我自有办法。有些事儿得靠你，特别是你跟他女儿顾晓曼关系不错。”

沈放闻话有些不好意思地笑了。

上次饭局之后，顾晓曼很久都没有现身，沈放到机要处简单调查了罗立忠所说的搞民主的事情，离开后便主动约了顾晓曼。

凯瑟琳西餐厅里，对面的人不停地抱怨着：“我爸特讨厌，这几天老管着我，不让我出门。”

沈放一笑：“是吗，你爸还能管住你？”

顾晓曼一脸的无奈：“要说别的事儿他自然是不怎么管，也不知道他是怎么了，就是不让我跟你接触。”

他上次送顾晓曼回家被顾志伟看见后就知道会是这样的结果了，不过此刻还是故作意外地问：“为什么？”

“我爸说，他很不喜欢保密局的那个罗处长，跟你们这样身份的人来往是他没办法。他希望我能离你远点。”

沈放笑了：“不喜欢还一起做生意？你爸没说实话。”

“我觉得也是。”

顾晓曼也笑了，沈放却忽然认真道：“不过你爸说得也对，我们的工作太特殊，离我们远点也好。”

这一招欲擒故纵，对面的人果然一副叛逆的样子：“我才不！干吗什么都听我爸的？”

好巧不巧，这一幕被餐厅外的陆文章看在眼里。

吃完饭后沈放开车回到公寓，在路口时，他就看到了陆文章的身影。他把车停在路边走下来，询问道：“你是在等我？”

陆文章点了点头，沈放摆头示意：“走，去喝两杯。”

酒馆里，陆文章一直保持沉默。酒过三巡，沈放主动关切地问他：“你还在军工厂看仓库？委屈你了。要不，我给你换个差事？”

陆文章没有看他，只摇了摇头：“我喜欢枪，枪比人更靠得住。在那儿每天都可以跟枪打交道，挺好的。”

“打仗了，经济会越来越差，你那点薪水不够吧？”

沈放不放弃，这回才勉强得了个正眼。陆文章语气冰冷：“如果以后你还有事儿想找我帮忙，就别打扰我的生活。”

沈放笑了，无奈中带着些尴尬：“好吧，你的确很特别。”

陆文章没有接话，而是直奔主题：“你最近应酬的事儿很多？”

“怎么了？”

陆文章犹豫了一下：“我看到你跟一个年轻女孩在一起。”

沈放不置可否，陆文章摇头：“你不是一个好色的人，你做任何事情都是有原因的，跟那女孩太亲密肯定有别的目的。”

“你跟我说这个干什么？”沈放不知道他为什么忽然提这个。

陆文章语气严厉起来：“我不关心你的真实目的是什么，但你应该知道你是有老婆的人，你老婆人很好，不要伤害她。”

“你想得太多了，我有那么复杂吗？”

“你可以不说，别陪我了，回家吧。家里还有人等着你，我想再喝点儿。”

沈放起身：“那好，酒钱算我的。”

陆文章没有接话，继续喝着酒。

昨天从机要秘书处出来之后，沈放就注意到了走廊的那个配电箱。那个东西能给他创造很重要的机会，不过这个机会，需要先拿到机要室的钥匙。

下班的时候，沈放在门口拦住小严：“我得了两张军人俱乐部的舞票，怎么着，今晚可以赏个脸吗？”

小严高兴地应了下来：“是吗，那可太好了！”

舞池内，灯光梦幻而朦胧，众人跳着舞。小严看起来心情不错，夸奖着沈放：“想不到沈处长不仅风趣幽默，舞跳得也这么好！”

沈放面露狡黠：“那得看是什么样的舞伴。”

两个人正说着，一个端着酒杯的侍者路过，沈放装作无意，带着小严一个旋转撞到了侍者，侍者端着的酒杯倒了，酒洒在了小严身上。

侍应生忙不迭地道歉，小严有些尴尬，一转头，沈放体贴道：“我陪你去处理一下。”

走到洗手间门口，小严正要进去，他建议道：“我帮你拎着包，别沾到水。”

包里也没有什么机密的东西，小严自然不会防备，微笑地将包递给了沈放，接着走进洗手间。

人刚消失在眼前，沈放立刻从小严包里找到了机要室的一串钥匙，用胶泥拓一个一个地复制钥匙模子。

沈放刚将钥匙串塞进包内，小严就出来了。

拿到了钥匙，没过几天沈放便开始行动了。

他带着酒来打探，借口是那日跳舞没有喝好特来补上，秘书处里除了小严，还有一个叫冯自立的男子。

一阵闲聊之后，沈放瞥了一眼时钟，发现时间差不多了，忙说道："我身上有伤，不能喝太多，得先走了。"

走的时候，他还意味深长地拍了拍冯自立："你陪陪小严，表现好点。"

门被阖上的一瞬间，小严也意兴阑珊，不高兴地一推酒杯："那我也不喝了。"

"为什么？"

"值班喝酒违反纪律。"

"行了吧，咱们都喝半天，再说有沈副处长兜着呢！"

两个人举杯刚喝了两口，小严显然有些不大乐意，就在她放下杯子时，一失手，随着一声碎裂，电灯突然灭了。警铃声传来，屋里漆黑一片。

小严被吓得一哆嗦，冯自立叹了口气："保险丝又断了，我出去看看。"

他说着就要往外走，小严忙将他一把抓住："别！你别把我一个人丢在这儿，我害怕。"

冯自立暗暗一笑："要不……咱俩一道去？"

他们出了门，打着手电走下楼道。与此同时，黑暗处的一个人影从他们身后闪出来，朝楼上走去，进了机要室。

沈放用配好的钥匙打开了机要室，反复试探多次终于打开了机密档案柜，随后很快就找到了"灵芝计划"的文件。

打开文件以后，沈放呆住了，有点不敢相信自己看到的内容，翻了几页，他越看越震惊。不过现在并不是震惊的时候，时间一点一点过去，小严和冯自立随时可能回来。他忙打着手电用微型相机把文件复制下来。

完毕之后阖上抽屉，沈放迅速走出机要室，还没来得及锁门，走廊里的灯就亮了。

有脚步声传来，他连忙躲进了楼道拐角的暗处。

冯自立已经离开，小严独自走了上来，她疑惑地看着门，有些不解，随后并没有怀疑什么便进了机要室。

玄武湖，垂柳簇拥的湖堤旁，沈放坐在椅子上，心情久久不能平复。不远处，任先生缓缓走了过来。

任先生看似漫步，却警觉地看了看四周，确认安全后，走到沈放身边的椅子上坐下了，两人的目光都对着湖面。

沈放将胶卷递给任先生："这里面是罗立忠主导实施的'灵芝计划'。"

之前还毫无头绪，突然被提起来并且有了结果，任先生既意外又惊喜："你终于得到了！"

他兴奋地转头看向沈放，却见到沈放一脸的忧虑。

"怎么，这个计划让你觉得有问题？"

沈放眉头皱得更加厉害："不是这个计划有问题，是我没想到这个计划这么阴险、恶毒，规模这么庞大。"

"你看过这个计划了？"

"是的，'灵芝计划'被列为特级保密计划，整个国防部能了解计划内容的人不超过五个。所有参与行动的人员都是从保密局各个下属部门抽调上来的，整个计划分成三个阶段。

"第一阶段的参与人员是从各个军队里的警卫团、警卫连、警卫班里抽调出来的作战人员，这些人被分散到普通连队中，在跟共产党作战时伺机投降。随后这些人便分散到了全国各个解放区。他们主要的活动为投毒、破坏、爆炸、盗窃。

"第二阶段的参与人员是保密局各地区分站的情报精英，他们将在不同时期，投诚到解放区的部队，而且他们会举报一些前一批投诚来的特务，这些人素质更高，对共产主义思想了解得更多，加上揪出了真正的特务，会很快博取我军的信任。随着我军的壮大，这些人中的一部分会深入我军要害部门，伺机窃取情报。

"第三阶段是加强对敌后特工人员的培训，这样的培训不是在南京而是在全国各个地区进行的，在战争局势不利的情况下，这些人会自然地成为共产党控制区域里的敌后间谍，起到长期破坏的作用。"

沈放一一说完，任先生的表情也变得越来越错愕。

"这个计划也太恶毒了！"

"不止恶毒，而且很庞大，涉及人员有上千人。这实在出乎了我的意料，罗立忠居然会布置这样一盘棋。你说过，解放区现在已经出现了投毒、破坏、爆炸的事件，那说明第一批特务已经进入解放区起作用了。"

现在已经到了岌岌可危的时候。

"前线确实收编了很多国民党的人，他们又是分散混进来的，想把他们找出来，比登天还难。如果第二阶段的计划实施了，这事儿就更麻烦了。”

任先生思量了一会儿，转头问道：“能拿到名单吗？”

沈放脸上有些为难：“这就是罗立忠狡猾的地方，名单只有他和陈局长才能接触，别人没可能。”

两个人都没有再说话，看着湖面陷入了沉思。

罗立忠很快便约了顾志伟谈生意。

借着这个机会做空市场而获利发财是件稳赚不亏的事。

罗立忠表明了意图，并说明发行金圆券势在必行，顾志伟便慌了。

“这么绝密的事儿，还要进入股市做空，这是违法的啊！现在政府对经济查得很严，操纵股市是重罪，这样的消息我就不应该知道！”

如果有选择，他巴不得离这种事情远一些。现在他知道了，做也是冒险，不做的话，知情之后的他，难保罗立忠会不会做出什么出格的事情来。

罗立忠狡黠地看着顾志伟：“可你已经知道了。”

这件事情很快就有了后续。

罗立忠办公室里，沈放推门而入：“罗兄，你找我？”

“把门关上。”

沈放关上门：“够神秘的，看来罗兄办成了一件大事。”

“算是吧，那个顾志伟答应跟我们合作了。这次如果顺利，不但保密局的行动有了资金支持，咱们的后半辈子也就不用愁了。”

他威胁，说要将所有的事情推到顾志伟一个人身上，顾志伟依然犹豫，最后无奈，罗立忠干脆用他的妻女作威胁，很有成效。

“保密局秘密账户的钱都要用上？”沈放问。

罗立忠点了点头，沈放蹙眉：“这动静闹得有点大吧？”

“机会难得，不冒险怎么行？而且做得越大才越安全，毕竟保密局很多秘密计划的资金都要从这里出。”

沈放故意引话：“特别是那个‘灵芝计划’吧？”

罗立忠笑了：“老弟果然一猜便中，‘灵芝计划’是保密局对付共党最艰难也是最庞大的行动，没有大量的资金支持很难展开。这个计划一定要保密，泄露一点风声都会影响效果。”

“就算是为了‘灵芝计划’筹集资金，但咱们干的也是操纵股市的活儿，万一泄露出去恐怕咱们谁都担待不起。”

“所以，承担这样大的风险，就必须有更大的收益，难道就靠发的薪水养家糊口吗？别担心太多，只要你我不说，再把顾志伟套牢了，计划就不会泄露。我们也不只是为了自己，而是为了整个保密局，为了‘灵芝计划’。”

意思传到了就够了，沈放也不再多说：“罗兄想好了就行，你说怎么办我就怎么办。”

“控制顾志伟这事至关重要。以后跟顾志伟的接触，包括在他们银行的秘密账户都由你来负责。”

“罗兄怎么突然让我处理这么重要的生意了？”

“看你说的，这是在恰当的时候让最合适的人出面，找别人我还不放心呢。顾志伟的那个女儿是他的软肋，你跟顾晓曼关系好，你才是最合适的人。”

“那我可不能让罗兄失望。”

两人相视而笑。

沈林出院之后在家休养了一段时间，差不多好利索了就回党通局上班了。

刚走进党通局大楼，吕步青迎面走了过来。

“沈处长，身体康复了？”

那副模样更像是在幸灾乐祸。

“还好，多谢吕科长挂记。”

沈林心里跟明镜一样，那日摆出那么大的阵仗，而且李向辉早就通知过局里了，他不信吕步青什么音讯都没有听到。

面前的这个人恐怕巴不得他送了命。

“应该的。要说，干咱们这行难得能休息一阵子，您这也算是难得清闲一下，不过我们行动科可被折腾得够呛。”

沈林看着他平静地说：“这么说，我还得感激吕科长？”

“那倒不必，关乎沈处长的安危，是公事，我们行动科上下尽力是应该的。”“你对一个已经设计好结果的案子还这样尽力，的确难得。”

这话叫吕步青瞬间变了脸色：“你什么意思？”

“没什么，军队系统里金陵会的那些人你抓不了，不过就是抓几个黑帮分子定罪罢了。”

沈林不屑于再说下去，脸上露出了一些不耐烦。

吕步青冷冷一笑：“这么说就不太合适了吧，你的案子我可是按照局长的指示处理的，要不然连案子都结不了。真那样，交代不过去的可是你沈处长。”

“是，难为你了，希望行动科不会只对做假的案子在行。”

说完沈林直接朝自己办公室走去。

进了门刚坐下，电话就响了起来。

那头传过来的声音是叶局长。

“即刻来，我在这边等你。”

沈林觉得奇怪，没等他问，那边又说：“别的不用多问，什么事儿你来了就知道了。”

侍从推开门，引叶局长与沈林走了进来。

沈林过后却依旧没有行动的意思，居然开始每天在办公室喝茶、写字。

李向辉一连观察了好几天，有天终于忍不住问出了口：“沈处长，有句话我不知道当问不当问？”

沈林抬头看了看李向辉一脸疑惑的样子，笑了笑，再度落笔写字，说道：“你是想问，为何这几天我一直如此淡然，拿到了尚方宝剑却没有一点要对国防部动手的意思？”

李向辉有一些意外，停顿几秒钟后点头：“嗯。”

“我不是不想动，我是在等。”

李向辉疑惑：“等？”

“等关键人物是不是真的愿意出力。”

他话刚出口，电话响了。

沈林将电话接通，说了两句后不由自主地站了起来，脸色严峻：“是，我马上就到。”

放下电话，他歪过头对李向辉说：“我等的人应该出现了。”

万事俱备，只待出手。不过沈林学聪明了，这次的原则就是没有规矩。

他相继绑了曾若凡、军需战略储备库主任杨启光和宪兵司令部参谋周翔。

因为长久处于黑暗之中，等到一双手将曾若凡脸上的布扯开的时候，眼前的灯光叫他有些不适应，只能眯着眼，调整视线，这才看清面前的三名男子，都戴着一个钟馗模样的面具，在灯光下显得有些诡异。

他看见身边的两个人被带进了隔壁的两间屋子里。

沈林向李向辉示意，李向辉上前扯下了曾若凡嘴里的布。

只是一瞬，那人叫好像要爆发了一样，场景似曾相识："你们知道我是谁吗？还敢绑我？我告诉你们，赶紧把我放了，否则要你们好看！我姐夫可是国防部的！还敢打我，瞧瞧你们把我脸打成什么样了？"

"那你知道我们是谁吗？"戴着面具的李向辉说道。

曾若凡跋扈道："我管你们是谁？赶紧把我放了！"

"我们是秦参谋的朋友，他死得太惨了。我不管你是谁，你后面有什么人，你得把这事儿给我说清楚了！"

正说着，鲜血从隔壁屋内流出来，一直朝曾若凡的脚下流淌过来。

曾若凡的眼睛看直了，整个人都蒙了。

他看着从另一个房间里投射出来的影子照在对面的墙壁上，一斧子一斧子地劈了下来，他被吓得筛糠一般发抖。

"说吧。"

曾若凡声音不稳："我……我手上那点事儿，都是我姐夫……何主任让我办的。"

同样的方式，从杨启光那里得到的话差不多相同。

周翔却不一样。

"都是副司令周临川让我做的，让秦参谋死也是他吩咐的，他说一切事儿都包在他身上……"

"你还知道什么，接着说，把金陵会的事儿都说出来。"李向辉继续逼问。

"宪兵司令部的参谋长邱明辉也是金陵会的……"

做完了笔录，沈林又神不知鬼不觉地将三个人分别扔在了三条街道上，随后发动车子疾驰而去。

今晚发生的事情这些人都会守口如瓶，如果他们自己敢说出去，金陵会的人又怎么会放过他们？

这些录音只是口供，还得找到物证，才能真正抓到那些蛀虫。

转眼到了七月下旬，罗立忠安排人一面盯紧了顾志伟的妻女，一面带着沈放去了一趟百乐门。

包厢里，陈怀恺、何主任、罗立忠一众人齐聚。

陈怀恺也不卖关子，直奔主题："这次发行金圆券，想来大家早有耳闻了，金陵会的同仁这次也想分一杯羹，罗处长，你看……"

就这一句话，今日相聚的目的便说清楚了。不过罗立忠面露犹豫：“大家一起发财当然是好事，只是资金太庞大，我怕……”

沈放看着罗立忠，心里暗暗发笑。

罗立忠明知道这件事情是推不过去的，说这个无非就想再讨些好处，顺便给自己寻一个靠山，好更加肆无忌惮。

果然，陈怀恺淡淡一笑：“我知道罗处长的担心。这次事儿要是成了，你和沈放便是金陵会的成员了。”

这红脸唱完了，白脸也就该登场了。沈放在一旁圆场：“罗兄还有什么好顾虑的？这事儿得做。”

罗立忠笑了：“好，这事儿我会办。但陈主任、何主任，万一有什么事儿，你们可不能坐视不管啊。”

“这你就想多了，大家现在都是一条船上的人，船如果真的有了个洞，谁也脱不掉干系。”

何主任说完，陈怀恺突然举杯：“老何说得对，来，咱们碰杯，预祝一切顺利。”

顾志伟的办公室里，沈放再一次出现。

顾志伟正看着文件，抬头看到沈放，放下文件问着：“沈副处长，这次又想看什么账目？”

沈放靠近他，不等他说完，将一沓支票丢在了他面前。

“设计挂名公司，开设多个股市户头，把这些钱存进去。”

顾志伟拿起来看了看，面露难色：“这么多资金，太容易被人看出来了。”

沈放瞥他一眼，冷冷地说道：“最近你的话有点多。”

他凌厉的目光将顾志伟吓住了，顾志伟忙回道：“不敢不敢。”

“让你怎么做你就怎么做。事成之后，除去应该补上国防部以及保密局的资金，其他获利的部分全部转出去。”

顾志伟点点头，强压着自己内心的不安，试探地问：“您真觉得这事儿只是在赚钱吗？”

“不是赚钱是什么？”

“所有的文件都是你签的，公司户头都跟你有关系。如果真出了事儿，他们可以把所有的一切都推到你头上，你看不出来吗？”

他并非想要帮沈放，而是他自己并不想再陷下去，若是沈放反了罗立忠，或许情况能够不一样。

可沈放似乎全然不在意，只笑了笑：“我当然知道，所以我得看着你，而你不能让这事儿有任何的差错。”

顾志伟顿了顿，又问道：“沈副处长，有一件事我不太明白，不知道该问不该问。”

沈放目光投过去，表示默许，顾志伟才说：“你为什么听任罗立忠的安排？”

沈放表情一沉：“你有得选吗？如果你选不了，何必问我这个问题？”

顾志伟没有接话，他继续道：“做好你该做的，不该问的别问。事成之后，罗处长不会亏待你的。”

沈放转身往门口走，在门口突然停住了，回身：“对了，忘了告诉顾行长一件事，我们在城南将军山附近给你老婆和女儿安排了一间别墅，南京的夏天来得太早了，天气热，去那里避暑比较舒适。他们应该已经在路上了，等我们的事情办妥了，你们一家人自然会团聚。”

短短几天，经过顾志伟的操作，罗立忠等人便收获了巨额财富。

办公室里，罗立忠看到报纸上的报道，脸色变得十分难看。

他安排吴队长对顾志伟进行威吓，又招来了沈放吩咐道：“盯紧顾志伟，钱一到手……”

说着，罗立忠做出一个杀人的手势。

“一切越快越好。”

沈放提着箱子，面色严峻，心事重重地走出了大楼。

屋外下着雨。

他其实早就明白，钱如果顺利到了罗立忠等人的手里，顾志伟一家一定不会再有活口。而且罗立忠的下一个目标甚至有可能包括他。

他到了顾志伟的办公室，故意支开了看守的小厮，顾志伟没有说话，继续看着账目。

沈放看着他：“我把人撤走了，你也不谢我一声？”

“你跟他们不一样吗？有什么可谢的。”

“那你得知道我想让你干吗？”

顾志伟依旧没有看他：“你们想干什么，我很清楚。”

沈放面色忽然奇怪起来：“那可不一定。我这次来，有两件事，第一件事，就是复制你的账目。”

这句话才引起了顾志伟的好奇，他抬起头问道：“你把这些账目复制走了，如果罗处长问起我，我怎么说？”

沈放玩世不恭地笑了：“该怎么说就怎么说，难道我沈放做的事情，还需要掩饰吗？你配合我，我会保证你家人的安全。当然仅仅复制账目还不够，我还需要你写一个被罗立忠胁迫的口供。”

“我凭什么相信你？”

沈放故作高深，抛出一个银元，用左手按在右手掌心：“猜猜看，是正是反？”

顾志伟没有说话，他不知道沈放葫芦里卖的什么药。

“你可以不信我，但你可以赌一把。我和罗立忠的立场不一样，当然赌不赌在你。而且我知道你一直在拖延转账的事儿，你担心一旦罗立忠拿到钱，你和你的家人就……”

罗立忠的手段，他们都很清楚。

沈放摊开手，将那枚银元丢在了桌子上。

袁大头在桌子上晃着，顾志伟看着，咬了咬牙：“好，我答应你。”

拿到了账目，沈放去了一趟党通局。

当他出现在沈林办公室的时候，沈林有些意外。

“看到自家兄弟，也不请进去坐坐？”

“进来吧，找我什么事儿？”

沈放随手将门关上，然后走到沈林身边：“你不是一直在怀疑我吗？有些事是时候该跟你说清楚了。”

“是吗，你真愿意说实话？”

沈放点了点头：“我知道你一直在调查金陵会，可你缺少关键证据。我想我手里的东西，一定对你有帮助。”

说着沈放将从顾志伟那儿复制的账目和顾志伟的口供递给了沈林。

“这些都是罗立忠、陈怀恺、何主任等人利用公款做空股票的证据。”

沈林翻看着账目和口供，有些吃惊。

沈放继续说着：“事情不能只看表面，好多时候跟人想象得会很不一样。别忘了还有一个东西我一直给你留着。”

他拿出了秦参谋的账本，虽说复制不完全，但也算是证据。

“当时我复制了一份，这两个证据完全可以扳倒金陵会。”

沈林惊讶道：“你居然会这么做？”

沈放看着沈林的表情，觉得莫名好笑：“没想到？你想不到的事还有呢，再过不到两个小时，我和你在这里见面的事情罗立忠也会知道。”

沈林有些意外地看着沈放，这事发生得太突然了。

沈放却忽然转头说："党通局里是不是有两个叫张建清和谭永森的人？"

"是。"

"他俩是罗立忠的线人，每个月罗立忠会给他们三十个大洋的补助，目的就是了解你们的一举一动，所以这儿有什么动向，保密局那边第一时间便能知道。"

这是他从顾志伟那里得到的消息。

"那你为什么还来找我？"

似乎是一招不入虎穴，焉得虎子，不过这虎子是什么，沈林不解。

沈放笑了："今晚，我在狮子楼包间要了一桌酒菜。这么多年了，我们兄弟俩应该好好聊一聊了。"

罗立忠很快就得到了所有的消息，沈放要了账目光明正大地去了党通局，党通局里的两个线人被停职调查，沈放在狮子楼订了一个包间，说是要请客吃饭以及无意中从小严嘴里听来的那天沈放找她喝酒的事情。

他有些呆住了，吩咐吴队长，立刻控制住顾志伟，同时通知宪兵队控制进出城哨卡，见到沈放一定要控制住，并且召集行动组，等他命令。

可直到傍晚也没见沈放出城，查探到的行踪居然是在自己的公寓，罗立忠亲自走了一趟。

到的时候屋内放着唱片，沈放端了一杯红酒，跟着音乐摇晃着身体。

罗立忠将唱片机停了，沈放这才安静下来，饮了一口酒："知道你会来找我，但我没想到你的动作这么快。"

罗立忠面色很不好："我一贯如此，决定了的事情，一秒钟都不想耽搁。"

"既然来了，必然是有些问题想当面跟我证实，你问吧。"

"我是有很多问题要问你。我把你当兄弟，什么都不瞒你，有钱一起赚，有福一起享，你却这么阴我？"

沈放却满脸轻松随意："是吗？股票的事儿说是大家一起赚钱，但是面子上担风险的是我一个人。而且我们应该有底线，你做这些事情，党国不能接受。"

"我们？你这个我们指的是谁？是党国不能接受，还是你不能接受？我第一天就说过，我这个位置迟早有一天是你的，看来你是等不及了。如果不是因为这个，那只有一个原因，你就是那只共党的鼹鼠！"

“随便你怎么想，说我等不及也可以，其他也可以。”

“既然你要这样，我也有我的做法。”

罗立忠突然一枪托将沈放砸晕了。

沈林召集了党通局的人，分为两队，一队去中南银行控制顾志伟，另一队前往将军山解救顾志伟的家人。

只是带着顾志伟回去的路上，车子刚一转弯就遇到了前面发生的一起车祸。

一辆货车翻在一边，好像是被另一辆货车撞翻的。两个货车上的搬运工相互不服，拿着家伙争吵着。

车子只好在街头停了下来。李向辉对旁边的特工说：“去瞧瞧怎么回事儿。”

那个特工召集了车上的人，不想刚一下车就有枪口对着他的肚子，是一个工人，其他几个搬运工也掏出家伙对着其他的特务。

李向辉看到这一幕正在诧异，突然四周又冒出一些人，用枪指着车内众人。

那为首的人夺过了李向辉的枪，又对坐在后座的顾志伟说：“你，下车。”

顾志伟无奈地打开车门下了车。

工人们在众目睽睽下撤退，将人押走，上了那辆货车扬长而去。

而另一边，郊外的公路上，任先生也刚刚劫走了押送顾家母女的车，此刻他正坐在副驾驶，顾家母女坐在后座上。

顾妻惊魂未定，张皇地用眼睛偷偷瞥任先生，顾晓曼拍着母亲的手，安抚着她。

这时任先生递过来一袋子炸元宵：“有个人怕你晚上挨饿，让我给你们带了这个。”

顾晓曼打开元宵，脸上渐渐露出惊喜：“是他！”

她知道，是沈放来救她了。

晚上，沈林按照约定，准时出现在了狮子楼。

只是刚踏进大门，他便警觉地发现这里的气氛不对。

跑堂的眼神犀利，注意着沈林，托盘下面似乎有枪。前台看了一眼沈林，见沈林的目光扫了过来，赶忙将目光移开了。

有一个客人下楼，手插在兜里，显然有枪。

沈林停顿片刻，下意识地退后一步，准备离开。突然门外走进两名保密局特务，拦住了他。

吴队长走了出来：“怎么着，沈处长，这是要上楼还是要走？”

吴队长给身边一个特务眼神暗示。那特务走了出来，一支枪抵住了沈林腰间，伸手从沈林怀里摸去，缴下了他的枪。

沈林冷峻地问：“吴队长，你知道你在干什么吗？”

“等你啊，不是在楼上订了包间吗？请吧。”

沈林被押着推进了饭店的一个包厢，吴队长站在一边。屋内罗立忠坐在一个大圆桌后面冷冷一笑：“沈处长好啊。”

就在此刻，对面大楼的阳台上，一把狙击枪正对着罗立忠。

沈林面不改色：“罗处长，你的胆子也太大了吧。”

罗立忠又一次露出让人憎恶的笑容：“这话说的，今晚是我请客。只要沈处长能将我想要的东西给我，这顿饭我一定让沈处长吃得心满意足。”

沈放说得没错，不过沈林也不想装傻。他冷眼看着罗立忠：“如果我不想给你呢？”

“狮子楼的肚包鸡是一绝，这道菜，你不会不知道吧？袖里乾坤的事儿，我罗立忠今天也得做一回。”

罗立忠依旧带着那瘆人的微笑，说着推开套间的房门。只见套间里，沈放被反手用手铐铐在一个椅子上。

沈林脸色一变，罗立忠看着他咂舌：“兄弟俩就是兄弟俩，哥哥查弟弟查了这么多年，到了关键时候，弟弟还是要帮哥哥脱身活命，胳膊肘终究是不往外拐啊。你这当大哥的，估计也不会不顾及弟弟的死活吧？只要你交出顾志伟，我保证不伤害沈放。”

沈林冷笑道：“我会不清楚你罗立忠的为人吗？得到了你想要的，我们兄弟俩还能活着走出这狮子楼？”

罗立忠脸色有些尴尬，但很快，他又露出了让人憎恶的笑容：“反正你已经来了，怎么想也没有多大关系。谁把我逼上绝路，我也一定不会让他好过。倒是你们兄弟俩这顿饭局省了我很多事儿。”

罗立忠得意地看着沈放：“你们一起因狮子楼失火而死，是个多好的安排啊！顾志伟和操纵股市的那些证据自然有人替我收拾，别忘了，我背后还有金陵会。只要你们两个闭嘴，谁会信那个姓顾的？”

就在罗立忠说话的同时，沈放活动着自己的手指头，强忍着疼痛把自己另一只手的大拇指拽脱臼了。

“罗立忠，弄死人的假案子你没少做吧？秦参谋的死不也跟你有关系吗？”沈放一边说，一边强忍着脱臼的疼痛，把一只手从手铐中解脱出来。

而且似乎因为愤怒，他一直在眨眼睛。

兄弟两个人四目相对，沈林瞧着沈放眉头微蹙。

沈放眨眼睛的频率很奇怪……是摩斯密码……

桌子底下有枪……

沈林伸手一摸，果然圆桌的下面粘着一把手枪，被桌布盖着根本看不出来。

是的，沈放今日设下的局就是为了取罗立忠的命，只有取代罗立忠他才能拿到“灵芝计划”参与人员的名单。

罗立忠并没有回答沈放的问题，只是冷笑着，脸色渐渐狰狞起来：“我并不想这样，是你们逼我的！我给你们兄弟俩太多机会了，我不会允许任何人威胁我。”

说着，罗立忠向吴队长使眼色，吴队长和另一名保密局特务上前拉开枪栓要同时击毙沈林和沈放。

就在这时，沈林突然发难，在桌子底下开枪击倒了其中一名特务。

与此同时，对面阳台上的陆文章也开枪了，子弹划过夜色直刺狮子楼二楼包厢。

吴队长为了躲避沈林的子弹，退了一步站在了罗立忠身前，那一枪打在了吴队长的头上，吴队长被当场击毙。

举枪对着沈放的特务慌了，沈放瞅准机会一脚踹倒前面的特务，伸手从旁边的茶几下面摸到手枪，开枪击倒了对方。

屋外，罗立忠的手下冲了进来，一群人一阵对射，屋里枪声大作。

混乱中，罗立忠知道形势不妙，连忙一边射击一边退出了包厢。

大厅的特务太多，兄弟两个试图冲出去失败后，沈林掩护着沈放回到包厢，沈放打碎窗户玻璃，顺着水管滑了下去。

罗立忠出了门，一头扎进了一条巷子里，沈放跳进小巷抄近路追了过去，很快就拦在他的面前。

“把枪扔了。”

等他反应过来的时候，沈放的枪已经抵在了他的额头上。罗立忠乖乖地听话，扔下了枪，脸色阴郁道：“想不到我会栽在你的手里。”

“人总有很多没想到，你不该把所有人都当成你的傀儡。”

罗立忠强笑着：“好吧，我输了。如果你放过我，我可以给你很多钱，把我交给你哥的话，你不会有什么好处。”

“我知道。我也没想把你交给沈林。”

沈放脸上出现一股杀气，但稍纵即逝，脸色又恢复平静："彻底取代你的方式，应该是让你永远的消失。"

"你就这么想让我死？"罗立忠一面说一面靠近，恍然大悟，"我明白了，你不只是要扳倒我，你是为了'灵芝计划'，你是共产党的人，你就是那只鼹鼠。"

沈放什么也没有说，拉开枪栓。两人渐渐靠近了，偏偏就在这时沈放旧伤复发，一阵眩晕。

罗立忠趁此机会从袖子里抽出一把匕首，划伤沈放的手臂，沈放手里的枪没拿稳掉在地上，接着两人搏斗在一起……

搏斗中，沈放的头越来越疼，眼前的影像开始模糊。

罗立忠一把将沈放按在墙上，一点一点地将匕首朝沈放心脏部位刺去，表情狰狞，拼尽全力。

两人僵持着，沈放的力气渐渐弱了下来，匕首一寸寸地朝沈放的胸口靠近。

沈放咬牙，全力对抗着。突然，沈放拼死用头撞向罗立忠，罗立忠尖叫一声，鼻梁被撞碎了，让他的力气顿时泻下。

沈放用尽最后的力气将匕首扭转过去，刺进了罗立忠的身体，自己也头痛欲裂，再也支撑不住倒在地上……

就在这时，沈林赶到了。

罗立忠气息未绝，见沈林走来，他捂着腹部，挣扎着，朝沈林走去，嗓音嘶哑地说："我们都被耍了，他是……"话没说完，他便支持不住跪下了。

沈放想阻止罗立忠，但头昏目眩，无法移动，眼前一片模糊。

沈林用枪对着罗立忠，走到他面前："你要说什么，告诉我。"

"他……他是……"沈放只看到罗立忠似乎跟沈林说了几个字，便再也无法支撑下去，整个人彻底晕了过去。

"你弟弟是共产党！"眼前罗立忠的脸是那么狰狞，他的肚子上还插着匕首。

沈林将枪口转向，对着沈放。

沈放惊恐地睁大眼睛。

沈林的枪口离他越来越近，脸也越来越严肃……枪响了。

沈放忽然惊醒过来，满头是汗。

旁边有个人握着他的手安慰道："没事了，没事了，你在医院呢。"

这一次的事情惊动了沈柏年，知道了他脑袋里的伤，沈柏年做了主张，给他动了手术。

视线从模糊到清晰，沈放看清楚了身边的人是姚碧君。

“先别动，好好躺着，我去叫医生。”

姚碧君走出了病房，沈放看了看病房，四周一切如常。

没人监视，那说明他还没暴露。

可罗立忠最后说了什么，沈林又知道了什么……

医生观察了沈放的眼底，听了心脏，做了简单的检查后十分惊叹：“这真是奇迹，沈先生恢复得很好，静养一阵就能出院了。”

医生离开后，沈放也没有说别的，只道：“我想见沈林。”

第十七章

CHAPTER 17

上位大动作，备用渡难关

沈林来的时候，沈放将姚碧君支开了。

兄弟俩面对面，但是没人开口。

沈林就那么盯着沈放，似乎想看穿什么，而沈放只是大病初愈后的一脸平静。

良久之后，沈林终于先起了头："这一次终于解开了我的心结，这个弹片是因我而起的。"

"没什么，那时你并没有把我当家人。"沈放故意绷着。

"我们都一起对付罗立忠了，你对我嘴还这么硬。"

听见沈林这样说，沈放才缓缓笑了出来。

沈林眼神依旧打在他的脸上："以后我们兄弟之间不需要剑拔弩张。"

沈放点点头。沈林看着沈放，迟疑了几秒钟，继续平静地缓缓地问道："你不怕突然有一天就过去了？"

沈放淡淡一笑，很坦然："死过一次的人，没有什么好怕的。"

"死过就更该好好活着，不过你活得可能不会那么舒服。你脑子里的弹片已经取出来了，但是神经长期被压迫受到的损伤没办法修复，以后你还是会头疼，虽然没以前那么严重，但是持续的，也许一辈子都会这样。"

"你应该没告诉父亲和姚碧君。"

"父亲一定不希望你跟他一样，一辈子受伤痛的折磨，告不告诉姚碧君你自己决定。"

话题戛然而止，兄弟俩再次相对无言，沉默了半晌，沈林一直在看着沈放。

"为什么用那么冒险的方式对付罗立忠？"

他知道沈放叫他来是有话要问他的，不过他更好奇这个问题。

沈放自嘲一笑："我刚醒，你就开始审问我了？"

"你要不愿意说……"

"没什么不好说的，我也是被逼急了。罗立忠操纵股市让我给他当垫背的，不管事情结果如何，他早晚也会对付我。"说完他问得很随意，"罗立忠怎么样？"

"死了。"

"那他有说什么，做什么吗？"

"他也许有话想说，可惜什么都没说出来。"

沈放显得有些惋惜："是吗？人之将死其言也善，我倒真想听听他的遗言是什么。"

他说着，发现沈林看他着的奇特眼神。沈林在想什么？罗立忠到底有没有跟沈林说什么？

随着罗立忠的死，国民党军队中秘密组织金陵会贪腐行径被揭穿，众多金陵会的军界高官被调查。

正如沈放计划的，蒋经国提议让沈放暂代了保密局一处的代理处长。

两个月后，沈放的伤养得好了些，便回了保密局。

处长办公室里，一位副官从公文包里拿出两个带着封条的盒子交给他："这是保密局军情一处绝密保险箱的钥匙和密码，请您检查封条，如果无误，现在向您转交。"

等那人离开，沈放把那两个小盒子打开，一个盒子里是保险柜的钥匙，另一个盒子是保险柜的密码。

沈放走到保险柜前，打开了保险柜，找到了一系列的秘密文件，包括"灵芝计划"的成员名单。

那一刻，他如释重负。

接下来的几日，他利用职务之便做了不少事情。

比如以有线人为由，公然从吕步青那里放了被抓进来的同志。

在五里坡见面时，任先生询问起来："保密局抓了地下印刷厂的同志？"

沈放笑了笑："放心，我已经安排释放他们了，就说他们给了钱而被收买做了保密局的线人。"

收了钱然后放人，这在官场上司空见惯，不会有人怀疑。

任先生笑了："你这个贪官在别人眼里越来越贪了。"

"别人怎么看我都无所谓，只要能完成任务。"

任先生点头，又说道："'灵芝计划'的成员名单已经送回老家了。各地都在逐步对投诚人员精心甄别，'灵芝计划'已经被彻底瓦解了。"

"那就好，我们的努力总算没有白费。"

沈放松了一口气，再抬起头的时候，任先生将一封信递到了他面前："这是顾晓曼托我转交给你的一封信，这封信组织审查过了，可以转交给你。"

沈放接过信，微微一笑。

回去的路上，他将信打开，里面的字句不长：你也许不会相信，从见到你的那一刻起，我就爱上了你。这种爱我无法用言语解释，我只知道对你，我是依恋的，我也一直都相信你是一个好人。虽然现在我们分开了，不知道什么时候才能见面，但我知道你在为另一个秩序而奋斗、努力。我也相信，我们会在未来、在一个更好的社会里重逢。

在沈放的努力下，国防部重要的军事情报被源源不断地通过任先生交给了后方。

会议室里，叶局长正在讲话。

"现在的社会运动越来越难以控制，工人和学生的组织规模也越来越大，这种情况必须遏制！"

说着他抛出一份文件，让秘书分发给众人。封皮上写着几个大字——秘密清除计划。

沈林的脸色变得忧虑起来。

吕步青站起来解释道："为了遏制现在的社会运动，我们经过研究决定对那些所谓的民主人士和学生领袖进行秘密清除，实施的办法就是对他们进行暗杀并伪造成意外事件。"

这样的事情令众人错愕，但没人说一句话。

叶局长目光扫过众人："各位对此有何意见？"

安静中，只有那个熟悉的声音响了起来："不经审判直接处死这些人，可能会引起民众更大的反弹。"

"沈处长多虑了，我倒觉得这样更好。那些搞运动的人，特别是学生，是没有见过鲜血的，如果让那群狂妄的学生尝到鲜血的味道，他们自然会恐惧害怕，也自然会听话。"吕步青笑着。

沈林不赞同地说："伪造成意外事件，一次两次可以，但这么大规模，难保不会引起社会上的非议和警觉。"

吕步青反驳道："只要他们没有证据，说什么都可以。再说了，沈处长应该听说过一句谚语，杀鸡给猴看。”

沈林针锋相对地说：“那吕科长也应该知道什么叫草木皆兵。”

叶局长咳了一声，结束了这场争吵，他说道：“好了，今天就是叫你们对这个计划进行评估，然后提交上来最后定夺，这只是一个意向，并没到实施的时候。不过你们所有人都记住，这个计划要绝对保密，除了参会人员，其余人等一概不能透露！”

散了会，沈林自然不会善罢甘休。

叶局长办公室里，沈林有些迟疑地问道：“这个计划是不是吕步青起草的？”

叶局长眼神有些闪烁：“你问这个干什么？”

“这是他的行事风格。”

叶局长却提醒道：“我是了解你的，不过要是换了一个人，你恐怕会惹来麻烦。”

沈林从不考虑政治派系，只是对国家负责罢了。沈林郑重地说：“还请叶局长三思，这样的计划如果真的实施，将是灾难性的。”

叶局长迟疑了片刻，没有说话。

这时，窗外隐约地传来学生和民众游行的声音，那反饥饿，反内战的呐喊声穿透了厚厚的墙壁。

“您应该听到了墙外的声音吧。”沈林突然开口。

叶局长叹息了一声：“你我都是从年轻时代过来的，年轻学生的思想是很有感染力的，但是这样的思想就真的是正确的吗？你我的职责是维护国家秩序，有些时候就是要用非常的手段。”

他说这话的意思十分明显，沈林焦灼地说道：“可是……”

叶局长打断了他：“好了，这个计划只是评估阶段，我也并没有多希望这个计划真的实施。但是，如果你反对，那你就得拿出更好的应对方法。”

今天是沈柏年亡妻的生日，这些日子沈柏年心中感慨良多，又觉得自己已经是风中残烛，不太能够熬下去了，便去亡妻的墓前说了会儿话。

沈柏年回来的时候，遇上学生游行，街头一片混乱，甚至有个女学生死在了他面前。他愤恨地想要冲进人群中去制止混乱，但还没迈开步子就眼前一黑，晕倒在了地上。

沈林敲门进来的时候，苏静婉正在给沈柏年喂药汤。

房间里，沈柏年睡在床上，面容憔悴而苍老。光线阴暗，屋里没有开灯，阳光并不浓烈，从窗口照进屋，笼着屋子里扬起的灰尘，显得腐败而苍凉。

沈柏年推开苏静婉的手，苏静婉不再坚持，将药汤放在了一边。

“父亲。”

沈柏年看着沈林，无奈地说：“老胡就是多事儿，你上班好好的，把你叫回来干吗？”

沈林正要回话，又有人敲门走了进来，是沈放。

进了屋子，兄弟两个人四目相对，有些尴尬，谁都没有说话。

苏静琬十分有眼色地退身出去，兄弟俩落座之后，沈柏年才问道：“今天的事儿，你们都知道了吧？”

兄弟俩点了点头。

沈柏年叹息着，缓缓说道：“我知道，今天不只有警察、宪兵，还有你们党通局的人和保密局的人，我一直希望我的两个儿子能为国出力，可这就是我的两个儿子干的事儿，这就是我们沈家干的事儿！”

他说完，眉头紧蹙，将眼睛闭上。任由兄弟两个说什么，他都没有再吭声。

“那您好好休息，我们先走了。”

说着兄弟俩退了出去，径直朝门口走。

避开这个话题，花园里，沈林问起了顾志伟的事情：“顾志伟的案子，保密局那边有进展吗？”

沈放有些诧异，摇头反问：“那案子是你在处理善后，怎么反倒问起我来了？”

“我怀疑有别的势力帮助顾志伟一家脱逃。而且我觉得你是知情者。”沈林直言不讳。

沈放冷笑：“为何？”

“因为只有你知道罗立忠的底细，并能提前做好所有的安排。”

沈放微微一笑：“那你有没有想过另外一个问题？”

“什么问题？”

“你知道金陵会涉案的那些高官现在都在干什么吗？”

沈林没有说话，脸色僵住了。

沈放继续说道：“你不知道？我知道！陈怀恺现在在长沙公署程潜的手下做了副司令……”

沈林呆住了，喃喃道：“这不可能！”

沈放笑了，淡淡地说：“没有什么不可能的，只是现在还没公布，不过应该快了。你没想到吧？”

沈林不说话了。

“罗立忠只不过是他们手里的一张牌，这张牌没了，他们不过吐点钱出来，还能怎么样？人应该识时务，我是看清楚了，你也应该看清楚点。”

沈林目光里带着疑惑。

沈放解释道：“你的注意力放的地方不对！你天天在家，居然不知道父亲的情绪变化。他腿上有伤，用镇定和镇痛的药物时间太久了，这样的药物长期服用会让人有抑郁症，看来这些你都没注意到。”

沈林眼里的疑惑，瞬间转化成意外。

“算了，太多事情，我们想的、看的都不一样。再说下去也没什么意义。”沈放说完，扬长而去。

沈林看着沈放的背影，陷入了沉思。

送走沈放之后，回到书房的沈林凑近书架仔细瞧了瞧，觉察出来有些不大对劲。

有人在他离开之后进来过。

他连忙打开橱门，拿出公文包翻看，里面的文件还在。那是他回来时带着的，就是叶局长在大会上发的那份文件，因为碍着沈柏年，所以他回来之后先来了书房，把文件放在了这里。

沈林狐疑着出了书房，看到胡半丁正准备下楼，便将他叫住，问道：“胡伯，有没有人进过我的书房？”

胡半丁回道：“没有，家里哪儿有外人来？就是来了，也不会上楼。”

“沈放呢？他有没有进来过？”

胡半丁摇摇头，说：“应该不会。您的书房不是都锁起来了吗？”

沈林迟疑地问道：“胡伯，沈放回来的时候，您在哪儿？”

“二少爷一直跟我在偏厅聊老爷的事儿。”

沈林故意试探，先前沈放进屋时身上明显不带冷气，说明他早到了这宅子。只是胡半丁说的竟跟沈放说的一模一样。

“没什么，您去忙吧。”

沈林害怕的事情到底还是发生了，那份文件泄了密。

叶局长大发脾气，要求严查所有接触过文件的人，而沈林的怀疑，自然而然地落在了沈放头上。

晚饭的时候，沈放居住的公寓里，沈林到访。

寒暄打趣两句，沈林皱眉说道：“我有些事情，想跟你单独谈谈。”

沈放看了看姚碧君，又看了看满桌子的菜，无奈地说：“看来今晚没法吃你做的菜了，大哥这意思是让我去街头馆子请客。”

沈放说完微微一笑，不管相视无言的两个人，穿上大衣就出了门。

公寓附近的路上，两人并肩走着，路灯下，沈放停了下来。

“现在只有我们两个了，你要问什么？”

他这个哥哥，没有事情是绝对不会亲自来找他的。

“回家那天，你是不是进过我的书房？”

沈放面露惊奇地说：“你丢东西了？怎么？抓贼抓到我头上来了？”

沈林严肃地说：“你别装糊涂，今天报纸上写了什么你不可能不知道。如果是你泄的密，你现在跟我坦白，我会酌情处理。如果被别人查出来，恐怕你就没那么好看了。”

沈放自然知道沈林说的是什么，义正词严地说：“你认定了是我，干吗不直接抓我？泄密是重罪，不过我是保密局军情一处的代理处长，诬陷我是什么罪你也应该清楚。”

沈林看着沈放，久久没有说话，也没有将目光移开。

两兄弟在路灯下对视着，仿佛要看穿彼此。

最后的结果，自然是不欢而散。

报纸上的消息一经登出，就引起了轩然大波。

不仅沈柏年对此怀疑，就连长久不联系的乔治其也对沈林展开了追问。

茶馆里，乔治其面色凝重地问道：“大哥，为什么日子会变成这样？”

他才收到了沈林的钱，不过那些钱昨日还能够些生活费，今日就连一杯茶都喝不起了。

沈林摇摇头没说话，脸色憔悴，过了好久才转移话题道：“你今天约我出来有什么事儿？”

乔治其压低了声音说：“学联和民运的人昨儿举行了秘密会议，说是两天后要号召学生和民众再次上街游行示威，抗议政府残害民主人士和学生的阴谋。”

说着他从衣兜里掏出一份名单递给了沈林：“这是人员名单。”

沈林正要接过来，乔治其却犹豫了。

沈林不解地看着他，他犹豫地问道：“报纸上写的那个什么清除计划是真的吗？你们真的会用那样的手段对付我们？”

“你怕什么？”沈林面露尴尬。

“我不是怕。你让我相信政府，我一直都听你的，可现在我不知道这样的相信到底对不对。有的同学被打死了，有的被打残了，还有一个同学没了一只眼睛。你说过不会让我失望，可你真能做到吗？这份名单上的人会不会跟报纸上说的是一样的下场？”

乔治其鼓足勇气与沈林目光相对，沈林先是有些发愣，接着眼神有些闪烁，避开了乔治其的目光，低头喝茶。

“我会公正处理这些事情，他们有错必须受到惩罚，但我会保证他们的安全。”乔治其郑重其事地看着沈林，说：“我相信你。”

说着乔治其把那份名单放到桌上推到沈林面前，然后起身离去。

沈林满目愁云，坐在原处，倒了一杯茶，想喝却没有喝下。

刚回到党通局，沈林就被传话，叶局长请他到审讯室走一趟。

沈林到的时候，审讯室里正在审讯一个犯人，那人已经被打得皮开肉绽，昏死了过去，吕步青正喊人将那人泼醒。

沈林凑到叶局长面前，说道：“叶局长，您找我？”

“文件泄密的事儿有进展了，是吕科长的功劳。”

沈林转头看了一眼吕步青，吕步青指了指刑椅上的人，向他解释：“行动科的线人提供了线索，有一家报社的编辑收到过那份机密文件，我们把那个编辑抓了，顺着这个线索还抓了一堆相关的人，恰好有一个是共产党的外围。”

“恭喜行动科又立功了。”沈林冷冷地说着。

“沈处长最好听一下这人的口供，叶局长也是这个意思。”

叶局长脸色难看地看了沈林一眼，点点头。

吕步青走到犯人面前，说：“说吧，把刚才的话再说一遍。”

那人已然筋疲力尽，目光涣散，喘息着说：“我是汇通商行的办事员。平时跟印刷厂有联系，负责送油墨和纸张。那份文件是我转交给报社编辑的。”

“你怎么会有这些文件？”

“有人匿名给我的，重要的文件都会做上记号，让我传递给下面的几家报社。”

“跟你联系的共产党还有什么人？”

“我们的接触都很小心，我只见过一个叫廖川的，他是夜色咖啡店里的店员。”

吕步青和那个犯人一问一答，沈林听完不明所以：“就要我听这些？”

吕步青脸上露出难以琢磨的笑：“别急啊，沈处长，这里面的问题多着呢。这家伙没过几天就被保密局放了，抓他和放他的人就是沈放。”

他在说出“沈放”两个字时，故意停顿了一下，语气也加重了，似笑非笑地看着沈林。

“沈放是你的弟弟，而你又是接触过那份文件的人，把这些联系起来，你不觉得很有问题吗？”

沈林咽了一口唾沫，额头出汗了。

叶局长静静地望着他，似乎在等他给一个解释。

吕步青步步紧逼：“你解释不了的，那个廖川在夜色咖啡馆工作，沈放似乎很喜欢去那个咖啡馆。再把这个线索联系起来，沈处长，你觉得该怎么分析？”

吕步青无意间查到了之前沈林让姚碧君监视过沈放，索性用姚父作威胁，将这件事情重新演了一遍。咖啡馆的事情，消息泄露之后沈林去找沈放争辩的事情，吕步青都是通过姚碧君所知，这更加证明了他的推断。

沈林面色严肃，隔了一阵子，十分平静地说：“这些证据可以推断沈放涉嫌通共，也有窃取和泄露国家机密的嫌疑。我认为应该通知保密局方面，立刻对沈放展开调查。”

吕步青冷笑道：“这事儿你沈处长想把自己摘清了，好像没那么简单。”

“当然，对我也应该调查，如果是我泄密也应该马上逮捕我。”他面色镇静。

“沈林，我现在还是相信你的，希望你没牵扯其中，否则……”叶局长顿了顿没有说下去。

保密局的人很快就将沈放请了来。

保密局会议室里，沈放进来的时候，党通局的叶局长和保密局的陈局长坐在会议室首位上，吕步青带着一众行动科的人站在四周。沈林坐在一边，他身后也有两个党通局的人，看情形他像是在被看押。

沈放故作轻松，表现出一丝意外，却又有些戏谑：“哟，这是什么情况？”

“有些事需要你协助调查，好好听听党通局的人怎么说。”陈局长如是说，接着他向叶局长点了点头。

叶局长会意，示意吕步青将人带进来。

犯人被特工带了进来，与沈放对视的一瞬间，脸上露出惊讶的神情，再看了看吕步青，脸上显现出紧张与不安。

那人将先前说过的话又说了一遍，吕步青继续问道：“你被保密局抓过，后来怎么又被放了？”

“是因为……是因为……”犯人有些胆怯，怯弱地吐出了几个字，“保密局里有共产党的人。”

吕步青听完又转头看着沈放，说：“沈处长，你还有什么要说的吗？”

沈放微微一笑，看着吕步青，脸上依旧是玩世不恭的表情：“说我通共，还说我泄密？”

沈放说完，扭头看着沈林，冷笑道：“大哥，可以啊，还是你设计的我吧？”

沈林尽量克制着自己的情绪，面无表情地说：“我也希望你是清白的，但如果你有问题，我会第一个抓你。”

吕步青接话：“两位沈处长，别演双簧了，这么多疑问只有你们能说清楚。据我了解，党通局的机密文件被沈林沈处长带回家的当天，这位沈处长也回家去看过父亲。也就是说，你很有可能接触了文件，并把文件传递给共产党。”

沈林看着沈放，眼神里充满了怀疑。沈放则将目光移向陈局长和叶局长。

“陈局长，连您也不信我吗？”

陈局长缓缓而慎重地说道：“事关重大，你必须说清楚。”

众人都盯着沈放，一时间室内空气仿佛凝结了。

这时候，沈放慢慢地将手伸进了西服内口袋里。

吕步青厉声道：“沈处长，你想干什么？”

沈放冷冷一笑，轻蔑地瞥了一眼吕步青，然后拿出一只怀表，低头看了一眼，说：“再等十分钟，请陈局长给一处侦讯组的人打个电话，你们会听到你们想知道的答案。”

“有这个必要吗？拖延时间没用。”

“急什么，我要真是共产党也跑不了。”

墙上的时钟缓缓移动着，众人的等待中，有人敲了门。

保密局一处侦讯组的特务将一个箱子拿了进来，接着又从箱子里拿出一个破旧的电台。

那个特务解释着：“按照沈处长的部署，我们破获了中共地下据点三个，缴获电台一部，不过中共谍报人员因为提前得到了消息全部逃离。我们已经通知下去，全城搜捕。”

吕步青满脸疑惑。

沈放正色道：“告诉各位长官，你们盯着这几个据点多久了？”

“报告长官，这几个据点我们盯了三个月。”

沈放继续问道："为什么盯了这么久？"

"因为共党的地下电台经常变换发报规律和发报地点。"

最后，沈放指着箱子里的电台，目光扫过吕步青和沈林，落在陈局长的脸上："这就是我的答案。我的确经常去夜色咖啡馆，那个廖川也的确是我发展的线人，他现在是保密局南京站的外勤人员，就是廖川给我们提供了情报，我们才知道中共在南京有几组地下电台活动频繁。为了把地下发报网络一网打尽，我才放了中共的人用来迷惑他们，这就是我接触共产党的目的，而且我所有的行动都有记录！"

说到这里，沈放的目光再度移到吕步青的脸上。

吕步青表情尴尬起来，站在那里，脸不由得涨红了。

"只是没想到吕科长动作真快，要不是你们贸然抓了人，我们得到的电台不会只有一个，而且也不会一个人也抓不到！"

吕步青神情尴尬而紧张，沈放不屑地转头看着沈林，继续说："文件泄露是你们党通局的事儿，找我们保密局的麻烦是什么意思？那是不是保密局有情报泄露也可以找你们党通局的人过来问问？"

沈放转而看向陈局长："局长，我们一天到晚对付共产党，这明显是有人嫌咱们太轻松给咱们找事儿啊！"

陈局长脸上露出得意的神色，假意训斥着沈放："好了，大家都是党国情报部门的同仁，都是为国出力的。人家有疑问，来问清楚也是应该的，受点委屈算什么！"说完，陈局长扭头对叶局长说道，"叶老兄，对付共党，你们党通局恐怕还得多下功夫，再引起误会就不太好了。"

叶局长急于脱身，说："陈局长多体谅，那今天就到这儿吧。"

说完，他不满地看了一眼吕步青，而他身后的沈林松了口气。

这件事情到此为止，但消息泄露的事情还是要查下去，上面要求叶局长一周内破案，他也算是狗急跳墙，从保密局吃了瘪回来后，便下令将那些记者全都抓起来了。

他这是在给自己找台阶，如果一周内不能找到泄密的人，这些记者就成了替罪羊。

回到办公室，沈林交代了李向辉，让他多看着点吕步青的人，不要下手太重，然后便称累了，将李向辉支了出去。

他坐下来，将手插进了口袋，摸出了一张纸。

那是乔治其给他的名单。

沈林知道如果那些记者被捕，会激发这名单上的人带领民众更激烈的抗议，现在按照这份名单去抓人吗？让这些人落在吕步青手里？那这些年轻人会怎么样？

如今的一切让他有些疲倦不堪，他的职责到底有什么意义？

最后他坐直了身子，犹豫着将烟灰缸拿了过来，然后从抽屉里拿出打火机，将名单烧了。

另一边，沈放用一早就准备好的备用方案渡过了难关，但新的问题依然困扰着他。

这次的泄密与他全然无关，这让他开始怀疑，组织上在沈家是不是还潜伏着别的同志。

吕步青行动利落，不但四处抓人，用刑也毫不手软。那些该说的、不该说的、真说的、捏造的，审讯记录摞满了一桌子。

沈林并不关注此事，反而把重点放在了那个匿名给印刷厂和报社送文件手抄稿的人身上。

纸张和墨迹鉴定很快就有了结果。

通过分析，纸张是名贵的青檀玉版宣纸，墨是名贵徽墨，说明书写的人家境很好。

这个结果让沈林再次想到弟弟沈放，弟弟从小顽劣，却跟着父亲写得一手好字，也喜欢用这样的纸张墨品。另一个念头同时出现在沈林的脑中，不过沈林随即把那个念头打消了。他觉得自己已经快得精神病了。

晚上回到家，他怕沈柏年责问，没有开灯，想要趁黑摸上楼去，可沈柏年坐在沙发上等着他，见到身影便将他叫住了。

父子两个对视而坐，黑暗里，沈林看不见沈柏年的表情。

“抓记者的事儿做得很不好。”

沈柏年知道，沈林这么晚回来，肯定是处理这件事去了。

沈林不想与他谈论这事，提议道：“父亲，现在太晚了，天气又冷，要不我先送您回房，明儿再聊？”

“我没事，听我说。”沈柏年叹息道，“党国最厉害的情报机构只会拿记者开刀，你们明明知道这些记者是无辜的，找不到泄密的人，就只能用这种愚蠢而荒唐的办法了吗？”

沈林不耐烦地回道：“这是我的公事，您不了解情况就不要操心了。”

“不，现在仔细听我说，一个字都不要落下。打电话给你们的叶局长，就说那份机密文件是我泄露的，我才是你们真正要找的人，跟那些记者无关。”

沈柏年的这一番话，叫沈林脸色突变，他明显愣住了，半晌没有说话。

微弱的光线下，父子俩面对面地对视着，良久没有出声。

“您这是在说什么？我看您是真的糊涂了！”

沈柏年并不管他，继续说道：“在你拿到文件的第二天，我就去了监察院，本想质问现在的监察院在干什么。可我在监察院的院长办公室里看到的就是你们党通局起草的那个什么清除计划。以你的头脑，看到那手稿的笔迹你就应该想到是我，只是你觉得不可能，对吗？”

沈林那个时候心里打消过的念头正是如此。

沈林有些不知所措地说：“父亲，不，不是，这……你这样做到底是为什么？”

“你不要觉得意外，这些年我已经看透了官场上的尔虞我诈，本想自我逍遥，可政府实在是病入膏肓了。我虽然不是共产党，但是共产党让我感受到了希望，这样的力量也许能让国民觉醒，我只是做了我想做的一件事。”

沈林又急又气地说：“您是不是疯了？！这些话，我就当没听见！”

沈柏年依然不紧不慢地说：“如果你不照我说的做，我也会打电话给叶局长，我不想那些无辜的记者为我承担莫须有的罪名。但我自己打电话，对你没好处，你的权力和地位可能会动摇。由你来举报我，你在这个党国政权里的地位才会更加稳固。你别多想，这不是让你陷害我。第一，这样做符合你的原则，符合你党通局党政调查处处长的身份，你一直以来都是个铁面无私的人；第二，我不想把你卷入其中。前几天你跟你弟弟之间的事儿我不是不知道，你们俩是我的希望，只有你们平安，沈家才能平安。”

沈林不说话了，他不知道该说什么，从父亲的眼中他看到的只有坚定。

“你没有你弟弟大胆，一直按照规则去办事，但是还有遵守规则的必要吗？”

沈林沉默了，没有反驳。

“我就一件事要嘱托你。如果你弟弟有一天做了不合乎你原则的事情，希望你能顾及兄弟之情。”

第十八章
CHAPTER 18

沈柏年自尽，长兄掩身份

清晨，叶局长带着沈柏年走出了沈宅。

沈放得到音讯匆忙赶回来，两个人在门口打了照面。

沈柏年满脸欣慰地对沈放说："你不用担心我，我以前是为自己的信念做事，如今我还是在为我的理想努力着。"说完，沈柏年回头看了一眼沈林，"走吧。"

沈林一如往常面无表情地陪着父亲走到党通局汽车旁。

汽车消失在夜色之中，沈放转头看着满脸泪痕的胡半丁，说道："胡伯，我想跟您谈一谈。"

一杯热茶下肚，茶气氤氲，沈放久久才舒了一口气。

"我爸泄密这件事你早就知道对吗？"

"我只是沈家的一个门房，该说什么不该说什么，我是知道的。"

沈放认真地说："现在只有我们两个，胡伯，你是看着我长大的，你必须给我一句实话，家里有一个让我想不透的人，我不踏实。

"我爸的事儿不应该只是泄密这么简单，那个清除计划里一些主要人物已经被安排离开南京了，有些人离开的时间甚至和报纸刊登那个计划的时间是同一天，这不可能是巧合。这些人都有严重的共党嫌疑，送走他们可不是我爸能做到的。"

沈放盯着胡半丁，沉默了一会儿，说："但是一个老门房也许有办法。"

胡半丁叹了一口气，说："你想得没错，老爷的事儿，我从一开始就知道，而我的事儿老爷也清楚，只是我们都小看了老爷。"

胡半丁将事情始末全都说了一遍，文件是沈柏年送出去的，而且沈柏年知道他的身份，特地嘱咐他用他身后的力量将那些人送走。

最后他还说："二少爷，我们是一路人。"

沈柏年被送往了紫金山别墅软禁，监察院副院长泄密这么大的丑闻也很快被封锁了起来。

不过以沈柏年的地位，审也审不得，问也问不得，倒是一件棘手的事情。

党通局里对于沈林的议论开始沸沸扬扬起来，说这是沈处长为了往上爬拿自己老爹当垫脚石呢。

沈林听到这些不为所动，嘱咐李向辉："告诉吕步青，让他停止对那些记者的审讯，而且不能再用刑了。"

李向辉点了点头："是。"转而他又想起别的事情来，"对了，还有个事情要跟您汇报。顾志伟一家有下落了，在新加坡。有个侨务委员会的人到南京来述职，是他说的，不过局里忙着别的事儿，没人搭理他，就耽误了。"

沈林转头看着他，意味深长。

梁纪明查到了那笔钱还在香港，不过在几个月前已经转到了其他几家公司的户头上。

这几家公司的背景比较复杂，但有个共同点就是都和共产党做过生意。从这方面可以推断出，顾志伟一家应该跟共产党有联系。

这样看来，想要把那笔钱追回来绝非易事，沈林安排梁纪明尽快回了新加坡，想办法跟顾志伟一家接触，试图掌握他们是通过什么人离开南京到了香港，又到了新加坡的。并强调梁纪明的调查只能跟沈林汇报，不可走漏风声。

直到傍晚，沈林才离开党通局，跟着李向辉去看了沈柏年。

车子刚开出大门，旁边角落里突然冲过来一个人，一个警卫拦住了他，把他拉到一边，那人的喊声含混，让人听不清楚。

沈林回头看去，是个消瘦而落魄的中年人。

行到半路上，沈林终于想到了什么，说："刚刚党通局门口那人，对了，他很像两年前被交换过去的共党分子陈伟奎。"

李向辉一面开着车一面点头："就是他，从延安逃回来了。"

"逃回来了？他背叛了共产党，来投奔我们了？"

李向辉不屑地说："对，他说在延安太苦了，想用手里的情报换点钱，回老家过日子。"

沈林似乎有些累，用手按了按眉心，说：“这样左右摇摆的人没什么价值，如果真有价值，他也早就交代干净了，不会等到今天。”沈林说完这话，突然回过神来，“向辉，你不用送我了，在前面路口停车吧，我自己开车去老爷子那里。”

辗转回到沈宅，沈林远远地就看见陈伟奎在门口徘徊。

陈伟奎脸上病怏怏的，看着沈宅的匾额，有些失落，回头却发现了站在不远处的沈林。

沈林走了过去，陈伟奎脸上露出讨好的笑容：“沈处长，我是特意来找您的。”

沈林知道他的意图，从西服内口袋里掏钱出来递给他，冷静地说道：“如果需要钱，我可以给你，但以后不要再来了。”

意外的是，陈伟奎并没有接过钞票，而是看着沈林说道：“我为了知道你家在哪儿，花的钱都比这多。”

沈林凝眉，他带着笑脸继续说道：“我有沈处长特别感兴趣的情报。如果沈处长不感兴趣，我可以想办法去找叶局长，我想叶局长也会有兴趣的。但如果叶局长知道这个消息之后，就怕对您不太好了。”

沈林迟疑了片刻，想了想才应下：“好吧，可以进来吃顿饭。”

两个人一前一后走进来的时候，胡半丁见到陈伟奎，脸上闪过一丝意外，但转瞬即逝，沈林没有注意到。

苏静婉去看沈柏年了，屋子里现在就他们三个人。

“别客气，只是我家生活一向简单，希望你能吃得惯。”

到了饭厅，桌上四菜一汤，确实看着比较简单。

沈林一直在审视着陈伟奎，寒暄几句之后，沈林直言道：“我很难理解，当初那么用刑你都扛住了，现在你居然会逃回来。”

陈伟奎脸上写满了无奈：“理想和现实是有差距的。以前在南京工作时，过的是衣食无忧的日子，现在，才知道什么是艰苦。”

他军调时被换回，好不容易通过了审查，可因为要打仗，粮食、食盐、日用品一切都要定量，而且是最低的定量。

天天粗粮果腹，他的身体终于吃不消了，一次外出的机会，他去大医院检查了一下，医生说他顶多还有三五年的光景。当他的生命快要走到头的时候，他一咬牙就逃回来了。在南京辗转了一个多月，他想拿手上的情报换点钱，回老家娶个媳妇，也许还能让老娘抱上孙子，过几年普通人的日子。

他说完这些，沈林眉头微蹙：“我不想听你诉苦，这些话就算能让我同情，也并没有多少价值。”

陈伟奎抬头看着沈林，说：“但我接下来要跟你说的，对你会很值钱。”

他一边说着，一边舀着汤喝。

沈林冷冷地说：“你的胃口不小，可我很怀疑你是否有那么有价值的东西。”

陈伟奎自信地看着沈林：“那是你不知道我的底牌，如果我要说的是关于您的弟弟沈放的情况呢？”

沈林不动声色地看着陈伟奎，陈伟奎放下碗说道：“我需要看到沈处长的诚意。”

沈林与他对视了几秒钟，随即起身，拿起一边的电话打给李向辉。

“去局里取两千大洋来我家……现在。”

挂了电话，他耐心被耗光：“说吧，圈子绕太远了。”

“好，我现在告诉你，沈放是潜伏在南京的共产党。”

“我要证据。”

陈伟奎笃定道：“抓捕共党分子方达生的那天早晨，我也去过方达生的屋内。出来时，遭遇过汪伪特务的袭击，是沈放救了我，而沈放正是要去和方达生接头。那天死的是乔宇坤，他当时是汪伪政权南京军事委会政治保卫总监部南京直属区主任，不久后沈放就接替他成了主任。”

沈林冷冷地看着陈伟奎。

“不用怀疑，当北平军调处置换人质把我换回去时，沈放曾重重地按了一下我的肩膀。回去之后，我核实过沈放的身份，一切都如你我的猜测。”

这话说完，屋里安静得掉下一根针都听得到。

沈林许久之后才开口：“也就是说你是要给我机会，让我把你说的情况变成我的家事来处理？”

陈伟奎语气依然平静：“没错，我拿到我要的就会离开南京，这件事儿永远也不会有人知道，起码我不会再说出去。如果您不答应，我只能再去找对这个情报感兴趣的人，我相信会有人更愿意给我钱。但是我念着你曾经对我的帮助，所以我想这事情应该到此为止。”

沈林点了点头：“好吧，你说的的确对我很重要，你想要银元或者金条我都可以满足你。不过事关重大，如果让沈放过来，你能当面与他对质吗？”

陈伟奎说道：“只要你给钱，让我怎么做我都不在乎，一个背叛的人还能在乎什么呢？不过你能保证我的安全吗？”

“会的，如果你死在我家里，难道对我不是麻烦吗？”

这时，门被推开了，胡半丁端着盘子又进来了。

他将一杯茶放在沈林面前，一杯放在陈伟奎面前，然后突然一把拽住陈伟奎的头发，向后一带。

陈伟奎整个人往后一仰，胡半丁以极快的速度拿起桌子上的筷子，对着陈伟奎的喉咙用力地刺了过去，陈伟奎连喊叫的机会都没有就被筷子刺破了喉咙。

胡半丁的袭击让沈林呆住了，沈林猛地站起来，喝道：“老胡，你这是干什么！”

陈伟奎的脸孔已经憋得发紫，全身抽搐，眼见是活不成了。

胡半丁异常冷静地说：“很简单，除掉一个背叛的人。”

沈林震惊地看着胡半丁，仿佛从来没有认识过这个人。

胡半丁语气平缓：“你们的话我都听到了。大少爷别急，我老胡杀人从来没有失手过，他不会再说话了。”

“你到底是什么人？”

“我是谁不重要，只是我跟沈家的缘分今天算到头了。往后，老胡不能再照顾你们兄弟俩了。大少爷要注意休息，你从小就腰寒，是小时候在江里游泳受的寒气，你操心劳神的事儿太多，别太累着自己。现在，你应该把我抓起来，我不会反抗的。”

胡半丁一边说着一边靠近沈林，伸出双手似乎在等着沈林把他铐起来，可又突然猛地上前一步，再次出手从沈林的腰际将沈林的枪抢了下来，举枪对着沈林。

“大少爷，你还是心眼太好了，别忘了你在狼窝里，上次你受伤的教训还小吗？”

李向辉拿着钱从院子里走了进来，餐厅门是开着的，他一眼就看到了餐厅里的情况，忙掏枪往里走着。

胡半丁举着枪走到陈伟奎的尸体旁，确认他已经死了，然后迅速将枪放到了陈伟奎的手里，握住陈伟奎的手对着自己胸口开了几枪……

沈林冲过去，想抱起胡半丁。

胡半丁将沈林推开，血汩汩溢出，他勉力支撑着，说：“大少爷别害怕，答应我照顾好你弟弟！我不死，这事儿你交代不过去，你的秘书很快就来了，你必须有个合理的解释。我给你想好了，这事儿有两个版本，第一个版本是陈伟奎说的，你可以去抓二少爷，说我和他都是共产党。”

“不，我先送你去医院，等我去叫救护车！”

胡半丁没有理会他，抓着他的衣服，继续说道："第二个版本，因为你一直在抓共产党，抓亲共人士，让共产党忌恨，这个陈伟奎投诚说有情报要交代是假的，实际上他是来暗杀你的。他趁你不备抢了你的枪，而我救了你，杀了他，但我被他打中了。这个解释天衣无缝，没有人会怀疑你家这么多年的老门房是共产党。用哪个版本你自己想……只是别忘了……我是……我是……为了你和你兄弟死的……"

说完这些，胡半丁气绝身亡。沈林有些呆愣，眼泪簌簌落下。

门外的李向辉也呆住了，想移动步子往后退，却不小心碰到旁边架子上的花盆。响声惊动了沈林，他抬头看到了李向辉。

四目相对，沈林转头看向他，他结结巴巴地说："我刚到，我……什么也没听见……"

沈林冷冷地看着他，一步步地逼近，说："你不是刚到，我听见你的脚步声了。"

"您可以放心，我看到的、听到的一定会跟您向局里汇报的一致。"

沈林依旧死死地盯着李向辉："你如果想立功，没必要听我的。"

"我知道，可我跟着你时间长了，我不想换一个像吕步青那样的上司。"

关于胡半丁的死，沈林选择了后者的解释，党通局这边，李向辉在叶局长处也帮沈林掩盖了过去。但现场疑点重重，叶局长并没有完全相信，而是暗示吕步青进一步调查。

沈林还试图用这个解释来瞒过沈柏年。

他专门走了一趟，到的时候沈柏年正在刻印章。

沈林酝酿了片刻，硬把憋了许久的那句话说出口："胡伯死了。"

沈柏年手一抖，刻刀划破了手指，鲜血把下面的宣纸染红了一片。

"发生了什么？"

"胡伯的死，怪我。我没有想到那个陈伟奎投诚说有情报要交代是假的，其实是为了刺杀我。他趁我不备抢了我的枪，如果不是胡伯，死的可能就是我了。"

他一边给沈柏年包扎着，一边说道。沈柏年呆立了半天，笃定地说："老胡的死，你没跟我说实话。那个共产党应该不会到家里来杀你，这不像共产党的作风。"

沈林急促地说："父亲……"

沈柏年却举手示意他不要说下去。

“老胡是为了你弟弟死的。你跟不跟我说实话都没关系，只是别忘了，你答应过我，不管出了什么事儿都不要为难你弟弟，你们是一家人。”

说完这一句话后，两个人都察觉到了门口的沈放，停止了对话。

沈放走了进来，沈林却转头离开，沈柏年又开始用刀子刻印章，只是动作更加缓慢，沈放就这样在一边看着不说话。

过了一会儿，沈柏年开口了：“你来了也不说话？”

“胡伯的事情，大哥跟你说了吧。胡伯的身份……”

沈柏年叹了口气，放下了手中的刻刀，神情怅然。他回头看着沈放，缓缓点了点头，沈放即刻了然：“我早就该猜到了。”

沈柏年看了看沈放：“你怎么看老胡？”

“不管他是什么人，他都是沈家的人，是我的胡伯，这是改变不了的。以前我以为一个人只要他愿意，就能将过去的经历全部抹掉，就能选择一种和以前截然不同的生活。现在我明白了，那是不可能的，我的过去已经融入我的血液里。就拿您和我来说，您的性格、脾气、为人处事的方式，都在我身上体现了。”

确定了胡半丁的身份，沈放去见了任先生。

“胡半丁同志牺牲了，他是我们的人。”

任先生这边也已经打探到了，他长长地叹了一口气：“我也是刚刚才知道，为确保安全，大家都是单线联系，很多同志直到牺牲别人可能都不知道他真正的身份。”

两人黯然，玄武湖远方的水面有水鸟飞过，掠过平静的水面，荡起涟漪。

许久之后，任先生才开口：“看来你的身份沈林已经知道了。现在只有两条路，一条是你离开南京。另外一条是……”

沈放没有去看任先生，淡淡地说道：“对付沈林吗？”

任先生没有说话。

“我看过党通局的案件记录，沈林掩护了老胡，也是在掩护我。”

“但我们无法掌握沈林的动作，他现在不揭发你，不代表以后他不会说出来。当然，于情于理，对付沈林，对你来说是很难的，组织上也不觉得沈林是个十恶不赦的人。所以，你还是离开南京吧，越快越好。”

沈放摇了摇头：“不，除了这两条路，还有第三条。”

任先生意外，看了看沈放，面露疑惑。

“说服我哥，让他到我们的队伍中来……”

沈放话刚说出口，任先生当即否决：“这太危险了！”

沈放争取着：“希望组织能给我这个机会，我想试一下。现在的沈家，我的父亲被抓了，胡半丁也死了，这对沈林的触动很大。如果能策反沈林，也许我们可以获得更多情报。”

任先生思考了一会儿，缓缓地说道：“我会向组织汇报，但这期间只能你自己承担风险。”

沈放坚定地说：“相信我，他既然在掩护我，我就有机会。”

这个机会很快就来了，但对沈放来说并不是一个好消息。

一个雨天，兄弟两个相约而至。

别墅里，沈柏年一面泡茶，一面问：“老胡的后事料理妥当了吗？”

提到老胡，两兄弟都有些伤感。

“他在徐州有个侄子，我给了些钱，让他侄子把他的遗体送回老家安葬了。”沈林说。

沈柏年叹了口气：“那就好，人终究是要叶落归根的。”

沈林忙跟话：“在最后的归宿到来之前，总要活得好好的才行。”

就这一句话中的迫切，沈柏年立刻就看出了沈林的奇怪，说道：“你今天有心事。”

说完他又看了看沈放，沈放从进屋到现在没有讲过一句话，他又改口道：“不对，你们俩今天都有事。”

沈林正在倒茶，听沈柏年这么一说，手抖了一下，茶壶里的水洒在了茶海上。

他在家中收拾沈柏年的衣物时，翻出来一张诊断书，上面写着骨癌，晚期。他申请了让沈柏年去医院疗养，但是上面有个要求。

这就是他和沈放今日前来的目的。

沈柏年微微一笑：“说吧，到底什么事，别把你们憋坏了。”

沈林支支吾吾半天才开口：“爸……你的病历我看到了。”

沈柏年惊诧道：“就为这个？生死由命，有什么值得大惊小怪的？”

沈放忙说：“既然余下的日子不多了，您不是一直说想出去走走吗？我跟我哥都不想您再被关在这地方。”

沈柏年不以为意，喝了一口茶。沈林继续说着：“上面的意思是，让您写一份悔过书，就算把泄露的事儿交代过去了，这样您可以出去安心疗养，我和沈放也好陪您四处走走，在美国我也能找些关系，送您去看病。”

沈柏年没说话，良久后，他放下茶杯，问道：“你们是我的儿子吗？”

沈林和沈放不说话了。

“我是身体有病，但我这辈子从来就没有糊涂过，过去没有，现在也不会。我知道我在做什么，你们不用劝我了。悔过书？嘿嘿，恐怕得让你们失望了。如果每个人在公理和正义面前都退缩的话，社会就不可能被改变。当年，我既然想好了去革命，就早想通这一点了。”

沈放见他态度坚决，有些急了：“我能理解您，可您已经尽到了自己的责任，现在为什么不能换一种方式接受这个社会呢？”

“接受？我问你，人活下来的意义是什么？你们不想让我最后的时间在软禁中度过，我能理解，可有那么多人愿意为了自己坚持的理想不顾一切，我一个垂死的人又有什么可畏惧的呢？”

兄弟两人皱眉，却不知道从何再说。

多次劝说未果，上面下了最后的通牒，如果二十四小时内，沈柏年还是不写悔过书，那就不用写了，到时候一切也就成了定局。

别墅里，接到通知的兄弟两人再一次默契地撞在一起。

沈柏年正在篆刻，见两个儿子进来，将手里的刻刀放下了。

“你们怎么又一起来了？还是要劝我写那个悔过书？”

来来回回已经不知道多少次了，他真的有些不耐烦。

沈林和沈放对视一眼，不知道该说什么。

沈柏年放下刻刀，说：“看来你们的上司给你们的压力不小。”

他知道，上面看不上他这条命，相比于杀了他来立威，他主动悔过道歉来正名似乎更重要。

“如果我就是不写呢？”

“那恐怕我们俩得一直在这儿劝您。”

他们两个顺势坐下，做出一副更加坚定的样子。

沈柏年叹了口气，想了一会，似乎不想让兄弟两个为难，忽然转了口：“那个什么悔过书，我可以考虑一下……”

沈林和沈放听了这话，相视一下，似乎轻松了许多。

沈柏年随即补充道：“但是，沈林，就算我同意写了，你也必须让党通局释放被抓的记者。”

“好。”沈林想也没想就应了下来，沈放看了一眼沈林，四目相对，沈林将目光移开了。

沈放明白沈林在欺骗父亲，那些记者都被判了重刑。

天色已晚，为了等待沈柏年的悔过书，以防发生其他的意外，沈家兄弟两个晚上暂住在了紫金山别墅里。

早晨，日光稀薄，沈林先一步从沙发上醒来，他有些迷糊，掀开身上盖着的衣服伸脚下地。

接着他感觉到了异样，脚上有种湿漉漉、黏糊糊的感觉，他低头一看，地上全都是血。

沈林抬眼看去，只见沈柏年坐在椅子上，桌子上放着那把刻图章的刻刀，刻刀的刀刃上沾染着斑斑血迹，他一只手垂了下来，鲜血一滴一滴地滴落在地毯，血水四散蔓开……

沈林呆住了，过了半天他才轻轻地走过去握住父亲的手，似乎怕吓着熟睡的父亲。眼泪吧嗒落了下来，声音也终于喊了出来："爸！"

这一声将沈惊醒了，沈放一个翻身冲了过去。

两个人呆呆的，眼泪不断地涌出来，等沈林从悲痛中缓过神来，才看到桌上的那几份旧报纸。

报纸上面写着那些披露文件的记者被判了重刑，旁边是沈柏年的绝笔：

我不想在欺骗和谎言中苟延残喘，虽然我已经没有力气拿起炸弹和手枪，但我自有宣战的方式。沈放，你身上也有伤，但要照顾好妻子，别跟我一样。沈林，你得善待苏静婉，她也是命苦的姑娘，我这些年病痛和孤僻的生活多亏了她的陪伴，如果有可能，尽量找个好人家让她嫁了，别亏待她。

看着父亲的尸体，沈林的情绪彻底控制不住了，他猛地揪住沈放把他压在墙边，掏出手枪指着沈放的头。

沈林压低了声音，嘶哑着说："都是你，都是你让沈家变成这样的，为什么！为什么我会有你这样的弟弟！你到底还想要怎么样？"

沈放很平静，眼中毫无恐惧，缓缓而镇定地说："开枪吧，如果能让你解脱，死在自己哥哥手里总好过死在别人手里。"

兄弟俩就这样僵持了很久，终于，沈林的手松了，枪掉在了地上……

沈柏年最终和妻子葬在了一起，苏静婉打算年前离开南京，说是苏北有亲戚，要前去投靠。

一个家就这样彻底地散了。

叶局长提前跟沈林打好了招呼，党通局在不久以后将会划归内政部，改称内政部调查局，之后又说上两句夸他的话，就这样冠冕堂皇将他送了出去。

"党通局上上下下，无论从人品、忠诚度还是能力来说，我最信得过的人就是你沈林，如果党通局南迁，留下来坚守南京的，必将是你，我想你应该明白我的意思。”

几日后，侨务委员会新加坡办事处的梁纪明又来了。

李向辉将他引进沈林办公室，等李向辉退身出去，梁纪明一脸的巴结相，不等沈林问，已经讨好地说道：“沈处长，上次说的顾志伟在新加坡的下落，我已经查出个十之八九了。”

梁纪明与沈林隔着办公桌面对面坐下，然后将一沓资料从皮包里拿了出来，递给沈林。

“根据我的调查，顾志伟在新加坡和共产党组织来往密切，他似乎在为共产党筹措资金……”梁纪明神秘地笑了笑，停顿了片刻，继续说道，“顾家人之所以能离开南京，靠的也是共产党。顾晓曼和她在新加坡的朋友说，她和家人之所以能离开中国，多亏了一个恩人。我一直想弄清楚她嘴里的恩人是谁，但那姑娘的嘴一直很严。不过，我发现了她日常读的书里夹着一张照片。”

他神秘地从包里拿出一张照片递给了沈林。沈林接了过来，看了一眼，手微微颤抖了一下，脸上却依然没有表情。

照片上的人正是穿着一身军装的沈放。

沈林将资料和照片收在了一起，不经意地问：“你住哪儿？”

“梅园路的万和宾馆，315号房。”

他给了些钱，将梁纪明暂时打发回了宾馆，然后将李向辉招了进来。

沈林派李向辉带着钱特意走一遭，告诉梁纪明，这件事情就此打住，不要继续查下去了，并且定了一张船票给他，要他尽快回新加坡去，说这儿有人想对他不利。

梁纪明不明所以，但也无奈，偏偏也巧，他出门正好遇见了闫志坤。

他们两个曾经是同学，闫志坤知道他待不久，便拉着他去喜乐门喝了一顿酒。

临走的时候，梁纪明看上了曼丽，给了钱将曼丽带回去。他们在喜乐门门口叫了一辆黄包车，和曼丽坐了上去。

他们到了曼丽的私宅，梁纪明急着宽衣解带，才进门没多久，大门便突然“啪”的一下被撞开了。

一个男子凶神恶煞地从门外冲了进来，后面还跟着几个人。

“你敢玩我的女人！”

曼丽慌张地朝床里面躲，梁纪明有些莫名其妙：“什么玩你的女人？她……她不是舞女吗？”

“你哪只眼睛看出来她是舞女？她是我老婆！”

这时，曼丽也哭泣起来：“老公，这不怪我啊，我本想去舞厅玩玩，都是他，他喝多了非拉我来的！”

领头的嚷嚷着要带他去见官，梁纪明酒醒了一半，忽然懂了，喊道：“你们这是仙人跳，跟我玩这一手，知道我是谁吗？”

领头男子拔出匕首来，抵住梁纪明的脑袋：“我管你是谁？敢睡我的女人，我就跟你没完！想平事儿，就拿钱来。”

说着他看到梁纪明的公文包，一把就抢了过来。

梁纪明也不管那明晃晃的匕首，跟那人争抢了起来，两人纠缠在了一起……突然领头男子一个抽搐，停住了争夺，身子慢慢倒在了地上，嘴角涌出了鲜血。

梁纪明吓得将手里的匕首扔了，捡起衣服，拿起公文包刚准备逃走，门被撞开了，两个警察冲了进来，拦住了梁纪明的去路。

梁纪明跟闫志坤是旧识，想着共党的事情说了也没关系，便将能说的全都说给了闫志坤听。

通过相貌描述，闫志坤很快就猜到了那张照片上的人是沈放，加上沈林急着打发梁纪明走，闫志坤将这一切告诉了吕步青，吕步青很快就笃定沈家兄弟有问题。

吕步青到处调查梁纪明的下落，最后听说了仙人跳的事情，便急腾腾地冲进了警局监狱。

只是他在监狱见到的那个人，却并不是梁纪明。

他恼羞成怒，转而又奔着沈林办公室去了，没有敲门，态度明显。沈林正在审阅文件，抬头问道：“吕科长，这是怎么了？心急火燎地冲进来？”

“你把梁纪明藏哪儿了？”

“梁纪明？他不是走了吗？”

吕步青的火气更大了，身子微微前倾着：“沈林，你甭跟我装傻充愣！我就知道，这事儿没那么简单，梁纪明掌握着顾志伟一家人离开南京的证据，你却隐瞒不报，现在梁纪明失踪了，你到底想耍什么花样？”

沈林脸色一沉，方才的神色消失，忽然一拍桌子，大声骂道：“吕科长，你以为你现在是在哪儿，和谁在说话？没有任何证据，在我这里瞎嚷嚷。梁纪明的确找过我，可我并没有当回事儿。一个拿假情报来汇报的人，你倒是当个宝，还跟我对质！有证据你再说话！否则别怪我这么多年的同事不给你面子。”

吕步青的势头被沈林压了下去，吕步青愤愤地看着沈林，咬牙切齿地说道："你别以为我找不到证据！"

吕步青愤懑地离开了。沈林坐回椅子上，有些疲倦，用手按了按眉心，闭上眼……

他没想梁纪明死，这样的一出戏，只是为了让他能够心甘情愿地尽快离开这里。

沈林送苏静婉走的时候，苏静婉在码头劝他也搬出沈宅。

那么大的房子，他一个人住着太孤单了。

沈林只叹了口气没说话。他之前就约了沈放吃年夜饭，如果沈放不离开南京的话。

那一天，沈放如约而至。

窗外响起了鞭炮声，两个人都有些惆怅，沈林叹息了一声，忽然感慨道："1946年你不想回家，1947、1948年你在躲着这个家，今年，碧君要陪她父亲，恐怕就咱哥俩了。"

沈放举杯，将闷着的一口气出了："希望这一年的我们都能有些收获。"

沈林却泼冷水："这个家有收获吗？"

死的死，走的走，如今还剩两个人，却是针锋相对的敌人。

"看你怎么理解了，父亲的死，让我明白了一些道理。"

沈林看着沈放，似乎在等着他说下去。

"我和父亲是一样的人，很固执，为了一个信念，至死不渝。"沈放说道。

"所以你留下来了？"

沈放不答，只反问："你特别希望我走？"

沈林点了点头，说："于公，我该把你抓起来审问，于私，我真的希望你走。你的身份，在陈伟奎告诉我之前，我就已经知道了。"

沈放很淡定，问道："你是说罗立忠死的时候？"他在医院里醒过来的时候就有预感，罗立忠死前，一定是说出了他的身份的。

沈林点了点头，随即语气严厉起来："你算定了我不会抓你？你还要留下来做什么？继续做共产党的卧底吗？"

"我不走，是因为有很多话我还没跟你说清楚。我在找合适的机会说出来。"

如今就是个非常好的时机。

沈林的语气却并不好："我们没什么可说的，你有你的身份，我有我的职责。我容忍你太久了，以前是因为父亲。现在父亲不在了，你还想继续蒙蔽我、利用我吗？"以他的性子，做到如今这样，已经是很不容易了。

沈放不解地看着他，问："利用你？这又是从何说起？"

"你真以为我看不出来？罗立忠的那件事你就是在利用我。你给我罗立忠操作股市的证据，完全没必要去党通局找我，可以给我打电话约在别的地方见面。你那么大张旗鼓地找我，就是要激怒罗立忠，故意让他把你抓起来，好利用我来除掉罗立忠，然后取而代之。"

沈放针锋相对："我替党国除害，同时自己能升官不好吗？"

见沈放还在试图掩饰，沈林冷笑一声："算了吧，你根本就不在乎保密局一处代理处长的位子。你的真正目的是接近'灵芝计划'，掌握'灵芝计划'的一切，我说的没错吧？"沈林的情绪很激动，"你以为你们做的事情都天衣无缝吗？你也太天真了！就在前几天，我还在帮你擦屁股！"

说着，沈林从怀里掏出一张照片摔在桌上，正是沈放穿着军装的那张照片。

"知道这张照片是哪儿来的吗？党通局驻新加坡办事处的人带回来的！"

他从来都不缺证据，从罗立忠死前的话，到陈伟奎的调查，再到这张照片，他已经对沈放的身份十分笃定。

沈放沉默了一会儿，抬头看着沈林说："你说的都对。我还知道你根本就是在怀疑你坚持的职责是不是对的。否则你不会在田中跟我见面的时候冲他开枪救我。"

沈林脸色铁青："你怎么知道那一枪是我开的？"

"我后来去现场勘察过，陆文章的那一枪只是打飞了田中的手枪，另一枚打中田中肩膀的子弹，是从夫子庙对面的小楼上打的，而田中跟我见面的地点只有你事先知道，所以当时救我的只可能是你。"

他说完后沈林更加愤怒了，几乎咆哮了起来："当初那一枪是我救了你，是我的错。就是因为你，这个家才会沦落到现在这个地步！如果不是因为你，父亲、老胡都还在，这个家的年夜饭就不会是现在这样！"

沈放也站了起来，大声道："因为我？爸为什么会自杀？老胡为什么会死？真正的原因难道你还想不通吗？你总说要维护国家秩序、维护社会秩序，你想过这个国家的统治机构是怎么组成的吗？你殚精竭虑地想维持这些，可你能做到吗？"

"够了！轮不到你教训我！你给我马上离开南京，我就当你从来没出现过。”

两个人之间的气氛越来越紧张。

“我不会走。我明白父亲的心思，他想让你跟我一样。”

这句话的意思，沈林听懂了，他阴沉地说：“你想策反我？”

两兄弟相互注视着，都不说话了。

沈林喉结动了动，喘息了两声，接着打破沉默，结束了对话：“你和你们的人都小心点儿，吕步青盯得非常紧。这一次我从他那里拦下了梁纪明，下一次我可不能保证你们还能这么幸运。”

说完，沈林上了楼，偌大的沈宅显得空旷孤寂。

他走在二楼的走廊里，路过了沈柏午的房间，走到自己的卧室门口后，又退了回去。

沈林猛地推开房门，打开灯，房间的阴影里坐着一个人，像是被吓了一跳，转过身的时候沈林才看清，居然是苏静琬。

苏静婉有些不安地站了起来，将手中的红酒放下。

沈林的语气冷冰冰的：“你什么时候回来的？为什么回来？”

苏静婉慌张地掩饰着什么：“我……我没走，其实……我……我在苏北没有亲戚，我能去的地方只有这里，我不知道该去哪儿。”

沈林凌厉地看着苏静婉，一步步地走近她：“你听到什么了？”

“我什么都没听到。”

“是吗？”

沈林的手攥得紧紧的，目露杀机。他已经跟苏静婉离得很近了，只要一抬手就可以掐住苏静婉的喉咙。

苏静婉慌得抖了起来：“我只是想念老爷了，除了这儿我没地方可去。”

沈林刚要抬手，突然看到苏静婉的另一只手里拿着父亲的相片。

沈柏年说过，要他好好善待苏静婉。

沈林的脸色慢慢缓和下来，向后退了两步，看着苏静婉说道：“没什么，如果实在没地方去，就住下吧。”

第十九章

CHAPTER 19

掩护柳如烟，沈林心意改

几日后，南京下了这个冬天的第一场雪。

五里坡树林里站着一个撑着伞的男子，沈放到男子跟前时停下车，任先生打开车门，坐在了副驾驶的位子上。

车外雪花依然飞舞着，阴冷的夜色弥漫开来。

“程若远现在情况怎么样？”

程若远前几天被吕步青的人抓了。

沈放叹了口气：“他没熬几天，咬舌自尽了。”说完他还不忘补一句，“那个吕步青就不是人。”

抽人肋骨这种事情，还真不是普通人能做出来的。

“这几天，吕步青还抓着程若远这条线不放，看样子是非要从中查出些什么，这样下去，南京文艺界的进步人士可能都会被牵连进去。最好让跟程若远同志有联系的人全部撤离。党通局这帮人不傻，他们会顺藤摸瓜的。”

任先生皱了皱眉，现在他们在做解放全国的准备，各方面都需要人手，不是说走就能走的。

沈放争辩着：“正因为是这样的时候，我们更得保持警惕。国民党那边已经狗急跳墙，我们不能因为战场上的胜利而有丝毫的放松。南京的局势只会越来越紧张，但凡有一丝大意，很可能就会有无谓的牺牲。”

任先生随即点头，像是被说服了：“我明白，组织上会有准备的。你哥现在的态度怎么样？”

沈放摇摇头，沈林一直受的是国民党的教育，也一直在国民党党内工作，虽然现在国民党军队节节败退，但是那依然是他从小到大信赖的党国，他的想法不会很快地扭转过来。

他说了照片的事情，足以证明争取沈林的希望还是很大的。但任先生接下来的话让他意外："上级对你非常重视，再三要求我一定要保护你的安全。所以不管沈林的态度如何，你都要考虑撤离了。"

党通局、国防部二厅都在大规模地招收特工，秘密开展潜伏特工的培训，他们也知道败局已定，保密局也在这样做。他走了这些情报谁负责？而且中共的部队离南京越来越近了，如果他这个时候离开，不是让他在胜利之前做逃兵吗？

沈放沉思了片刻，说："再给我几天时间，让我看看情况再跟你确定。"

另一面，沈林不想为难沈放，也不想为难自己，于是向叶局长递交了辞呈。

"是因为沈老先生的事？"叶局长问他。

沈林没说话。

"你父亲的事让你心情不好，我理解。但是现在正是党国用人之际，你是我手下得力的人才，这时候你辞职，合适吗？"

沈林下定了决心，说："我能力不济，有吕科长辅助，局长不用担心。"

叶局长摇摇头："吕步青也就抓人行，一点后路不留，这几天我尽给他擦屁股了。"

因为抓捕程若远的事情，最近没少有麻烦，这让叶局长对吕步青十分有意见。

沈林没有说话。叶局长叹了口气，继续说："我是真没有想到，当初让你起草的敌后情报工作竟然会如此快地派上用场，一切正如我们所料，党国在这里的时间不会很长了。"

叶局长拿起沈林的辞呈，撕成两半，并把手边的一沓资料递给沈林，说："这是培训班的一些资料，我现在正式任命你为潜伏特工训练班的负责人。你先熟悉一下，这件事要抓紧。"

叶局长办公室里，吕步青递交了一份名单："局长，这是我们刚查获的共产党和亲共分子的名单，而且他们近期都很活跃。"

他顺着程若远跟踪调查了文化圈的亲共嫌疑人，发现编剧周飞和程若远是同学，程若远还给周飞开过绿灯演禁演的剧，他很快就将周飞抓了起来。

周飞虽然是个预备党员，但他们拿着程若远的肋骨吓了吓就什么都说了。

叶局长看着名单眉头皱起来："人这么多？这帮家伙是越来越猖狂了。"

"行动科已经准备好了，现在就等您的命令。"

"抓吧，要不他们能闹上天。"

吕步青得意地说："没问题，一切包在我身上。不过我希望局里可以给我增加些人手，而且我希望由行动科主导抓捕行动，绝不能给共党通风报信、毁灭证据的机会。"

叶局长点了点头，随后拨通电话将沈林招了来，将他手里训练的人借给了吕步青，并且安排所有知情的人都不能离开内调局，直到抓捕行动结束。

从叶局长的办公室回来，沈林坐不住了。

叶局长跟他说话时，将那份名单递给他看了一眼，柳如烟的名字赫然在列。

他急得在房间里来回踱着步子，又看了一眼窗外，吕步青已经在集合行动人员了。

他犹豫着，最终还是拿起电话打给了沈放。

"是我。"

沈放闻声意外，但语气依旧平静："有事儿吗？"

"还记得家里南院那棵你小时候种的柳树吗？"

沈放一愣，思考了片刻，缓缓回应："记得，怎么了？"

"我前几天发现它病了，南院的阳光不好，你最好把它移栽到北院去。北院阳光好，我今天看柳树的叶子已经开始掉了，如果晚了，那棵柳树怕是活不成了。"

柳树，柳如烟？

沈放醒悟过来，挂了电话站起来，眉头紧紧皱在一起，拿起衣服便急急地冲了出去。

几辆轿车和吉普车组成的车队行驶在街头。

剧院后台，柳如烟从洗手间走了出来，一只手从黑暗中伸了过来，一把抓住了柳如烟，另一只手按住了柳如烟的嘴巴。

柳如烟被吓了一跳，想喊，但没有喊出来……

剧场后台化妆间，曾牧之找不到柳如烟有些着急，这时候有通电话打了进来。

曾牧之接过电话，焦灼地问道："喂，哪位？我现在正在忙着……"

那头是一个沙哑的声音："再忙你也得听这通电话，五分钟之内来剧院对面的旅馆317房间，否则你将永远看不到柳如烟。别声张，如果惊动别人只会对柳如烟不利。记住，我只给你五分钟，而且就你一个人，走后门出来，别跟我耍花招。"

曾牧之还想发问，那边已经挂断了电话。

沈放站在317房间的窗口，拉开窗帘的一道缝隙，看到曾牧之从剧场走了出来，然后走进了旅馆。

沈放走到门边，小心谨慎地打开门，门外站着的是曾牧之，沈放一把将不知所措的曾牧之拉了进来，继而看了看屋外走廊，没有人跟着。

曾牧之看了看柳如烟，再看了看沈放，有些不耐烦地说："你们这是干吗？我没空跟你们折腾！如烟，跟我走，戏要开场了。"

他拽着柳如烟就要走，沈放拦在门口："你哪儿都去不了。"

曾牧之还想说话，柳如烟插嘴："我们被内调局的人盯上了。"

这时，屋外传来汽车的轰鸣声，透过窗帘的缝隙，三个人看到内调局的车队开了过来。

吕步青带着特工赶到，从车上下来，冲进了剧场。

沈放放下窗帘，看着曾牧之说："如果你再晚出来一会儿，你遇到的就不是我了。你想保命就听我的。"

曾牧之冷笑道："听你的就没危险了？算了吧，我知道该怎么做。如烟，跟我走。"

沈放看着曾牧之皱起眉头，在曾牧之经过他身边的时候，他突然掏出枪指着曾牧之："现在可以听我的了吗？"

面对黑洞洞的枪口，曾牧之的身体僵硬住了。

因为沈放的参与，吕步青没有抓到柳如烟和曾牧之，但他从一个烟贩子嘴里得知，是一个穿西装的人将柳如烟带走的。

直觉告诉吕步青，那个穿西装的男人一定是沈放，如果是沈放窝藏了共产党那就太好了。他手里有一张王牌——周飞，这个书呆子是这场捕猎的最好诱饵。

茶楼包间里，周飞战战兢兢地坐在椅子上，他身后站着两个内调局的特务。

"这几天过得不错吧？我让他们好好照顾你，只是我那些手下都是粗人，脾气也不好，如果真的做出什么过激的事儿，你也别怪我疏于对他们的管教。"

周飞点了点头，胆怯地回应："承蒙……承蒙……您的手下照顾，吕科长，您要我做什么，尽管说。”

“跟你的好朋友曾牧之联系一下吧。”

周飞一惊，眼神闪烁，颤抖着说：“如果……如果他们存心躲起来，我是无法联系上他们的。”

吕步青冷笑：“你想联系的话，总会有办法的，对吗？”

周飞被吕步青看得发毛，迟疑了片刻，最终恐惧战胜了一切：“我们曾约定，如果联系不上对方，就在《今日晚报》上刊登一则病重寻友的消息。我可以刊登这样的启事，曾牧之看到的话，应该会来赴约的。”

傍晚，沈放领着曾牧之和柳如烟走进旅馆。

老板似乎和沈放很熟悉，没有说话便递来了钥匙。沈放带着曾牧之和柳如烟上了楼，进了216房间。

这是个小旅馆，房间不大。

沈放进来后，先看了看窗外，然后把窗帘拉上。

“这儿暂时安全，在我回来之前，你们哪儿也别去。”

曾牧之不满地说：“我们凭什么听你的？”

柳如烟推了曾牧之一把，说：“他要想害我们，早就动手了，还用等到现在？”

曾牧之有点不甘心，想说什么还是忍住了。

沈放回到公寓，姚碧君迎了过来，一边接过外套挂在衣架上，一边说：“饭菜都做好了，就等你了。”

看到沈放面带疲惫，她又担心地问：“你怎么了？看着这么累。”

“事情太多。”沈放走到沙发前坐下，揉了揉眼睛，又抬头道，“你爸怎么样？好些了吗？”

提到自己的父亲，姚碧君沉默了。吕步青用姚父作威胁，姚碧君心里总是有些愧疚的。

“我们离开这个地方好不好？你能不能带我走？”

沈放苦笑：“我们能去哪儿？我是保密局的人，共产党马上就打进南京了。我这个身份，你跟我能去哪儿？”

“难道你只会用特殊的身份生活？难道我们就不能离开这一切吗？”

沈放有些诧异地看着姚碧君，说：“我该用什么身份生活？我是干什么的你很早就清楚。”

姚碧君有些失落地说：“无论你是什么身份，你都是我的丈夫。只是你心里牵挂的事情太多。”

“你到底想说什么？”

姚碧君迟疑了片刻，最终说道：“你今天应该见过那个柳如烟了吧？是你把她藏起来了？”

沈放警惕起来：“你从哪儿得来的消息？”

这个消息要是走漏了，柳如烟就十分危险。

姚碧君看上去很平静：“今天下午有人调取了柳如烟所在剧团的全部电话通话记录。我回来的时候，看到特务到处在找人，大街上也贴出了柳如烟与那个导演的通缉告示。”

沈放哼了一声：“内调局动作够迅速的。”

姚碧君声音里有些不悦：“为了柳如烟，你真的不管自己是不是有危险吗？你这样做，考虑过你家人的感受吗？也许你从没有把我当作是你的家人。”

两人都沉默了，彼此对望。

沈放握着姚碧君的手，耐心地说道：“如果今天被追捕的是你，我也会舍了命保护你的。”

姚碧君苦笑，她跟别的人都一样，没什么特别的地方。

“你跟那个柳如烟是什么关系我不管，只是如果你需要把他们藏起来的话，我家在南京有一处老房子，因为位置偏僻，这些年一直空着，没有人住，也没人知道。”姚碧君看了看沈放，“或许你能用得上。”

沈放意外地看着姚碧君。姚碧君犹豫了一下，还是说道：“万一有不得已的时候，我做了什么事儿，希望你不要怪我，也希望你能明白我是你的什么人。”

沈放再回来的时候，发现曾牧之已经不在屋内了。

他紧张地问道：“曾牧之去哪儿了？”

如果出了问题，他们需要马上离开这里。

“他……他出去了。”

“我不是跟你们说了哪儿都不许去吗？”

柳如烟争辩道：“他说有重要的事需要出去一趟，我拦不住。不过别担心，他走之前化装了，应该不会出什么问题。”

沈放愤怒道：“有问题就完了！现在全城都在搜捕你们！”

正说着，两人听到一阵脚步声。

沈放警觉地示意柳如烟不要说话，并把柳如烟拉到自己身后，掏出枪藏在门后。

门开了，那人刚进来，沈放一把卡住来人的脖子，把他按在墙上，并用枪顶着他的头。

来人用帽檐挡着脸，还戴着厚厚的围脖，沈放把围脖拉下来，发现来人是曾牧之。

“你还敢出去？如果这么想死，我现在就可以让你死！”

曾牧之想辩解，但似乎被吓着了，几次都没有说出话来。

沈放强忍着怒气把曾牧之推到一边，走到窗边向外张望，观察是不是有人跟踪。

曾牧之被掐得有些喘不过气，他坐下喝了口水：“我进来的时候也看了后面，应该没有尾巴，而且我还化了妆。”

沈放冷笑：“应该没人认出，应该没有尾巴，所有你不能确定的事都可能会要了你的命。”

沈放继续观察了一会儿窗外，确定没有可疑的人，回头嘲讽地说：“三月的天气，有人像你这样戴着那么厚的围脖，戴着那么一顶帽子吗？你是生怕别人觉得你没特点，生怕别人记不住你吗？”

沈放从窗边离开，走到曾牧之身边：“说吧，你到底干什么去了？”

“我有我的工作。”

“你不说，我会怀疑你去见的是内调局的特务，那我就该换个方式对你了。”

这是拿他们三个人的命在赌，他怎么能忍受，说着他再次掏出枪指着曾牧之的头。

柳如烟慌了，忙拦住沈放，替曾牧之辩解道：“不可能，牧之不可能做这样的事儿的。”

曾牧之把眼一闭，说：“你开枪吧，我是什么都不会说的。”

沈放不管柳如烟的阻拦，还是用枪顶着曾牧之，说：“我数三下。一……二……”

曾牧之的手开始抖动，嘴唇也颤抖起来。当沈放数到三，曾牧之闭上了眼。

沈放扣动扳机，但是枪没响。

曾牧之虽然紧张，但是依然一副凛然的样子。

沈放把枪收了起来，冷冷一笑：“看不出你还挺硬气。希望进了审讯室你还能这样。不过，下次你还这样不听话，我一定不会用空枪对着你！”

停顿了一会儿，沈放看着面前两个人，继续道：“这里不安全，你们收拾一下，换个地方，可以躲两天。”

他们去的地方是姚家老宅。

沈放进屋打量了一番，把手里拎着的一个包袱放在桌上。

“这里有一些吃的和用的，准备得急，你们先凑合凑合吧。”

说完，他走到窗户前观察了一下窗外，把窗帘拉好，转身准备出门。

曾牧之将他喊住：“等等，你能帮我找一下这几天的《今日晚报》吗？我想看看这几天发生了什么。”

沈放看了一眼曾牧之，没说话，直接出门了。

经过调查，那天进行抓捕行动时，内部人员中只有沈林打过电话给沈放，这让吕步青更加肯定，带走柳如烟和曾牧之的人就是沈放。

吕步青还在曾牧之的公寓里发现了一张没有烧尽的字条，上面写着：兄，王文驰，1949年3月，安徽。

而45军37师的师长也叫王文驰，他的师部就驻扎在安徽马鞍山。

如果是沈林和沈放一起安排的柳如烟和曾牧之逃离，而曾牧之又和王文驰有扯不开的关系的话，那么沈家兄弟必定跟共产党的关系密切。

吕步青向叶局长申请了内部调查，接着又按周飞说的，将寻人启事刊登在《今日晚报》上。

约定的地点是悦来茶楼，吕步青早就派人在那里等待着曾牧之落网。

而另一边，沈林接到电话，是乔治其的同学打来的，说乔治其受了伤。

医院走廊里一片混乱，不少受伤的学生正在接受医治。

沈林走进一间很大的病房，在病房的最里面，乔治其躺在那里，浑身绑着绷带，昏迷不醒。

打电话的女同学坐在旁边，额头红肿，还在抽泣着，看到沈林过来，她站了起来。

“怎么样了？”

杜小月摇了摇头：“医生说如果能熬得过今天，也许还……”

说到这里，杜小月想说又不敢说，整个人哆嗦着，眼泪落了下来。

“怎么会变成这个样子？”

“都怪我，今天我们去示威游行了。乔治其本来不想去，也不让我去，我骂他是懦夫，他不放心我就去找我了。我们遇到了宪兵警察，乔治其为了保护我，被打成这样。”

正说着，乔治其醒了过来。

杜小月喜极而泣，奔出去喊医生。

乔治其看到了沈林，挣扎着想要说些什么，沈林阻止了他：“什么都不要说，好好休息，等病好了再说。”

乔治其坚定地摇了摇头：“不，有一些话，我一定要问清楚。沈大哥，你告诉我，人追求理想和自由，到底对不对？反对饥饿与战争有错吗？他们希望能吃得饱，希望过平平安安的生活有错吗？”

乔治其喘着气，沈林开口想让他先休息，他却摇了摇头：“你让我把话说完，学生们只是说出自己对国家的愿望，政府为什么要镇压他们？军队和警察不是应该保护人民的吗？为什么要对手无寸铁的人动手？学生真的罪不可赦吗？”

乔治其很激动，咳嗽起来，沈林拍了拍他的背，解释着：“有些事情，不是对和错能解释清楚的。”

乔治其缓了一会儿，似乎已经坚持不住：“你说的话我一直都很相信，可是这段时间，我听他们讲了很多共产主义，我觉得或许他们所说的世界才是理想的世界。要真有那样的世界该多好，我们不用饿肚子，老师、同学在校园里开心地教书、读书。我毕业后，也许可以做个普通的老师……”

这些话他之前不敢说，现在终于忍不住说了出来，只是他的声音变得越来越弱，手张开着，仿佛想抓住什么，却又忽然松开了。

沈林脸色阴沉，看不出悲痛，但是他有些哽咽，他好似说给乔治其听，又好似喃喃自语：“我也不知道哪一个是对的，你的问题也一直在困扰着我……”

沈林精神萎靡地从医院走了出来，抬头看了看天，然后走下台阶。

等他再抬头时，他看到姚碧君被吕步青拦下了，接着被带上了车。他躲在柱子后面观察，过了一会儿，姚碧君从车上下来了。

街口，沈放买了一份《今日晚报》。

沈放进门的时候，曾牧之坐在一边的沙发上，低着头。沈放将几份报纸递给了他，他忙接了过来翻看。

沈放并不在意，转过头跟柳如烟说：“再忍耐几天，我会尽快送你们出去。内调局铁了心要抓到你们，你们千万不要与外界联系，一旦出事，我也会被牵连进去。”

柳如烟点了点头，曾牧之没有说话，沈放也不搭理他，将带来的食物放下便要离开。

等门被阖上，曾牧之在报纸的某个地方用笔画了一个圈，仿佛在思考着什么，随后焦灼地将报纸团成一团，丢在了垃圾桶里，继而走到窗前，眉头皱在一起，心思越来越重。

“不行，今天下午我必须出去一趟。我去找周飞，就算我被抓了，也许他还有机会。”

说着曾牧之拿起大衣就要出门。

柳如烟忙拦住他：“你没听沈放说吗？我们不能拿三个人的性命去赌！”

“这是我的事儿，不用你管！”曾牧之急了，推开了柳如烟，柳如烟一个趔趄倒在了桌子边。

沈放离开之后去了一趟五里坡见了任先生，得知他们已经安排好了，明天晚上在南城长乐街的一个家具店会有一辆货车运送家具出城，届时可以将柳如烟和曾牧之藏在货物下面，离开南京。

可等沈放再回来的时候，曾牧之再一次消失了。

“他说去找周飞了。”

沈放怒道：“你怎么不拦着他？你们是小孩玩过家家吗？胡闹！”

柳如烟却是一副毫不在意的模样：“如果能拦得住他，还用得着你来质问我？再说也没什么大不了，他去找的周飞是自己人。”

“自己人？你怎么知道谁是自己人谁不是！”

柳如烟还要说话，沈放打断她直接问：“曾牧之要去哪儿见周飞？”

“我也不知道。”

沈放思考着，突然想到了什么。

报纸，是那张报纸。

沈放四处寻找着，在垃圾桶里找到了那份团在一起的报纸，打开它，沈放看到那则重病寻友的启事，曾牧之在悦来茶楼见面的广告上画了一个圈。

悦来茶楼二楼包间里，脸色惨白的周飞被闫志坤等几名藏在包间里的特务控制着，他坐在窗口装作喝茶，不时朝窗户看着，手一直在发抖。

没过一会儿，他就看见了人群中乔装的曾牧之在慢慢靠近。

周飞低着头喘息着，汗水布满了他的脸，最后一咬牙，他突然起身，从桌子上拿起茶壶扔向窗外。

那个茶壶摔在地上，引得路人一阵吃惊。

曾牧之停住了脚步。

周飞扑到窗口，对着外面大喊：“有特务，快跑！快跑啊！”

旁边的特务恼怒地拉住周飞，不想周飞也同时抱住了特务，两个人在窗口厮打起来。

听到动静后，曾牧之随着人群转身就走。

最终，周飞抱住身边的一个特务，摔出窗户，直接掉落在茶楼外的街道上。

街道上的人群围了过去。曾牧之呆住了，这个时候，一只手突然伸过来一把拉过他，他吓了一跳，回头一看，是沈放。

沈林下午时接到一个陌生的电话，那边是一个女声："你弟弟病了，在江浦路五弄37号，晚了就来不及了，切记。"

那个声音很熟悉，似乎是姚碧君。

他又想起那天在医院门口见到姚碧君上了吕步青的车，还有后来他去调当初成立的1143号特别行动小组资料，发现吕步青也在调查这个小组。

他有些想不通这其中究竟有什么关联。

江浦路五弄37号，正是姚家老宅。

沈林到了以后，开门的人是柳如烟。

他看见柳如烟有些意外，但他即刻了然这是沈放的意思，只向屋里扫视了一下，询问着："还有其他人吗？"

柳如烟摇了摇头，他扯过柳如烟："现在跟我走。"

就在这时，外面有车子停下了，一群人冲进了楼内。沈林一把将柳如烟拽出屋子，把门关上，朝楼上跑去。

楼上是六间住户，走廊两边各三间房子。

柳如烟还要往楼上奔去，沈林拉着她踢开了旁边的一扇房门，冲进去阖上门。

特务冲了上来，开始挨个房间搜查。

这种慌乱的时候根本顾不得解释，柳如烟只问："现在怎么办？"

闫志坤带着特务搜到三楼，他注意到一个房门门框似乎有损坏的痕迹，一招手带着特务朝房间摸了过来。

闫志坤仰着下巴示意，他身边的特务一点头，猛地冲进了房门。

不过此刻房间里空空如也，沈林和柳如烟正贴着墙站在窗户沿儿外面。

沈林一只手按着自己腰际的手枪，柳如烟吓得闭上了眼睛。沈林拉着柳如烟的手，从窗沿移动到公寓楼外墙的一个拐角处。

他们从防火楼梯上了楼顶，然后从楼顶翻到另一栋公寓楼的楼顶。

沈放带着曾牧之赶回到江浦路时，公寓楼四周已经被特务包围。

他转而将曾牧之带到了蓝调酒吧。

"带他躲一下，晚上我来接人。"

他吩咐服务员，服务员指路要走，曾牧之却有些犹豫："可是……"

沈放打断曾牧之的话，非常不耐烦地说：“你别再给我添乱了！”现在这样的境况，他恨不得一枪毙了眼前的这个家伙，“我去查柳如烟的下落，如果她出了事儿我不会放过你！”

出了酒吧，沈放在街头的电话亭给沈林打电话。

李向辉告诉他说沈林回了沈宅，他思考了片刻，又拨通了沈宅的电话。

“是我。”

那边沈林声音很低：“我正等你电话呢，家里来客人了，如果你想见，告诉我地点，我可以把客人送过去。”

沈放悬着的一颗心放了下来，想了想回了话。

晚上八点，长乐街家具店门口，一辆货车和一辆轿车停了下来。

车灯很亮，照出货车旁的一个身影，正是沈放。柳如烟从黑色轿车里下来，朝沈放走过来。这时，曾牧之也从家具店内走了出来。

曾牧之目光中带着一丝愧疚，试探地喊：“如烟。”

两个人彼此关怀着，沈放看了看两人没有说话，目光平静。

那轿车开了过来，车窗摇下，沈林看着沈放，说：“人我送来了，接下来的事情我不管了。”

沈放点点头，沈林面无表情叫了声柳如烟：“如烟。”

柳如烟回头，诚恳地说：“谢谢你，沈林。”

沈林摇了摇头，面色依旧冷漠：“不用谢我，今天我并没有见到你们当中任何一个人。你自己保重，以后估计我们不会再见面了。”

说着他将车发动离开。

沈放拉开旁边的货车车厢，里面有一个隔层，柳如烟与曾牧之坐在了隔层里面。有几个伙计将家具归置了一下，将柳如烟和曾牧之挡住。

看着货车开走，沈放上了自己的车跟在后面。

绵绵层叠的山峦，曲折的山路。在山脚，任先生的车在等着。

柳如烟与曾牧之下车，又坐上了任先生的车，上车之前，柳如烟停住了，回头看着沈放，似乎思量了一番，走回到沈放的面前。

柳如烟咬了咬嘴唇，似乎难以启齿，但依然说道：“沈放，跟我们一起走吧，留在南京太危险了。”

“我有更重要的事情，如果还有缘分，我们终将会再见面的。”

沈放摇了摇头，柳如烟叹一口气，又说道：“我可能从来都没有成为你心里要选择的那个人。”

“人生中比爱情重要的事儿太多了，你选的也没错。也许我曾经对你有过那样的想法，不过……都已经过去了……”

柳如烟笑了，笑容里有一丝遗憾。沈放点了点头：“保重。”

车子远去，沈放看着晨曦中的层峦叠嶂，站在山野间，静静地等了一会儿，然后拉开车门准备上车。

任先生却将他喊住了：“沈放，等等。”

沈放停下了：“什么事？”

任先生有些着急地说：“我刚刚才从曾牧之那里得到消息，他的任务是联络守卫南京的国民党45军37师，现在曾牧之暴露了，王文驰会非常危险。”

南京卫戍区司令部，王文驰接到卫戍区张耀明司令的电话，前来参加紧急军事会议。

有军官将他引进会议室，等那军官退身出去以后，会议室四周的门都被推开了，一群荷枪实弹的内调局特务走了进来。

王文驰的副官试图拉开身后的大门，但门被锁上了。

紧接着，他们的配枪被特务们缴了，内调局叶局长走了出来，身后跟着的是沈林。

王文驰愤怒道：“你们内调局的人太嚣张了！这里是卫戍区司令部，我的警卫班就在外面，就你们这几个人想干什么？”

叶局长和气地说：“王师长不用动气，我们并没有恶意，只是有些事情要请王师长回去好好谈谈。”

王文驰冷笑：“有你这么找人谈事情的吗？”

叶局长并不生气，微微一笑：“我们也是迫不得已，我听到有消息说王师长与共党有联系，那个叫曾牧之的导演你见过不止一次吧？他可是共产党。”

王文驰有些意外，但依旧强作镇定。

“这些都是无稽之谈，清者自清，我不在意。你到底想怎么样？”

“张司令已经让你的警卫班回去了，王师长，不好意思，抓捕共党是我内调局的职责所在，你还是跟我走一趟吧。”

说完，叶局长对旁边的特务示意，把王文驰押了出去。

回去的路上，沈林坐在叶局长的车上。

车在街道上行驶着，沈林似乎想着什么，叶局长看出他的疑惑。

“怎么？你有想法？”

"这个王文驰真的会投靠共产党？消息可靠吗？"

现在的势头，似乎处处都在朝另一边倒。

叶局长叹息了一声："如今军队里倒戈的人不是一两个，不能不防。37师地处要害部位，出了问题谁都担不起责任。"

沈林点点头，叶局长意味深长地看着他："我正想听听你的意见，你觉得该怎么处理这个王文驰？"

"现在还没有确凿证据表明他通共叛变，而且军队本就对我们内调局不满，如果贸然处置恐怕对局长您不利。但王文驰有重大嫌疑，我们既然已经抓了人就不能放，必须严加看管以防万一。就算37师有问题，现在王文驰在我们手里，事情也有回旋的余地。"

叶局长点头："我也是这样想的，先把王文驰看管起来再说，这件事你来办。"

沈林有些疑虑："我？这案子本来是吕步青查的，现在我出面恐怕……"

叶局长打断沈林的话："没让吕步青来就是担心他那臭脾气，乱搞什么刑讯逼供，弄巧成拙。这个王文驰不是普通人，手下有一支一万多人的部队，有他在手里，起码可以稳定军心，如果处理不好，出现军队哗变就更糟了。你是党政调查处的处长，王文驰也是党员，这是你的职责所在！"

沈林点了点头，忽然有些犹豫："有些事情，我不知道该不该问？"

"你是要问局里的变化是吧。"

沈林没说话。

"你不问，我也要跟你说，眼下局势大家都清楚，我也不怕透露给你，当初跟你说的现在成了现实，内调局马上就要南撤到广州了，我也要过去布置工作。我走了，南京就变成留守分局了，后面这摊子事儿，你觉得以后应该怎么办？"

"人都走了可不行，南京也需要有人负责，而且要加快安排潜伏人员，收集敌后情报来源。"

叶局长点头："我打算让吕步青留下来，任命他当代理副局长，你不会有意见吧？"

"我听局长的安排。我本就不在意这些，吕步青做代理局长更合适。"

沈林知道，叶局长是在安抚他。可内调局迁走了，他该怎么办呢？

叶局长点头："难得你心胸宽广，真该让你跟我去广州，可针对共产党的潜伏工作得由你来完成，那些年轻人毕竟是你训练的。"

"现招收的人员受训时间太短，恐怕难以胜任。"

“现在是死马也要当活马医了。对了，那个王文驰送去内调局的别墅看押，要封锁消息，禁止任何人跟他接触。必要时，你可以用专线电话跟我联系，如果吕步青要横蛮干，你可以随时向我汇报。”

清晨的街头四下无人，晨光熹微，淡淡的雨雾飘散在城市中，有一种淡淡的失落和诗意。

光线暗淡，沈放将车停下，朝四周看了看，继而拐进了一条巷子。

走进永昌当铺，老板看到沈放，提醒着：“还没开张呢……”

沈放打断他的话：“任老板说，有一批货让我看看。”

当铺老板闻话停下手里的动作，忽然变得警觉起来：“跟我来。”

两个人走进了仓库，当铺老板推开门，对沈放说道：“就在里边呢。”

沈放走进屋内，绕过各式各样的物件，走到仓库的里层，又推开一扇小门，任先生就坐在里面。

沈放走了进去，坐在了一旁的椅子上，任先生为他倒茶。

“我已经通过国防部的人查过王文驰了，昨天一大早，他就被叫到卫戍区司令部开紧急会议，但是他和他的副官一直没有回到马鞍山，应该是被内调局的人扣押了。”

任先生沉吟了片刻，说：“王文驰率领的37师是国民政府南京防御非常关键的部队，这支部队起义对解放南京很重要，我们现在必须想办法营救王文驰。”

“内调局已经在怀疑王文驰了，对他的看押势必很严密。想救他只有一个办法。”

任先生看着他，似乎在等待着他的答案，他缓缓地吐出两个字：“突袭。”

任先生忧虑更甚，脸上满是愁云：“南京城里城外全是重兵把守，突击营救的法子能行吗？”

“国民党也担心军心不稳，所以对王文驰通共的事儿不会大肆声张，就是这个阶段才好下手，而且我们在内调局里也许还可以发展一个内应。”

“谁？”

“沈林。”

第二十章

CHAPTER 20

到沈宅的时候天色已晚。

沈放将车停到一边，走进院子，隐隐约约有音乐传出。

看到正在收拾屋子的苏静婉时，沈放有些意外：“你没走？”

苏静婉点了点头：“我没地方去就回来了，你大哥也让我留下来。”

这个地方沈林一个人住难免有些孤单，沈放也觉得妥当：“也好，这儿本就是你的家，你是沈家人。”

苏静婉微微一笑，像是得到了安慰。

“我哥呢？”

“他在楼上，自己房间里。”

他笑了笑，朝楼上走去。

沈林房间里，两个人相对而坐，开着一盏台灯，灯光正好照在沈放的脸上，显得脸色较明朗，沈林则坐在阴暗处。

“家里挺冷清的。”

沈林哼笑一声：“是啊，如果你愿意，你们倒是可以搬回来住。”说完话他又叹息一声，“其实回不回来都一样，政府把高官们的家属都迁去广州了，说是为了保护家人，实际是为了牵制官员。不过这个情况对你意义不大。”

“国民党大势如此，你也不用担心太多。”沈放说着。

也是，沈放和他的立场不同，何必担心他担心的这些。

“其实去哪里都一样，只是我一直很怀念沈家过去的日子，一直很后悔曾经对父亲的冷漠。还好有你这个大哥，我可以跟你说说这些心里话。”

“你不再把我看成敌人了？”

沈放笑了：“从来没有过，我相信我们是兄弟，不是敌人，而且我知道我的大哥一直在帮我。比如田中的事，顾志伟的事，柳如烟的事……如果不是大哥，我早就不知道死了多少回了。”

他这样的语气，让沈林迅速警觉。

两人四目相对，沈林将目光移开了，像是已经看透了他的目的。

“你今天来不是为了谈家常的，你到底想做什么？”

沈放也不瞒他：“为了王文驰师长，我知道他在内调局的手里，我要把他救出来，你必须帮我。”

对于这样的坦白，沈林有些没有想到。他忽然站起来，有些愤怒：“你这是要让我叛国！我之前做的事情已经很不应该了，你别想再让我做这种叛党叛国的事。”

与想象中八九不离十，沈放语气也随之激烈起来：“这是背叛吗？那父亲的选择是什么？现在那么多人都希望国家解放，为什么那么多国民党军队纷纷倒戈，你不想想原因吗？”

他这个哥哥的心思没有人比他懂，或许只有这样的刺激，才会让沈林内心真实的想法迸发出来。

沈林听不下去了，打断沈放的话：“就算我答应你，别忘了南京现在有多少军队，就凭你我，能把王文驰带出城吗？你们的人越来越任意妄为了，否则吕步青不会找到这么多机会！”

这算是松了口，沈放乘胜追击：“没人不会犯错误，我的组织也一样。我们不会盲目地牺牲自己，但如果这样的牺牲是值得的，我和我组织的人会毫不犹豫。甚至那么多不是信仰共产主义的人都做了这样的选择，为什么我们不可以？我知道你渴望一个新的国家出现，所以我希望你能按照自己的内心真正地做一次选择。”

屋内两人静默了良久。

沈林叹息，他突然想起了乔治其说的那个人人平等的理想世界。

他疑惑太久了，很多他以前坚持的东西现在看来都是错的。

沈放不说话了，等着沈林的答案。

沈林沉思了片刻，似乎做了一个非常艰难的选择，缓缓而慎重地说道：“你说的事情太重大了，我需要再想想。”

“好，我等你回话。但是要快。”

沈放起身要走，沈林将他喊住：“你要留意姚碧君。上次内调局的人之所以能到姚家旧宅找柳如烟，很可能是姚碧君告的密，但她还是想保护你，否则她也不会通知我，让我救出柳如烟。如果姚碧君有问题，你的任何行动都有风险。”

姚碧君晚上回来的时候，桌子上已经摆好了饭菜。

她有些意外，正好看见沈放将最后一个菜从厨房端了出来。

“回来了？赶紧洗手，尝尝我的手艺。”

姚碧君笑了，这倒是头一次。她坐了下来，沈放看到了她脸上的红肿，关切地问：“怎么了？”

姚碧君有些慌张，连连摇头：“我没事，不小心撞的。”

沈放迟疑了片刻，想问什么，但最终没有问：“那……吃饭吧。”

沈放为姚碧君倒了一杯红酒，说：“我今天去医院看了你父亲，他还好。”

姚碧君一惊，手抖了一下，但是很快就恢复了平静，趁着沈放还未发问，她忙说道：“你这样，我还真不习惯。”

“还不习惯？我们都已经相处这么久了。”

“你对这样的生活失望吗？”

沈放摇头：“我很满意。如果再来一次，我不会那么傻地拒绝当年与你的婚约。”

这话叫姚碧君没想到，她定了定神，没有说话，只是看着沈放。

片刻之后，她将酒杯里的酒一饮而尽。

“有些事我想告诉你。”姚碧君显得焦灼而紧张，“我有很多事都瞒着你，从一开始被你哥安排监视你，一直到现在，我并不是一个好女人。”

她能这样亲口说出来，沈放就已经原谅了她。她一定有她的无奈，但是她还尽力保护着他。

沈放淡然道：“没关系，这些我都知道，而且我也知道你从没害过我，我很幸运能有你这样的妻子。”

姚碧君压抑许久的情绪终于被他释放，忍不住哭了出来，沈放走过来抱住她，抚摸着她红肿的脸颊。

“对不起，我的身份让我一直不能投入对你的感情，希望有一天能有机会补偿你。”

姚碧君伤感不已，喃喃道：“我没有办法，我真的没有办法，我不知道该怎么办。他们已经把父亲控制得死死的。”

沈放叹息：“放心，我会想办法的。”

另一边，沈宅里。沈林在屋内思考着，门突然被推开了。

沈林有些意外，一回头看到居然是苏静婉。

苏静婉站在门口，似乎很疲倦，发丝凌乱，脸色苍白，忧愁地看着沈林。

“静婉？”

苏静婉见沈林走了过来，终于撑不住了，倒了下来。

沈林将她扶住，这才看到了她手上滴落的鲜血，继而又发现她的背部中枪了，血正汩汩落下。

“你……”

苏静婉打断了沈林的话：“不要说话，听我说，你们有什么行动，尽快去做，吕步青很快就会知道……”

她躺在沈林的怀里，已近弥留。沈林不解地看着她，她用简洁的话解释着：“这个屋子里有窃听器，你放心，窃听设备已经被我毁掉了，但是你要做什么，今晚必须去做。”

监听器是她装的，但她没想到沈放还有另一个身份，在她发现了兄弟两个的谈话会致命以后，她杀了监听的所有人，只是自己也被打中了。

“你到底是什么人？”

“我是日本人，被遗留在了中国，像樱花一样，飘落在这里了，永远也回不去了……回不去了……但是我遇到了你……你让我陪在老爷子身边……因为有你在……因为你答应让我留下……我能天天看到你……”苏静婉说这话的时候不住地喘息着。

沈林的眼眶渐渐红了。

“我很满足……真的……”

这一句话，她用尽了最后的气力，手腕滑落，头一歪，停止了呼吸。

沈林的泪潸然落下，他停顿了一会儿，最终在苏静婉的面颊上落下一个吻。

沈林将苏静婉放平在地板上，仔细思量一番，拨通了一个电话。

那头是沈放的声音，沈林尽量平静下来：“沈放吗？你说的那件事，我答应你，但必须今晚就行动，晚了就来不及了。”

那头沈放表情严峻起来，他放下电话，对身后的姚碧君说：“为了我们能离开这里，我需要你跟我再冒一次险。”

夜晚，沈放开车来到玄武湖边上的时候，沈林已经站在那儿了。

沈放下车走到沈林边上，兄弟俩看着夜晚宁静的湖面。

沈林轻叹：“南京真美。”

“是啊，我记得小时候游泳还是你教我的，就是在这儿。”

看着美丽的玄武湖，兄弟两个都没有想过有一天会一起去完成一个任务。

两人似乎有很多心事，却不知道从何说起。

“都安排好了？”沈林开口打破尴尬。

沈放点了点头，郑重地说：“你想好了？现在想退出还来得及。”

沈林皱眉：“我是左右摇摆的人吗？”说完他又笑了，“不过我从没想到自己会疯狂到这个地步。不管结果是什么，父亲一定希望看到的是今天的我们。”

沈放看了看沈林，伸出一只手。

沈林将自己的手伸了出来，两只手紧握在了一起。

任先生来的时候看见沈林，微微一笑。

“收到沈放的情报，我们已经开始准备了，几天前几个同志已经秘密潜伏进了南京，他们都是战场上的好手，这次正好能派上用场。”

事不宜迟，他也不说多余的，接着看向沈放：“你来安排吧。”

沈放点了点头：“让侦察连的同志改扮成宪兵队的人，跟着我和我大哥去看押王文驰的别墅要人。我们尽量不引起冲突，如果出现意外就突袭救人。有陆文章在外围保护，我们的胜算会大一些。”

“接出王文驰后，利用我大哥的身份迅速出城，把王文驰送到马鞍山。”

沈放说着，沈林提出疑问：“那姚碧君和她父亲呢？”

沈放一笑，任先生跟着解释：“我安排南京地下党的同志去营救他们了，到时候我们在这里汇合，一起出城。”

沈放说道：“好，现在大家分头行动。”

夜晚的街道，沈放开着车走在前面，后面跟着一辆军车，上面是乔装成宪兵的解放军104师的侦察兵。

别墅不远处的高地，陆文章藏在一边山坡中的丛林里，他从帆布袋中把狙击步枪拿出来，调整了一下瞄准镜，枪口对着别墅。

瞄准器里，别墅的院落尽收眼底，他看到别墅附近、屋顶都有特工把守着。

后面军车上的几个侦察连乔装的宪兵也跳下车。一行人进了别墅院落的栅栏门，几个特务从别墅小楼里跑出来拦住他们。

为首的一个率先发难：“你们是什么人？大半夜的来这儿干吗？”

“内调局沈林。”说着沈林亮出了证件。

那人接过沈林的证件，仔细看了看。

“奉上级命令，带王师长回马鞍山师部，有部分共军潜伏过了长江，需要37师立刻行动。”

递回证件，那人看了看沈林：“没有叶局长的手谕，我们不能放人。你们请回吧。”

说完那名特工回身要走。

“等等，有叶局长的口谕你也不听吗？现在是特殊情况，人你必须交给我，如果延误了战机，你担待得起吗？”

这些人都胆小怕事，沈林轻松应对。

“你要不放心可以打个电话给叶局长，直接问个清楚。”

那人将信将疑，转身走进门卫厅，拿起电话摇通：“接广州一号线。”

此时此刻，那头的姚碧君将电话线插在了二号线上。

“请问是叶局长吗？”

“是我。”电话那边，是身在广州的李向辉。

“沈林沈处长要带走王文驰，说是您的命令。”

“是我安排的，事情紧急，立刻放人。”

沈林与沈放和几个宪兵在别墅的院落里等着。别墅的门开了，王文驰和副官走了出来，王文驰显得有些憔悴，但依然精神不减。

“王师长辛苦了，请跟我们走一趟。”

王文驰冷冷一笑：“内调局还真是把我当猴耍啊，说带过来就带过来，说带走就带走？”

“王师长消消气，请上车，我这就送您回马鞍山师部。”

王文驰和副官没好气地跟着沈林和沈放上轿车，那几个宪兵也跳上军车。

两辆车转了弯驶出了别墅。

陆文章看到车子开动了，将目光从瞄准器后面移开，自己也悄然撤退。

别墅门卫室，那特工拿起电话，又向吕步青拨了一个。

沈氏兄弟的汽车和装载着几个宪兵的军车停在蓝调酒吧门口。

几个人下了车，走进了酒吧，乔装的宪兵跳下车在四周警戒。

沈林、沈放带着王文驰和副官走进了酒吧密室。

任先生和陆文章已经在密室里等候多时，见王文驰走了进来，任先生站了起来，上前迎接王文驰。

任先生与王文驰握手。

任先生激动地说："非常高兴和您见面，我党很敬佩王师长的风采。"

王文驰语气感慨："客气了，我与共产党神交已久，一直很期待跟你们组织的见面，只是没想到是这样的方式。"

"人民不会忘记您对解放南京做出的贡献。王师长请放心，我们一定将您平安送达马鞍山师部，还望您能顺利率部起义。"

"一定。"

两个人正说着，正在这时，廖川跑了进来，气喘吁吁地说："任先生，两位沈先生……姚小姐被吕步青派来的人抓走了。"

这样的结果让众人都吃了一惊。

"外面接应的同志都被封锁在城外进不来，现在所有进出城的路口全部都戒严了，都在搜捕两位沈先生还有王师长。咱们派去医院接姚老爷子的同志，也遭到了特务的袭击，老爷子被抓了，我们还损失了几名同志。"

一切都始料未及。

"了解到姚家父女被带到哪儿去了吗？"任先生询问着。

廖川点头："咱们的人一直在跟着，姚碧君和老爷子都被带到了沈家大院去了。"

沈放与沈林互视，彼此的心思瞬间就清楚了。

"我得去救碧君。"

"不是你，是我们。"沈林补充道。

任先生即刻否决道："不，你们现在都不能去。"

"这不只是为了姚碧君。"

"是的，更是为了出城的通行证，我和沈放都已经暴露了，可有一个人一定有出城的办法。"

兄弟两个十分默契。

"谁？"

"吕步青，他现在是内调局在南京的代理局长，有他才能出城。我们必须得试试，否则所有人都会被困在城里，王师长更危险。如果我们回不来了，你们就想别的法子出城吧。"

几个人正说着话，沈放忽然发现陆文章坐着的地方已经空了。

"陆文章呢？"

转眼就是清晨，沈宅附近已被特务团团把守。院内也是特务。

二楼房间里，吕步青坐在一旁看着姚碧君，带着些许的冷笑。一边坐在轮椅上的是姚父，闫志坤带着两个特务站在旁边。

“沈夫人，这次你可得感谢我，要不是我请你和姚老爷子来沈宅，你们一家人可难得在这间房子里团聚啊。”

姚碧君愤恨地看着吕步青：“你真无耻。”

“说我是吗？”

吕步青带着一丝猥亵看着姚碧君，不屑地说道：“随便。我很好奇，沈家两兄弟都那么在意你，我倒是真想瞧瞧你身上有啥魔力。”

他一步步走向姚碧君，姚碧君一步步朝后退去。最后他一把按住姚碧君，手也不老实，在姚碧君身上胡乱地摸着。

姚父气急，大喊：“畜生！住手！”

闫志坤等几个特务知趣地转过身去。姚碧君浑身颤抖地忍受着，她一直瞄着吕步青腰间的手枪，期望能趁吕步青不备夺下手枪。

就在她颤抖的手指刚接触吕步青的枪，她的手就被吕步青一把按住。

吕步青拽过姚碧君的手，把姚碧君的胳膊拧到背后，一只手拽着姚碧君的头发。

“还想反抗吗？你越反抗我会觉得越刺激。”

吕步青的嘴在姚碧君的脸颊和脖子边上乱闻着。

姚父气急，他找准时机，突然从身边的特务腰间拔出手枪，自己从轮椅上站起来，一枪打死了那个特务，再度举枪朝吕步青射去。

几乎同一时刻，姚父眉心中弹，血汩汩流出，倒地身亡。

是吕步青开的枪。

姚碧君发出凄厉的喊声，想冲向吕步青与他拼命，旁边两个特务连忙按住姚碧君。

姚碧君满脸泪痕，怒骂着：“我一定要杀了你，杀了你！”

吕步青冷笑道：“你没那机会，反而我随时可以弄死你。不过，不是现在，我要等沈家兄弟，到时候你们三个人一起死，这样才有意思！”

里面热闹非凡，而陆文章已经解决了守在外面的特务，他从院墙上翻了下来，轻巧而无声。

他凭借院中的树木地形隐藏自己，一刀一个，悄无声息地干掉了花园里的多名特务……

到了客厅门口，他敲了敲门，开门的是闫志坤，他举枪，在闫志坤正要喊出声的时候扣下了扳机。

众特务一惊，还没来得及回过神来，陆文章已经冲进屋里，手法迅速，眼疾手快，一枪一个，将特务们悉数打死。

他就这样犹如死神降临般地杀红了眼，半张脸上溅满了血渍，形如鬼魅……

他很快就冲上了二楼，击杀了守门的特务。走廊尽头的门随之打开了。

吕步青带着两名特务走了出来，他还押着姚碧君，手里的枪顶在姚碧君的太阳穴上。

看到陆文章，吕步青冷笑道：“哟，还有你这号人物呢，我倒是给忘了。怎么着，这个女人这么迷人，这么多男人围着她转？”

吕步青押住姚碧君：“我们有三个，你就一个，我手里还有这个女人，想让她活命就把枪放下。”

吕步青看到陆文章身后有特务悄悄摸过来，举枪要向陆文章射击。

突然枪响了，却是那特务中弹倒地。

“吕科长，你错了，他不是一个人。”

吕步青看到了陆文章身后，沈放和沈林走了过来。

“你们来得正好，等的就是你们，都给我放下枪，否则我一枪崩了这个女人。”

吕步青手里的枪抵住姚碧君的太阳穴，加重了力气，姚碧君痛苦地将头仰了过去。

他轻蔑地看着沈家兄弟与陆文章：“不听话？那我可以打折她的手和腿再跟你们谈？”

陆文章突然开口了：“你只要不为难姚小姐，我可以听你的。”

说着，陆文章将匕首扔在了地上，继而摘下腰间的手枪也扔在了地上。

沈林有些吃惊：“你在干什么？”

陆文章却是语气冷静，并没有回头：“你们做什么我不管，我只希望姚小姐能活着。”

但从背上取下狙击枪的时候，陆文章抬头看了一眼姚碧君。

“还犹豫？你也可以选择干掉沈氏兄弟中的一个，我就放了这女人。”吕步青忽然改口。

陆文章回头看看沈放和沈林，又看了看姚碧君：“碧君，把眼睛闭上。”

姚碧君面色痛苦，试图阻拦他：“不，你别听他的。”

对她来说，眼前的这两兄弟，哪一个都值得她拿命换。

陆文章将狙击枪缓缓摘了下来，就在这时，躺在一边的一个特务没有死透，慢慢地举起手枪对着陆文章射击。

陆文章正往下放枪，这一枪正好打伤了陆文章的胳膊。

与此同时，陆文章扣动了扳机。

他从没想过投降，他利用倾斜枪口的角度瞄准了吕步青。只是特务击中陆文章的那一枪影响了他的准头，所以他只是打伤了吕步青胳膊，吕步青手中的枪拿不稳掉了下来。

姚碧君趁机一把推开吕步青，沈放和沈林也同时开枪。

就在吕步青挣扎着要爬起来的时候，陆文章已经冲到他面前，用狙击步枪对着吕步青的头，恨恨地看着他，似乎随时可以扣动扳机用手里的枪打爆吕步青的头。

沈放腿部受了伤，踉跄地走过来，用手按住陆文章的枪："别冲动，我们还需要这个家伙护送我们出城。"

"吕科长，不，吕代局长，我要你给宪兵司令部打电话，就说内调局有特别任务，你要带人出城。"

吕步青一脸死灰，似乎还不能相信居然会是这样的结果。

街道上，三辆车行进在街道中。

第一辆是沈林开车，副驾驶坐着吕步青，后面坐着沈放、姚碧君和陆文章。沈放的枪指着吕步青。

第二辆是任先生、廖川后面坐着王文驰和他的副官。

第三辆车是乔装成宪兵的侦察班的士兵。

城关前，车子缓缓停了下来，宪兵走了过来。

沈放拿着枪抵住了吕步青的后腰

沈林低声："吕科长，你应该知道怎么说，对吧？"

吕步青脸色阴沉，感受到手枪抵过来的压力，他用眼睛斜瞄了一下。

守城的宪兵队长出现在车窗外，吕步青掏出证件："我是内调局的代理局长吕步青，现在有特殊任务要出城，给我让开。"

那个宪兵队长接过吕步青的证件，看了看，接着奉承了几句，忙让一边的手下放行。

沈林伸出头去，对后面的车辆招手，让后面的车先走。

第二辆，第三辆车先开过了城关哨卡。随后，沈林开着车跟了上去。

就在几辆车正要顺利开出城门时，一边后窗出现一名宪兵，对车内看了看，沈放不得不把枪藏了藏。

吕步青趁这个机会突然跳下车，一连打了几个滚摔了出去。

沈林和沈放一惊，但已经晚了。

"车内有共产党，抓共产党，快点开枪，抓住他们！"

吕步青大喊着，守城的宪兵回过神来，纷纷举枪射击。

几辆车只得加大油门向前疾驰而去，后面子弹嗖嗖飞过。

沈林开着的那辆车后车窗被打出了几个弹孔，玻璃飞溅……

姚碧君的身子颤抖了一下，沈放一把扶住了她，以为是车子不稳造成的。

等安静下来，姚碧君脸色有些苍白，问沈放：“我们是出城了吗？”

沈放点了点头，深情地看着姚碧君：“是的，我们出城了。”

姚碧君笑了，看了看窗外，真好，花都开了。

“沈放，抱紧我。”

她说完话，沈放照做，陆文章忙将目光移向窗外，没有去看这两夫妻的恩爱。

“这次终于能带你离开了，只要你愿意，我一定把我所有的时间都给你，天天陪着你。”

曾经许下好几次的诺言，如今总算能有个交代。

可姚碧君似乎疲倦了，眼睛虚弱地努力地睁开，低声地说：“是吗？那样真好啊，可惜……可惜我可能不能陪你了。”

沈放突然觉得不对，手上有些黏黏的东西，拿开搭在姚碧君身上的手，这才发现自己满手都是血，她刚才被流弹击中了。

姚碧君一把拉住沈放的手，把头靠在他的肩上轻轻说道：“别担心，我撑得住，到马鞍山再去医院。”

沈放慌了，不知道如何是好。

姚碧君握紧他的手，低声祈求：“你从来没有答应过我任何事情，以前都是我答应你，这次你答应我，好不好。”

“可是……”

“我是你的妻子吗？”

沈放含泪点了点头。

“你不后悔？”

沈放再度点头，十分坚定，泪流满面：“我不后悔，你永远都是我的妻子。”

陆文章偶一回头，这才发现了姚碧君的伤。

他刚要说什么，却被姚碧君拦住：“陆先生你是个很好的人，而且你一点也不丑，只是上次给你的画像画得不够好。”

陆文章看着姚碧君，没有说话。那张画像他一直好好地保存着，视如珍宝。

接着她继续祈求道：“你能答应我一件事儿吗？沈放身体不好，我很担心他，如果他有什么麻烦，拜托你一定要帮他。”

陆文章的声音沙哑，听不大清楚：“放心，如果他有危险，我一定挡在他前面。”

姚碧君又对前面开车的沈林说：“沈林，自从你弟弟回来，我就没有好好地完成你交给我的事儿，我想你不会怪我的，看到你们兄弟俩不再相互怨怼，我真的很开心，只是我自己太笨，看不到更美好的事儿了……”

前面，开车的沈林已经泪流满面。终于，姚碧君缓缓闭上眼睛，倒在沈放的怀里。

车内无声的悲情蔓延着，而沈放就这样让姚碧君靠着，似乎她只是睡着了。

只有陆文章没有留下泪水，他一直紧紧地攥着自己的枪，压抑着自己内心的悲愤。

突然，“砰”的一声巨响，第一辆车轧在地雷上，巨大的气浪把前面两辆车都掀翻了。

沈林猛地拐弯才没有跟前面掀翻的汽车撞上。

而车子栽到一边的沟里。

任先生的手臂骨折了，王文驰头部也挂彩了。

清点了人数后，牺牲两人，还有部分同志受伤了，但无大碍，目前最麻烦的是两辆车彻底报废了。

任先生忧心忡忡。

陆文章走到路中央趴在地上听了听，继而走到沈放面前：“后面的人追上来了，很快就能到。”

现在他们只有一辆车，很容易被敌人追上。必须有人留下来阻击。

几个人争先恐后，最后被沈放打断：“不，我留下来。”

得到众人否定后，他笑道：“我没想逞英雄，也知道自己在做什么，王师长，37师起义需要你，如果你有意外，我们做的所有努力都前功尽弃了，任先生你是跟组织的联络人，起义后续的工作也需要你。”

说着他又转头向沈林：“他们都有伤，只有你可以保护他们，我现在腿受伤了，车都开不稳，掩护他们的事只能拜托大哥了。”

“让我走就是连累他们。”沈放补充着，语气笃定，势在必行。

沈林看了看沈放，像是下了決心一般：“王师长，任先生，把枪留下，我们走。”

沈林将车发动，几名战士将车重新推到了土公路上。

王文驰与任先生上了车。沈林在驾驶室看了看留下的沈放。

沈放笑了笑向沈林挥了挥手。

“你等着我，我一定会回来的。”

沈林一咬牙，脚踩油门把车开走了。

透过后视镜，沈林看到沈放的身影站在弥漫的灰尘里，越来越远。

沈林一脸的阴郁，把车子开得飞快。

沈放、陆文章、廖川，以及侦察分队的几名士兵留了下来。可光凭他们几个人，在这条路上挡不住追兵。

沈放向四周看了看，只见不远处的路边有几间农舍和一个小楼一般的磨坊，像个废弃的小镇。

沈放指了指那个方向，说道：“我们去那儿，那几间房子是打阻击的好地方。”

众人看了看那几间破旧的农舍，都没说话。

“那不是什么正经的工事，但我们不需要打赢他们，只需要拖延时间。只要枪里还有子弹我就不会走，剩下的看你们的了。”

沈放朝那个废弃的小镇走去，身边的几个人都一言不发，拿着手里的武器跟在沈放后面。

众人在屋前部署着，两名战士将手榴弹捆起来做成炸弹，埋在路中央。几个战士分别找到了自己的狙击地点，准备布置些最简单的工事。

廖川将手榴弹捆起来放在了适合的位置，退到一处墙壁后，用枪瞄准着，试了试，又去调整手榴弹的位置。

“待会儿以我的枪声为令，开始阻击。”

伏击战场上一片安静，第一辆装甲车驶入伏击圈。

沈放在一个掩体后面，举枪对着前方隐蔽处的一捆手榴弹开枪，手榴弹爆炸，激起烟雾来。

装甲车被迫停下了。

廖川拉响了隐蔽处的手榴弹，两名刚下车的宪兵被炸得翻了个跟斗。侦察分队的战士纷纷投掷出了手榴弹，装甲车顿时被炸坏。

两声枪响，两名司机被击毙，鲜血溅到了挡风玻璃上。

两辆军车歪歪斜斜地撞到树上和破旧的土墙上。

国民党宪兵纷纷跳下车，开始还击。宪兵的人数众多，在几栋民居旁边分散开来。

陆文章枪法准且狠，一枪一个，弹无虚发，远处的宪兵一个接着一个倒下了。

沈放看到一边即将倒下的电线杆被一根电线拉住了，他与廖川交换了一个手势。

廖川心领神会，瞄准众宪兵身后隐蔽处的一捆手榴弹。

沈放开枪对准那根电线射击，电线断了，电线杆倒了下来。

众宪兵退后，正好进入了手榴弹爆炸的位置，廖川开枪，那捆手榴弹爆炸了，宪兵的身体在炮火灰尘中被炸飞。

军车掩体后面，吕步青恼羞成怒，用步话机喊着："靠近马鞍山三十公里的马庄小镇，遭遇伏击，请求宪兵司令部增援，请求宪兵司令部增援！"

枪火中，宪兵队长看到了磨坊楼顶陆文章的阻击位置，对一边装甲车司机用手势指示。

装甲车司机用手势回应，继而朝磨坊开了过去。

陆文章正准备收枪离去，就在这时，他看到了躲在军车后面的吕步青，又重新架起了枪，瞄准了吕步青。

而这边，吕步青看到了沈放所在的位置，对一边的宪兵打手势。宪兵心领神会，朝沈放包围过去。

与此同时，那动作被廖川看见，廖川开枪击毙数名宪兵，也暴露了自己的位置，瞬间数发子弹射向他，射中了他的肩头。

众宪兵再次转移，朝着廖川攻击。

沈放见廖川处于困境，直起了身子，对宪兵射击。消灭了数人，却把自己暴露给了吕步青。

吕步青看到沈放的身影，脸上露出狞笑，举枪瞄准，他刚要扣动扳机。廖川大喊："小心！"

一颗子弹击中廖川的胸口，廖川倒在了废墟之上。

吕步青一惊，这时，一颗子弹飞了过来，正中吕步青的头顶，把他的天灵盖掀翻了。

与此同时，装甲车上的轻型火炮也开火了，一炮将那磨坊轰塌了一角。

陆文章彻底暴露在装甲车面前，不过他似乎并不知道什么叫恐惧，只是调转枪口对着装甲车，在最后一刻他还在跟装甲车的火炮对射。

随着装甲车上的小口径火炮喷出火舌，炮声响起。

陆文章所在的磨坊顶层阁楼被彻底炸飞，消失在爆炸激起的砖头碎瓦之中……

惨烈的激战，沈放身边的战士纷纷战死，沈放也多处负伤。

然而宪兵依旧如潮涌一般冲了过来，废墟之上，宪兵渐渐抢占了大部分位置。

装甲车上的火炮击中了沈放藏身的隐蔽处。沈放被冲击波重重推倒在地上，重伤之下的他走不动了，挣扎着靠在被炸毁的半截砖墙上，眼看着装甲车轰鸣着向他开过来。

沈放嘴角流血，靠在残垣上，摸出身上的手枪，努力地举起来对着装甲车射击。手枪的子弹对装甲车构不成丝毫的伤害，只听到子弹打到装甲上“砰砰”的声音……

可是沈放依旧执着地开着枪，犹如一个勇士，明知自己必将死亡还在向巨兽发起冲锋。

那辆装甲车丝毫没有停下的意思，好像要用车轮将沈放碾碎。

就在沈放扣动扳机打出最后一颗子弹的时候，装甲车突然“轰”的一声，被炸飞了。

那是新式的美军火箭筒炸毁了装甲车，同时，那些宪兵纷纷撤退……

沈放扭头一看，在模糊的视线中，是沈林带着37师的警卫连冒着炮火冲了过来。

沈林找到了浑身是血、奄奄一息的沈放，看到沈放的样子，沈林眼眶红了，他一把抱住沈放，着急地问道：“你怎么样？”

“我比任何时候都好。”沈放笑着，“我知道你会来的，你不会不管我。”

沈林忍着悲痛向四周大喊：“医务兵，医务兵！”

沈放握着他的手，缓缓地说着：“哥，别急，听说我。你不是一直想知道我的秘密吗？现在我告诉你，我的代号叫‘风铃’，我累了，要休息了，但我希望‘风铃’不会消失……”

说着，沈放轻轻地闭上了眼睛……

1949年4月24日凌晨，南京，这座六朝古都、历史文化名城，终于回归到人民手中。

同年五月，香港。

元朗咖啡店，沈林坐在窗口，喝着茶，有音乐缓缓奏响。

他是以代号“风铃”为名被派遣出来的，负责和一个手拿当天的报纸和一朵玫瑰的同志接头见面。

一个穿着红色大衣的女子走了进来，身形婀娜。

女子在门口停下了，拿起玫瑰花放在鼻子前面闻了闻，她戴着礼帽，礼帽垂下一层薄薄的纱，遮住了她半张面孔，美丽的嘴唇勾了起来。

她走到了沈林的面前，说："先生，请问我可以坐在这里吗？"

沈林抬头，那张娇嫩的脸，美貌如花，是柳如烟。

（全书终）